Bride for a Night

by Rosemary Rogers

秘密の花嫁

ローズマリー・ロジャーズ

卯月陶子=訳

マグノリアロマンス

BRIDE FOR A NIGHT
by Rosemary Rogers

This edition is published by arrangement
with Harlequin Enterprises II B.V./S.à.r.l.
through Japan UNI Agency, Inc., Tokyo

5

わたしの家族、そして読者の皆さんへ。
いつも支えてくれて、本当にありがとう！

主な登場人物

タリア・ドブソン――豪商の娘。
ガブリエル・リチャードソン――アッシュコーム伯爵。
ハリー・リチャードソン――ガブリエルの弟。
ヒューゴー・ロスウェル――ガブリエルの親友。
ジャック・ジェラルド――牧師。フランスのスパイ。
ソフィア・レナード――ジャックの愛人。
サイラス・ドブソン――豪商。タリアの父。
ハンナ・ランシング――タリアの友人。

秘密の花嫁

1

スローン・スクエアはロンドン一の高級地ではないが、より華やかな地区と境界を接するまずまずの場所だった。基本的にここの住人は、ロンドン社交界の周縁にかろうじて引っかかっている人々や、メイフェアの喧騒から離れて静かに暮らしたい人々で構成されている。

サイラス・ドブソンもここに住んでいた。

角地にあるいちばん大きな邸宅に居をかまえるサイラスは、いわゆる成りあがりだった。近所の住人のなかには、どんなに金持ちでも、生まれの卑しいあこぎな商人だと彼をあからさまに見下す者もいる。

もっとも、サイラス本人がなるべく目立たないよう控えめに振る舞い、自分が隣人たちより格下であることを忘れさえしなければ、招かれざる住人であっても、やがて周囲に受け入れられたかもしれない。

ただ、サイラスはそんなことができる人間ではなかった。

雄牛のごとき巨体で、樽のように太った腹を突きだし、丸い顔を赤く日焼けさせたサイラスは、ロンドンのあちこちに所有する倉庫で働かせている人夫たちにも負けないほど、がさつで騒々しい男だった。しかも、商いで成功してどん底の人生から這いあがったことを恥とも思っていない。十二人きょうだいの末っ子に生まれ、港湾労働者として働きはじめた彼は、あるとき密輸に手を出してひと山あてた。儲けた金で不動産を手に入れ、ほうぼうの船会社に使わせる代わりに法外な賃料をとって今の財産を築いたのだ。

サイラスは礼儀作法を知らぬ男でもあった。スローン・スクエアの住人は、ここ十年のうちにほぼ全員が、少なくとも十回以上は彼になんらかの難癖をつけられている。

そんなサイラスも、さすがに自分が紳士として世間で通ると思うほど愚かではなかった。彼はひとり娘のタリアを社交界に送りこむことで貴族の仲間入りを果たそうと企み、薄汚い商売で稼いだ金を惜しみなく娘に注ぎこみはじめた。そのあまりに図々しい魂胆に、社交界はいっそう彼を嫌い、蔑んだ。

もっとも、優雅な世界の人々は、サイラスの行動にさほど危惧の念を抱いていたわけではない。いくら金を注ぎこもうが騒ぎ立てようが、彼が娘を社交界で成功させるのは無理だとわかっていたからだ。

いや、娘のタリアは決して醜くはなかった。顔はきれいな楕円形で、瞳は大きなエメラルドグリーンをし、鼻は小さく、唇は薔薇色でふっくらとしている。強いて言うなら、ロマの女のような肉感的な体つきと、カラスを思わせる真っ黒な髪がどことなく野暮ったい印象ではあった。しかし、人々が彼女を見て、舞踏会の壁の花で終わるだろうと思ったのは容姿のせいではない。どうしたわけか、タリアには女性としての魅力が決定的に欠けていたのだ。

世のなかには、身分があるにもかかわらず、金に困っている紳士というのが必ず存在する。上流階級の一員でいるのはなにかと物入りなのだ。家督を継げない次男以下ともなると、広大な領地の恩恵に浴せないだけに、華やかな生活を維持するのに苦心する。

十万ポンドをゆうに超える持参金付きのタリアなら、花嫁候補として社交界に出たとたん、そういう類の男性にさらわれてしかるべきだった。たとえ彼女の下品な父親が、将来の義理の息子に赤っ恥をかかせることがわかりきっていたとしても。

だが、当の花嫁候補が思わせぶりな戯れで男性を惑わせることはおろか、人前でまともに口をきくことさえできない文学好き《ブルーストッキング》ともなると話はちがってくる。こうした諸事情の結果、タリアは社交界の哀れみと嘲笑の的になり、疫病神のごとく避けられるようになった。

人々はタリアの失敗にほくそ笑み、すっかり高をくくった。卑しいサイラス・ドブソンにとってこれは痛撃だろう。金さえ積めば貴族と肩を並べられると思っている身のほど知らずの連中にはいい見せしめだ。

とはいえ、社交界がサイラスという人間をタリアくらい深く理解していれば、そこまで高をくくっていられなかったかもしれない。

しがない肉屋の末息子だったサイラスが一代で富を築けたのは、どれほど大きな犠牲を払ってでも障害を乗り越えようとする不屈の精神があったからこそだ。

タリアはサイラスの血も涙もない意志の強さをよく知っていた。だからこそ、優雅な屋敷内に響きわたる父の怒鳴り声に震えあがった。

「タリア！　タリア！　返事をしろ！　くそっ、いったいどこにいる？」

召使いたちが走りでてあるじの質問に答えている気配がかすかに伝わってきた。タリアはため息をつき、それまで読んでいた中国についての書物を脇に押しやって、つかのまの安らぎを与えてくれた図書室をもの憂げに見まわした。

アーチ形の窓の向こうに薔薇の沈床庭園《サンクガーデン》と、遅い五月の日射しにきらめく大理石の噴水が見える。壁には革表紙の本がぎっしりつまった本棚が並び、高いコーブ天井には二輪馬車に乗ったアポロ神が描かれている。彫刻を施した大理石の暖炉のそばにクルミ材の机が据えられ、その両側に革張りの椅子が置かれている。床には鮮やかな深紅とサファイアブルーの糸で織られたペルシャ絨毯が敷きつめられている。

それは言葉にできないほどすばらしい場所だった。

父の好む上等なシルクのドレスに着替えておけばよかったと後悔しつつ、タリアは椅子から立ちあがって飾り気のない青緑色のモスリンのドレスの皺をのばした。

もっとも、なにを着ようと父が娘の容姿を気に入ることなどないのだが。

ロマの女を思わせるタリアの容姿は、ロンドンの舞踏室を初々しく彩る可憐なブロンド娘のイメージからは大きくかけ離れていて、それはサイラスにとって、跡継ぎの息子に恵まれなかったことに次ぐ大きな誤算だった。

タリアは父の襲来に身がまえた。図書室の扉を乱暴に開けて不機嫌そうににらみつける父を、精いっぱい落ち着いた態度で迎える。

「どうせくだらん本に埋もれて時間を無駄にしているのだろうと思ったら、やっぱりそうか」宝石もつけずに地味な格好をしているタリアを見て、サイラスはいら立ちを露わにした。

「わしがいったいなんのために高い金を払ってドレスを買ってやったと思っている？　なぜほかの娘たちのようにめかしこんで外出しないんだ？」

「わたしが贅沢なドレスをねだったわけじゃないわ、お父様」タリアは控えめに言った。

サイラスは鼻を鳴らした。「ほう！　するとおまえは、そのうちそんな掃除婦みたいな格好で出歩くつもりだというのか？　わしがとうとう腹に据えかねて、ひとり娘にまともな服も着せてやらなくなったと世間に思わせたいとでも？　さぞけっこうなこった！」

「そんなことは思っていないわ」

サイラスは足を踏みならして机の横までやってきた。顔がいつにもまして赤い。まるで太い首を白いクラヴァットで締めあげているようだ。

タリアは急に不安になった。父が執事に手伝わせて四苦八苦しながらこのグレーの上着と赤紫色の縞のベストを着こむのは、仕事のためではなく社交界の人々に会うためだ。こうした機会は少ない代わり、帰ってきたときの父は決まって不機嫌になっている。そして貴族たちは、今にサイラスを自分たちの世界から追いだしてやるとばかりに憤る。

「とろくさい身のこなし。口を開けばつっかえてばかり。それだけでもじゅうぶんみっともないというのに、このうえまだわしに恥をかかせる気か？」うめくように言うと、サイラスはクリスタルガラスのデカンターに入ったブランデーをグラスにどぼどぼと注いだ。

お馴染みの挫折感にとらわれ、タリアはうなだれた。

「わたしだって努力したわ」

「ほう。それでおまえは、こんな天気のいい日にたったひとりで家にいるというわけか？ほかの友達は揃ってウィンブルドンの野外昼食会に出かけているというのに？」

毎度のことながら、タリアはしょんぼりと肩を落とした。「あの人たちは友達なんかじゃないわ。それに、招待を受けてもいない昼食会に行けるはずがないでしょう」

「なんだって？　するとおまえだけ無視されたっていうのか？」サイラスは耳障りな声をあげた。「くそっ！　モリルトン卿と話をつけてやる」

「やめて、お父様！」タリアはおののきながら顔を上げた。招待された催しにいやいや行かされ、その場で完全に無視されるという状況だけでも相当つらいのだ。この上、周囲の怒りを一身に浴びることになれば、とても耐えられない。

「だから言ったでしょう。お父様がどんなにお金を積んでも、わたしなんかが上流階級に仲間入りできるはずがないのよ」

ふいにサイラスの顔から怒りが消え、勝ち誇った笑みが浮かんだ。

「いいや、大いに可能だ」

タリアは身がまえた。「どういうこと？」

「わしはたった今、アッシュコーム伯爵の弟であるハリー・リチャードソンと大変有意義な話し合いをしてきた」

もちろんタリアはその名前を知っていた。

ハリー・リチャードソンはブラウンの髪と淡い瞳を持つ、ハンサムで向こう見ずな紳士だ。

とんでもない悪ふざけや賭け事が好きで、社交界の度肝を抜く才能がある。借金まみれなことでも有名だった。

社交界の片すみからひそかに人間観察を続けてきたタリアは、ハリーの目に余る行動は兄のアッシュコーム卿との関係から生じているものと思っていた。

弟のハリーとちがって、アッシュコーム伯爵はただのハンサムではない。見ているこちらの息がとまるかと思うほどの美貌の持ち主なのだ。

シャンデリアの光を受けてサテンのようにきらめく淡いブロンドの髪、人というよりむしろ神に近いと思えるほど完璧な引き締まった細身の体。高く鋭い頰骨、幅の狭い気高さにあふれた鼻、意外なほどふっくらとした唇。そしてあの瞳……。

タリアはそこでかすかに身を震わせた。

アッシュコーム卿の瞳は淡い銀色で、まわりに黒く細い筋が入っている。冷ややかな知性のきらめきと、憤怒の炎を宿す瞳だ。細く引き締まった体には、生まれつきすぐれた運動能力を有していることを示す、硬い筋肉がついている。

彼は優美さと力強さと鋭さがひとつになった男性だ。公の場にはほとんど姿を見せないにもかかわらず、彼は社交界全体から恐れあがめられている。

ハリーがそんな兄の存在を意識せずにいられないのも無理はない。必死に抗おうとして無茶をするのは容易に想像がつく。

父が返事を待っているのに気づき、タリアは小さく咳払いをした。

「ハリー・リチャードソンと？」

「魚みたいにぽかんと口を開けるな」父は太った手を無造作に振った。「あの手斧みたいな顔の執事を呼んで、フランスのばか高い酒を持ってこさせろ」

タリアは背筋に冷たいものを感じた。なぜかとてもいやな予感がする。すっかり悦に入っている父の顔を見つめながら、放心したように召使いを呼ぶ鐘のひもを引いた。

「お父様、ミスター・リチャードソンとなにを話したの？」

「前から言っていたとおり、澄ました貴族連中のあいだにおまえの席を買ってやったのさ」

サイラスはにやりと笑った。「誰も無視できない立派な席をな」

タリアは恐怖に駆られ、近くの椅子にへたりこんだ。

「ああ、神様」

「神なんぞよりわしに感謝しろ。神がビーフステーキとバーガンディーを食らいながらこんな奇跡を起こせると思うか？」

どうにか平静さを保とうと、タリアは乾いた唇をなめた。もしかしたら恐れているような悪いことではないかもしれないのだから。

神様、お願いです。どうかちがいますように——。

「お父様は紳士クラブに行ったのね？」

「ああ」サイラスは顔をしかめた。「ちくしょうめ。あんな退屈な連中と隣りあわせに座るだけで金をふんだくるとは、まったくやくざなところだ。追いはぎよりも始末が悪い。しかもあいつらときたら、自分のことをわしみたいな正直者より格上だと思ってやがる」

「そんなにいやなら、なぜ紳士クラブなんかに行くの?」

「おまえのためだ、この阿呆が。死んだ母さんがおまえを一人前のレディにしたいと望み、わしがそれを実現させようとしているんだ。まったく手間をかけさせやがって」サイラスはタリアの巻き髪からこぼれたおくれ毛と、本棚のはしごをのぼったときについたドレスのほこりに目を向けた。「おまえをどこに出しても恥ずかしくないレディにするために、わしは高い金を払って家庭教師をつけ、ほかにもいろいろと習い事をさせてやった。それなのにどうだ。おまえはなにひとつものにできず、親の払った犠牲に感謝すらしないときてる」

返す言葉もなく、タリアは身を小さく縮めた。大金を注ぎこんでくれた父には気の毒だが、もともと自分にレディの素質がなかったのだから仕方がない。

タリアはピアノが弾けなかった。絵も刺繍も下手だった。ダンスはひととおり習ったが、踊りながらしょっちゅう自分の足につまずいた。なにより彼女は、楽しく会話を交わしながら男性の気を引くという技術をどうしても習得できなかった。

もっとも、たとえこうした欠点があっても、自分は決して醜くはない、むしろ美しいのだという自信さえあればもう少しなんとかなっていたのかもしれないが。

タリアはひざのうえで手を組みあわせた。「お父様のしてくれたことには感謝しているわ。でも、お母様はただわたしの幸せだけを願っていたと思うの」

「まるでわかっとらん」サイラスが言下にはねつける。「暇さえあれば本に首を突っこんでいるだけのくせに。だからわしはあの家庭教師に言ったんだ。うちの娘にわけのわからん詩など読ませるなとな。おかげでおまえは脳みそがすっかり腐っちまった」父は威圧するようにしばらく間を置いた。「だが幸いわしは、おまえがどうするのがいちばんいいかちゃんとわかっている」

「どうすればいいの？」

「ハリー・リチャードソンと結婚しろ」

一瞬、部屋が暗くなった。タリアは気を失うまいと必死に足を踏ん張った。

泣きついたところで父の意思をゆるがすことはできない。どうせ無駄だとわかっている。だが、とにかくやってみなければ。

「やめて」タリアはささやくように言った。「お願い、お父様。やめてほしいの」

涙ぐむタリアを見て、サイラスが顔をしかめた。「いったいどうしたというんだ？」

彼女は勢いよく立ちあがった。「知らない人と結婚なんてできないもの」

「知らない人だと？　ばかを言うな。ハリー・リチャードソンには過去に紹介されたことがあるだろう」

「紹介はされたわ」もちろん先方はまったく覚えていないだろうが。全財産を賭けてもいい。初めて社交界に出たときに簡単な紹介を受けて以来、ハリー・リチャードソンに目をとめられたことなどただの一度もない。「でも、彼とはほとんどしゃべっていないわ」

「ばかばかしい！　舞踏会で話がはずんだからといって結婚するやつがいるか。男が女を求めるのは子どもをどっさり産ませるために決まっとる」

「お父様！」

サイラスは鼻を鳴らして冷たい目をした。「いつまでも〝ねんね〟のふりをするな。わしは世間を知っているからこそ、ものごとをはっきり言うんだ。男が女を求める理由は自分の血をわけた子どもがほしいからだ。そして女が男を求めるのは、住む家と自由に使える金がほしいからだ」

ふたたび恐ろしさがこみあげ、タリアは深呼吸をして胸に手をあてた。

神様、なんとかこの話をやめさせなければ。

「そうだとすると、お父様はひどい相手を選んだことになるわ」必死に声を絞りだす。「わたしの聞いたところでは、ミスター・リチャードソンは途方もないギャンブル狂だそうよ。それに……」

「それに？」

父にくるりと背を向けると、タリアは絨毯のうえをせわしなく歩きはじめた。忘れられた壁の花という立場を利用して、周囲で飛び交う最新のうわさに耳をそばだてていたのを認めたくない。ハリー・リチャードソンがとんでもなく金のかかる愛人を何人も囲っている好色家であると、父にどう説明すればいい？

「それに、住む家や自由に使えるお金を妻に与えられるような甲斐性のある人ではないわ」

彼女はとりあえずべつの言い方をした。

サイラスは肩をすくめた。自分の孫に高貴な血筋を保証してくれるかぎり、将来の義理の息子の数多くの欠点には目をつぶるつもりらしい。

「だからこそ持参金でメイフェアの適当な場所に屋敷を買い、おまえに小遣いも渡すと先方には伝えてある」サイラスはそこでわざとらしく間を置いた。「どうだ？　これ以上望みようがない最高の話だろう。ちがうとは言わせんぞ」

最高ですって？

タリアは振り向き、すごむような父の目を見つめた。ばかげた言葉に怒りがこみあげる。上流社会に認めてもらえない不満を解消するために娘を犠牲にするだけでもじゅうぶんひどいというのに、それをさらに、すべては娘のためだなどときれいごとにすり替えるとは。

「でも、どうして次男なの？　わたしを爵位のある男性に嫁がせるはずではなかったの？」

「おまえがそこそこの相手でもつかまえてくれたらと思って三年待つうちに、どうやら最初の目標が高すぎたらしいと気づいた」サイラスはブランデーの残りをひと息に飲み干すと、青ざめた顔のタリアから自分のブーツに視線を落とした。「この春に栗毛の競走馬を売りに出したときと同じだ。なにかとなにかを交換する以上、ときには損を出すことも覚悟せにゃならん」

タリアはその場に凍りついた。常に自分の考えを押しつけてこちらの自尊心や感情を踏みにじってきた父だが、ここまでひどいことを言うのははめずらしい。

「わたしは馬じゃないわ」

サイラスは口元をこわばらせた。「そうだ、馬じゃない。行き遅れになりかけているのをじゅうぶんに自覚すべき娘だ」

「行き遅れるのがそんなに悲惨？」タリアは小さくつぶやいた。

「なにをばかなことを言っとるんだ、タリア！」サイラスが顔を上げ、もう我慢ならないというように声を荒らげた。「わしが死んだあと、せっかく築いた財産を能なしの甥に渡すような事態になってたまるか！」机から離れると、彼はタリアに指を突きつけた。「いいか、タリア。おまえは娘の務めとして、わしの血をわけた孫息子を産むんだ！　その子はオックスフォード大学に行き、いずれ議員になる。場合によってはいつか首相になるかもしれん」

サイラスはにやりと微笑んだ。「肉屋のせがれの孫としては悪くない」

「国王になることまでは期待しないのね」タリアは短くささやいた。

「おまえがそんなに不出来でなければ期待できたかもしれんがな」もう話は終わったとばかりにサイラスは足を踏みならして扉に向かった。自分の下した決定に娘がおとなしく従うことを露ほども疑っていないらしい。「結婚式は六月の末だ」

「お父様――」

「いいか、タリア。くれぐれも言っておくが、これは社交界の正式な催しだぞ」彼は振り向き、泣きつこうとするタリアを封じるように怖い顔でにらみつけた。「どうしてもいやだというなら、とっとと荷物をまとめてヨークシャーのペネロピ伯母さんの家へ行け」

タリアのみぞおちがぎゅっと締めつけられる。

ペネロピ・ドブソンはサイラスのいちばんうえの姉で、祈ることと周囲に不幸をもたらすのを生き甲斐にしている冷酷な未婚女性だ。

母を亡くしたあと、タリアは一年近くこの伯母のみすぼらしい家に預けられた。そこでただ働きの召使い同然にこき使われ、よほどのことがないかぎり狭い部屋から出るのさえ許されなかった。それだけならまだしも、伯母は自分が作った厳格な取り決めからタリアが少しでも外れようものなら、馬用の鞭で彼女を嬉々として打ちすえたのだった。

もう一度ヨークシャーに追いやられるくらいなら、テムズ河に身投げしたほうがましだった。父はそれをよくわかったうえで言っているのだ。

こうなると、もう万事休すかもしれない。

2

驚いたことに、結婚式当日は美しい夜明けとともにはじまった。朝日が雲ひとつない空をピンク色と黄金色に染めながらのぼっていく。すばらしい夏の一日になりそうだった。タリアの想像では、ここ何週間もつきまとう不吉な運命の予感にふさわしい、灰色のどんよりした朝を迎えるはずだったのだが。

それ以上に驚いたのは、婚礼のドレスに身を包んだ自分があたかも美女に見えたことだ。銀色の紗を重ねたオフホワイトのウェディングドレスは、大きく開いた胴着の胸元にダイヤモンドがちりばめられ、裾のすぐ下にオフホワイトの履物が見えた。黒い巻き毛は頭のうえで複雑に結いあげられ、そこに載せたダイヤモンドのティアラが首に垂らした太いネックレスやきらめくイヤリングととてもよく合っている。

もちろん、なにもかも父からのプレゼントだ。

サイラスは娘の結婚式を社交界におけるその年いちばんの話題にするつもりだった。莫大な持参金で花婿が買われたのは周知の事実なのだから、派手な式を挙げるのは趣味が悪いとタリアは訴えてみたものの、父はまったく耳を貸さなかった。

サイラス・ドブソンにかかると、〝控えめ〟などという言葉は派手に散財するだけの力を持たない人間のためにあるのだ。

大地が裂けて自分をのみこんでくれそうにないとわかり、タリアはあきらめて黒光りする馬車に乗りこんで式が行われる小さな教会へと運ばれていった。式のあとはふたたびスローン・スクエアに戻り、二百人の客を迎えて優雅な会食を催す手筈になっていた。

きっと悪いことが起こるにちがいない――タリアは怯えつづけていたのだが、やがてその予感は的中した。祭壇の前に立っていたときのことだ。

牧師はいちばん上等のローブに身を包み、丸い顔に厳かな表情を浮かべていた。サイラスは一張羅の黒い上着に銀色のベストを着こんで隣に立っており、もう一方の隣には彼女のたったひとりの友達で、やはり惨めな壁の花の境遇にいる準男爵の娘ハンナ・ランシングが立っていた。

しかし、もうひとり、そこにいるべき人物がいなかった。

あろうことか、どこを向いてもハリー・リチャードソンの姿がないのだ。

一同は二時間近く新郎の到着を待ったが、やがて、タリアの心は教会のなかと同じく冷え冷えとした沈黙に支配された。

彼女はまったくなにも感じられなかった。祭壇の前で捨てられるというひどい屈辱さえ、どこかの気の毒な女性の身に起こった遠い出来事のように思える。

父は恐ろしい剣幕で飛びだしていった――このサイラス・ドブソンを〝こけ〟にした小僧に目にもの見せてくれるとわめきながら。このうえ、まだ教会から出ることを許されないなんて。しかしやがてタリアは屋敷に連れ戻され、ざわめく二百人の招待客には、まことに残念ながら結婚式は延期されましたと伝えられた。

こうしてタリアは、落ち着いたラベンダーとクリーム色に彩られた自分専用の客間で、窓下のベンチの端に身じろぎもせずに座っていた。

窓の外のローズガーデンでは、ロンドン社交界の今年最大のスキャンダルの現場に居あわせた人々がまだ大勢残り、興奮冷めやらぬ様子でしゃべりつづけている。タリアは思った。こういう状況では、ふつうならなにか感じるべきだ。

怒り。屈辱。胸が張り裂けるような悲しみ。

それなのに、まったくなにも感じない。われながら怖いくらいに。

タリアはペルシャ絨毯のうえを行き来するハンナにうつろな目を向けた。重い沈黙のなか、ハンナの着ている薔薇色のシルクのドレスだけが衣擦れの音をたてている。気の毒な友人は、この場をどうしていいかわからず明らかに困っているようだ。

「きっとなにかの事故よ」ハンナがとうとう口を開いた。丸い顔を赤らめ、銀の飾り櫛からブラウンのくせっ毛をこぼれさせている。

タリアは肩をすくめた。ハリーがなぜ結婚式に現れなかったのか、今は考える気力すらわかない。

「そう思う?」彼女はもの憂げにたずねた。

「ええ、絶対よ」ハンナの黒い瞳には隠しようもない同情の色が浮かんでいた。「きっと馬車が転倒して、ミスター・リチャードソンとご家族は気を失ったのよ」

「そうね」

「あら」ハンナが豊かな胸に手をあてた。

「なにもわたしは、彼らがけがをしていればいいと思っているわけじゃないのよ」

「もちろんよ」

「でも、それなら説明がつくでしょう……」

「わたしがどうして祭壇の前で待ちぼうけを食わされたかの？」

ハンナはきまり悪そうに顔をゆがめた。「ええ」

気まずい空気が流れ、タリアはなんとか友人を遠ざけられないかと考えた。慰めようとしてくれるハンナの気持ちはうれしいが、今はとにかくひとりになりたい。

タリアは咳払いをして扉に目を向けた。「父は戻ったかしら？」

「見てきましょうか？」

「お願いできる？」

ハンナが明らかにほっとした顔になる。

「もちろんよ。紅茶とお菓子も持ってきてあげるわね」

食べ物が頭に浮かんだだけでタリアは気持ち悪くなった。「お腹は空いていないわ」

「でも、顔色が悪いわよ」ハンナは黒い瞳で心配そうに見た。「少しでも食べないと」

「わかったわ」タリアは無理に微笑んだ。「あなたはやさしいわね」

「なに言ってるの。友達でしょう」

ハンナが部屋を出て静かに扉を閉めると、タリアはほっとため息をついた。ハンナの誠実さがいつか身に染みるにちがいない。花嫁の友人という立場を利用して今回の顛末を吹聴し、まだローズガーデンにたむろしているうわさ好きな人々のあいだで地位を上げることもできたのに、こちらにつき添って慰めようとしてくれたのだ。

公の場で捨てられた花嫁らしく泣きじゃくれないのはハンナのせいではない。

顔をしかめると、タリアは外の空気を入れようと窓を開けた。暑くて息がつまりそうだ。けれどもそれはまちがいだった。間の悪いことに、祝宴のテーブルを離れてきたふたりの客が窓の下に立っていた。

「ルシール、なにをそんなに興奮しているの？」一方の女性がよく通る声で言った。

「あら、あなた知らないの？」相手の女性が言い返す。

慌てて窓を閉めようとしたのに、タリアはその場から動けなくなってしまった。いけない。今さらうわさなど聞いてなんになるのだろう。うわさより現実のほうがよほど屈辱的だというのに。

しかし、社交界がこの事態をどう受けとめているか聞かずにはいられない。

「教えてちょうだい」最初の女性が勢いこんで言った。どこかで聞いたような声だ。

「昨夜エディングス卿が、行方不明の花婿とどこぞのいかがわしい賭博場で一緒だったんですって」

「べつに驚かないわ。そもそもハリーはカード好きが仇になって、〝豚ドブソン〟の娘と婚約することになったんですもの」

タリアはひざのうえで拳を握り締めた。豚ドブソン。社交界に足を踏み入れて以来、この侮辱的な呼び名にずっと耐えてきた。

「ええ。でもね、昨夜ハリーはしたたかに酔って、卑しい生まれの娘と結婚するつもりなんかはなからないと白状したそうよ」

「そうなの？」悪意に満ちた忍び笑いが聞こえた。「でも、だったらどうして婚約なんかしたのかしら？　まさかたちの悪いいたずらだったとか？」

「エディングス卿によれば、あの不良息子は結婚持参金でメイフェアに屋敷を買うつもりだったらしいわ」思わせぶりな沈黙がしばし続いた。「でも、最終的には持参金を手にして姿をくらましたというわけ」

相手の女性が大げさに息をのんだ。「まあ……なんてこと！」

「でしょう？」

まったくそのとおりだ。

婚約発表以来、タリアはハリーから完全に無視されていたが、結婚そのものについては彼も腹をくくったものと思っていた。よもや父から大金をだましとり、ロンドンから姿をくらますなどとは思わなかった。

花嫁を捨てて逃げるとは。

「ずいぶんと無茶をしたものね。でもハリーは、本気であのサイラス・ドブソンから逃げられると思っているのかしら」最初の女性はさもけがらわしそうにタリアの父の名を口にした。

「あのならず者のことですもの、きっと殺し屋を大勢雇っているわよ」

「たしかにね」

「それに、今回の事態の重大さを考えてみなさいよ。アッシュコーム卿が黙っているはずがないじゃない。きっとすぐにハリーを見つけて首根っこを押さえるわ」

そうだろうか？

タリアにその確信はなかった。

かねてから社交界に出まわっていたうわさによると、ハリーがサイラス・ドブソンの娘と結婚すると発表した時点で、伯爵は弟とすっぱり縁を切ったという。

「大陸に渡ってしまえばつかまらないわ」ルシールが反論した。

「この戦争のさなかに？」

突然、女性の笑い声が風に乗って流れてきた。「たとえナポレオン軍に撃ち殺されたとしても、豚ドブソンの娘と結婚するよりはましでしょう」

「そうね。誰もハリーを責められないわ」相手の女性がすかさず同意する。「でも、まさか彼も向こうにずっと行きっぱなしのつもりではないわよね」

「もちろんよ。一年もしてうわさが下火になったら、意気揚々と帰ってくるわよ」

「そしてふたたび放蕩息子として迎えられるというの？」ぱちりと扇子を広げる音がした。

「そんなことをアッシュコーム伯爵が許すと思う？　わたしはあの方が怖いわ」

「たしかに怖い人だけれど、とてもハンサムだわ」聞こえてくる小さなため息が、多くの女性たちが抱いている賛美の思いを代弁していた。「彼が社交にほとんど興味がないなんて、本当に残念」

「少なくとも〝お上品〟な社交にはね」

「こちらを振り向いてくれるなら、いくらだって下品になってあげるのに」

ふたりはそこで忍び笑いをもらした。「いやあね」

「あら、キャサリンだわ。彼女にも教えてあげなきゃ」

シルクの衣擦れの音がして、女性たちはゆっくりと立ち去った。次第に遠ざかっていくふたりの会話が、耳をそばだてているタリアにはっきり聞こえる。

「正直言ってわたし、もう少しでミス・ドブソンに同情しそうになったわ」

タリアは顔をしかめた。言葉とは裏腹に、女性の声には同情など少しもこもっていない。むしろいいきみだと思っているようにさえ聞こえる。

「本当にねえ」連れの女性が猫撫で声で応じた。「たしかなのは、これで彼女も二度と社交界に顔を出せなくなったということね」

「そもそも格上の人間にまじろうなんて無理をしたのがまちがいだったのよ」ばかにしたような言葉が聞こえた。「身のほどをわきまえないからろくでもない目に遭うの」

体が燃えるように熱いにもかかわらず、タリアはぶるぶると震えていた。

今はまだ不思議なほど無感覚だが、かといってとことん鈍感なわけではない。いずれ心の防壁が崩れたときには、公の場で捨てられたという恥辱に永遠にまみれるだろう。

それだけではない。スキャンダルが下火になるまで社交界から身を引くことを娘に許すだけのまともな頭が、父にあるとも思えない。

そう、サイラス・ドブソンは名誉ある撤退を理解するような人間ではない。どれほどつらい目に遭おうが、恥をかこうが、これからも社交界に顔を出せと命じるはずだ。

わが身の絶望的な行く末を考えていたとき、部屋の扉が開いて大きな銀の盆を手にしたハンナが入ってきた。

「はい、どうぞ」ハンナは病室の患者に対するように明るく言った。「魚のポシェのクリームソースがけと新鮮なアスパラガス、それに苺も少しだけ……」

「ありがとう」魚のにおいに胃がむかむかして、タリアはハンナの言葉を静かにさえぎった。

こちらの気持ちに気づいたらしく、ハンナが白い大理石の暖炉の前にあるサクラ材の低いテーブルに向かう。

「ここに置いておくわね」

タリアは弱々しい笑みを浮かべた。「父は見つかった？」

「いいえ、それが……」ハンナは口ごもり、唇を噛み締めた。

「どうしたの？」

「ミスター・ドブソンは教会から出ていったきり行方不明らしいの」

タリアは肩をすくめた。執念深い父のことだ。ハリーを地の果てまで追っていったのかもしれない。

「そう」

ハンナが咳払いをした。「きっとすぐに戻ってくるわよ」

「ああ、じきに戻るだろう」開いた扉の向こうから危険に響く低い声がした。「ミスター・ドブソンはゴキブリだ。闇のなかを這いまわり、殺したって死にはしない」

声の主が誰なのかすぐにわかり、タリアは恐怖に凍りついた。どうして凍りつかずにいられようか。認めるのも恥ずかしいが、彼女は自分が社交の場で目立たないのをいいことに、まるで女学生のようにこっそりアッシュコーム伯爵を目で追いかけていたのだ。

　彼はいつ見てもまばゆいほどハンサムで、捕食動物のごとく優美だった。本で見たクーガーのように残忍な魅力を秘めている。

それだけではない。上流社会をあからさまに見下したようなその浮世離れした物腰が、打ちのめされたタリアの自尊心を救ってくれた。彼女と同じく、伯爵は社交界に集う底の浅い軽薄な人々にまったく興味がないように見えた。

けれども、見る者を気絶させるような美しい顔と冷ややかな銀色の瞳を直視した今、タリアが感じたのはぞくぞくするような興奮ではなかった。

それはむしろ、背筋に走る冷たい予感だった。

3

第十六代アッシュコーム伯爵ことガブリエルは、自分が相当のひねくれ者であることをまったく悪いと思っていなかった。

この性格は苦労して身につけたものだ。

弱冠十八歳で父の爵位を受け継いでからというもの、彼は途方もない責任をひとりで背負ってきた。いくつもの広大な領地。数百人にのぼる使用人たち。いったん体調を崩すと何週間もベッドから出てこない母親。

そしてハリー。

六歳下のハリーは、母親にとことん甘やかされて育った。ガブリエルはその弊害をできるだけ減らそうと努めたが、学業のために家を離れていたため、たいしたことはできなかった。ようやくデヴォンシャーの先祖代々の地所であるキャリック・パークに戻っても、伯爵としての煩雑な仕事を学ぶため、一日のほとんどを父と過ごした。

結果、ハリーは自由気ままな生活にどっぷりと浸かり、試験で不正をして退学処分になり、多額の仕送りを賭け事ですっかり使い果たした。決闘も少なくとも二回経験したようだが、それはいずれも弟がロンドンに来る前の話だ。

ロンドンに来てからはその破天荒ぶりにさらに拍車がかかった。賭博に売春はもとより、他人のくだらない挑発にいちいち乗ってはみずからの命を危険にさらしている。

ガブリエルはハリーに与える生活費を減らそうとしたが、そのたびに母親の伯爵夫人になし崩しにされた。とうとう腹に据えかね、彼は伯爵夫人に警告した。決められた額で生活できないのなら、かわいい次男はキャリック・パークに送るしかないと。

まったく。あのハリーのことだから、ロンドンから追われずにすむためなら泣き落としやごまかしはもちろん、場合によっては詐欺さえ働くだろうと覚悟していた。しかし、まさか卑しい成りあがりの娘と婚約して家名に泥を塗るとは。

伯爵夫人は体調不良でベッドに伏せり、かわいい息子をなんとかドブソンの娘の魔の手から救いだすようガブリエルに求めた。だがガブリエルは、この件にかかわるのをいっさい拒んだ。ハリーが社交界の物笑いになっている娘、しかもサイラス・ドブソンの血を引く娘と結婚してまでみずからの将来を棒に振りたいというのなら、こちらはきっぱり縁を切るまでだ。

客間に足を踏み入れたとき、ガブリエルは苦笑を浮かべた。不始末の尻ぬぐいを兄にさせているあいだに身を隠す場所くらい、ハリーは用意していたにちがいない。なぜもっと早くに気づかなかったのだろう。

長年の鍛錬ですっかり板についた氷のように冷ややかな表情を浮かべると、彼は部屋に鋭い視線を走らせた。ブラウンの髪のぽっちゃりした娘を視界のすみにとらえながら、窓下のベンチに身じろぎもせずに座っている娘に意識を集中させる。

タリア・ドブソン。

心臓が締めつけられるような苦い怒りがこみあげ、思わず身がこわばった。ここまで巧妙に陥れられたなら、男は誰でも殺人を考えるはずだ。それなのに、意外にも胸の奥が奇妙なほどゆさぶられる。これではまるで、めったに顔を出さない社交の場に赴くたびに、ピンからすべり落ちるほどつややかな彼女の黒髪や、午後の太陽にきらめくエメラルドの瞳に見とれていたようではないか。あの象牙色の肌に触れたらどんなにやわらかだろうとか、あの誘いかけるような曲線が自分の体にどんなにしっくり馴染むだろうと夢想していたようではないか。

そう思うといっそう怒りがつのった。

たしかにこの娘は、臆病な壁の花を見事に演じていたかもしれない。しかし実際には、柄の悪い父親と同じように強欲でずる賢いことがここ数時間で明らかになった。

「まあ……伯爵」見知らぬ娘が部屋の中央で小さくつぶやいた。ガブリエルの趣味に合う上品な内装のこの応接室は、真っ赤なビロードの布をかぶせた漆の家具が並ぶほかの派手な客間とはまったくちがう。

ガブリエルはハンナに目もくれず、追い払うように手を振った。

「きみはさがっていい」

「でも……」

「同じことを二度言わせるな」

「……わかりました」ぽっちゃりした娘は息をのみ、衣擦れの音をさせながらおとなしく出ていった。

そのあいだもガブリエルは、凍りついた表情でこちらを見つめるタリアから目を離さなかった。彼女はまるで、突然現れた空腹の猫を見るネズミのようだ。

こちらが脅迫に屈するとでも思っているのか？

もしそうだとしたら、がっかりするはめになるだろう。

この話が終わるころには、相手を我慢の限界まで追いこんだのを悔やむがいい。

彼の殺気立った怒りを感じてタリアが身を引き、窓枠にぶつかった。

「そこから身投げしてこの茶番を終わらせるつもりなら、客たちが帰るのを待ってからにしたほうがいいぞ」蔑むように言うと、ガブリエルはオフホワイトのベストと淡いイエローのひざ丈のズボン《ブリーチズ》によく合うブルーの上着の前で腕組みをした。彼はその日一日、自分の馬車につなぐ鹿毛の馬を二頭手に入れるべく、〈タッターソールズ競売所〉で過ごす予定だった。目前に迫るハリーの結婚式を阻止しなかったことを泣いて責め立てる母から逃げるつもりだったのだ。そんなときにドブソンが屋敷に押しかけてきた。その態度があまりに無礼だったため、ガブリエルはここへ来るためにわざわざ服を着替えようなどとは思いもしなかった。

「今回の結婚式は大変な騒動になってしまった」

タリアは瞬きし、頭を振った。まるでいやな幻を見ているかのごとく。

「伯爵、どうしてここにいらしたのです？」

「そっちがよく知ってのことだろう」

タリアは眉を寄せた。「ハリーから連絡があったのですか？　やはり事故でも？」さも当惑したような演技をまったく楽しむ気になれず、ガブリエルは眉間に皺を寄せた。

「わざとらしい芝居はやめてもらいたい、ミス・ドブソン。ぼくはすでにきみの父親と話をした」軽蔑したように口を曲げる。「実に不愉快な体験だったと言わせてもらおう」

タリアははじかれたようにベンチから立ちあがり、豊かな胸に手をあてた。

「わたしの父と？」

ガブリエルは両手を握り締めた。女という生き物は、意識的に顔を真っ青にできるのか？

「傷ついた犠牲者の役どころを見事に演じているのは認めよう」彼は吐き捨てた。「きみたちは、上流階級への切符を手に入れるためならどんな汚い手でも使う恥知らずないかさま親子だ。そうと知らなければ、ぼくも危うく心を動かされそうだよ」

「ハリーとわたしの結婚に、伯爵が反対されるのはよくわかります」

部屋のなかにガブリエルのけたたましい笑い声が響いた。「ぼくときみが結婚するのに比べればまだましだ」

「わたしが……」タリアがふらついた。今にも気を失って倒れるかのごとく。しかし彼女は懸命に呼吸を整え、肩をすくめた。「あなたの妻に？」否定するように首を振る。「ご冗談ですか？」

「次のアッシュコーム伯爵夫人のことについて、ぼくは決して冗談など言わない」

「神様……」

「今さら祈っても無駄だ」

「待ってください」タリアはつぶやいた。「わたしにはなにがなんだか」

この傷ついたようなエメラルドグリーンの瞳に惑わされてはだめだ――ガブリエルは自分に強く言い聞かせた。

まったく。この女はろくでなしの父親に負けず劣らずたいしたペテン師だ。

あるいは、そうでないとでも？

「ずっとしらを切りとおすつもりか？」ガブリエルはかすれた声で言った。「いいだろう。きみの父親の下品きわまりない侮辱や非難の言葉を一時間も聞かされるうちに、もはやぼくに逃げ場がないのははっきりわかった。男を教会の通路に引っ張りだすことしか頭にない娘とまんまと結婚させられるはめに陥ったのでなければ、彼のしたたかさに感心していただろう」

長い沈黙が流れた。静けさのなか、炉棚の置き時計がときを刻む音と、外に残っている人々のざわめきだけが聞こえる。

「そんなはずはありません」ようやくタリアが口を開いた。「わたしはハリーと結婚するのです」

「弟の特徴として、自分勝手な欲望を満たすことしか頭にないというのが挙げられる。愚かな行為の報いを受けるときが来たとたん、責任をすべて兄に押しつけて姿をくらますんだ。

今回のように」

「でも……」タリアは乾いた唇をなめた。「彼がどこにいるのか、当然おわかりなのでしょう？」

「いくつかあてはある。しかし、弟がどこに隠れていようと今さらどうでもよかろう？」ガブリエルは嫌悪感を露わにした。

タリアが両手をもみしだき、彼が予想もしなかった悲痛な表情を浮かべた。

「たしかに、今朝ハリーが教会に現れなかった事実は今さら変えようがありません。でも、彼をなんとか見つけてロンドンに連れ戻せさえすれば……」

「自分を祭壇の前に捨てた男とあらためて結婚するというのか？」ガブリエルはぴしゃりとさえぎった。タリアがあくまでもハリーを花婿と考えていることになぜか腹が立つ。

あんなろくでなしの弟がいいのか？

それとも、これもまた巧妙な罠なのか？

どちらにせよ不愉快だった。

「少なくとも父はそう望んでいます」タリアがつぶやいた。

「伯爵をものにする好機がめぐってくるまでは、たしかにそう望んでいただろう。しかし今のきみの父親は、たかが次男で手を打つ気などこれっぽっちもない。断言しよう」

彼の辛辣な言葉を、タリアは懸命に理解しようとしているようだった。鎖骨のすぐうえのあたりが、かごに閉じこめられた小鳥の羽ばたきのように脈打っている。

そのやわらかな肌に唇を押しつけるところを想像して、ガブリエルは体を熱くした。彼女の肌は自分が思うような甘美な味がするのだろうか。あるいはこれも罠か？

幸い、意に反してこみあげるこちらの強い切望に気づかないらしく、タリアが眉をひそめながら見つめ返してきた。

「たしかに父は、社交界の一部の方々とつながりがあります。でも、父がいったいどうやって伯爵に娘との結婚を迫るというのですか？」

「卑劣な脅しさ」

「脅し？」

「約束を破った弟を法廷に訴えると言ってきたんだ。今後少なくとも数カ月、英国全土の大衆紙の一面に、アッシュコーム家の名前が躍るようにしてやると脅迫した」

ガブリエルの強い語気に身をすくませながらも、タリアは血の気のなかった顔を紅潮させた。

「ひどい」

「そうとも。実にひどい」彼は皮肉たっぷりに微笑んだ。「きみの父親はよくわかっているのさ。母を世間のさらし者にするくらいなら、ぼくがどんな代償でも払うということを」

「ああ……」タリアはなす術もないように両手を宙に浮かせた。「申し訳ありません」

ガブリエルは無意識にタリアの目の前まで近づいて深々と息を吸った。ライラックの花の香りと彼女自身の温もりがまざりあったにおいがする。

「本気でそう思っているのか？」低い声でつぶやいた。

「はい」冷ややかなまなざしに射すくめられ、タリアは震えた。「信じていただくのは難しいかもしれませんが、わたしはこの話に伯爵と同じくらい驚いています」

「ミス・ドブソン、それを信じろというのは難しいというより不可能だ」ガブリエルは反撃しながら胸のうちでつぶやいた。癪に障るのは、彼女がこの期に及んでもまだしらばくれていることだ。自分との結婚に怖気《おぞけ》を振るっていることではない。「ぼくはきみのような女性をよく知っている」

「わたしのような女性？」

「夫をつかまえるためなら手段を選ばない、心の浅ましい女性だ」彼は銀色のドレスに品よく包み隠されたタリアのなめらかな曲線にわざと視線を落とした。もう少し社交界で人気があれば、彼女はこの武器をもっと大胆に披露しただろうか。「もっとも、ふつうならそういう女性の作戦はもっと――」

「もっと魅力的、ですか？」意外にも、タリアはエメラルド色の瞳を敵意にきらめかせた。

「もっと洗練されている、だ」ガブリエルが訂正する。

「失望させて申し訳ありませんが、わたしはそういう星のもとに生まれたのです」タリアはほとんど聞きとれないほど低い声で言った。「その代わり、特に夫がほしいとも思っていません」

ガブリエルは眉をひそめた。なるほど。おとなしいネズミの外見に似合わず、なかなか強気なところがあるようだ。

「ハリーにはもともと結婚する気などなかった。そんな彼を恥ずかしげもなく大金で釣るようなまねをしたのでなければ、その言葉にも少しは説得力が出たかもしれない」

「あれは父が――」彼女は言いかけて口をつぐみ、あきらめたように頭を振った。「なにを言っても無駄ですね」

「そうだ」ガブリエルは彼女のあごを持ちあげ、その驚くばかりに澄んだ瞳を見つめた。「仮にぼくが愚かにも、きみはただ父親の策略の犠牲になっただけだと信じたとしよう。それでも、きみを妻にするのを不快に思っているのに変わりはない」

手にタリアの震えが伝わってきた。傷ついた心を見せまいとして彼女が目を伏せる。濃いまつげが見えた。なぜか良心の呵責のようなものを感じて、ガブリエルは必死に歯を食いしばった。

ばかな。どうして今の言葉を悔やむ必要がある?

「よくわかりました」タリアが言った。「ここへ来られたのはなんのためですか?」

「話し合いをするためだ。われわれの……」彼は声を振りしぼった。「結婚式の」

「なぜそんな必要が?」彼女が肩をすくめた。「あなたと父でわたしの将来を決めるんでしょう。いちいち相談に見えなくてもいいじゃありませんか」

ガブリエルは彼女のあごをつかむ指先に力をこめた。「いいか、ミス・ドブソン。ぼくを怒らせるな。少なくとも今日だけは」

タリアは唇を固く結び、おとなしく身を引いた。彼の手から逃れ、椅子を示す。

「おかけになりますか？」

「いや、いい。長くはかからない」

タリアは青ざめながらも落ち着いた表情でゆっくりとうなずいた。「わかりました」

「月曜日にカンタベリー大主教から結婚の特別許可をもらう。彼とは個人的に親しい間柄だから、問題はあるまい」

彼女は皮肉っぽく唇を曲げた。「ええ、そうでしょうね」

「式はぼくの屋敷内の私設教会で行う」彼はかまわず続けた。「牧師の手配はぼくがする。立会人もうちの召使いふたりにさせる」

一瞬間を置いてその言葉の意味を理解すると、タリアは目を大きく見開いた。

「わたしの父は……」

「招待しない」彼はにべもなく言った。「ほかの客も呼ばなくていい」

「秘密の結婚式にするのですか？」

「それは詮ない望みというものだ。だが少なくとも、ぼくはくだらない道化芝居をするつもりはない」言いながら、相変わらずうわさ話に花を咲かせている窓の外の客に目を向ける。

「来週一週間は公の場に姿を見せるな。それから、父親によく釘を刺しておけ。伯爵を義理の息子にしたなどと吹聴したら、ただではおかないと言われたと」

顔つきこそしおらしかったが、タリアは首筋の血管をどくどくと脈打たせていた。心のなかでは彼の顔を引っぱたきたいほど怒っているにちがいない。

「式のあとはどうなんです?」

「なんだって?」

「式のあとも社交界から姿を隠しつづけるのですか?」

「姿を隠せとは言わないが、デヴォンシャーの領地を訪ねてもらう」

彼の硬い表情を見つめ、タリアは目をしばたたいた。「わたしを田舎に厄介払いするつもりですか?」

「ぼくの提示する条件が気に食わないなら、残り数日間でどこかよそのまぬけ男を脅し、花婿に仕立てるよう父親を説得することだ」

タリアは急に立ちあがり、幽霊にとりつかれたような顔でガブリエルをにらみつけた。

「父の心を変えられるくらいなら、そもそもあなたの弟と結婚させられるようなことにはなっていません。当然、こんなわけのわからない話もなかったでしょう」

タリアへの哀れみがふたたびこみあげたことに怒りを感じ、ガブリエルは身を固くした。

なんということだ。サイラス・ドブソンの娘と結婚させられるばかりか、当の本人からこんな無礼な言葉を浴びせられるとは。

「では、お互いにあきらめて運命に従うしかあるまい」吐き捨てるように言うと、彼は扉に向かった。

「そのようですね」背後でタリアがささやく。

ガブリエルは敷居で立ちどまって振り向いた。

「ところでミス・ドブソン」

「なにか?」

「宝石をそんなにごてごてつけるのはやめてもらいたい」彼はタリアの首にさがるたくさんの大粒のダイヤモンドを軽蔑するように見た。「アッシュコーム伯爵夫人がこれ見よがしに飾り立てるのはみっともない」

捨てぜりふを残して部屋を出ると、ガブリエルは廊下を歩きだした。なぜだろう。少しも気分が晴れない。


タリアが洗濯室で繕い物の必要なシーツをよりわけていると、扉の向こうに執事のアンダーソンが現れた。

細身の体に黒い制服を着た白髪まじりのこの執事を目にすると、いつものことながら一瞬どきっとする。アンダーソンには、雇い主のサイラスには望むべくもない風格がある。

その皮肉な事実を父も感じていないわけではなかった。だからこそ父は、このとり澄ました執事をなにかにつけていたぶり、鬱憤を晴らしている。アンダーソンはというと、あくまでも冷ややかで無駄のない立ち居振る舞いをつらぬき、あるじの前で決して自分の意見を口にしないよう細心の注意を払っている。

それは特に驚くことではなかった。サイラスはたしかに欠点だらけだが、まちがいなく頭の切れる商人だった。人間的な魅力がない代わりに、気前よく給料をはずむことで使用人に忠誠心を植えつけたのだ。

額にかかるほつれ髪を払いのけながら、タリアはわずかに眉をひそめた。アンダーソンが女性の領域と見なしている場所にみずから足を踏み入れるとはめずらしい。

「なにか？」

「アッシュコーム伯爵がお見えです」アンダーソンがあらたまった声で告げた。「お待ちいただきましょうか？」

勢いよく立ちあがった拍子に、手にしていたシーツを落としてしまった。ガブリエルがここに？

婚約してから一週間近くが過ぎているが、彼が訪ねてきたとは信じられなかった。無理もない。彼女は毎日自分に言い聞かせてきたのだ。弟のハリー同様、ガブリエルが本気で自分を花嫁にするはずがないと。

毎朝目覚めるたびに、ガブリエルがさらなるスキャンダルを覚悟のうえで婚約を破棄したという記事が、今日こそ『タイムズ』に載るのではないかと思っていた。

あの人はいったいなぜここに？

結婚のとりやめを言いわたすためにひとりでやってきたのだろうか。それならわざわざ来る必要もないだろう。気まずい思いをしてまで顔を合わせなくとも、手紙一枚ですませたほうが互いにとって楽なはずだ。

洗濯室が急に静まり返ったのに気づき、タリアは咳払いをした。

「父が留守だということはお伝えしたの？」

アンダーソンは頭をさげた。「伯爵はお嬢様と直接お話しされたいそうです」

「わかったわ」タリアはしぶしぶ小枝模様のモスリンのドレスを覆っていたエプロンを外した。「応接室にご案内して」

アンダーソンが事務的に頭をさげた。「かしこまりました」

執事が出ていきかけたとき、自分には客を迎える女主人としての役目があるのをタリアは思いだした。こういうときの作法を、これまで多くの家庭教師たちから何年にもわたって叩きこまれたはずだった。なのに、呆れるばかりに身についていない。

もっとも、そんな作法を披露する機会などほとんどなかったのだが。

サイラス・ドブソンとそのぶざまな娘を訪ねたいなどと、いったい誰が思うだろう。少なくともロンドンにおいて、ふたりは上流社会を破滅させる存在と見なされているのだ。

「あの、アンダーソン」

「なんでしょう？」

「ミセス・ナイトに飲み物を用意するよう伝えてもらえるかしら」

「かしこまりました」

頬のこけたアンダーソンの顔は相変わらず無表情だったが、軽くうなずく仕草にかすかな賛意のしるしが見てとれた。

タリアはゆっくりと時間をかけて手を洗い、薄いモスリンのドレスの胸元を飾るサファイア色のリボンをまっすぐに結びなおした。そして重い足どりで執事のあとを追った。屋敷でいちばん上等な応接室の前に来たときには、鼓動が乱れ、手のひらにじっとり汗をかいていた。けれども立ちどまることなく、漆塗りの家具と緋色のベルベットに飾り立てられた部屋に足を踏み入れる。ここで少しでも自分に迷いを許せば、怖くなって自室に逃げこんでしまうかもしれない。

背の高い金髪のガブリエルが立っているのを見て、タリアはやはり逃げてしまいたくなった。彼を見るたびに心臓が縮みあがるような恐怖にとらわれる。

今朝のガブリエルは、ぴったりと身に合った銀色のベストに淡いブルーの上着を重ねていた。凝った装飾の炉棚の前にゆったりと立つ上品ないでたちは、金箔張りの天井や絨毯を囲む巨大な中国の花瓶といった派手な部屋のしつらえと対照的だった。

彼は一瞬身をこわばらせ、なにを考えているのかよくわからない顔でタリアの格好をじっくりと観察した。

ドレスのレースがすり切れていることや、三つ編みにした髪が良家のレディというより使用人にふさわしいのに気づき、タリアは顔を赤らめた。だが、洗濯室の蒸気のせいで薄いドレスが体に張りつき、豊かな曲線を浮かびあがらせているのにはまったく気づいていなかった。三つ編みからほどけた髪が彼女の自然な美しさを際立たせ、それを目にする男性を――とりわけ、一分の隙もなく完璧に装った上流階級の女性を見飽きた男性の目を釘づけにするということにも。

それだけではない。男性が今の彼女を見たら、野生の花を敷きつめたベッドに横たわる彼女のドレスを引き裂き、その象牙色のなめらかな肌を露わにするところを想像するであろうということも、タリアは夢にも思わなかった。

彼女にわかるのは、ガブリエルに瞬きもせず見つめられるうち、今まで経験したことのない熱を身のうちに感じたことだけだった。

乾いた唇をなめると、タリアはぎこちなくひざを曲げてお辞儀をした。「まさかお見えになるとは思いませんでした」

来てほしくなかったと言われたように受けとめたのか、ガブリエルは暖炉の前から離れ、ハンサムな顔を皮肉っぽくゆがめた。

「自分の婚約者を訪ねるのに事前の約束などいるまい」あなどるように笑う。

タリアはいっそう赤くなった。「もちろんです。でも、お客様を迎えるような身なりをしていませんでした。少し待ってくださるなら着替えて……」

「断る」ガブリエルは即座にさえぎった。「タリア、ぼくは忙しい身だ」冷たい笑みを浮かべる。「それに、ぼくが美しい未来の花嫁にひと目でも会いたくてやってきたのでないことは、お互いに承知しているはずだ」

彼の言葉など気にするまいと決めていたにもかかわらず、タリアはその言葉に深く傷ついた。

「いちいち侮辱する必要はないでしょう」かろうじて聞きとれるくらいの声で訴える。「結婚式をとりやめたいのなら、さっさとそうおっしゃってお帰りください」

「なんだと？」ガブリエルは衝撃を受けたように眉をつりあげた。「結婚式を中止しに来たと思ったのか？」

「ちがうんですか？」

ガブリエルが銀色の瞳を異様に光らせた。「きみの父親は、ハリーを訴えるのをあきらめたと？」

「わたしは……」タリアは言いかけて首を振った。「父はわたしになにも話しません」

「それなら、伯爵を義理の息子にしたくなくなったわけではないんだな？」

彼女は肩をすくめた。「ええ」

ガブリエルはやれやれというように手を振った。とげとげしかった空気が少しやわらぐ。

「では、奇跡でも起こらないかぎり結婚式は予定どおり行われるわけだ」

タリアは両手を組みあわせ、ガブリエルの顔色をうかがった。いったいどうしたというのだろう。結婚式の中止の話が出たとき、彼はなぜかとり乱したようだった。

それとも、ただたんに不愉快なことを思いだして腹を立てただけなのだろうか。

きっとそうだろう。

「今日のご用件はなんでしょう」

ガブリエルは炉棚のうえに置いた書類の山をあごで指し、それを手にとるとタリアの手にどさりと置いた。

「結婚式までに、きみの父親に署名してもらわなければならない」

タリアはとまどったように羊皮紙を綴じた文書に目を落とした。「なんですか？」

「ぼくの身を守ってくれる法律文書だ」

「あなたの身を守る？」タリアはけげんそうに顔を上げ、彼の冷ややかな目を見つめた。

「わたしから？」

「そう、きみから。またそれ以上に、きみの父サイラス・ドブソンから」

「わたしたち親子が、アッシュコーム伯爵のあなたをどう脅かすというのです？」

ガブリエルは肩をすくめた。「その書類にぜんぶ書いてある」

タリアが文書の中身を読みはじめると、ごてごてした応接室がしんと静まり返った。はじめのページに少し目を通しただけで、タリアは読まなければよかったと後悔した。愛情で結ばれるはずの結婚の詳細が、身もふたもない言葉で記されている。

結婚持参金がガブリエルの管理下に置かれるというのは仕方がない。家政をとり仕切るのに必要な少額の経費しか渡してもらえないのも、離婚したときにタリアがなにひとつ譲り受けられないのも我慢できる。すべて彼との結婚が決まった時点で予想していたことだ。

しかし、妻のもっとも私的な行動についてガブリエルが赤の他人と協議していたと思うと、吐き気がこみあげた。

「あなたはわたしが不貞を働くと思っているのですか？」タリアは顔を上げてにらみつけた。

ふてぶてしく肩をすくめた彼の美しい顔を、できれば引っぱたいてやりたい。

「ごく控えめに言って、きみの道徳心はあてにならない。自分の家のなかで妻を寝とられることは防止したいのでね」

タリアは両手を握り締めた。この人でなし。

「それでわたしは、同じような忠誠をあなたに求めることができるのでしょうか」

ガブリエルは冷たく微笑んだ。「むろんできない」

「そんなの不公平だわ」

彼はいきなり近づくと、彼女のあごに手をかけて上向かせた。

「平等にするつもりなど毛頭ない」タリアの色白の顔を銀色の瞳で射すくめながら静かにささやく。「この結婚の中身をとり決めるのはぼくであって、きみではない」

「自分だけ大勢の愛人を引きつれて街を歩き、わたしには屋敷で従順な妻を演じさせる。それがあなたの望む結婚なのですか？」

薄いドレスを通して伝わってくる彼の体温を感じ、タリアは身を震わせた。これまで幾度となく、この男性の腕に抱かれて舞踏室で踊ることを夢見てきた。しかし、いくらたわいのない想像をふくらませたところで、現実の彼の存在感には太刀打ちできない。

「きみはどう思う？」低い声でたずねられた。

ガブリエルがよその女性と一緒にいるところを想像するのはつらい。それを悟られるのが悔しくて、タリアは目を伏せた。

「わたしを辱めることを次々にするつもりなんですね」

頭をさげた彼の温かい息がタリアの頬にかかった。

「ぼくに愛妻家を演じてほしいのか？」

彼の硬い体が触れる。全身に震えが走り、タリアは驚くと同時に怯えて身を引いた。

「そこまで無理なお願いはしないわ」低い声でつぶやく。「たとえ喜ばしい変化でも……」

「喜ばしい変化？」

思わず本音をもらしてしまったことにとまどうタリアに、ガブリエルがたたみかけた。

彼女は自分の身を守るように腰に両腕をまわした。

「舞踏室に入っていくたびに笑われることがなくなれば、それは喜ばしい変化だわ」タリアはひと思いに胸のうちを明かした。

ガブリエルは暗い目で彼女を見た。「それでぼくの花嫁になることにしたのか？　アッシュコーム伯爵夫人になれば社交界が受け入れてくれると思って？」

タリアはうんざりしたようにため息をついた。「前にも言ったように、わたしはべつに誰かと結婚したいなんて思っていません。わたしをあからさまに見下すような男性が相手ならなおさら」

ガブリエルがあごの筋肉をこわばらせた。「ぼくを責めているのか？」

タリアの胸に罪悪感がこみあげる。自分同様、彼はこの残酷な運命の犠牲者でしかない。

いや、自分より理不尽な目に遭っているのかもしれない。

ガブリエルはただ自分の家族を守りたいだけなのだ。たったそれだけのために、ふつうなら絶対に選ばない相手と結婚させられようとしている。

「いいえ」タリアは息を吸った。「あなたを責めているわけではありません」

ガブリエルはその小さな声に虚を突かれたようだったが、やがて不機嫌そうに顔をこわばらせた。

「書類を確実に父親に渡してくれるだろうな？」

「先にわたしが読んで、囚人生活の中身を理解してからなら」タリアは顔をゆがめた。

彼が眉をひそめる。「なんだって？」

「妻として自分になにが求められているのか、それくらいはわかっておくべきでしょう？」

タリアは肩をすくめた。「でないと、あなたをもっと失望させることになりますもの」

ガブリエルが銀色の目を細めた。「きみがぼくを失望させることはない」

「そうかしら」タリアは皮肉な笑みを浮かべた。「なぜそう言いきれるの？」

「そんなことはこのぼくが許さないからだ」

脅すように言うと、ガブリエルは優雅にお辞儀をしてくるりと背を向けて出ていった。タリアといまいましい書類を残して。

恐れていたとおり、ガブリエルのロンドンのタウンハウスは息苦しいほど美しかった。

それはグロブナー・スクエアの中心に並ぶ壮麗な建築群のひとつで、淡い色の石造りの外壁にレンガのアーチ道が七つあり、その向こうはアルコーブになっていて、オーク材の両開きの玄関扉がある。外壁にずらりと並んだ窓が通りを威圧するように見おろしていた。馬車から降りたタリアは、何十もの見えない目にじっと見られているような恐怖を覚えた。

緊張したまま白いタイル敷きの玄関ホールを通り抜け、優雅な曲線を描く大理石のらせん階段をのぼり、建物の奥に設けられたゴシック様式の教会に向かう。貴族の娘として育ったわけではなくとも、図書室で長い時間を過ごしてきたおかげで、長い廊下の壁に巨匠たちの名画がずらりと並んでいるのや、格式ある大広間のイタリア様式の天井にギリシャ神話の各場面が小さく描かれているのがわかった。もちろん、教会の入り口の手前に値がつけられないほど高価なベネチアングラスのシャンデリアがさがっているのも。

これらを見ていると、ガブリエルの爵位がただ社会的階級を表すものだけでないのが理解できる。それはもっと重要な、途方もない責任をともなうものなのだ。彼が守らなければならないのは、大勢の領民や使用人の暮らしだけではない。自分の家族や、現役の伯爵の地位につく者としての威厳も守っていかなければならないのだ。

いくら父が裕福であろうと、人としての価値が祖先や血筋で決まるような世界に足を踏み入れる覚悟はタリアにはなかった。たとえぶざまな壁の花でなかったとしても、アッシュコーム伯爵夫人の役を堂々と演じるような自信はない。

先日のガブリエルとの屈辱的な面会は、言わば心が麻痺していたおかげで持ちこたえられた。今もあのときと同じ状態だからこそ、恐怖のせいで体がばらばらに砕けずにすんでいる。

教会の短い通路を歩き、祭壇の前にいるガブリエルと並ぶこともできそうだ。

すり減った信者席の横をぎこちない足どりで歩きながら、彼女はちらりとうえを見た。アーチ形の天井と美しいステンドグラスの窓が目に入る。再度前を向き、もうすぐ自分の夫になろうとしている男性に意識を向けた。

銀のシャンデリアの光に照らされて輝く彼の金髪と、生身の人間とは思えないほど完璧で威厳に満ちた顔を見たとき、タリアは思わず息をのんだ。ガブリエルは引き締まった広い肩に黒い上着をぴったりと着こなし、結婚式というよりも葬儀にふさわしいような黒のブリーチズを合わせていた。そしてあの銀色の瞳――。

それは、捕食動物の目のごとく冷ややかに光っていた。

今日ほどガブリエルが神々しく見えたことはない。幾重もの布に守られているにもかかわらず、タリアは恐ろしさで身が震えた。

隣に立っても、ガブリエルは彼女に触れようともしなかった。そればかりか、短い式のあいだ一度も彼女を見なかった。式の終わりに結婚証明書に署名するときも、好奇心を丸出しにした牧師や、なに食わぬ顔でそばに立つ執事、明らかに家政婦と思われる女性の三人に見守られてシェリー酒のグラスをくみ交わしたときも。

式が終わると、ガブリエルは横柄にあごをしゃくってタリアを先に歩かせ、憮然とした表情で教会を出た。

これで自分の人生が決定的に変わってしまった。タリアは心のすみでぼんやりと感じた。

もう自分は〝豚ドブソン〟ではなく、これからはアッシュコーム伯爵夫人だ。

もっとも、地位が上がったところで安らぎが得られるわけではないけれど。

父の支配から逃れたいとどれほど長く望んできただろう。熱烈な求婚者は現れそうにないとわかったあとでさえ、いつか心のやさしい立派な紳士が現れ、品位と尊敬を持って接してくれる、その人にさらってもらえると夢見ていた。

しかし今、その望みは永遠に絶たれてしまった。

ひとりの暴君からべつの暴君に譲りわたされてしまったのだ。

花嫁という従属的な立場にいることをタリアが理解しているかどうか確かめるように、ガブリエルが彼女の控えめな装いにじろりと目を向けた。婚礼衣装はウエストの高い位置にシルクのリボンをあしらった薔薇色のドレスと、一連の真珠のネックレスのみだ。

「ミセス・マニングが部屋まで連れていってくれる」冷たい声で告げると、ガブリエルは白髪まじりの髪を頭の後ろできれいにまとめた小太りの女性を指した。女性は屋敷と同じように清潔で染みひとつない黒のドレスに身を包み、きびきびと動いた。この屋敷の家政婦だ。

「夕食を部屋まで運んでもらうか、大食堂で食べるか知らせておいてやれ」

「あなたは一緒じゃないの?」タリアは思わず口にした。

「ぼくは用事がある」

タリアは赤面した。ミセス・マニングが目の前で聞いている。結婚証明書の署名のインクも乾かないうちに花嫁を捨て、恥をかかせる必要がどこにあるというのだろう。

「あなたのお母様は？」

「彼女の妹を訪ねてケントに行っている」

生まれの卑しい嫁から守るために遠くへ避難させたらしい。

「……そう」

タリアを見おろすガブリエルの銀色の瞳が一瞬かげったが、表情は冷たいままだ。

「屋敷内や庭は自由に見ていいが、敷地の外に出てはいけない」

「ここでとらわれの身になれと？」

「明日までのことだ」彼は唇を曲げて冷ややかな笑みを浮かべた。「よって、荷物をほどく必要はない。きみは夜明けとともにデヴォンシャーに発つ」

ガブリエルは返事を待つことなくタリアの脇をすり抜け、長い廊下の向こうに消えた。

予想もしなかった仕打ちに、それまでの防御の膜が突き破られた。

広々とした豪華な屋敷にひとりとり残され、どうしていいかまったくわからない。これではまるで偽物の花嫁だ。皆から正体を暴かれ、辱められる運命にあるような気がする。

夫のガブリエルはそれを望んでいるにちがいない。

幸い、ミセス・マニングが近くの階段を示してくれたのでタリアははっとわれに返った。

「こちらです、奥様」

〝奥様〟――タリアはこみあげる苦々しさを懸命にのみこんだ。

できるなら今すぐ父の図書室に戻り、世のなかから永遠に忘れ去られてしまいたい。

それでもタリアは悲しげに微笑み、階段に向かった。「ありがとう、ミセス・マニング」

案内された部屋は美しく、壁は深いブルーのサテン張りだった。カーテンも紫檀の椅子のクッション部分も同じ色で統一されている。壁一面に並んだ窓の向こうに整形庭園が広がり、遠くに厩が見えた。豪華なベッドも置いてある。

「ここは屋敷でいちばん大きな客間というわけではありません」ミセス・マニングがにこやかに言った。「ですが、お庭がきれいに見えるお部屋がよろしいかと思いまして」

「とてもきれいだわ」そう小声で言ったタリアは、大理石の炉棚に活けられた美しい薔薇のブーケに目をとめて息をのんだ。こんな気づかいをガブリエルがしてくれるはずがない。彼女はミセス・マニングのほうを向いてその腕に手をかけた。「新鮮な花をありがとう。わたしは花が大好きなの」

ミセス・マニングが照れ隠しのように小さく咳払いをした。

「ご婚礼の日に花を飾るのは当然のことです」

タリアは窓辺に歩みよって庭を見おろした。驚くまでもないが、庭に設けられた大理石の岩屋は、ヨークシャーの伯母の家よりも大きい。

「わたしがまともな花嫁でないと知っているんでしょう？　むしろ迷惑なよそ者であることを、伯爵は隠そうともしなかったもの」

「奥様にはなんの落ち度もありません」ミセス・マニングが意外にも強い口調で言った。家政婦が捨てられた花嫁に同情するなどということがあるのだろうか。「旦那様は、ハリー様のされたことにがっかりなさっているだけです」

ミセス・マニングの気持ちはうれしいが、タリアはそれを信じる気にはなれなかった。「伯爵はわたしが義理の妹になるのもいやがっていたはずよ。ハリーが逃げたことに胸を撫でおろしたにちがいないわ」彼女は顔をしかめた。「ハリーに代わって責任を果たすようわたしの父に迫られるまでは」

「それについては、奥様もじきにおわかりになるでしょう。旦那様とハリー様は……」ミセス・マニングはそこで言葉を探した。「あまり仲がよろしくないのです」

ガブリエルなど無視しようと決めたばかりにもかかわらず、タリアは好奇心をそそられた。「そんなことだろうと思ったわ」彼女はコンソールテーブルで紅茶を淹れているミセス・マニングのほうを振り向いた。「跡取りでない息子は大変ね」

「そうともかぎりませんよ」ミセス・マニングがつぶやいた。

「なんですって？」

ミセス・マニングはしばらく黙っていた。雇い主の家庭の事情を話すのをためらっているのだろうか。しかし、どのみちタリアはアッシュコーム家の秘密を知ることになると思ったらしく、ミセス・マニングは姿勢を正して彼女を正視した。

「先代の伯爵様は十年近く前に亡くなりました。旦那様は爵位だけでなく、悲しみに泣き伏しておられる大奥様や弟のハリー様のことまで、すべての責任を引き継いだのです」

十年前ですって？　タリアは驚いて瞬きした。そんなことは初めて聞いた。

「まだずいぶん若かったのでしょう？」

「前の週に十八歳の誕生日を迎えられたばかりでした」

「まあ……」

「でも、旦那様が不平を言われたことは一度もありません」ミセス・マニングがため息をつく。「大奥様が相変わらず悲嘆に暮れ、ハリー様が次から次へと面倒な事件を起こすなか、旦那様は学校からお戻りになり、亡きお父上の仕事をひとりで背負われたのです」

タリアの意に反し、傲慢な人でなしに対する同情の思いが胸にこみあげた。

「誰も助けてくれなかったの？」

「旦那様は、ご自分の役目を他人に負わせるような方ではありません」

「そうでしょうね」タリアは乾いた声で言った。

この結婚騒ぎ以前から、タリアはガブリエルが漂わせる孤独な空気を感じとっていた。人を寄せつけない彼を見るうちに、自分たちはどこか似ているのではないかと思ったものだ。もちろん今では、ガブリエルはただ周囲を思いどおりに動かしたいだけだとわかったが。

父のサイラスと同じように。

ミセス・マニングがふたたび深いため息をついた。「本当におかわいそうに」

「なぜ？」

「ハリー様にも伯爵家の人間としてのお役目が任されていたら、あんなことにはならなかったでしょうに……」

「結婚式の日にわたしを捨てるようなこともなかったと？」

「そうですとも」ミセス・マニングは不服そうに口を結んだ。「旦那様は何度もハリー様を戒めました。でも、いつも大奥様が甘い顔をされて。ハリー様は借金の返済を旦那様に断られると、決まって大奥様に泣きついていましたから」

思わぬ暴露話にとまどい、タリアは眉をひそめた。いくら自分がアッシュコーム家の一員になったからと言って、使用人があるじの事情をここまでおおっぴらに話すのはふつうのことではない。

雇い主の信頼を損ねたとたん路上に放りだされても仕方がない立場だというのに。

しかし、タリアはふいに悟った。

ミセス・マニングはガブリエルを心からあがめているのだ。タリアの処遇については明らかに不満のようだが、それでも彼をかばわずにはいられないのだ。

もしかしたら、やがて自分たちが睦まじくなるのを期待しているのかもしれない。

タリアはため息をつきたいのをこらえた。

まったく見こみのない期待だ。けれども、心やさしいミセス・マニングにそれは言えない。あなたの尊敬する雇い主は人でなしだなどと言う勇気はない。

「伯爵も困ったでしょうね」タリアはあいづちを打った。

「そうですとも」ミセス・マニングが顔をしかめる。「実は半年前に……」

「半年前に？」

「旦那様は大奥様に、決められた生活費以外のお金をハリー様に渡さないようきつくお言いつけになられたのです」

「そう」タリアは唇を曲げた。「それで、ハリーはわたしとの結婚話に乗ったのね」

短い沈黙のあと、ミセス・マニングが答えた。「そうです」

「伯爵が怒る理由がわかったわ。ハリーに責任ある行動を教えようとして裏切られたのね」

タリアは痛む胸に手をあてた。「どうりでわたしを憎むはずだわ」

ミセス・マニングが首を振った。「今はお怒りになっているかもしれませんが、奥様が伯爵夫人になられることを受け入れたあとはすべてうまくいきますとも」

タリアは大声で笑いたいのを我慢した。この先うまくいくことなどあるはずがない。

「あなたはものごとをいい方向に考えるのね。うらやましいわ」乾いた声で言った。

タリアの気持ちを察したらしく、ミセス・マニングは表情を曇らせた。

「たしかに旦那様は、いろいろと厳しいところがおありです」家政婦は一歩進みでて言った。「お若い年で爵位を継がれたときは、経験不足の旦那様につけこもうとする恥知らずな人間がまわりにたくさんおりました。なかには友人のふりをして近づいてくる者までいたのです。旦那様はそういう連中からご自分や家族を守るために厳しくならざるを得なかったのです。ですが、旦那様は正しい心を持ったお方です。いったんご自分に責任があると感じた相手のことは、命に代えても守ってくださいます」

そんなに早くから大人の世界に足を踏み入れねばならなかったガブリエルのことを思うと、

同情の気持ちがこみあげる。だがタリアは慌てて思いなおした。彼のそばにいると、最後に残った自尊心のかけらまで打ち砕かれてしまう。あの人は敵だ。そう思わなければこちらが負けてしまう。

「責任があると感じた相手?」タリアはミセス・マニングの言葉を聞きとがめた。「愛する相手についてはどうなの?」

ミセス・マニングが顔をしかめる。「旦那様は、愛するという感情は弱さと同じものだと思っておられるようです」彼女はそこで言葉を切り、タリアの目をじっと見つめた。「聡明な女性なら、他人と心をわかちあえる喜びを旦那様に思いださせてあげられるでしょう」

4

結婚式のあと、ガブリエルにすることなどなかった――新しい花嫁に迷惑なよそ者であるとしっかり自覚させることを除いては。

屋敷を出てきたときのタリアの打ちのめされた表情からすると、それについてはじゅうぶん成果があったようだ。

だがしばらくすると、タリアの青ざめた顔と傷ついた瞳が思い起こされ、胸に痛みを感じた。それを懸命に否定するうちにガブリエルは、いつしかロンドンの外れまで馬を進めていた。

脇をすり抜けたときのタリアが哀れな孤児のように見えたからといって、それがどうしたというのだ？　結婚式を終えたばかりの見知らぬ屋敷で彼女がひとりぼっちの夜を過ごすからといって、それがなんだ？　伯爵夫人の地位と引き換えに魂を手放したのは彼女のほうだ。手にした勝利がいかにむなしいものか思い知るがいい。

これ以上タリアのことも茶番劇のことも考えまいと心に決めて細い道を進んでいくと、やがて田舎の村に差しかかった。鮮やかな色に塗られた荷馬車とすれちがうために馬をとめたとき、ガブリエルは荷台の檻に熊が入れられているのに気づいてしばらく目をとめた。続いて訪れた村の共有地では、がっしりしたふたりの男がレスリングに興じていた。

小さな馬宿に立ちより、鹿肉の煮こみと焼き立てのパンという質素な食事で空腹を満たしていたとき、ほったらかしにしてきた花嫁のことがふたたび頭に浮かんだ。

三杯目のビールを飲み干すと、ガブリエルは部屋の中央に置かれた小さなテーブル席を立ち、厩舎のある庭に出た。馬丁たちが仕事をしているのが遠目に見える。野良犬が何匹か、台所のにおいに誘われて近くをうろついていた。そうした風景をながめながらも、ガブリエルの脳裏にはエメラルド色の瞳が焼きついていた。

まったくなんてことだ。

こんなへんぴな場所までやってきたのも、油断も隙もない魔性の女を忘れるためだ。あの瞳にかすかに見えた怯えや、誘いかけるようなみずみずしい体を思いだすためではない。タリアはあと数時間でデヴォンシャーに発つ。そうなったら、今日の結婚式は悪い夢だったということにして忘れてしまえばいい。

だがもう一杯ビールを飲み干したとき、ガブリエルはまたしてもタリアのことを考えている自分に気づいた。ぴったりした薔薇色のシルクのドレスが彼女の美しい体の線を際立たせていた。細い真珠のネックレスが象牙色の肌のうえでやわらかく輝いていた。

タリアは大食堂の席につき、新しいアッシュコーム伯爵夫人の座についた勝利をひとりきりで祝っているのだろうか。それとも部屋に引きこもり、彼を祭壇の前に引っ張りだしたことを早々と後悔しているのだろうか。

どちらにせよ、侮蔑の念しか感じないはずだった。

しかし実際に頭に浮かぶのは、タリアのしなやかな薔薇色のドレスをはぎとり、その下にあるサテンのような肌を夜通し味わいつくす光景だった。

それのどこが悪い？

ふと浮かんだ問いかけに、それまでの決意がゆらぐ。

今夜は結婚初夜じゃないか。

タリアのことが頭から離れないとわかった今、なぜわざわざ屋敷を遠く離れてこんなへんぴな馬宿で一夜を明かそうとしているのだ？　自分の部屋でいつもの暖炉の火といつもの上等なブランデーを楽しめばいいじゃないか。そうして頃合いを見計らい、新妻の温かく甘美な肌を心ゆくまで味わえばいい。

この不道徳な結婚がもたらす唯一の恩恵に浴さないのは愚かというものだ。

それに――悪魔が耳元でささやいた。

〝初夜の床をともにしなければ、厳密には結婚が成就したことにはならない〟

あの人でなしのサイラス・ドブソンのことだ。娘がたしかに純潔を奪われた証拠を見せろと迫ってきても不思議はない。

遠い地平線に太陽がゆっくり沈んでいき、ガブリエルは空になったビアマグをテーブルに置いていちばん近くの扉に向かった。

もうたくさんだ。

タリアはまもなくデヴォンシャーに発つ。それまでに、彼女に火をつけられたこのいまいましい欲求を満たしてもらおう。そうしてはいけない理由はどこにもない。

思えばこんな衝動に身を任せるのは、アッシュコーム伯爵の重責を受け継いでから初めてのことだ。ガブリエルは宿をあとにし、ロンドンに向かって馬を駆った。

かなり急いだものの、市街に着いたときにはすっかり夜になっていた。丸石を敷いた大通りを豪華な馬車がふさぎ、酔っ払いたちが舗道に並んで放尿している。ガブリエルは小さく悪態をついた。今夜は社交界の人間がこぞってメイフェアに集まり、自分の帰宅の邪魔をしているかのようだ。

ようやく厩に続く私道に入って制服姿の馬丁に馬を引きわたすと、通用口から屋敷に入って寝室に通じる階段をのぼった。

使用人たちをわずらわせないよう静かに歩く。帰宅したことを知らせるつもりはない。これから数時間にわたる熱狂は、夜明けとともに忘れてしまうつもりだ。

寝室に入って自分で服を脱ぎ、早くも高ぶりはじめた体に豪華な刺繍を施したナイトガウンをまとう。いつものアッシュコーム伯爵ではなく、こそ泥になった気分だ。その思いを頭のすみに追いやって蝋燭の火を消すと、ガブリエルは足音を忍ばせてタリアのいる青い客間へと廊下を歩いていった。

扉を押してみると錠がおろされていないことがわかり、ガブリエルは小さく微笑んだ。

タリアが施錠しなかったのは、どうせ夫は来ないだろうと思ったからか、それとも来ることを期待したからか。

確かめる方法はただひとつだ。

敷居をまたいで部屋に入り、扉を閉めて背中を預けた。さりげなく施錠しつつ、美しい紫檀の家具が並ぶ部屋に素早く視線を走らせる。そのとき、窓下のベンチからゆっくりと立ちあがる細長い人影が目に入り、心臓が飛びだすかと思うほど驚いた。

笑うべきか怖気を振るうべきかわからない。タリアはとうにウェディングドレスを脱ぎ、奇っ怪なナイトドレスに着替えていた。それにしても呆れてものが言えない。自分がこれまで接してきた女性たちは、男が寝室で色っぽくじらされるのを好むことを熟知していた。タリアが着ているようなぞろりと長いリネンのナイトドレスなど見るのは初めてだ。まるで埋葬布のようにあごから爪先までをすっぽり包んでいる。しかも、わけのわからないリボンや襞飾りまでついているうえに、いくつあるかわからないほどボタンがびっしり並んでいた。

こんなものを着て眠る女がいるとは、まったく信じられない。

しかし、その幾重ものリネンをゆっくり丁寧に脱がせ、豊満な体を少しずつ露わにするところを思い浮かべたとき、ガブリエルは幻滅するどころか興奮して指が震えた。

待ちかねたプレゼントの包みをほどくように彼女を裸にする――そんな刺激的なことがほかにあるだろうか。

タリアをベッドに横たえ、サテンのような肌をすみずみまで探索しよう。最初は手で、次は唇で。そして彼女に懇願されたとき、初めてなかに入って激しい欲求を解き放とう。

みだらな想像の対象になっているのを察したように、タリアが震える手を喉にあてた。黒髪を肩に垂らし、エメラルド色の瞳を怖そうに大きく見開いている。

一瞬、ガブリエルは迷った。

彼女がなんとも無垢に見える。

「あなたなの？」タリアはかすれた声で言った。

良心の痛みに胸を突かれながらも、ガブリエルは暗い気持ちで自分に言い聞かせた。願ってもない高い地位を手に入れるため、タリアはみずから進んで純潔を差しだすことを決めたのだ。望みが叶ったのだから、今度は彼女が約束を果たす番だ。

冷ややかな笑みを浮かべながら、ガブリエルは扉を離れて前に進みでた。

「ぼくの従順なる花嫁」

タリアは唇を湿らせた。「なにをしに来たの？」

「言わなくてもわかるだろう」彼は立ちつくしているタリアのまわりを一周した。獲物を狙う狩人のように血が騒ぐ。「今夜は結婚初夜だ」

「でも……」頬に軽く触れられ、彼女は声を震わせた。「あなたは来ないと思ったわ」

「そのようだな」タリアの正面で足をとめると、ガブリエルは不格好なナイトドレスのリボンを引っ張った。

「ぼくが一目散に逃げていくようにこんな妙な格好をしたのか？」

「べつに妙じゃないわ」タリアのかすれた声が愛撫のように彼の肌をざわめかせた。「どこから見てもきちんとしたナイトドレスよ」

最後のリボンをほどいてしまうと、ガブリエルはずらりと並んだボタンに目を向けた。

「今の答えで少なくともひとつはっきりした」

タリアの息づかいが次第に速くなっていく。ドレスを脱がされようとしているのを悟ったらしい。怯えつつも必死に立っている姿が健気だった。

「なんのこと？」

彼女のやわらかな胸のふくらみを撫でたとき、ガブリエルは鼓動がとまりかけた。

「きみが処女か、処女でないか」押し殺したようにささやく。「経験のある女なら、そんな埋葬布じゃなく、もう少しましなものを身にまとう――持って生まれた自分の価値を高めるために」

タリアが不敵に瞳を光らせる。「もしわたしを侮辱しに来たのなら――」

「べつの目的で来たとわかっているはずだ」

ガブリエルが鋭くさえぎると、タリアはたちまちおとなしくなった。彼女の震えが指先に伝わってくる。見ると鎖骨のくぼみのあたりが小刻みに脈打っていた。

「でも、わたしなんかを妻にしたくないんでしょう」彼女が声をかすれさせた。

ガブリエルは笑いだしたいのをこらえた。今からする行為とタリアを妻にしたいかどうかとはなんの関係もない。それがわからないとしたら、彼女は相当の世間知らずだ。

苦しいほどの欲求に突き動かされ、ガブリエルはナイトドレスを素早くつかんで引き裂いた。ボタンが床に飛び散り、タリアが鋭く息をのんだ。

「しかし、きみはこうしてぼくの屋敷にいる。アッシュコーム伯爵夫人として」声がかすれた。引き裂かれたナイトドレスの下に現れたなめらかな象牙色の肌に、いやがうえにも興奮をかき立てられる。

なんということだろう。想像したとおりの体だ。

うっとうしいドレスをはぎとって細い肩を両手で撫で、そのまま繊細な鎖骨に這わせる。身のうちにじりじりするような熱を感じつつ、豊かな乳房とキスを待っているかのようなべリー色の頂に視線を移す。ほっそりしたウエスト、女性らしい豊かな腰。太もものあいだの黒い茂みを見たとき、ガブリエルの最後の理性がはじけ飛んだ。

低いうめき声とともにタリアの体をすくいあげると、彼は部屋を横切って続き部屋の寝室に向かった。

「ああ」彼女が息をもらす。見開いた瞳には、恐怖だけでなく明らかに情熱が見えた。「なぜこんなことを？」

抗いがたく高ぶっているのは自分だけでないとわかり、ガブリエルは勝ち誇った笑みを浮かべた。頭をさげ、タリアの唇をむさぼるように奪う。

「自分でもとめられない」ガブリエルは唇を押しつけながらつぶやいた。

タリアは身を震わせ、彼のナイトガウンの襟を握り締めた。「酔っているの？」

「酒の力でも借りないとできない」

タリアは頬を打たれたように息をのんだ。「そんなにいやならやめればいいじゃない」

いや？　まさか。すっかり夢中になっている。

タリアをベッドにおろしたとき、下腹部がよじれそうなほど強くうずいた。サテンの上掛けに横たわる裸の体に目が釘づけになる。銀色の月明かりに照らされたタリアは、まるで霧と魔法から生を受けた生き物のようだ。ロンドンに迷いこみ、煙とともに消えてしまうはかない木の妖精。

激しい渇きにのまれそうになり、ガブリエルは低い声をもらした。たかが女性にここまで心を乱されたとは思いたくない。タリアの力を認めることになってしまう。

「このばかげた結婚が本当に成就したかどうかと疑われたくない。それだけだ」ガブリエルはうめいた。「朝になればまちがいなくサイラス・ドブソンがやってきて、きみがたしかに純潔を奪われた証拠を見せろと言うだろう」

タリアはわけがわからず顔をしかめた。「証拠？　わたしが……」にわかに頬が赤くなる。結婚初夜のシーツに純潔のしるしがついているかどうかを調べるという、古い習慣のことだとわかったのだ。「そんな……」

無邪気なうろたえぶりが、彼女の魅力をさらに際立たせた。ガブリエルは小さく毒づきながらナイトガウンを脱ぎ捨ててベッドに横になり、彼女が逃げてしまわないよう震える体に両腕をまわした。

「乙女の恥じらいか」ささやきながら指先でタリアの頬を撫でる。「驚いたよ」

ブルーとクリーム色の上掛けのうえに彼女の黒髪がシルクのように広がり、瞳が月明かりのなかでエメラルドのように輝いていた。

「わたしたちが結婚式を挙げたことだけで、父はじゅうぶん満足しているはずよ」タリアは息をはずませながら彼の胸に両手をあてて押そうとした。「証拠なんて求めないわ」

ガブリエルは彼女の首筋に顔を埋め、その甘いにおいを吸いこんだ。石鹸と洗濯糊と処女のにおいだ。

それはなんとも官能的な組みあわせだった。

「まさか信じろというのか？」ガブリエルは言った。「ドブソン家の人間の言うことを？」

「もうわたしはドブソンではないわ」

彼は驚いて身を引いた。今の言葉に腹を立てるべきだと理性が訴える。それなのに……。

それなのに、なぜか満足感がこみあげてくる。

心の動揺を抑えてタリアをにらみつけ、彼女の震える唇の輪郭を指でなぞった。

「紙切れに署名をしただけでアッシュコーム家の人間になれるわけじゃない」

タリアの荒い呼吸が部屋に響いた。「伯爵《マイ・ロード》……」

「ガブリエルだ」

タリアがとまどったように瞬きする。「えっ？」

「ぼくのことはガブリエルと呼べ」自分でもなぜかわからないまま、彼は命令していた。

「ガブリエル」目を大きく見開きながらタリアがささやく。「本当にいいの？」

彼は低いうめきとともにタリアの広い額に唇を這わせ、そのまま細い鼻筋をなぞった。

「今のところはその呼び方がいい」

彼女が身を震わせた。「ああ」

「タリア」ガブリエルは彼女の唇を親指で押し開き、清らかな感触を慈しむように楽しんだ。

「めずらしい名前だ。父親がつけたのか？」

タリアが彼の胸に指先を食いこませた。抵抗するためではない。ガブリエルは彼女の速い鼓動とかすかな情熱のにおいを感じた。

経験こそないものの、タリアの体は無言で誘いかけるように彼の体にやわらかく押しつけられている。

「母方の祖母の名前よ」ガブリエルの唇が頬をかすめて唇をくすぐると、彼女は声をうわずらせた。

「ロマの女か？」

タリアが身を固くした。「それがどうかしたの？」

「いや」ガブリエルはタリアのなめらかな首筋に手を這わせてゆっくりとおろしていき、先端にベリーを頂いた豊かな乳房を包みこんだ。思わず喉の奥が鳴ってしまう。彼女に触れただけですでに爆発寸前だ。「きみはとてもみずみずしく、しかも繊細だ。まるでドレスデン人形のように」

「わたし……」乳首を指先でやさしくもてあそばれ、タリアは言葉を途切れさせた。

「なんだ？」ガブリエルが喉に唇を這わせながらたずねる。

「……なにも知らないの」彼女はようやく告白した。

ガブリエルは毒づきたいのをこらえた。ドブソンめ。娘になんの予備知識も与えずに初夜の床に送りこむとは。

あのろくでなしときたら。

「ぼくに任せればいい」シルクのような肌に向かってささやくと、ガブリエルは両手をさげて彼女のヒップを包みこんだ。「ぼくがすべて知っている」

タリアがなにか言おうと唇を開いたが、ガブリエルはもはや会話を続けられるような状態ではなかった。

初体験の不安を言葉でとり除くことなどできない。必ずしも苦痛をともなうものではないということは、実際に体験しないかぎりわからない。

ごまかすな。先を急ぎたいのは彼女のためではなく、たんに自分がせっぱつまっているからじゃないか。そんな心の声を聞き流し、ガブリエルはタリアに完全な服従を強いるように熱く唇を重ねた。

彼女は一瞬身を固くし、強引なキスに抵抗してもがいた。落ち着け——ガブリエルは自分を叱りつけた。タリアは臆病な処女なんだぞ。さっきやさしく導いてやろうと思ったばかりだろう。このままでは娼婦相手のように乱暴に奪ってしまいそうだ。

タリアはこちらをまんまと陥れて結婚にこぎつけた。こうなったら夜が明けるまでに彼女に懇願させてやる。お願いだからのぼりつめさせてくれと。

残酷な決意を胸に秘め、タリアのむきだしの太ももにそっと手を這わせる。そうしながらキスでじらすうちに、やがて彼女の唇が開いた。ささやき声でほめてやりながら、熱く濡れた口のなかに舌を差し入れる。

タリアがふたたび身を縮めた。ガブリエルは叫びたかった。たかがキスでなにをそんなに怖がることがある？

必死に自分をなだめて舌を出そうと決めたとき、タリアが小さな悦びのため息をもらしながら彼の首に両腕をまわしてきた。

その無言の服従のしるしに、ガブリエルは男としての満足感を覚えた。

そらみろ。彼女だって求めているじゃないか。

相変わらず太ももをゆっくりと撫でながら、ガブリエルはタリアのふくよかな唇を軽く噛み、そのまま喉から胸の曲線に向かって熱いキスの跡をつけていった。タリアの肌は温かく、太陽の味がした。生まれ育ったデヴォンシャーの屋敷ののんびりとした夏の日を思いださせる。

爵位という重い責任を負わされる前の、悩みひとつなかった平和な日々を。

やわらかな曲線に触れるうちに、股間がうずきだした。なんということだろう。処女であるにもかかわらず、タリアは生まれながらの妖婦《セイレーン》だ。

そして今夜、彼女は自分のものだ。

ガブリエルは唇を下に向かって這わせていき、乳首をとらえた。タリアがもらすため息に耳を傾ける。なんと甘美な音楽だろうか。

「ああ」彼女がかすれた声で呼ぶ。「……ガブリエル」

「しいっ」ささやきながら、ガブリエルは片方の手を彼女のもものあいだに差し入れた。

「ぼくを信じろ」

タリアが身を震わせ、彼の背中に無我夢中で両手をまわす。

「どう信じろと言うの……」濡れた秘所に指を入れられ、タリアは息をのんだ。「ああ」

ガブリエルは静かに笑い、硬くとがった乳首に舌で円を描いた。

「きみの妻としての最初の課題は、夫が常に最良の道を心得ていると信じることだ」

タリアが荒い息の下でなにかつぶやいたが、指がさらに奥へすべりこむとあまりの気持ちよさに大きな声をあげた。ガブリエルは少し身を引いてその顔を見つめ、ゆっくりとじらすように指を前後に動かした。彼女は頬を熱く上気させ、濃いまつげを伏せて唇をわずかに開いた。

これほど美しいものを、ガブリエルは見たためしがなかった。

そんなことがあるだろうか。

彼はこれまで、英国きっての高級娼婦たちにもてなされてきた。最近までつきあっていた愛人などは、初舞台がきっかけで暴動騒ぎが起きるほどの美女だった。

それなのに、まったく男を知らない壁の花ごときになぜここまで激しくかき立てられるのだろう。

その危険な問いに惑わされまいとして、ガブリエルはタリアの唇をふたたび熱く奪った。差し入れた舌の動きに合わせ、せっぱつまった衝動を解き放つようにタリアが背中に爪を食いこませてくる。彼の全身を満足感が炎のように駆けめぐった。

乙女の不安をとり除くためにやれるだけのことはやった。もう待てない。早く彼女を自分のものにしなければ、頭がどうにかなりそうだ。

なめらかな動きでタリアに身を重ねてひざのあいだに入ると、ガブリエルは満足そうにうめいた。小さくあえいだタリアのひそやかな突起を探りあて、鋭い悦びにもだえさせる。その入り口に自分のものを押しあて、彼はゆっくりとなかに入った。

入りながら、喉の奥から振りしぼるような声をもらした。彼女の内側は高炉のように熱く、とてつもなく強い力で締めつけてくる。

完璧な組みあわせだった。

心臓が鼓動を刻むことすら忘れたようだ。タリアの口のなかの甘美な蜜を吸いながら、彼女が押し入った自分をしっかり受けとめてくれるのを待つ。やがてタリアが体の力を抜き、なにかをせがむように両手を背中に這わせてきた。ガブリエルはようやく腰を引くと、ふたたび温かな深みに突き入った。

彼女の頬に唇を這わせ、耳たぶに軽く歯を立て、その清潔なにおいを深々と吸う。今頃になって初めて、実は香水をぷんぷんにおわせた女性が苦手だったということに気づいた。むせるような強い香りに邪魔されずにタリアの体を抱き締めていると、悦びがさらに高まる。

情熱に押し流されそうになりながらも、ガブリエルはタリアのあえぎ声と荒い息に必死に耳を傾けた。彼女が快楽の頂点にのぼりつめるまで、決して欲求に屈しまいと決めたからだ。相手の首筋に顔を埋めたまま、ゆるやかなリズムを守って両手で彼女の腰を抱えあげると、絶頂に近づいたタリアが爪を食いこませ、体を弓なりにそらせた。

「ガブリエル、もうだめ……」

「いや、まだだ」ガブリエルは低い声で諭した。「きみが本当にほしいものをあげよう」

彼女の鎖骨にキスを浴びせると、ガブリエルは頭をさげて乳首に吸いつき、速いリズムを刻みはじめた。タリアの両脚が腰にからみつく。

鋭い悦びに耐えかねて、タリアは叫び声をあげながら強烈に締めつけてきた。歯を食いしばっていちばん奥まで突き入った彼は、砕け散るような悦びに全身をつらぬかれた。

悦びの嵐が吹き荒れるあいだ、時間がとまったようだった。やがて、ガブリエルはうめき声をもらしてタリアの体に腕をまわし、仰向けに転がりながら抱きよせた。

吹き飛ぶような熱狂から回復しようとするふたりの荒い息づかいが、しんと静まり返った寝室に響く。

今のうちに出ていったほうがいい――ガブリエルの頭のすみで声がした。

新妻をベッドに運び、初夜の床で結ばれ、身を焼かれるような情熱を解き放つことができたのだ。このうえなにをぐずぐずしている？

だが彼はその声を頭から振り払った。

信じがたいことに、まだ求め足りない。

狂おしいほどの絶頂を迎えたというのに、もう硬くなりはじめている。タリアが腕をほどこうとして身じろぎすると、ガブリエルはとっさに彼女を抱きすくめて耳元でささやいた。

「逃げるな」

「ガブリエル……」タリアはふたりのあいだに芽生えた変化を驚きながらも楽しむように首をかしげた。「これからの話をしないと……」

「必要ない」ガブリエルはさえぎった。話しあいなど今いちばんしたくないことだ。まんまと手玉にとられたうえに、十年間保ちつづけた自制心まで奪われてしまった。こうなったら彼女の甘美な体にひたすら溺れよう。そして夜明けとともに、この熱狂的な時間などなかったことにして忘れてしまえばいい。「必要なのはこれだけだ……」彼はタリアのサテンのような髪に手を差し入れ、むさぼるように唇を奪った。「そしてこれだ……」唇であごをなぞり、さらに首筋に這わせる。タリアが小さくあえぎ、目を閉じた。ガブリエルは唇を下へ向かって這わせ、歯と舌で彼女の野性的な情熱をかき立てていった。「それからこれも……」乳首を唇で包みこんだとき、ガブリエルはもうなにも考えられなくなった。

5

英国　デヴォンシャー　キャリック・パーク

デヴォンシャーにあるガブリエルの領地に向けてロンドンを出発したとき、タリアはこの先どうなるのかまったくわかっていなかった。

それどころか、早朝の光が差す丸石の路面のうえを馬車が動きだしたとき、これから向かう土地のことなどなにも考えていなかった。考えられるはずもなかった。ガブリエルと、ガブリエルの腕のなかで過ごした数時間のことで頭がいっぱいだったのだ。

すべての出来事はあまりにも……あまりにも異様だった。

ガブリエルが荒々しく寝室に押し入ってきてから、夜明け前にほとんどものも言わずに姿を消すまで、すべては夢のなかのことのようだった。

短い結婚式のあとでひどい仕打ちを受けただけに、まさか彼が結婚初夜のために帰ってくるとは思いもしなかった。もちろん、ガブリエルがあれほど激しい情熱を露わにし、彼女を悦びの渦のなかにさらってしまうなどということも。

ガブリエルはなぜ戻ってきたのだろう。

まさか本当に、花嫁の父が中世時代の悪人さながらに結婚の成就を確かめに来ると思ったのだろうか。どう考えてもばかばかしい。それに、ガブリエルがたんなる義務であのような誘惑を仕かけたとも思えない。

新しい屋敷に来て一カ月がたった今でさえ、タリアは夜毎ベッドに身を横たえ、ガブリエルの焼けつくようなキスや熟練した愛撫のひとつひとつを思いだしていた。

もっとも、彼がなにを考えていようと自分には関係のないことだ――わら葺き屋根の小作小屋からキャリック・パークに続く道を戻りながら、タリアはこれまで何度も思ったことをふたたび胸のなかでくり返した。

われを忘れるような悦びを与えておきながら、ガブリエルはさっさとベッドを去った。彼女が馬車に乗せられて屋敷を出ていくときでさえ、姿を見せなかった。

その意図は明確だ。

ガブリエルにとってタリアはしょせん、身分の卑しい野暮ったい妻なのだ。人目につかぬよう田舎に押しこめておきたくなるほどうとましい存在なのだ。

そんなふうに考えると、すでに風前の灯だった自尊心があとかたもなく消えてしまいそうになったが、デヴォンシャーに到着してみてすべてが変わった。キャリック・パークは流刑の地どころか、すばらしい恵みをもたらしてくれる場所だった。一歩足を踏み入れたとたんに心が軽くなり、将来に対する不安が嘘のように消えてしまったのだ。

タリアにとって領主邸《マナーハウス》というものを目にするのはおそらくそれが初めてだった。

英仏海峡を見おろす石灰岩の崖のうえに立つその屋敷は、もともと修道院として造られた薄茶色い石の建物だった。はじめの建造部分にエリザベス様式の窓や傾斜した屋根が増設され、美しい調和を醸しだしていた。正面の壁を這うツタが建物の鋭角的な線をやわらげ、緑地庭園の自然な風景のなかに溶けこませている。庭の向こうに点在する大きな馬小屋や離れ屋にも屋敷と同じツタがからんでいた。

よそにある田舎屋敷ほど広くもなく、芝がきちんと刈りこまれているわけでもないが、タリアは建物の野趣あふれる美しさにたちまち魅了された。

この屋敷はまるで……懐かしいわが家のようだ。

スローン・スクエアにある父のけばけばしい豪邸やグロブナー・スクエアにあるガブリエルの冷たくとり澄ましたタウンハウスよりも、はるかに自分の本当の家だと思えた。

それだけではない。顔を見れば責め立てる父や、常に怒りをくすぶらせている夫から遠く離れた場所に来たのだと思うと、初めてのびのびと呼吸することができた。ようやく自由になったのだと感じ、体の内側から力がわいてくる。自分の人生にそんなすばらしい日が訪れるとは夢にも思わなかった。

この一カ月でタリアは少しずつ使用人や領民の信頼を得ていったが、初めのうちは、誰もが新しいアッシュコーム伯爵夫人に明らかに疑いの目を向けていた。

タリアがサイラス・ドブソンの娘だということを、彼らはまったく気にしていなかった。彼女の先祖の系譜がエデンの園までたどれないことなどどうでもいいらしく、大事なのはタリアが自分たちの生活に心から関心を抱いてくれるかどうかであり、自分たちが抱える悩みの解決のためにどこまで力を貸してくれるかだった。

スレート葺きの屋根と玄関ポーチが目印である赤レンガ造りの小さな教会の前を通りかかったとき、タリアはやせて背の高い黒髪の男性に気づいて足をとめた。男性は教会と牧師館を隔てる高い生垣のあいだを通り抜けていく。

タリアは笑みを浮かべた。ジャック・ジェラルド牧師だ。彼はタリアがこれまで出会ったどんな男性とも似ていない。

ジャックはタリアよりせいぜい二、三歳うえと若く、しかもハンサムだった。毎週日曜の朝になると、信者席からあふれるほど大勢の人が教会につめかける。当然のことだ。男らしく整った顔立ちといたずらっぽいブラウンの瞳に抗える女性がどこにいるだろう。いつも質素な黒の上着とブリーチズに地味なクラヴァットを合わせているが、それでもジャックは独特の雰囲気と気品を内側から漂わせていた。このあたりでもっとも立派な貴族でさえ彼の横に並ぶと、洒落者の紳士というよりただの気どったクジャクに見えてしまう。

もちろんこの人もガブリエルにはかなわないけれど――頭のすみでちらりとそんな声がした。息をのむほどハンサムなタリアの夫は、あれだけの欠点があって、遠く離れていても、彼女のなかで圧倒的な位置を占めている。

タリアは心の声を懸命に無視しようとした。

ガブリエルがこちらの存在を無視しているのは明らかで、心の平安を保ちたいなら同じように振る舞ったほうが利口だ。

暗い気持ちでガブリエルのことを頭から振り払い、近づいてくる牧師をじっと見つめる。するとタリアに気づいた牧師がわずかに顔色を変えた。

まるで……うろたえているとしか言い表せないような表情だ。

もっとも、牧師はすぐさま輝くような笑顔になり、タリアはすぐに思いなおした。きっと、次第に濃くなっていく夕闇のせいで彼の表情がおかしく見えただけにちがいない。

その証拠に、ジャックはタリアの手をとって指先に少しばかり長めの、心のこもったキスをした。

「ごきげんよう、レディ・アッシュコーム」低い声にわずかばかり外国のアクセントがある。人の話によると、彼の両親はフランス革命を逃れて英国に移住したらしい。その類のうわさなど大抵根も葉もないものだということを、タリアは身に染みてわかっていた。それに今のところ、ジャックにどんな過去があろうとまったく気にならない。

初対面のとき以来、ジャックはタリアに特別にやさしくしてくれた。彼女はすっかり舞いあがり、牧師と楽しく語らうことでガブリエルに傷つけられた心を癒やした。

ガブリエルのことだけではない。近くに住む貴族階級の人々が一度も自宅に招いてくれず、歓迎の意を示してくれないことに、タリアは今も傷ついていた。

ジャックは頭を上げると、タリアのアップルグリーンの外出着をじっくりと見た。大きく開いた胸元には銀のレースの縁どりがあり、ウエストにも同じ銀色のサッシュがついている。ボンネットは洒落た黄色で、ドレスの裾からのぞくハーフブーツの色と揃いだった。

デヴォンシャーに来るまではこんな鮮やかな色を選んだ記憶がなく、豊かな胸をここまで大胆に見せたこともない。

けれども心やさしいジャックに勇気づけられたおかげで、タリアは地元の仕立屋を探しだしてチェストの中身を一新したのだった。髪形もそれまでよりくだけたスタイルに変え、黒くつややかなおくれ毛が顔のまわりに自然にかかるようにした。

今こうしてジャックの賞賛のまなざしを浴びていると、体のあちこちを採寸されて長く面倒な時間を過ごしたことが報われた気がする。

「今日は特別すてきに見えるね」まだタリアの指先をそっと握ったままジャックが言った。

「ドレスがよく似合うよ」

タリアは恥ずかしそうにジャックを見あげた。「そうかしら」

「その色のおかげでエメラルドの瞳がいっそう引き立つ」ジャックはそこでいたずらっぽい笑みを浮かべた。「すてきな装いのお手伝いができたことを、少しは自慢に思ってもかまわないのかな?」

タリアはくすくす笑った。「うんと自慢に思っていただいてけっこうですわ、牧師様。わたしは――」

「お願いだからぼくのことはジャックと呼んでくれないか」彼はタリアの言葉をさえぎり、指先を強く握った。「ぼくらは友達だろう?」

タリアは迷った。よその男性とこんなに気安く話しているところを夫が見たら、きっと快く思わないだろう。しかし彼女は無意識につんとあごを上げた。

妻をロンドンから追い払った時点で、彼女にとやかく言う権利をガブリエルはみずから放棄したのだ。

「ジャック」タリアはそっとささやいた。

彼がブラウンの瞳をうれしそうに輝かせる。「そのほうがずっといい。それで、なにを言いかけていたんだい？」

「わたしは衣装のことはまったくわからないと言おうとしたの。だから、あなたに助言してもらえるのが本当にありがたくて」

「こんなのは少しもたいしたことじゃない」ジャックは肩をすくめた。「きみにはもっとすばらしい才能がある」

「やさしいのね」

「いや、ぼくは本気で言っているんだ。きみがキャリック・パークに来てくれたことで、ここは本当にすばらしいところになった」

「ジャック……」

「つい今朝も、きみがこの地に医者を呼びよせてくれたことをミセス・ジョーダンが絶賛していた」タリアが照れるのもかまわずジャックは続けた。「それにミスター・ストーンも、家族のために食事を届けてくれたきみを天使だと言っていた。もちろん、新しい学校を建てるというきみの計画に地元はわき返っているよ」

タリアは笑いながらほてった頬に両手をあてた。いつも他人から批判され、愛してくれるはずの人に失望される人生だったのが嘘のようだ。

これほどの賛辞をどう受けとめればいいのかわからない。

「ほめてくれるのはそのくらいでじゅうぶんよ」

ジャックは一歩前に出ると、タリアのあごを持ちあげた。

「ぼくはただきみに知ってもらいたいんだ。キャリック・パークの召使いや領民たちが、きみをこれまでで最高のレディ・アッシュコームだと言っているのを」

タリアの胸に温かいものがこみあげた。自分を頼ってくる人々のためになにかできることがあると思うと、日々の暮らしにも張りが出る。それだけでなく、自分に自信が持てるようになった。

夢にも思わなかった変化だ。

「伯爵夫人を落第にならなくてよかったわ」

ジャックが眉を寄せた。「落第？　どうしてまたそんなことを？」

「だってそうでしょう。あなたも知ってのとおり、わたしはこのあたりの貴族たちにいまだに受け入れてもらっていないわ。彼らはわたしが来たことを明らかに不快に思っているのよ」

ジャックがタリアの白い顔を見つめた。「それが気になるのかい？」

タリアは顔をしかめた。「伯爵の家族に恥をかかせていると思うとつらいの」

ジャックがいきなりタリアの上腕を両手でつかみ、真剣な瞳で見つめた。

「そんなことを気にしちゃだめだ」彼は低い声でうめいた。

「……ジャック」

「失礼だが、そんなばかげたことを言うきみなんて許せない」ジャックが強い口調で言う。

急に激しさを露わにした牧師にタリアは驚いた。「レディ・アッシュコームの称号を持つ身としては、ばかげたことでもなんでもないわ」

「伯爵夫人の仕事は、ろくでもない貴族連中の歓心を買おうとして神経をすり減らすことじゃない。困っている人々を助けることだ。そしてきみは、その役目を立派に果たしている」

ふいにタリアは、ジャック・ジェラルドがハンサムな仮面の下になにか隠しているような気がしたが、その疑念をすぐに脇に押しやった。

どうかしている。ジャックは一緒にいてとても楽しいハンサムな友達だ。

「伯爵があなたの考えに賛成するかどうかは疑問だわ」タリアは会話の続きに気持ちを集中させた。

「もしそれがあたっているとしたら、きみのご主人は愚か者だ」

「ジャック」タリアは静かにたしなめた。

「伯爵夫人《マイ・レディ》……タリア……」ジャックが言葉を探すように口ごもった。「ぼくがここへ来てからまだ日は浅いけれど、皆がいろいろなことを打ち明けてくれるんだ」

タリアは笑った。ハンサムな牧師とふたりきりで話がしたい女性たちで、教会はいつもいっぽいなのだ。

「ええ。あなたは人から信頼を得る方法を心得ているもの。特に女性の」タリアはからかった。

しかしジャックは笑わなかった。「それなら、先のレディ・アッシュコームのことをよく言う人間がいないと言ったらきみは信じるだろうか」

彼の無遠慮な言葉に、タリアは息をのんだ。ちがう話題に移ったほうがいいだろう。地元の牧師と義母のうわさをするなんてはしたない。しかし、いまだに自分を家族と認めてくれない義母がこの地でどう言われているのか、正直気になる。

「なぜ?」

「彼女は、いわゆる典型的な上流階級の貴婦人なんだ」ジャックは軽蔑したように言った。「要するに、自分の楽しみと社会的立場にしか興味がないということだ。ここへ来てまだ一カ月のきみのほうが、三十年伯爵夫人であり続けた彼女よりも多くの住民と交流している。言うまでもないが、彼女は住民の名前はもちろん、彼らがなにを求めているかもまったく知ろうとしなかった」彼は顔をゆがめた。「はっきり言って、彼女は領民なんて家畜に毛の生えたものくらいにしか思っていなかったんじゃないかと思うね」

タリアは眉をひそめた。先のレディ・アッシュコームをロンドンで見るたびに、うぬぼれの強そうなとり澄ました女性だと思ったのは事実だ。しかし、義母が貧しく弱い人々のことをまったく顧みない人間だとは思いたくない。

「先のレディ・アッシュコームが自分の領民にまったく無関心だったなんて信じられないわ」

「そうかい？」ジャックはキャリック・パークが見える丘を指さした。太陽の最後の光が屋敷の窓に反射してピンクと紫に光り、大理石の噴水が宝石のようにきらめいている。「去年の冬、夫人は年老いたルーカスを築二百年の自宅から追いだした。自分の部屋の窓から見える教会の景色が、彼の家に邪魔されているという理由で」

「人が住んでいることを知らなかったのでは？」

「ルーカスはなんとか家を残してもらえるよう何度も懇願したが、あっさり娘の家に追いやられ、家はとり壊された」ジャックは困惑するタリアの瞳をまっすぐに見つめた。「ルーカスはそれから二週間もたたないうちに亡くなったよ」

「彼女がそこまで残酷な人だなんて信じられないわ」

「残酷というより、無関心なんだ」ジャックがつぶやいた。「伯爵夫人のような貴族からすると、高貴な血が流れていない者など考えるに値しない存在だということだ」

タリアはジャックの手から離れ、乾いた唇をなめた。その小さな仕草に彼が瞳をきらめかせたのが感じられた。

「それなら……あの人はどうなの？」自分を花嫁にし、純潔を奪い、さっさと田舎に送りだした相手をなんと呼べばいいのか、タリアはいまだに迷っていた。「アッシュコーム伯爵は？使用人も領民も彼のことをとても尊敬していると言っているわ」

「ほかに言いようがあるとでも？」ジャックが乾いた声で言う。

胸のあたりが悪くなった。汗水垂らして働く領民のうえにあぐらをかき、感謝もしなければ手助けもしない、役立たずの貴族――ガブリエルもそのひとりなのかと思うと、失望で胸が締めつけられる。

「ああ」

しばらくして、ふいにジャックが深いため息をついた。

「失礼、タリア。今のぼくの言葉は公平じゃなかった」

タリアは瞬きした。「どういうこと？」

「ぼくの聞いたところでは、きみのご主人は立派な領主だ。領民のために最新の農業技術を導入したと聞いている」

「でも？」ジャックがすべてを言っているわけではないと察し、タリアは先を促した。

「でも、とは？」

「ほかにどんな話を聞いているの？」

ジャックがあきらめたように両手を上げた。「地元の人々からすると、伯爵は近寄りがたい存在らしい。招待状をもらわないかぎり彼に会いに行く人はいない。つまり、ほとんどの領民が苦しい生活をずっと我慢しているということだ」

ガブリエルはただ超然としているだけで、決して心ない人間というわけではないのだと知り、タリアはいくぶんほっとした。少しでも誰かに助言してもらえば、夫も人々の信頼を得られるはずだ。もちろん、彼に助言するなどという難しい役目を自分が果たすつもりはないけれど――タリアは小さく身震いした。

皮肉めいた笑みを浮かべているジャックを見るかぎり、彼も同じ思いなのだろう。

「あなたは彼に反感を抱いているの？」タリアはジャックを問いつめた。ふたりは過去に偶然にでも出会ったことがあるのだろうか。

「授かった権力を神の恵みと勘ちがいし、人々のために奉仕するのを忘れているような貴族にとって、ぼくの考えなどとるに足らないものだ」

その言葉の辛辣さに、タリアは眉をひそめた。「あなたは急進改革派《ジャコバン》なの？」

とたんに、ジャックの顔にいつもの魅力的な笑みが戻る。「ぼくは、革命ではなく信者に身を捧げる一牧師にすぎない」

「そうかしら」タリアは首をかしげた。「あなたはなにか隠しているような気がするわ」

ふいに、ジャックが彼女の頬にかかる黒髪をひと筋指にからめて引っ張った。

「きみがキャリック・パークに来て以来、ぼくのなかの伯爵の評価はずいぶん上がったよ」

彼は賞賛のこもったブラウンの目でタリアを見つめた。「ありふれた貴族の令嬢ではなく、きみのようなすばらしい女性を妻にするほど目が肥えているとは思わなかった」

ジャックの指先が頬に触れるのを感じ、タリアは顔を赤らめた。

「あの人は好き好んでわたしを花嫁に選んだわけではないわ」

ジャックが親指を彼女の唇に這わせる。「本当にそう思う？」

「もちろんよ」タリアはうろたえながらジャックを見た。まさかガブリエルが、サイラス・ドブソンの娘との結婚に怖気を振るわなかったとでもいうのだろうか。「父に小突きまわされて結婚に追いこまれるまで、彼はわたしの存在すらほとんど知らなかったわ」

「ぼくの経験からすると、アッシュコーム伯爵のような人間は、どんな相手からも決して小突きまわされたりしない。ましてや結婚に追いこまれることなど絶対にない」

タリアは鼻に皺を寄せた。「父に会ったことがないからそんなことが言えるのよ」

「あなたのお父上はさぞかし……」

「きわめつきの頑固者のうえに、道徳心のかけらもない人でなし？」タリアは皮肉っぽく言った。

「たとえどんなに力を持っていようと、平民が裕福な貴族と肩を並べるのは不可能だ」ジャックがなめらかに続けた。「お父上は、アッシュコーム伯爵にきみと結婚するためのうまい口実を与えたのかもしれない。本気で望んでいなかったら、伯爵がきみを妻にするなんてありえない」

ジャックの言葉に思わず胸が躍ったが、タリアは慌てて気持ちを抑えた。ジャックはガブリエルのプライドの高さを知らないのだ。耳をふさぎたくなるようなスキャンダルを抑えこむためなら、彼は植民地の原住民でも妻にするような人間だ。そして今、ガブリエルは自分に犠牲を強いたタリアを憎んでいる。当然だ。

「あなたはひどい誤解をしているわ」

ジャックが唇をゆがめた。「そうだろうか」

タリアは頭を振り、さらに反論しようと口を開いた。そのとき、教会の裏の墓場から重い足音が近づいてきた。

眉をひそめて振り向くと、目の粗い水兵服とぶかぶかのズボンをはいたふたりの男が彼女に気づいてぴたりととまった。

男たちはどちらも屈強な体つきをしていた。長く太陽の下にさらされていたらしく、顔の皮膚が荒れている。背筋に寒気を覚え、タリアはその場を逃げだしたくなった。男たちのいかつい容貌よりも、そこに漂う紛れもない暴力のにおいが恐ろしかった。

これからなにが起こるのか見当もつかず、タリアは本能的に一歩あとずさった。すると驚いたことに、ジャックが後ろから彼女を守るようにウエストに手をまわした。

男のひとりがジャックに目を向ける。襲いかかってくるのだろうか。タリアは恐ろしさのあまり動けなくなった。

ところが緊迫した空気が流れたあと、ふたりの男はジャックに向かって丁寧に頭をさげ、教会に入っていった。

なにが起きたのかよくわからず、タリアは当惑したように首をかしげた。

「ああ、驚いた」後ろのジャックを振り返る。「今の人たちはいったい誰？」

「きみが気にする必要はない」

タリアはまだ安心できなかった。「本当に？　なんだか悪い人たちに見えたけど」

ジャックは肩をすくめた。「悪人にも神の教えは必要だ。いや、悪人だからこそ必要と言うべきだろう」

「でも……」

「タリア、遅くなるよ」ふいにジャックが頬に軽くキスをした。「屋敷にお戻り」

ジャックがわざと自分を追い払おうとしていると感じ、タリアは返事ができなかった。どうしてなのだろう？

さっきの危険な男たちからタリアを遠ざけようとしているのだろうか。それとも、彼女を追い返したい理由がほかにあるのか。

「巡査を呼んできましょうか？」

「いや、必要ない」ジャックは小道に向かってタリアの背中をそっと押した。「ぼくは大丈夫だよ。また明日」

タリアはおとなしく小道を歩きはじめた。しかし下り坂を曲がってジャックの姿が見えなくなると素早く雑木林に駆けこみ、ふたたび教会に続く斜面をのぼった。

さっきの男たちはどう見てもふつうではない。ジャックが誰でも教会に迎え入れるのは尊敬すべきことだが、だからといって危険に身をさらすようなまねをしているのを放ってはおけない。

ひとつまちがえば殺されるかもしれないのだから。

深い下生えに引っかけないようドレスの裾をたくしあげながら、木々のあいだを縫うように進んだ。なんとなく妙な胸騒ぎがする。でも深く考えるのはよそう。次第に濃くなる夕闇のなかをこっそり動いているのだから不安になるのは当然だ。

とはいえ、茂みの向こうをすばしこく動く目に見えない動物や、静けさのなかに遠く響くフクロウの声を意識したのはロンドンを出て以来初めてだ。たったひとりで行動していることも不安だった。

今この瞬間になにかが起こったら、悲鳴を聞きつけてくれる人がいるだろうか。

タリアは頭を振った。ここで怖じ気づいたばかりにジャックがけがを負うようなことがあってはならない。

ようやく雑木林の外れに着くと、タリアは教会の中庭を素早く走り抜けて建物の裏手にまわった。レンガの壁に背中をつけたときは、心臓が喉元までせりあがってくるようだった。

建物から話し声がする。怖くて身がすくむ前に動こうと思い、誰も通りかからないのを祈りながら開いた窓にそっと近づいた。

いやしくもアッシュコーム伯爵夫人が暗がりにひそんで牧師の話を盗み聞きしているなどと知れたら、申し開きのしようがない。

窓の端に近づき、そうっと首をのばして部屋をのぞいてみる。聖具室だった。おかしい。ジャックはなぜ、教会の聖なる道具をしまう大切な場所に見ず知らずの人間を入れたりするのだろう。

考えられるのは、あのふたりが金目のものを狙ってジャックに無理やり案内させたということだ。この教会は小さいが、収集家が大金を払ってでも手に入れたいと思うような高価な銀器や稀少な品をいくつか所有している。こうなったら最寄りの家に駆けこんで助けを呼ぶべきだろうか。

けれども部屋にいる三人に目を向けたとき、タリアは迷った。

見たところ、ジャックは無理やり連れてこられたのではなさそうだ。それどころか、まるでその場をとり仕切っているかのように見える。ひとりの男が上着の下から小さな革のかばんをとりだし、ジャックに投げてよこした。

ジャックは素早くかばんを開けて、紙の束をとりだしている。

「どれも最新の地図なのか？」紙の一枚を広げ、真剣に見入る。

体の大きい男が低い声で返事をした。「内務省の事務官が手で書き写したものだ」

タリアは凍りついた。なんということだろう。いかに政治にうといといえども、内務省が対ナポレオン軍事作戦を統括している機関だということくらいは知っている。

ジャックは地図から目を離さずにうなずいた。「絶対に誰にも知られていないんだろうな？」

「もちろん」見知らぬ男が不快そうに言った。「命を賭けてもいい」

肩をすくめるジャックを見て、タリアの胸に恐ろしい不信感が広がった。今目にしているジャックは、彼女がよく知っていると思っていた親切な牧師のジャックではない。

さっきは見て見ぬふりをしたけれど、今のジャックのまなざしには冷酷な意志がはっきりと表れていた。彼は部屋の中央の細長い机に地図を注意深く広げ、言葉づかいもフランス訛りがかなり強くなっている。

まるで、仮面舞踏会で変装していた人間が、ようやく正体をさらしたかのようだ。

「心配するな。これが本物だとはっきりしたら、たっぷり報酬を払ってやる」ジャックが低い声で言った。

背の低いほうの男が、赤らんだ顔をしかめてテーブルに身を乗りだした。

「これはフランスじゃないな？」

「よくわかったな、ムッシュー・ヘンダーソン」ジャックがあざけるように言った。「ポルトガルだ」

「なぜフランス人がポルトガルの地図をほしがる？」

ジャックは笑みを浮かべた。「これさえあれば、サー・アーサー・ウェルズリーが軍をいつどこに上陸させようとしているか正確にわかる。彼がどんな軍事作戦を展開しようとしているかもな」ジャックは長い指を地図に這わせた。「貴重な情報だ」

反逆者……。

その言葉が思い浮かび、タリアは口を手で押さえた。信じられない。これではまるで、寝室にこっそり隠してある小説の世界だ。

デヴォンシャーの片田舎に暮らすハンサムな牧師が大英帝国の滅亡を計画しているなどと、いったい誰が想像するだろう。

大柄な男が腕組みをしながらテーブルに広げられたいくつもの地図をにらんだ。

「おれにはさっぱりわからんが、あんたがこれでいいと言うならいいんだろう」

「ああ、満足だ」ジャックがうなずいた。「皇帝も感謝している」

男が鼻を鳴らした。「べつにナポレオンに感謝してもらわなくてもいい。それより金だ」

「それはもちろん……」

ジャックはふいに言葉を切り、なにかの気配を感じたように窓に顔を向けた。タリアは慌てて顔を引っこめようとしたが遅かった。ふたりの視線が凍りついたようにからみあう。やがてジャックの茶色い瞳に後悔のようなものがよぎった。

「なんてことだ《モンデュー》」鋭く息を吐くと、ジャックは素早くテーブルを離れて通用口に向かった。

タリアは小さな悲鳴をあげ、ドレスの裾をたくしあげて駆けだした。どこに行こうとしているのか自分でもわからない。とにかく逃げようと必死だった。

だがもちろん、無駄なあがきだった。

たとえスカートの襞やペチコートに足をとられなかったとしても、運動神経の発達した成人男性にかなうはずがない。

まだ教会の敷地を出てもいないうちにウエストに力強い腕がのびてきて、たくましい胸に抱きすくめられた。ジャックが顔をさげてタリアの耳元にささやく。

「ぼくの忠告を素直に聞いてほしかったよ、かわいい人《マ・ベティ》」

6

セント・ジェームズ・ストリートの紳士クラブは、正統そのものの調度品で埋めつくされ、よく使いこまれた絨毯が食堂から奥の賭博室にまでのびている。白い漆喰の壁には狩りを愛する貴族のための油彩画がかかり、頭上にさがる大きなシャンデリアが早朝の光を受けてきらめいている。建物にはマホガニーと革と煙草のにおいが満ちていた。

いつもなら、ガブリエルの心を慰めてくれる馴染みのにおいだ。

しかし今朝の彼は、『タイムズ』を読むために朝食室の正面の窓際に座ったときからぴりぴりしていた。近くをせわしなく行き来する黒いブリーチズ姿の使用人たちや、後ろでひそひそ話をしている紳士連中が気になって仕方がない。

タウンハウスに引っこんでいればよかったんだ——そんな声がちらりと頭をかすめる。

あそこなら、今見ているようなせせこましいロンドンの通りではなく、ローズガーデンの景色が楽しめるすばらしい朝食室がある。彼の好きなものをコックがなんでも調理してくれ、なによりひとりでいられる。うわさ好きのでくのぼうたちにじろじろ見られることもなく。

ガブリエルはこの一カ月、ずっと社交界を避けてきた。だが親しい友人や知人からこそこそ逃げていると思われるのもいやなので、仕方なく生活をいつもどおりに戻したのだ。

いつもどおりの生活とは、朝の一時間をクラブで過ごし、馴染みの仕立屋に向かい、そのあと馬の競りを見に〈タッターソールズ競売所〉に行くことだった。

つまり、彼が忌み嫌う下劣な注目を浴びるということだ。

読まないままの新聞をかたわらに置き、淡いブルーの上着とオフホワイトのベストに合わせたクラヴァットを整えながら、つややかなブーツの爪先にむっつりと視線を落とす。

自分が不機嫌なことのどこが不思議なんだ？

原因がどこにあるかはわかりきっている。

あの腹立たしい妻だ。

ガブリエルはあごをこわばらせた。まったく。タリアをデヴォンシャーに送りだしたのは、二度と彼女に振りまわされないようにするためだった。結婚の主導権は自分が握る。彼女は従順な妻になることを学び、学ばないなら自分が懲らしめる。それが目的だった。

ところが何日待っても、じゅうぶんに懲らしめてやったはずの花嫁からロンドンに帰りたいと懇願する手紙が来ない。かたくななまでの沈黙に、彼の怒りはゆらぎはじめていた。

いったいタリアはなにを考えているんだ？

一日も早く社交界に復帰し、アッシュコーム伯爵夫人という新しい地位を皆に見せつけたくてうずうずしているんじゃなかったのか？　野心的な女にとって、田舎に押しこめられることは死ぬよりつらいはずだ。

それなのに、家政婦のミセス・ドナルドソンから届いた手紙によると、タリアは向こうに行ってすぐに使用人や領民たちから慕われるようになったという。ミセス・ドナルドソンは手紙のなかで、新しいレディ・アッシュコームを熱烈に支持する言葉を連ねていた。伯爵夫人は領地にすっかり落ち着き、今のところロンドンに戻りたいとは口にしていないと。

つまり、夫である自分のもとに戻りたがってはいないということだ。

花嫁は今度はいったいなにを企んでいるのか。

もうこの辺で勘弁してやろうとこちらが思うのを見越して、じっと待っているのにちがいない、というようなひねくれた考えも浮かんだ。しかし、そんな単純な話だろうか。領民たちは、教養はなくとも人を見抜く目は鋭い。タリアがうわべだけ親切そうに振る舞っているのなら、たちどころに見抜いてしまうはずだ。

とはいえ、タリアにまったく邪心がないなどとは考えにくい。いや、ひょっとして。

椅子のかたわらにあるサイドテーブルを長い指で叩きながら、ガブリエルは険しい表情でひとつの結論に至った。真実を確かめるには、キャリック・パークへ行くしかない。自分の厳しい目で見れば、結局タリアはあのサイラス・ドブソンの娘でしかないのか、それとも自分と同じようにドブソンの野望の犠牲にされただけなのかがはっきりわかるだろう。

そうしよう。次第に決心が固まってきた。デヴォンシャーに向けてロンドンを発つしかない。実際のところ、今日出発してもなんの不都合もないはずだ。

ふいに熱い期待が腹の奥をつらぬいた。真実を見抜くこととはなんの関係もない、ただ美しい花嫁をベッドに連れ戻せるという期待だ。

ちくしょう。タリアがほしくてたまらない。

　こんなふざけた話があるだろうか。自分さえその気になれば、美しく積極的な女たちをよそでいくらでも選べるというのに。尽きることのない悦びの時間を好きなだけ提供してもらえるというのに。

　しかし、来る夜も来る夜もひとりで床につくたびに、ロマの女を思わせる黒髪の彼女との思い出に悩まされつづけている。

　ベッドに横たわるタリアの黒髪に手を差し入れ、サテンのようになめらかな体をつらぬくところを思い浮かべたとき、急に首の後ろに誰かの視線を感じてわれに返った。

　どこのどいつだ？　こっぴどく罵ってやる。そう思って後ろを振り向いたガブリエルは、危うく言葉をのみこんだ。

　なんだ。

　視線の先にいたのは背の高い大柄な男性だった。茶色の上着、黄褐色のベスト、黒いブリーチズにぴかぴかのブーツ。薄いブラウンの髪は今どきの流行よりも短く、顔立ちもハンサムというには少々無骨だ。金茶色の瞳はふだんなら茶目っ気たっぷりにきらめいているが、場合によると、知り合いになろうと近づいてくる気どり屋たちが怖がって逃げてしまうほどすごみがある。

　ヒューゴー・ロスウェルだった。

　ガブリエルの数少ない友人だ。

「人の後ろをハゲワシみたいに旋回しているのは、なにか理由でもあるのか？」むっつりと言いながらも、ガブリエルは内心あきらめた。親友のヒューゴーにひとりにしておいてほしいなどと言っても無駄だ。

ヒューゴーは金茶色の目を細め、小指にはめたシグネットリングをいじった。

「考えていたんだ。朝っぱらから巣穴にいるライオンの髭を引っ張る勇気が自分にあるか、それともおまえがいくら不機嫌でも平気でいられるよう、酒が飲める夜まで待つか」

ガブリエルは、部屋のあちこちからこちらをうかがっている烏合の衆に鋭い目を向けた。

「こんなまぬけなやつらに囲まれていなければ、こっちだって不機嫌になったりはしない」

「ふむ」ヒューゴーはつぶやくと、スポーツマンらしいなめらかな身のこなしでガブリエルの向かい側の革張りの椅子に身を沈めた。「そういえば、おまえはここ一カ月、偶然出会った知り合いに片っ端から噛みついているそうじゃないか」

「ばかどもを始末するために銃に弾をこめまではしていないぞ」ガブリエルは言った。「もっとも、今にそうならないともかぎらないが」

物騒な言葉にヒューゴーは微笑んだ。「世間をいつまでも遠ざけておけないことはわかっているんだろう。いずれは社交界の好奇の目と向きあわざるを得ない」

「社交界じゃなく、おまえの好奇の目じゃないのか？」

「両方さ」ヒューゴーは認めた。「しかしおれは、イートン校の初日におまえを殴って鼻血を出させて以来の親友だ。まっ先に事情を話してくれてもよさそうなものだろう」

ガブリエルは鼻を鳴らした。「言っておくが、殴って鼻血を出させたのはおまえではなくぼくだ。おまえがぼくのお気に入りのクリケットのバットに手を出したからさ。それに、おまえがうわさ話に興味を持つとは知らなかったよ」

「お高くとまったアッシュコーム伯爵が、こともあろうにサイラス・ドブソンの娘と秘密裏に結婚式を挙げた。そんなうわさはこれまで聞いたためしがないからな」

癪に障る義父の名前が口にされたとたん、ガブリエルはあごをこわばらせた。

「秘密裏どころか筒抜けだな」

「うわさは本当なのか？」

しばらく黙りこんだあと、ガブリエルはいまいましそうにうなずいた。

「ああ」

「なんてことだ」ヒューゴーがささやいた。

「ぼくだってそう思っている」

乾いた声で言い返すガブリエルに、ヒューゴーは顔をしかめた。「なぜそんな悲惨なことになったのか、あえてきく必要もないんだろうな」低い声でつぶやく。「おまえをそこまで理不尽な状況に追いこめるのはハリーだけだ」

ガブリエルは肩をすくめた。ヒューゴーはこれまでも、ハリーの無節操な行動に対する軽蔑を隠したことはない。

「あいつに責任の一端があるのはまちがいない」

「責任の一端だって？」ヒューゴーが頭を振った。「ハリーがミス・ドブソンの結婚持参金を持ち逃げしたのは周知の事実だ。いかにもやつのやりそうなことだよ」

タリアと弟の結婚を考えただけでこみあげてくる怒りを、ガブリエルは懸命にやり過ごした。

「ああ、とてもハリーらしい。だからこそ、こうなることを予期しておくべきだったんだ。ぼくがまぬけだったのさ」

ヒューゴーが低く毒づいた。「それは認めよう。おまえがこんな恥ずべき結婚をするはめになったのは、ハリーの裏切り行為にうっかり罪悪感など抱いたからだろ」

「罪悪感?」

「そうさ。さもなければ、おまえが卑しい生まれの娘と結婚などするものか」

自分を結婚に追いこんだのは罪悪感ではなく脅迫だと言おうとして、ガブリエルは言葉をのんだ。サイラス・ドブソンの脅しに屈したことを認めるのが癪だったというのもある。しかしそれより、これまで自分自身に嘘をついていたのではないかという思いにふと心がゆれたのだ。

「おまえには関係ない」ガブリエルはぴしゃりとはねつけた。

しばらく沈黙が流れたあと、ヒューゴーがしぶしぶ話の方向を変えた。

「ハリーの居所はわかったのか?」

ガブリエルは首を振った。ハリーが行方をくらましたと判明したとき、すぐさま信頼の置ける従僕ふたりを追跡に向かわせた。だが今のところ、弟がドーバーに向かうのを見たというわさがあること以外なにもわかっていない。

「いや、まだだ」

「あの野郎」ヒューゴーが毒づいた。

「いつまでも逃げられはしないさ」ガブリエルはそこで笑いだした。「今となってはどうでもいいことだがな」

「ああ、もう取り返しはつかない」次の言葉を探しあぐねるように、ヒューゴーはしばらくのあいだ友人を見つめた。「恥ずべき花嫁をどこに隠しているのかきいてもいいか?」

ガブリエルは眉を上げた。「地下室に閉じこめているとでも思っているのか?」

「うわさによると、花嫁はおまえの領地に送られたことになっているがね。しかしおれとしては、おまえの手で速やかにテムズ河に沈められたと思いたいが」ヒューゴーは唇をゆがめて冷ややかに微笑んだ。「でなければ、せめて植民地に送られたか」

ガブリエルがテーブルに乱暴に手をついた。コーヒーカップが大きな音をたて、驚いた人たちが口々にささやきあう。あたりがざわめいた。

「話しているのはぼくの妻のことだぞ」

ヒューゴーは顔をしかめ、意地を張るようにあごを突きだした。「ああ、そうだ。貪欲で野心家の性悪女さ。しかも上品さや美しさのかけらもない」

ガブリエルは、身を乗りだして怒りの感情をぶつけた。

「あとひと言でも言ってみろ」

歯を食いしばるガブリエルを見て、ヒューゴーは椅子にどさりと背を預けた。

「アッシュコーム」うめくようにつぶやく。「いったいどうしたんだ？」

その答えはガブリエルにもわからなかった。そんなのはどうでもよかった。大切なのは、タリアは自分のものだという事実をヒューゴーにわからせることだ。

「アッシュコーム伯爵夫人を侮辱するなんて、なんぴとたりとも許されない」ガブリエルは凶暴な顔つきで言った。「おまえも例外じゃないぞ」

「たとえ彼女がおまえを罠にかけて結婚したとしても？」

「タリアは……」心に引っかかっている疑念をヒューゴーに言うべきかどうか迷い、ガブリエルは一瞬言葉につまった。

「なんだ？」

「タリアは、ハリーともぼくとも結婚などしたくなかったと言っている」ようやく口にした。

ヒューゴーが呆れたように手を振った。「伯爵夫人の地位と引き換えに魂を売ったなどと認めるはずがないだろう。そんなことを正直に打ち明ける女がどこにいる？」

「彼女が欲得ずくだったと決めつけるのはまだ早いと思う」

ヒューゴーはショックを受けたような顔で叫んだ。「おまえ、頭がどうかしたんじゃないか？」

ガブリエルが目を細めた。「ヒューゴー、言葉に気をつけろ」

「結婚したくなかったんならいやだと言えばいいだけじゃないか。女性を家畜みたいに売り買いした時代はとっくに終わっている」ヒューゴーはたたみかけた。「彼女が無理やり結婚させられたなんてことがあるものか」

それはガブリエル自身が自分に言い聞かせてきたことだった。彼は、ヒューゴーの顔面を殴りつけたいのを必死にこらえてにらみつけた。

「おまえはサイラス・ドブソンに会ったことがあるか?」

ヒューゴーが顔をしかめた。「ああ、不愉快な男だ。しかし切れ者の商人だよ。実を言うと、おれはドブソンの輸送事業に投資しているんだ」

「彼は自分より弱い立場の人間を恫喝するのが趣味という下劣な人間だ」

「だからといって、ミス・ドブソンを……」

「レディ・アッシュコームだ」

口をはさまれ、ヒューゴーはあごをこわばらせた。「だからといって、おまえの奥方も犠牲者とはかぎらないぞ。望みうるかぎりの高い地位を手にするために、父親と結託したのかもしれないじゃないか」

ガブリエルはいら立たしそうに頭を振った。もうすぐこの目で真実を確かめてやる。

「彼女が父親の共犯者かそうでないかはこの際どうでもいい」

ヒューゴーの困惑したような顔が、哀れみの表情に変わった。「たしかにな」彼はつぶやいた。「ハリーは悪魔と取引をしたんだ。そしておまえが代償を払わされた」

ガブリエルは呆れたように天井を仰いだ。「役者に転向したらどうだ?」

「おれはただ……」

ふいにヒューゴーが口をつぐむ。見慣れたブルーと銀色のアッシュコーム家の制服を着た召使いが入ってきて、ガブリエルに小さな紙片を手わたしたのだ。

「申し訳ありません、旦那様」召使いが言った。「たった今、デヴォンシャーからこれが届きました。なんでも緊急事態とか」

「ご苦労」おそらくハリーに関する知らせだろうとガブリエルは思った。しかしそれは、一刻も早くキャリック・パークに来てほしいという家政婦からの知らせだった。彼は血相を変えて立ちあがり、勢いのあまり椅子が後ろにひっくり返った。「なんてことだ。行かなくては」

「行く?」ヒューゴーがとっさに身を起こした。「行くって、どこへ?」

「おまえの邪悪な祈りが天に通じたようだ」自分でもよくわからない恐れにとらわれ、ガブリエルは親友に矛先を向けた。

ヒューゴーがびくりと身を震わせた。「どういうことだ?」

「妻が行方不明になった」ガブリエルは踵を返し、扉に向かった。「見つかるよう祈っていてくれ」

パリの郊外にあるその宮殿は、そこかしこに戦争の爪跡を残しながらも美しい姿をとどめていた。中庭を囲うように正方形に建てられた建物は、昔の城の名残にちがいないふたつの塔を残し、黄金色の石で造られたいくつもの大きな翼廊が朝日に輝いていた。そのひとつには端から端まで屋根がついたテラスがあり、それをたくさんのアーチが支えている。アーチの奥はあるじの邸宅で、左右からのびる壮麗な大理石の階段と大きな窓のうえを飾る石の彫刻が見る者の目を奪った。

館をとり囲む庭園に散在する彫像や大理石の噴水の多くは暴徒の手によって破壊されていたが、邸内に並ぶ会議室やサロンや優雅な廊下は驚くほど元の姿をとどめていた。とらわれの身であるにもかかわらず、タリアは自分をとり巻くそんな美しい環境を愛でずにはいられなかった。

壁にずらりと並ぶ国宝級の名画、巨大なタペストリー、象眼をした木の床、高い天井に描かれた見事なフレスコ画。これらを見て心を動かされない人間がどこにいるだろう。

タリアは今、長い通路の円柱にもたれ、庭園とその向こうに続く道をながめていた。

三日前にこの宮殿にやってきてから、このまままっすぐ正面玄関から逃げてしまおうと思ったことは一度や二度ではない。誰にも見張られていないし、いなくなったことに気づかれるまでにずいぶん遠くへ行けるだろう。

しかし、ひとりで英国まで帰れると本気で思うほどタリアは愚かではなかった。

フランス語を話せないことに加えて金もないし、この地を移動するための許可証もない。ここの領地から出るための手段だってない。せいぜい近くの村へ着くまでに警察に逮捕されるのがおちだ。下手をすれば、宮殿のそばをひっきりなしに通りかかるフランス兵につかまりかねない。

フランス兵がジャック・ジェラルドほど紳士的でないのはたしかだろう。

いや、ジェラルドではなく〝ジェラール〟だ。彼女は深いため息をついた。

ジャックが自分を英国から連れ去ったことは到底許せないが、なるべく快適に過ごせるよう心を砕いてくれたことは認めなければならない。

ジャックはタリアを連れて教会を出ると、地元漁船にまじって小さなボートがつながれている場所に行った。例の仲間に言いつけてボートを漕がせ、海岸線を下ったところに隠しておいた流線形のヨットまで送らせると、彼は仲間をロンドンに追い返し、タリアをフランス人の船員に引きわたした。船員はタリアを壊れやすい宝物のように丁重に扱った。

フランスに着いてから宮殿までの道のりははっきりしない。たったひとり乗せられた馬車は、途中で何度か短い休憩をはさんだだけでひたすら田舎道を飛ばしつづけた。

宮殿に着いてからは敷地内を好きに散歩することができたが、ただ、離れ家には近づかないようにした。そこは大勢の負傷兵や、おそらく孤児と思われる子どもたちに明けわたされていたのだ。

タリアは今朝、ひとりで過ごすのも終わりに近づいたようだと感じていた。風呂から上がってみると、拉致されたときから着ていたドレスがなぜかなくなっていて、代わりに温かみのある黄褐色のサテンのドレスが置いてあった。ドレスの色に合わせた室内履きと高価そうな下着まで置いてあり、思わず顔が赤らんだ。

タリアは仕方なくその新しい衣装を身につけた。メイドがいないので、髪は後ろで簡単な三つ編みにして垂らした。ほしいと頼んでもいない衣装に袖を通すのは癪だが、そうしなければ部屋を出ることもできない。

やがて廊下のほうから何時間も待ちつづけた足音がようやく聞こえてきて、タリアは覚悟を決めて振り返り、ゆっくりと近づいてくるジャック・ジェラールを見つめた。

引き締まった体に上品なチャコールグレーの上着をぴったりと着こなしたジャックを見て、タリアはいまいましげに微笑んだ。彼は白いクラヴァットを流行のかたちに結び、たくましい脚に黒い長ズボン《パンタロン》を美しくはきこなしている。

つつましかった牧師は、権力のもとに生まれた人間特有の自信を感じさせる紳士に変わっていた。いったいこの人は何者なのだろうとあらためて考えずにはいられない。

彼は小作人よりもはるかに高い教育を受けているが、貴族に対して憎しみを抱いているのはまちがいない。

まったく謎に満ちた人物だ。

タリアの目の前で足をとめると、ジャックは彼女の手をとり、たたえるようなまなざしでほっそりした体を見つめながら指先に長いキスをした。

「ボンソワール、マ・ペティ」ささやきながらも、彼の視線はタリアの豊満な胸元を飾る美しいブリュッセルレースに向けられている。「仕立屋はさぞかし満足だろうな。実にすてきだよ。もちろん、その意地っ張りな唇にやさしい微笑みを浮かべさせることができたらなおすてきだろうが」

熱いまなざしでじっくり見つめられるうち、タリアは次第に赤くなった。こんなふうにはっきりほめられることには不慣れだ。しかし不思議にも、男性から注目されても今までのように身のすくむ思いはしなかった。恥ずかしさのあまりに焦って言葉がつかえるような気もしない。おそらく以前のように父親から責め立てられることがなくなったからだろう。アッシュコーム伯爵夫人になって自信がついたのかもしれない。

あるいは、相手がジャックだからかもしれない。彼はどんなときでもタリアを壁の花とばかにすることなく、品位と尊敬を持って接してくれた初めての男性だ。少なくとも、反逆者の正体を明かして彼女を誘拐するまでは。

理由はともかく、タリアはあごをつんと上げてジャックの目を見返した。

「意地っ張りと言われても仕方がないわね」ドレスの美しい生地に手をすべらせる。「あなたにドレスを奪われたりしなければ、こんな施しは絶対に受けなかったもの」

ジャックはタリアの指先を軽く握ってから離した。「施しではなくプレゼントだよ。それに、衣装にうるさいフランス男としては、きみのくずみたいになったドレスを処分せずにはいられなかった」

「くずはないでしょう」

ジャックは手を振ってタリアの言葉をさえぎり、ブラウンの瞳を茶目っ気たっぷりにきらめかせた。聖人も惑わされそうな魅力的な瞳だ。

「それに、きみはぼくの客人だ。できるかぎり快適に過ごしてもらうことは、ぼくにとって喜びであると同時に当然の務めでもある」

「わたしはあなたの囚人よ。客人じゃないわ」

「囚人？」ジャックはさも驚いたように眉をつりあげた。「窓に鉄格子はないし、無理やり鎖につないでいるわけでもない」

「わたしが自分の意思でここにいるような言い方をしないで。あなたらしくないわ」

「そう怒らないでくれ、マ・ペティ」ジャックは指先を彼女の頬に這わせた。「それほど恐ろしい冒険じゃなかっただろう？」

なだめるような物言いに腹が立ち、タリアはジャックから身を離して目を細めた。

「ムッシュー・ジェラール。わたしはこれまでずっと人からいじめられ、命令され、支配されてきたわ」食いしばった歯の奥から声を絞りだす。「キャリック・パークに来たとき、ここでなら自分の思いどおりに生きられるかもしれない、わたしをひとりの人間として尊重してくれる友達が見つかるかもしれないと希望を抱いたのよ。本当にばかだったわ」

ジャックの瞳に一瞬後悔の色が浮かんだ。しかし彼はタリアのあごを持ちあげ、きっぱりと言った。

「ウイ。それは愚かな望みだ。きみの自立した生活がそう長く続くはずがない」

彼女は顔をしかめた。「人をばかにしないで」

「タリア、賢いきみならわかるはずだ」ジャックが諭した。

「どういう意味？」

「ひとりでずっとキャリック・パークで暮らすなんて無理に決まっているじゃないか」

「なぜ無理なの？」タリアは歯向かった。「わたしはまったくかまわないわ」

ジャックが唇を曲げる。「きみはかまわないだろう。しかしきみの夫は、遠からずキャリック・パークにやってきたはずだ。もしくはきみをロンドンに呼び戻しただろう」

タリアは身をすくめた。今でこそガブリエルのことをなるべく考えまいとしているが、誘拐された直後は、夫が助けに来てくれるかもしれないとはかない望みを抱いていた。望みもしない妻であっても誘拐されたとなれば、ひょっとしたら追いかけてきてくれるのではないかと思ったのだ。どこまで愚かなのだろう。

「いいかげんなことを言わないで」声に苦々しさがまじるのをとめられない。「彼はわたしを追い払えてせいせいしたはずよ」

きみはまるでわかっていないとでも言いたげな顔でジャックがタリアを見た。「そうじゃない。伯爵は、恐れ多くも脅しをかけてきたきみの父親を懲らしめようとしただけだ。きみとサイラス・ドブソンを完全に配下に置くことができたと確信した時点で、彼はきみを妻として求めるだろう」

タリアの脳裏に、シーツを乱しながら彼女を激しく求めたガブリエルの姿が一瞬熱くよみがえった。彼女は鋭く息をのみ、その記憶を急いで頭から振り払った。いったいなにを考えているのだろう。

「あなたはなにもわかっていないわ」ジャックに心を読まれていないのを幸いに思いつつ、タリアはぎこちなく一歩さがった。「ガブリエルはわたしと結婚したことすら忘れたがっているのよ」

ジャックが目を細めた。「たとえ彼がそのように本気で考えているとしても、きみを忘れることなどできはしないさ」

「なぜ？」

「なぜなら、きみはただの平民の妻ではなく、アッシュコーム伯爵夫人だからだ」

「自分の立場はわかっているわ」タリアは短く答えた。結婚式は寒々しいものだったが、それでも法的に正当だったのはまちがいない。たとえガブリエルがあの夜に戻ってこなかったとしても。

いけない。

また考えている。

「だったらわかるだろう。きみを妻としてどう思っているかはべつとして、伯爵はきみが貴族仲間から笑いものにされるのを許すはずがないんだ」図らずもジャックがタリアの想像に水を差した。「頃合いを見計らって、なんとしてでもきみを社交界に引き入れるようあらゆる手を尽くすはずだ」

タリアは身震いした。社交界に引き戻されるくらいなら、フランスの監獄で朽ち果てたほうがましだ。

「いくら彼でも、わたしを受け入れるよう社交界に圧力をかけるなんて無理よ」

「無理なものか」ジャックがタリアの頬にかかるおくれ毛を撫でる。「皆がきみの足元にひざまずくことになるさ」

タリアの乾いた笑いが廊下に薄気味悪く響いた。「なにばかなことを言うの?」

ジャックが肩をすくめた。「もちろん、新しいアッシュコーム伯爵夫人の本来の役目は社交界を牛耳ることじゃないがね」

「なにがわたしの本来の役目だと? 教えてほしいものね」

ジャックは自分の体温が伝わるほどタリアに近づき、彼女の頬を両手にはさんだ。

「きみがどんなに無垢でも、そこまで教える必要はないだろう」

タリアの鼓動が乱れた。「ムッシュー……」

「ジャックだ」彼がかすれた声で言う。

「ジャック」タリアはじりじりする思いで言った。「なにを考えているのか言って」

「いいとも」ジャックは皮肉っぽく唇を曲げた。「アッシュコーム伯爵夫人の最初にして最大の役目は、世継ぎを産むことだよ、マ・ペティ」

タリアは鋭く息をのんだ。ジャックのあからさまな言葉より、それに刺激されて鋭い欲求がこみあげたことに心が乱れる。

タリアもそれほど愚かではない。結婚式までのあいだ、ガブリエルが世継ぎを必要としているだろうというのは頭のすみにあった。しかし、あまりに多くの失望を経験してきただけに、これ以上の失望のもとになるようなことはあえて考えなかった。ガブリエルに自分とベッドをともにする気があるとはとても思えず、そんな相手の子どもを産むことなど想像できなかったのだ。

結婚初夜のあとで子どもを身ごもっていないとわかったときも、タリアは自分がこの先世継ぎを産むかもしれないという可能性をずっと否定しつづけてきた。ガブリエルが妻を田舎に残しても、ロンドンには愛人たちがいる。彼がそれで満足しているのは明らかだ。自分の赤ん坊をこの腕に抱きたいなどと思いはじめたら、かなわぬ望みにきっと頭がどうかなってしまうにちがいない。

「わたしは……」

タリアのとまどいを照れと勘ちがいしたのか、ジャックが彼女のほてった頰を親指で撫でた。

「きみは本当に無垢な人だね」

「あなたが考えているほど無垢じゃないわ」タリアは乾いた声で言った。

「とても惹かれるよ」ジャックのブラウンの瞳に危険な感情が渦巻く。「ぼくはきみにとても惹かれている」

気持ちが動転して、タリアはジャックの手から素早く身を引いた。「もうこの話はやめて」

ジャックが腕組みして目を細め、怯えたように身をすくめる彼女をじっと見た。

「きみの夫はどこか遠いところに住んでいる幻なんかじゃない。きみはいずれ彼の世継ぎを産まなければならないんだ」

「わたしたち夫婦のことは、あなたになんの関係もないわ」

「ぼくはただ、きみの美しきデヴォンシャーの生活は、長くともあと数週間で終わっていたと言いたかっただけだ」ジャックは食いさがった。「決して幸せにしてくれない男から救いだされたことを感謝してほしいね」

「救いだされたですって？　わたしは誘拐されたのよ」タリアは鋭く言い返した。「それに、あなたにわたしの幸せがわかるはずないでしょう」

ジャックは自信たっぷりの笑みを浮かべた。「ぼくはきみのことがとてもよくわかるよ、マ・ペティ」

タリアの頬がかっと熱くなる。「変なことを言わないで」

「ぼくにはわかる。きみはロンドンの息のつまるような舞踏室に連れ戻されるくらいなら、人々を助けることに身を捧げたいと思う人だ」ジャックはかげりを帯びた視線をタリアの胸元に這わせた。「侮蔑しか示さない夫の子孫を残すための道具になるのを望む人ではない」

タリアはいたたまれなくなって背を向けた。実際には、子どもを授かるためならどんなことにも耐えるというのが本音だ。ことごとくはねつけられてきた自分の愛情を惜しみなく注げる相手がほしい。

「お願い、やめて」タリアは声をつまらせた。

ジャックは彼女の肩に手を置いて耳元でささやいた。

「ここなら誰もがきみの才能を尊ぶだろう。われわれは助けがほしい。人手が足りないんだ」

タリアは首を振った。「わたしは反逆者じゃないわ」

「おいで」ジャックがタリアの手をとって廊下を導き、中庭を見おろせるアーチ形の窓のそばに連れていった。タリアは弱々しく微笑んだ。五歳から十五歳くらいまでの十数人の子どもたちが、破壊された彫像や噴水のあいだを犬を追いかけて走りまわっている。「タリア、彼らの姿が目に入らないのか？」低い声で言う。「あの子たちは英国人でもフランス人でもない。ただの子どもだ。彼らにわかるのは、戦争が家や家族を奪ったということだけだ。きみはここで彼らの人生を変えてやれる。それを考えてみてくれ」

胸の痛みを感じずにはいられなかった。

デヴォンシャーで暮らすうちに、困っている人々に手を差しのべずにはいられない自分に気づいた。病気の小作人の家に手作りの食事を届けること。田舎の子どもが勉強できるよう新しい学校を建てるために村をとりまとめること。

あのかわいそうな孤児たちのために、自分になにができるだろう。

タリアは重いため息をついた。「あなたは卑怯だわ」

「勝つためには仕方がない」

意に反して興味を惹かれる申し出にとまどいながらも、タリアは一歩さがってジャックの探るような瞳を見つめた。

「わたしはここに永久に閉じこめられるの？」

ジャックが思わせぶりに眉をつりあげ、金箔の額縁に入った美しいルーベンスの絵画や、天井からさがる途方もなく高価なベネチアングラスのシャンデリアに目を向けた。

「この住み処が不服かい？」

タリアはジャックの魅力に抵抗するように唇を固く結んだ。

「わたしをどうするつもりなのか教えてもらいたいの」

ジャックが彼女の胸元のレースを直した。「心配しないで、タリア。ウェルズリーを倒すための戦いがはじまったら、ぼくがこの手できみをデヴォンシャーに送り返す」彼はそこでしばらく言葉を切った。「しかし、できればそれまでに、きみにここにとどまってもらえるよう口説き落とすつもりだ」

タリアはにこりともしなかった。「自分の恐ろしい行為をなぜそんなに軽々しく言えるの？あなたの企てで何百人もの、ひょっとしたら何千人もの英国兵が命を落とすかもしれないのよ」

「そして何百人もの、ひょっとしたら何千人ものフランス兵が救われるかもしれない」彼はすかさず応酬した。「これは戦争なんだよ、マ・ペティ」

「その戦争を仕かけたのは、世界中を征服するまで満足しないあなたの国の気のふれた皇帝よ」タリアは顔をしかめ、チーク材の台座のうえに置かれた大理石のナポレオンの胸像に目を向けた。「こんな人間にどうして忠誠を誓うことができるの？」

7

「それはこちらのせりふだ」ジャックがあごをこわばらせて反論した。「きみたちの王は頭が完全におかしい。その息子も道端で飢えている民衆より、自分のブーツのつやを気にするような大ばか者だ。そんな王室になぜ忠誠を誓う？」

すぐさま否定することができず、タリアは目を伏せた。ジャックの言うとおりだと思ったわけではない。自分を含めた大勢の人々の信頼をあっさり裏切るような男の言葉など、真に受けてはならない。

「どうやら平行線のままね」

「本当にそう思うかい？」顔を上げたタリアを、ジャックが真剣なまなざしで見た。「ぼくらの考えは、実はそれほどちがわないと思うね」

タリアは静かに言った。「どういう意味？」

ジャックは言おうかどうしようか迷うようにしばらく黙ったが、やがて肩をすくめ、相変わらず中庭を駆けまわっている子どもたちに目を向けた。

「ぼくの父は芸術家で、あるとき国王ルイの目にとまった」低い声で話しはじめる。「そして、テュイルリー宮殿の庭園の彫像の仕あげに携わった」

タリアは彼の横顔ににじむ苦しみのかげを見つめた。「とても才能のある人なのね」

「ああ、そうだった」

「まあ」タリアは咳払いをした。「亡くなったの？」

「ぼくがまだ子どものころにね」ジャックは悲しげに微笑んだ。「幸い、作品のいくつかは戦禍を免れた」

タリアは怒りを忘れ、前に進みでて彼の腕に手をかけた。彼女自身、早くに母を亡くしている。幼い子どもにとっては耐えがたい悲しみだ。

「お父様の作品を見てみたいわ」

「いいとも」ジャックはタリアの哀れむような顔を見た。「きみになら父も喜んで見せたと思うよ」

熱い瞳で見つめられ、タリアは落ち着かなげに身じろぎした。「お父様はなぜ亡くなったの？」

ジャックは黙りこんだ。これまで他人に自分の過去を話したことがないようだ。やがて彼は重いため息をついた。

「ぼくの母は、父と結婚するまでは女優だった。とても……」そこで表情をやわらげる。

「とても美しかった」

「それはまちがいないでしょうね」タリアは言った。ジャックの美しい顔がなによりの証だ。

ジャックが頭をさげる。「メルシー、マ・ペティ。しかし、美しさは往々にして女性に災いをもたらす」

「災い？」

タリアはとまどった。美しさとは女性がなにより望むものではないだろうか。美しくないばかりに自分はどれほど苦労してきたことか。

「あるとき、父は数週間の予定で王からヴェルサイユに招かれた」ジャックは続けた。「父はもちろん大喜びした。芸術家は裕福な庇護者《パトロン》をつかむことが死活問題だからね。父は王から新たな依頼を受けるかもしれないと期待した」

「あなたもついていったの？」

「いや、ぼくは家庭教師とパリに残った。だが母は宮殿についていった」彼はあごをこわばらせた。「そしてまもなく、母はルベル伯爵に目をつけられたんだ」

胃のあたりに不快なざわめきを感じ、タリアは唇を噛んだ。

「まあ」

「貴族階級に身を置く人間として、伯爵は母が喜んで夜伽をするだろうと考えた。肘鉄砲を食らうなど自尊心が許さなかった」

不幸なことだが、あまりにもよく聞く話だ。

富や有力者のつながりを持たない女性は、いつの時代も無節操な男たちの情けにすがるしかない。

タリアは暗い気持ちで考えた。もちろん、たとえ富に恵まれても、傲慢な男の要求に従わなければならない場合もあるが。

「その伯爵は……お母様を無理やり？」

ジャックは瞳に憎しみの色を浮かべた。「そのつもりだったようだ。しかし、父が飛びこんでいって剣で刺した」

「立派だわ」タリアは心から言った。

ジャックが唇をゆがめた。「マ・ペティ、残念ながら、父はおとぎ話に出てくるような英雄にはなれなかったんだ。伯爵は軽い切り傷を負っただけなのに、父はバスティーユに連行され、処刑された」

タリアは息をのんだ。

「なんてひどいこと」

「まったくだ」ジャックはしばらく怒りに顔をこわばらせていたが、やがて落ち着きをとり戻した。「父は勤勉で誇り高い人間だった。なのに犬のように殺されたんだ」

「お父様のことが大好きだったのね」

「ウイ」ジャックは弱々しい笑みを浮かべた。「父もぼくをとても愛してくれた」

「それならあなたは幸運だわ。たとえお父様といられた時間が短かったとしても」タリアは胸に懐かしい痛みを覚えた。「社交界でどうしようもなくつらい目に遭ったとき、わたしも母の思い出に支えられたことが何度もあったわ」

ジャックが肩をすくめる。「ぼくは自分が幸運だなんて思えない」

タリアは彼の腕をやさしく握った。「お母様はどうなさったの？」

「パリに戻って荷物をまとめ、ぼくと一緒に英国に逃げた。母のいとこが温かく迎えてくれたよ」

「だからあなたはそんなに英語が上手なのね」

「母は男爵の末息子と再婚し、継父はぼくをイートン校に入れて学費を出した。体よく厄介払いするために」その口ぶりは淡々としていた。しかし、継父にうとまれたことでジャックがますます貴族を嫌うようになったのがうかがえた。「成人してようやくフランスに戻ったときは、すっかり英国紳士になっていたよ」

「それでも英国に忠誠心はないの？」タリアはたずねた。学生時代に親しい友人ができなかったはずがない。

「法の裁きを受けることなく慢心しきったひと握りの貴族が、民衆のうえにあぐらをかいている。そんな国家に忠誠心など抱くものか」

「でも……」

「つまらない政治談義はもうよそう」ジャックは急にタリアの言葉をさえぎり、長い指を彼女の唇にあてた。「きみと一緒に夕食を食べたいと思って誘いに来たんだ」

タリアはあきらめたように天井を仰いだ。ジャックは本心を包み隠すごとくいつもの魅力的な表情に戻っている。

「悪いけどお断りするわ」タリアは情けない気持ちで言った。自分はフランスのスパイにさらわれたのだ。もっと激しい怒りがわいて当然なのに、なぜかそうはならない。

ジャックが大袈裟なそぶりで胸に手をあてる。「そんな残酷なことを言わないでくれ」

「あなたは敵よ」

「とんでもない」ふいにタリアの頬に軽く唇を這わせると、ジャックは彼女の手を自分の腕にかけ、有無を言わさぬ足どりで廊下を歩きだした。「おいで、マ・ペティ。きみにわからせてあげよう。その気になればぼくがどんなに……友好的になれるかを」

タリアの失踪の知らせから一週間後

フランスの田舎に日が沈むころ、ガブリエルは打ち捨てられた貯蔵所の近くで足をとめ、正面に見える宮殿に目をこらした。

もっとも、田舎の風景のなかに大きくそびえる建物そのものを見ていたわけではない。敷地内をぶらぶら歩いている兵隊たちをつぶさに観察してから庭に目を向けると、破壊された彫像のあいだを歩く女性の人影が見えた。

「タリア」安堵がどっとこみあげてきて、ガブリエルはため息のような言葉とともにその場にひざをついた。

隣にいたヒューゴーが、巨体に似合わない素早さで前に出てきた。

「本当にまちがいないのか？」鋭い口調でたずねる。

ガブリエルは友人をじろりとにらんだ。

ヒューゴーがフランスまでついてきたのはこちらが頼んだからではない。むしろ逆に、この腹立たしい友がついてこないようにできるかぎりの手を尽くした。残念ながらヒューゴーはしつこかった。ガブリエルの命令も侮辱も脅しも意に介さず、キャリック・パークまで追いかけてきて絶対にそばを離れないと言い張ったのだ。

やがてガブリエルも、いつまでも親友と言い争っていないでタリアを捜すべきだと考え、ヒューゴーが屋敷の使用人たちに詳しい話を聞いているあいだに近隣を捜しまわった。

ありがたいことに、領民たちは新しいアッシュコーム伯爵夫人を心から慕っていた。彼女が夕食の時間に戻らなかったと知らされるやいなや、人々は手わけして近辺を捜しまわった。ほどなく、馬宿でふたりのよそ者が見つかり、どちらもふつうの旅行者とは思えないほどの大金を手にしていた。

ふたりは村の拘置所に引っ立てられ、治安判事はいきり立つ領民たちを必死になだめてどうにか家に帰した。

ガブリエル自身も、みずからふたりを尋問したときすっかり頭に血がのぼってしまい、ジャック・ジェラルド牧師が実はスパイでタリアをフランスに連れ去ったと聞くや、彼らの首を絞めあげ、危うく死なせてしまうところだった。

実を言うと、ガブリエルはひとりの肋骨をへし折り、もうひとりの前歯を折ってやった。ヒューゴーに後ろから羽交い締めにされてようやく身を離したのだ。

翌朝ガブリエルはヨットでフランスを目指していた。険しい顔のヒューゴーも一緒だった。

「しばらく会っていないが、妻の顔くらいわかる」ガブリエルは言った。

ヒューゴーは金茶色の目を細めた。「あの様子じゃ、どう見ても人質じゃないぞ」

ガブリエルは毒づきたいのをこらえた。だからこの旅にヒューゴーを連れてきたくなかったのだ。たとえ、いざというときに頼りになるいちばんの相棒だとわかっていても。

「真実が見た目どおりとはかぎらない」

「たしかに」ヒューゴーが身を固くした。貯蔵所のすぐそばの石畳の小道を兵士が歩いていく。葉巻のにおいがかぎとれるほどすぐ近くだ。ヒューゴーは緊張した顔でガブリエルの腕をつかみ、貯蔵所の後ろ側にまわった。

「アッシュコーム、こんなところをうろうろするのはまずい。いくらフランス兵が体も頭も弱いといっても、いつかは見つかるぞ。それにおれたちも昔ほど若くはない。薮のなかにずっと身を隠しているのはごめんだ」

ヒューゴーは顔をしかめた。ブリーチズには泥がつき、いつもぴかぴかのブーツが傷だらけになっている。ふたりは何時間もかけて森を抜け、宮殿のそばまでやってきたのだ。ガブリエルも似たような状態だった。淡いグリーンの上着は何箇所も破れ、クラヴァットは遅い夏の日射しのせいで汗ばんで皺が寄っている。髪も乱れ、髭ものびていた。ことさら注意して社交界に印象づけようとしているいつもの優雅なイメージとはほど遠い。

「タリアをとり戻さずにここを離れるつもりはない」ガブリエルはうめくように言った。

ヒューゴーが頭を振る。「ばかなことを言うな、アッシュコーム」

「誘拐犯から妻をとり戻すのは少しもばかなことじゃない」

「毒ヘビの巣にまともに向かっていくつもりか？」ヒューゴーは食いさがった。「庭にたどり着くまでに撃たれるぞ」

ガブリエルはいら立たしそうに舌打ちした。こんな状況でタリアに近づくのが無理なことは自分でもよくわかっている。

少なくとも、今すぐには。

「まともに向かっていったりはしない」

「ならどうするつもりだ？」

「暗くなるまで待って、警備の目を盗んで忍びこむ」

ヒューゴーはガブリエルの腕に指を食いこませた。「やめろ」

「ここでおまえと議論するつもりはない」

「自殺に等しいことをするなんて絶対に許さない。たかがあんな女のために――」

ガブリエルは自分でも気づかないうちにヒューゴーを貯蔵所の壁に押しつけていた。タリアが行方不明だとわかってから心のなかにずっと渦巻いていた恐れが、すでに爆発寸前になっている。

どうしたらいいんだ？　タリアが経験したであろう恐怖を想像するとたまらない。今こうして彼女の姿を見られるのに、まだ手が届かないと思うと拷問を受けている気分だ。

「おまえが一緒に来ると言ったとき、妻を侮辱したら許さないと念を押したはずだ」ガブリエルは怒りのこもった声で言った。

予想どおり、ヒューゴーも負けてはいなかった。彼はガブリエルを怖がらない数少ない人間のひとりだ。

だからこそ友達でもあるのだが。

「おれは自分の友達が危険を冒すのを黙って見ているわけにはいかないんだ」ヒューゴーは食いしばった歯の奥から声を絞りだした。「そこまで思える友達はほかにいない」

ガブリエルは必死に冷静さをとり戻し、ヒューゴーを放して一歩さがった。

「危険はほとんどない」

「ほとんどないだと?」ヒューゴーが眉を寄せて庭に向かって手を差しだす。「宮殿のまわりを固めているあのフランス兵の数が目に入らないのか?」

ガブリエルは肩をすくめ、壊れた噴水にもたれて胸の大きなメイドをからかっているふたりの兵士に目を向けた。

「見たところ、彼らは警備よりも自分たちの楽しみに熱心だ」

ヒューゴーはまだ納得しなかった。「しかし、だからといって彼らが侵入者に発砲しないとは言えないぞ」

「侵入したと気づかれなければいいんだ」ガブリエルは軽くいなした。たとえ目の前にナポレオン率いる大軍が現れたとしても決心は変わらない。妻をとり戻すことをはばむものはなにひとつない。「覚えているかどうか知らないが、ぼくは何度も校長の鼻先をかすめて学校を抜けだしたことがある。そしてただの一度もつかまったためしがない」

ガブリエルの決意のほどを察してヒューゴーが毒づいた。「おれは気が進まないな」

「ぼくだって同じだ。しかしほかに方法がない」

「あるさ。おまえ自身が何度も言っているじゃないか。彼女は今やアッシュコーム伯爵夫人だ。近くの英国軍営に駆けこんで事情を話せば、きっと彼らが……」

「ぼくは、妻をあとひと晩でも敵の手に渡しておくつもりはないんだ。英国軍に頼めば、救出まで何日かかるかわからない。下手をすれば兵を集めるだけで何週間もかかる」ガブリエルは我慢強く言った。「それに、タリアを戦闘に巻きこむわけにはいかない。こういう戦いではいつも決まって罪のない人間が犠牲になる」

「おまえは彼女に罪はないと言うが……」

「もういい」ガブリエルがぴしゃりと制した。

ヒューゴーが我慢ならないというように舌打ちする。「人の話を聞け、アッシュコーム」

彼は声を荒らげた。「彼女が無理やり誘拐されたという話は、あのふたりのならず者たちの証言にすぎない。仮につかまることなく彼女のもとへたどり着けたとして、もし彼女がおまえと一緒に逃げないと言ったらどうする？」彼はそこでひと呼吸置いた。「それどころか、おまえが来たことをフランス兵に告げたら？」

たしかにヒューゴーの言うとおりだ。それを認めまいとして、ガブリエルは歯を食いしばった。

タリアのように若く美しい女性を、付添人《シャペロン》もつけずに遠い田舎に送りだすなんてひどすぎる――そんな自分の声が頭のなかにこだました。彼女がハンサムで魅力的な牧師に寂しさを癒やしてもらおうとしたとしても不思議はない。結婚式の夜に火をつけられた体のうずきを、牧師に静めてもらおうとしたとしても。

それとはべつの声も聞こえた。しょせんタリアは、望まぬ結婚に自分を追いこんだ父親と同罪だ。こんな目に遭うのも、もとはといえば自業自得じゃないか。

まったく。今の自分は、ロンドンの舞踏室に群れ集う連中のように支離滅裂だ。どんなときも感情に流されず、論理的に対処できることが誇りだったのに。

それは腹が立つと同時に、いわく言いがたい気分だった。

「ヨットに戻って、タリアとすぐに出発できるよう待機していろ」ガブリエルはこれ以上反論を許さない厳しい声で命じた。

ヒューゴーはあごをこわばらせたが、しぶしぶうなずいた。

「いいだろう」

「それから」

ヒューゴーが眉をひそめた。「なんだ?」

「明日の夜明けまでにぼくが戻らなかったら、かまわず英国に帰れ」

「断る」

ガブリエルは険しい顔をした。「一緒に来る代わりに言うことを聞くと約束したはずだぞ」

ヒューゴーが我慢の限界を超えたように両手を上げた。

「おまえ、結婚したせいで頭がどうかしたんじゃないのか？」

ガブリエルは唇を曲げた。「そうかもしれないと自分でも思いはじめているところだ」

ヒューゴーは近くの木のかげに移りながら言った。「ヨットに遅れるなよ」

「全力を尽くすさ」


タリアの寝室は、宮殿のほかの部屋と同じく広々としていた。

壁は淡いグリーンで彩られ、ベルベットのカーテンも同じグリーンだ。備えつけの家具にはグリーンと金の縞模様のサテンの布がかかっている。一方の壁に白地に黒の筋が入った大理石の暖炉があり、炉棚のうえには金箔をふんだんに使った額入りの鏡がかかっていた。反対側の壁にはアーチ形の窓が並び、沈床庭園《サンクガーデン》と遠くの湖が見わたせる。うえにさがるクリスタルガラスの重そうなシャンデリアが、部屋の中央の天蓋付きのベッドにまばゆい光を投げかけている。

タリアはルビーレッドのサテンのイヴニングドレスを着たままだった。深く開いた胸元はフランス真珠で縁どられ、短い袖には白い薔薇の刺繍がついている。彼女はセンダンの化粧台の前に座り、ヘアブラシで髪をとかしはじめた。

この宮殿に来てから一週間が過ぎている。ジャックはパリから定期的にやってくる様々な客に会い、それ以外の時間はタリアの話し相手になってくれた。とはいえ、この優雅な囚人生活を続けるのもそろそろ限界に近づいている。

あたり前だ。タリアはヘアブラシを置いて立ちあがった。

どうしても逃げられないとわかってからというもの、ウェルズリーの部隊を待ち受ける恐ろしい運命のことが頭から離れない。

しかしいくら考えても、敵の罠にまともに突っこもうとしている同朋に危険を知らせる術がない。それに今までのところ、デヴォンシャーに無事に帰れたとしても英国軍に渡せるような情報などまったくつかめていなかった。

社交界の初舞台を踏むのに失敗したのと同じように、危険を顧みない女性冒険家にもなり損ねたようだ。

ガラス扉を開けてバルコニーに出る。石の手すりにもたれながら月光に照らされた庭をながめていたとき、背後にかすかな足音が聞こえた。

「ジャック？」タリアは眉をひそめた。とらわれの身ではあれ、たった今までひとりで寝室にいてもなんの不安も感じなかった。宮殿のあちこちを行き交う警護の兵士たちは皆、礼儀正しく距離を保ってくれた。おそらく彼女にいっさいかまわぬようジャックから厳しい指示を受けているのだろう。しかし今、タリアは自分がいかに無防備かを痛感した。「そこにいるのは誰？」

明らかに男性らしい大きな人影がバルコニーに現れた。

「ジャックでないことだけはたしかだ」聞き覚えのある不機嫌な声が響く。

「ガブリエル？」タリアは息をのんだ。夢ではないだろうか。もちろん、夫がふいに現れて自分を英国に連れ帰ってくれるのをこれまで何度も夢想した。夢のなかの彼はとてもやさしい言葉で謝ってくれた。けれど不機嫌な声で言い返されたということは、これは現実にちがいない。「こんなところでなにをしているの？」

ガブリエルが前に進みでた。金髪が月明かりにきらめき、銀色の瞳が一層鋭く光る。

ふいに危険な空気が立ちこめ、タリアは悪寒を覚えた。なんと皮肉なものだろう。自分を誘拐した男性と一緒にいてもなんの恐怖も感じないのに、誰よりも信頼すべき夫と向きあうと恐怖で体がすくんでしまう。

「言うまでもないだろう」ガブリエルは身をすくめているタリアをもの憂げに見つめ、彼女の腰まで乱れ落ちる黒髪に視線を這わせた。

「どうしてわたしがここにいるとわかったの？」タリアは声をつまらせた。

ガブリエルがすぐ目の前にやってくると、男性的なにおいが彼女の鼻をくすぐった。

「ぼくは無能な人間ではない」

「でも……」

「なぜぼく以外の男が寝室に来ると思った？」ガブリエルがタリアの言葉を乱暴にさえぎる。

タリアははっとわれに返った。バルコニーの下にいる兵士たちに聞かれるかもしれない。

「しいっ」彼女はガブリエルの唇を指で押さえた。「誰かに聞かれるわ」

ガブリエルが彼女の手をつかんだ。瞳は怒りに燃えているものの、彼の熱さが体に伝わってくる。

「答えろ、タリア。ジャックというのは何者だ?」

タリアはわけもわからず眉をひそめた。「彼は……デヴォンシャーの牧師よ。でも本当は反逆者で、わたしを誘拐したの」

「ジャック……ジャック」ふいに謎が解け、ガブリエルは大きく息をついた。「そうか」

「そうよ、ジャック・ジェラルドよ」

「彼はここによく来るのか?」

「いったいなにを言っているの?」

なぜジャックのことばかりたずねられるのかわからず、タリアは顔をしかめた。周囲に気づかれないうちに一刻も早く逃げることを考えなければならないのに。

だがふいにその理由がわかり、タリアは頬を打たれたような衝撃を覚えた。

「あなたったら」ガブリエルの手を振り払う。「わたしを助けに来たの? それとも、ジャックがわたしの愛人かどうかを確かめに来たの?」

ガブリエルがあごをこわばらせた。「愛人なのか?」

一瞬タリアは考えた。このどうしようもない人でなしをバルコニーから突き落としたらどんなにせいせいするだろう。

妻が誘拐され、遠いフランスで軟禁されていたというのに、無事かどうかより不倫をしなかったかどうかを気にするなんて、いったいどこまで身勝手な人間なのだろう。

だが、バルコニーから落ちたくらいではこの石頭が壊れるはずはないと思い、タリアはガブリエルの脇をすり抜けて寝室に入った。

「兵士に気づかれないうちに逃げて」懸命に歯を食いしばる。

ガブリエルもすぐあとから寝室に入ってきた。「ここに残りたいのか？」

「わたしは……」ガブリエルがおとぎ話の英雄のように助けに来てくれる夢を見たのを思いだし、タリアはベッドの脇で足をとめた。「本当に愚かだったわ」

ガブリエルが彼女の両肩をつかみ、恐ろしい形相でにらみつけた。

「タリア」

「やめて」彼女はガブリエルの手を払いのけた。「わたしにさわらないで」

彼は凍りついた。あたかもタリアが肩からもうひとつ頭を生やしたかのように。

「きみはぼくの妻なんだぞ」

タリアが乾いた笑いを部屋に響かせる。「結婚式の数時間後にはロンドンから追いだし、手紙のひとつも送る気にならなかった妻でしょう」

ガブリエルが顔を赤らめた。妻の言葉に今さら恥じ入っているのだろうか。だとしたら、よほどの愚か者だ。

「ぼくにプライドを傷つけられたからよその男に心を移したのか？」彼が嫌味たっぷりに言った。

「よその男性に心を移したことなんてないわ」

「本当か？」ガブリエルはタリアの高価そうなサテンのドレスに視線を這わせたあと、贅沢な部屋に目を向けた。「とてもそうは見えないぞ」

「あらそう」タリアは腰に手をあて、ガブリエルをにらみつけた。数週間前なら考えられなかったことだ。「どうしても真実が知りたいのね？」

彼は尊大にあごを突きだした。「真実以外はいっさい受けつけない」

「それなら教えてあげる。ジャックのことは親切で魅力的な人だと思っていたわ。わたしを遠くへ追い払ったりせず、本物のレディに接するようにやさしくしてくれたもの」

「それは……」

「でも、あくまでもいい友達としてよ。もちろんそれも、彼がわたしを無理やりフランスに連れてくるまでのことだけど」ガブリエルに弁解する間も与えず言い放つ。「信じようと信じまいと好きにすればいいわ。あなたがどう思おうと、わたしはもう気にしないことにしたの」

8

ガブリエルは拳を握り締め、怒りのこもった目でタリアを見つめた。

いったいどういうことだ？

すべて計画どおりに運んだはずだった。物陰にひそんで暗くなるのを待ち、こっそり庭を通り抜け、開いている窓を見つけて宮殿内に入ったのだ。

タリアの部屋を見つけるのは思ったより手間で、通りがかった警備兵をやり過ごすためにとっさに身を隠したのも一度や二度ではない。しかし、あたりをうろつく大勢のフランス人たちに気づかれることなく、われながらうまくタリアのもとへ行けたと思っている。

けれどもその直後、タリアが自分以外の男の名を呼ぶのが聞こえた。とたんに嫉妬の波が押しよせ、妻をとり戻して一刻も早く逃げるという当初の決意がどこかへ飛んでいってしまった。

命懸けで助けに来てやったというのに、寝室でよその男が来るのを待っているとはどういうことだ？　しかもこんなに胸元の開いたドレスを着て。これを見たら、どんな男でも彼女とベッドに入ることを考えずにはいられなくなる。

仮にタリアの言葉が真実で、そのジャックとかいう男が愛人でないとしてもだ。

そのうえひどいことに、タリアは謝るそぶりすら見せず、夫をとことん悪者にしようとしている。

ガブリエルはいらいらしながら髪に手をやった。「なぜこんなところまで連れてこられるはめになったんだ？」なんとか主導権を奪おうと問いただす。

「今さらそれを聞いてどうするの？」タリアが鼻を鳴らした。結婚式のときに隣でおどおどしていた女性とは思えないほど瞳を強気に光らせている。「どうせわたしのことなんて、悪知恵を働かせてあなたを結婚に追いこんだ田舎者程度にしか思っていないんでしょう。道徳心のかけらもなく、アッシュコーム伯爵夫人になって数日もしないうちに愛人を作り、そして……」呼吸が乱れ、豊かな胸が大きく波打つ。「フランス側のスパイになったとか思っているんでしょう？」

ガブリエルの胸の奥が痛んだ。罪悪感ではないと必死に自分に言い聞かせる。自分はアッシュコーム伯爵だ。妻にどんなことでも問いただす権利がある。

「質問に答えるんだ、タリア」

彼女は不敵に目を細めたものの、あきらめたように頭を振った。

「教会のそばを通りかかったとき、怪しい男たちが入っていくのを見たの」タリアは肩をすくめた。「悪事を企んでいるように見えたから、なにをするつもりか確かめるために建物の裏にまわってのぞいたのよ」

例のふたりは今頃ロンドンの内務省で尋問を受けているはずだ。タリアがあんな悪党らと対峙したかと思うと、ガブリエルは心臓がとまりそうになった。

「なんだと? きみはいったいなにを考えているんだ!」たまらず叱りつける。「アッシュコーム伯爵夫人ともあろう者が、従者も連れずに田舎道を歩いたりするなどもってのほかだ。しかも不審者に近づくとは……仮に自分の命が惜しくなかったとしても、世間の評判というものを考えろ」

厳しく叱責されて小さくなるどころか、タリアは不敵ににらみ返してきた。

「わたしを公然と遠ざけておいて、世間の評判を考えろですって?」

「黙れ」ガブリエルはぴしゃりと制した。「すぐにキャリック・パークに戻って、誰かを調べにやらせればよかったんだ」

「ふたりが本当に悪いことをするかどうか確かめて、それから治安判事を呼んでこようと思ったのよ」

「そして逆につかまったというわけか」

タリアはやけっぱちのように手を上げて豪華な寝室を示した。「そういうことね」

ガブリエルは怒りの矛先を誘拐犯に向けた。キャリック・パークの教区牧師として新しく赴任した男性のことはおぼろげに記憶している。ただ、デヴォンシャーを訪ねるときは、気乗りしない様子の小作人たちに新しい農耕技術を教えたり、父の死後荒れ放題になっていた屋敷の修復に追われたりして忙しかった。領民の精神的なよりどころである教会まで気にかける余裕はなかった。

ジャック・ジェラルドがどういう人間か調査しておかなかったことが悔やまれる。

「そいつを殺してやる」ガブリエルは毒づいた。「けがはなかったか?」

タリアは呆れたように天井を仰いだ。彼の気づかいに感謝している様子はまったくない。

「ふつうはそれを最初にたずねるものよ。不倫しているのかと責めるのではなく」

ふてぶてしい態度をとりつづけるタリアを前にガブリエルはうめいた。これまで誰かに説教されたことなど一度もない。ましてや自分の妻にたてつかれるなど考えたこともなかった。

「なんだと! このあいだまでハツカネズミみたいにおとなしかったのに、きみはいつからハリネズミになったんだ?」

「夫のあなたが父と同じようにわたしを粗末に扱うとわかってからよ」

ガブリエルの全身が激しい怒りにこわばった。この自分がサイラス・ドブソンと同じだというのか?

ロンドンの自宅の窓際から、打ちひしがれた様子で馬車に乗るタリアを見ていたときのことがよみがえり、必死にその記憶を振り払う。あのときはあれで最良のことをしたと思ったのだ。

それなのに、血も涙もない野蛮人のように言われなければならないのか?

そんなはずはない。

「きみを粗末に扱うつもりなら、命の危険を冒して助けに来たりするものか」ガブリエルは厳しく指摘した。

妻の救出を外交筋に任せてロンドンで待機するのは簡単だが、みずから危険や困難に立ち向かうのがアッシュコーム伯爵の流儀だ。それなのに、タリアはただ肩をすくめて夫の英雄的行為を軽く受け流した。

「なぜそんなまねをしたのかさっぱりわからないわ」彼女が小声で言った。

「今となってはぼくにもわからない！」思わず怒鳴ってしまってから、ガブリエルは必死に気持ちを抑えた。信じがたいことだ。こちらが完全に理性を失うまでとことん責め立てる気らしい。「そのジャックとかいうろくでなしは、きみにつけこもうとしたのか？」

「いいえ」タリアは自分の腰に腕をまわした。「ジャックは本物の紳士よ」

ガブリエルは小さくうめき、声を振りしぼった。「同朋を裏切ったり、か弱い女性をさらったりするような男が、本物の紳士なものか」

タリアが鼻を鳴らす。「わたしをどうやって見つけたの？」

もう我慢の限界だった。はにかみ屋でつつましかった花嫁になにが起こったのか知らないが、今は夫婦げんかをしている場合ではない。

まわりは敵だらけなのだ。

「その話はあとだ」ガブリエルは扉に向かった。「早くここを出なくては」

「待って」

ガブリエルは足をとめ、耐えかねたように彼女を見た。「タリア」

タリアはくるりと背を向けて大きなチェストに歩みより、モスリンのドレスとペチコートと薄いストッキングを引っ張りだした。

「歯ブラシと着替えも持たずに英国に連れ戻されるわけにはいかないわ」なにを言われようとまったくかまわない様子だ。

「荷物は最小限でいい」ガブリエルは部屋を横切ってドレスをマットレスに広げ、襞のあいだに下着を隠してくるくると小さな包みに丸めた。「きみの身のまわりのものはまとめて船に積んである」

口答えしようとしていたタリアは、信じられないというように目を見開いた。

「わたしのために荷物を用意してくれたの？」

ガブリエルは洗面台のところへ行き、歯ブラシ、歯磨き粉、銀のヘアブラシと手鏡を手早く集めた。こんなものはヨットに着いたらすぐさま捨ててやる。タリアに物を与えられる人間は自分だけだ。

そう、タリアは自分のものだ。

たとえ彼女がどんなに歯向かおうと。

「いくつも用意してやった。レディの世話などしたことがないから、なにが必要なのかよくわからなかったからな」

「なぜミセス・ドナルドソンにさせなかったの？」

ガブリエルは鼻を鳴らした。かつては平和そのものだったマナーハウスが、身も世もなく泣き崩れるミセス・ドナルドソンの嗚咽にすっかりかき乱されたのを思いだしたのだ。

「使用人たちはどいつもこいつも泣いてばかりで、まるで役に立たなかった」タリアの失踪にぶざまなほどとり乱した召使いたちを思いだし、彼は呆れたように頭を振った。「きみを早く彼らの手に戻さなくては、キャリック・パークそのものが崩壊しかねない」

タリアは唇を固く結んだ。「からかわないで」

「からかってなどいない」繊細に整った彼女の顔から非の打ちどころのない完璧な肢体に視線を這わせたとたん、ガブリエルは心臓をつかまれるような危険な興奮に駆られた。どんなに彼女が恋しかったか自分でも認めずにはいられない。こんな話があるだろうか？　結婚したとき、タリアはほとんど見ず知らずの他人でしかなかった。それなのに、彼女をそばに置いておきたいという思いが自分でも抑えられないほどになっている。「きみはキャリック・パークの領主に暮らしを頼るすべての人々の忠誠心を勝ちとった。こんな短期間でそれを成し遂げたのはたいしたものだ」

「皆いい人たちばかりだからできるだけ役に立とうとしただけよ。これまでみたいな――」

ガブリエルが皮肉っぽく微笑むのを見て、タリアは慌てて言葉をのみこんだ。

「なんだ？」彼が続きを促す。

「なんでもないわ」

「なんでもないどころか、その反対だ。侮辱しようとしただろう」顔を赤くするタリアを見ながら、ガブリエルは少し気落ちした。高貴な血こそ受け継いでいないが、タリアはこれまでの先祖の誰より望ましい伯爵夫人であると証明された。「たったひとつわからないのは、その侮辱がぼくに向けられたものか、ぼくの母に向けられたものかという点だ」

タリアはいっそう赤くなり、チェストからショールをつかみとって扉に向かった。「用意ができたわ」

ガブリエルはすぐに追いつき、正面玄関に続く廊下に出たタリアの腕をつかんだ。

「こっちだ」彼女を小さなサロンに引っ張っていき、壁に隠された狭い通路に入れた。

タリアを捜す途中で見つけた暗い抜け道だ。ひと言もしゃべらずに通り抜ける。ほこりもクモの巣もないところをみると、宮殿のあるじはこの曲がりくねった抜け道の存在を知っているのだろう。実際に使っているかどうかは怪しいが。

ともあれ油断は禁物だ。

ガブリエルは弾をこめた拳銃をポケットからとりだし、タリアの手を引いて暗闇のなかを進んだ。ようやく図書室に通じる扉を開く。立ちどまって誰もいないことを確かめ、フランス製の絨毯のうえを走ってテラスに通じる扉を開けた。さっきは庭からテラスにつながる階段を使ったが、近くの暗がりからかすかな声が聞こえてくる。彼は動きをとめた。

「くそっ」

タリアが隣にやってきて小声でたずねた。「警備兵がいるの?」

「ああ」

引きとめる間もなく、タリアはテラスの下をのぞいた。

「こんなところでなにを――」見るとひとりの兵士が噴水にもたれて座り、その前にメイドがうずくまっている。タリアは息をのんだ。兵士のうめき声が周囲に流れる。「まあ」

タリアにいけないものを見せてしまったのを苦々しく思いながら、ガブリエルは彼女を図書室に連れ戻した。ジャックは兵士たちに規律を守らせることもできないのか？

ガブリエルは赤いベルベットと金箔の張られた椅子や重い布をかぶせた机のあいだを通り抜け、隣室に通じる扉を開いた。

「ここはどこに通じている？」

タリアは首を振った。「わからないわ」

控えの間と思われるその部屋に、ガブリエルは注意深く足を踏み入れた。部屋には大きな黒い大理石の暖炉があり、ブロケード織りの椅子に囲まれた円テーブルのうえに翡翠と象牙でできたチェスのセットが置いてある。

部屋を横切って反対側の扉まで来たとき、正面の廊下から足音が聞こえ、ふたりはその場に凍りついた。

「ガブリエル」タリアの息づかいが乱れた。

「わかっている」

彼は窓際に近づいて深紅のカーテンを勢いよく開き、窓を開けた。

タリアが急いで駆けよる。「どうするつもり？」

ガブリエルは窓から顔を出して二階下の庭を見おろした。

「それほど高くない」

「嘘でしょう」タリアがかすれた声で言った。

「ぼくが先に行く」ガブリエルは手にしていたドレスの包みを窓の下の花壇に落とし、タリアのほうを向いて手を握った。「誰もいないのを確かめて口笛を吹く。そうしたらきみも飛びおりろ」

「いやよ」タリアは夢中で首を振った。カラスのような漆黒の髪がむきだしの肩に触れてゆれている。「できないわ」

「ぼくを見るんだ、タリア」ガブリエルは彼女のあごに指をかけてうえを向かせ、励ますように見つめた。「きみにできないことはなにもない。勇気を出せ。必ずできる」

「でも……」

ガブリエルは頭をさげ、なおも訴えようとするタリアの唇にキスをした。たぎる情熱を感じさせる、やさしくもあとを引くキスだった。

「ぼくを信じるんだ」彼はキスをしながらささやいた。

熱いキスにぼうっとなったタリアは、ガブリエルが身を離したときもまだ体がふらついていた。彼が片方の足を窓枠にかけて庭に飛びおりると、タリアは息をのんで窓枠にすがりついた。心配するなんてどうかしていると思いながらも暗闇に目をこらす。

なぜガブリエルがみずから助けに来てくれたのかわからない。でも、自分に特別な感情を抱いているからでないことだけはたしかだ。特別な感情どころか、夫が妻に対して自然に抱く愛情すらない。

いきなりバルコニーに現れたかと思えば、激しく責めたり侮辱したりする――そんな男性が自分のことを思ってくれているはずがない。

妻であるアッシュコーム伯爵夫人が敵国フランスのスパイにとらわれている事実に我慢ならなかっただけに決まっている。

だが癪なことに、彼の無事を知らせる口笛が待ち遠しくてたまらなかった。どんどん時間が過ぎていく。フクロウの鳴き声が夜の静けさを破ったときは、不安で頭がどうにかなりそうだった。

居ても立ってもいられず、タリアは窓枠をつかんで身を乗りだした。高いところは大嫌いだが、夫が心配でたまらない。

「ガブリエル？」声をかける。「けがでもしたの？」

近くの生垣で音がしたかと思うと、月明かりにガブリエルの姿が浮かびあがった。それを見て、タリアの心臓が凍りついた。彼は両脇をジャックと兵士にはさまれていた。頭は兵士に銃を突きつけられている。

「そこを動くな、マ・ペティ」ジャックがタリアに呼びかけ、ガブリエルにあざけるような笑みを向けた。「いやな夫をようやく厄介払いできるというときに、そのかわいい首を折ってしまっては大変だ」

「ジャック、やめて」タリアは必死に頭を振った。「お願い」

「なんてやさしいんだ。自分を捨て犬よりも粗末に扱った夫のために、それほど必死に懇願できるとは」ジャックが言った。「ぼくが今なにを考えているかわかるか、伯爵？」

ガブリエルはまったく動じる気配もなく平然としていた。まるで、敵につかまったのではなく舞踏室の中央に立っているかのように。

「知るものか」

ジャックはにやりと笑った。「奥方は未亡人になったほうがよほど幸せだと思うね」さらにたたみかける。「ぼくが彼女ならそう思うだろう」

ガブリエルがにやにやしているジャックを恐ろしい目でにらみつけた。その殺気が離れた場所にいるタリアにもはっきりと伝わった。

「彼女はぼくのものだ」

「ノン」ジャックが首を振った。「たしかに彼女は法的にはアッシュコーム伯爵夫人だ。しかしおまえはまだ彼女を本当の意味で妻にしたわけではない」

ガブリエルは表情をこわばらせた。「たしかにそうかもしれないが、タリアに手を出すのは絶対に許さない。そんなことをすれば地獄に送りこんでやる」

「手を出すだけですむと思うのか？」

「ジャック」

タリアが鋭い声でさえぎった。ジャックはガブリエルを挑発して楽しんでいるのだ。

「悪かった、マ・ペティ」ジャックは謝ると、彼女の背後に近づく足音に気づいてそちらに目を向けた。「アンドレに部屋まで送ってもらうといい」

タリアは隣に来た男性を見ようともしなかった。庭を散歩しているときによく話しかけてくれる、ほっそりと背の高い若い兵士だ。いつも礼儀正しく接してくれるが、彼はあくまでもジャックのしもべだった。

「彼をどうするつもり？」

ジャックは肩をすくめた。「しばらく独房暮らしを楽しんでもらう」

タリアは唇を噛んだ。「危害を加えないと約束してくれる？」

「この世に治らない傷はない」ジャックはあからさまに侮蔑するような目でガブリエルを見た。「しかし今は危害を加えないと約束しよう。ただし、先のことはわからない」ほっそりした手を上げると、彼はタリアの隣の兵士に合図をした。「アンドレ、客人にくれぐれも失礼のないように」

「待って……」

そう言いかけたときにアンドレがタリアのウエストに手をまわして強引に窓から引き離し、あっというまに肩にかついだ。

タリアが最後に目にしたのは、兵士とジャックに腕をつかまれ、両手を後ろにまわされているガブリエルの姿だった。夫の顔はすさまじい怒りにゆがんでいた。

「妻から手を離せ！」ガブリエルは叫んだ。「タリア！」

タリアが手荒く連れ去られるのを見送るうちに激しい怒りが突きあげ、ガブリエルは自分を抑えこもうとする腕に必死に抵抗した。だが銃口をこめかみに押しつけられてようやくおとなしくした。

「ばかなまねはやめろ、アッシュコーム」ジャックが声を荒らげた。「彼女はおまえの手の届かない場所にいる」

なにがなんでもタリアのところへ行かなければ。ガブリエルははやる思いを必死に押しとどめた。慌てるな。ここで死んだら彼女を救いだすこともできない。

ようやく抵抗するのをやめてまっすぐ立つと、ジャックと兵士が慎重に手を離した。兵士が彼の心臓に銃口を突きつける。

今のところはこのフランス人が優勢だ。だが見ていろ。必ず立場を逆転させてみせる。そのときはジャックの最期を心ゆくまで楽しんでやる。そして妻をとり戻し、キャリック・パークへ帰るのだ。

彼女を自分のベッドへ連れていくために。

「万一タリアを傷つけてみろ……」

「ぼくは彼女を傷つけたことのない唯一の男だ」ジャックはなめらかな声で言いながら小道を指した。「こっちだ」

言い返せず、ガブリエルは歯を食いしばった。ちくしょう。

たしかに自分は、邪悪なフランス人の目をかいくぐって助けに来たときでさえタリアを責め、傷つけた。

なぜだろう？

自分の奥深くに眠る感情をタリアにゆさぶられるからだろうか。不快であると同時に、自分でも理解できない不思議な感情を呼び起こされるからだろうか。

得体の知れない思いを頭から振り払うと、ガブリエルはジャックの隣を歩きながら目の前の危険に注意を向けた。

「牧師の住まいにしては豪華じゃないか」ゆっくりと言う。

「ウイ」ジャックは口元に冷ややかな笑みを浮かべた。「ここはかつて、ぼくの父を死に追いやった貴族の館だった。皮肉だろう？」

「田舎者の殺しあいのどこが皮肉だ？」

「世間知らずの貴族がえらそうに」ジャックはあざ笑った。「自分の子どもが路上で飢える姿を見たら、そんなにお高くとまってなどいられないぞ」

ガブリエルは眉を上げ、周囲をとり巻く広大な庭園と宮殿を見わたした。

「この国の民は血を流しつづけている。そしておまえは、口では憎いと言いながらも貴族のような贅沢な暮らしを満喫している。おまえたちの壮大な革命のせいで、いったいどれだけの数の人間が命を落とした？」

ジャックは狂信者によく見られるおごり高ぶった顔で肩をすくめた。バスティーユ牢獄の襲撃以来何千人もの犠牲者が出たのも、飽くことなく権力を求めるナポレオン体制のもとに多くの命が奪われつづけているのも、まるでとるに足らないことのように。

「犠牲なくして自由は得られない」

ガブリエルは軽蔑したように鼻を鳴らした。「ここの孤児たちにもそう言っているのか？」

「ナポレオンが勝利したあかつきには、彼らも犠牲が避けられなかったことを理解するだろう」

「いいや。子どもたちはいっそう飢えることになる。コルシカ生まれの怪物が葬られ、彼と同盟を結んでいた哀れな臆病者たちがしっぽを巻いて逃げだしたときに」

ジャックが顔をこわばらせるのを見て、ガブリエルは痛快な喜びを感じた。だがジャックは驚くほど素早く平静さをとり戻した。

「われわれのどちらが正しいかは、いずれ明らかになる」ジャックは方向を変え、低いアーチをくぐった。途中立ちどまって石壁から火のついた松明を手にとり、地下に続く急な階段の扉を開けた。ガブリエルの背後にはフランス兵が控え、彼が妙な考えを起こして急に逃げたりしないよう銃をかまえている。「とはいえ、フランスが勝利する日までおまえが生きているかどうかは疑わしいが」ジャックは独善的な口調で続けた。

ガブリエルは後ろから小突かれながら歩くのを拒否し、自分から進んで歩いた。宮殿の地下に張りめぐらされた狭い抜け穴の地図を頭のなかに刻みこむ。

「いくらおまえが無益な戦争に加担して名誉を汚すような鼻持ちならない阿呆だとしても、さすがにアッシュコーム伯爵を殺害するほど愚かではあるまい」

「おまえを殺したところで誰にもわかるものか」ジャックはじめじめした通路を指し示した。

「ぼくには死体を上手に消す才能があるんだ」

　ガブリエルはひるまず笑みを返した。ジャックが重い木の扉を開け、穴蔵のような部屋に彼を招く。かつてのワイン貯蔵室らしく、棚は空っぽだった。がらんとした空間にあるものは、小さな折りたたみ式のベッドと粗末な洗面台だけだ。

「ぼくがここまでひとりで来たと思っているわけではないだろう」ガブリエルは独房に入ってジャックを振り返り、できるかぎり落ち着いた表情で見つめた。さも相手をばかにしているように見えるのを願いながら。

　たったひとりしかいない相棒がヨットに向かったのを知られたらどうなるかということはなるべく考えないようにした。

「すぐに見つけだすさ。すでに兵士をこの近辺の捜索にあたらせている」

「ぼくの部下は優秀だ。つかまったりするものか」

　ジャックがくすくす笑った。「おまえ自身がその部下ほど有能でなかったのが残念だな、アッシュコーム」

　ガブリエルは拳を固めた。できることならこの鼻持ちならない気どり屋に飛びかかり、首を思いきり絞めあげたい。

　ここは我慢するんだと、必死に自分に言い聞かせる。

　じきにここを抜けだしてやる。そのときにこのフランス人は、後悔とはどういうものかを骨の髄まで知るだろう。

今のところは、過剰なまでに美しい顔からいまいましい笑みを消してやることでよしとするしかない。

「ぼくは有能だ。すでにおまえを出し抜いた」ガブリエルは胸の前で腕を組んだ。

思ったとおり、ジャックがゆっくりと眉をひそめた。

「牢に閉じこめられる側の人間のくせに、妙なことを言うじゃないか」

「たしかに。だがぼくは、ウェルズリーの軍を待ち伏せるというおまえの計画を完全につぶしてやった」

独房が燃えるような怒りの感情に支配された。

「やるじゃないか」ジャックがあざ笑った。「どうやってかぎつけたのか聞かせてほしいものだ――」そこまで言いかけて、彼はふいに叫んだ。「ヘンダーソンと弟か」

ガブリエルは歯噛みして悔しがるジャックの様子を楽しんだ。「そうさ。おまえの仲間は少し水を向けただけですべてしゃべったぞ」

長い沈黙のあと、ジャックが重いため息をついた。怒りの表情はかげをひそめ、代わりにあきらめたような冷たい笑みが浮かぶ。

「残念だが、べつに驚きはしない。彼らは自分の利益のためなら母親だって裏切るような人間だ。あのふたりは反逆行為を厳しく罰せられるんだろうな？」

「もちろんだ」ガブリエルは答えた。「ふたりとぐるになっていた内務省の人間と一緒にな」

共謀者が発覚して各方面に影響が及ぶことを考え、ジャックはあごをこわばらせた。

「ヘンダーソンがぼくの居場所についても明かしたのか？」

「ああ」

「くそっ《メルド》」ジャックは頭を振った。「こちらの居所を教えたのは危険だった。だがあのふたりは、今後もわれわれの有益な作戦に協力すると言ったんだ」

ガブリエルはその言葉の軽々しさに低くうめいた。ジャックの有益な作戦とやらのおかげで、ここ一年のうちに何十人、いや何百人もの英国兵が犠牲になったのだ。

「作戦はおしまいだ」ガブリエルはぴしゃりと言った。

ジャックが小ばかにしたような表情に戻った。「そうかもしれない。しかし仲間はほかにもいるし、タリアがぼくを慰めてくれる」にやりと笑う。「はっきり言わせてもらうが、おまえがのこのこやってきたことについて、彼女はそれほど心を動かされてはいないぞ。ボンソワール、アッシュコーム」

駆けよったガブリエルの目の前で扉が閉まると、彼は罵りながら厚い木の扉に拳を叩きつけた。

「タリアに指一本でも触れてみろ。殺してやる」

9

永遠とも思えるような長い時間が過ぎたあと、ようやくタリアの耳に足音が近づいてくるのが聞こえた。アンドレに部屋に連れ戻されて扉に鍵をかけられてから、実際にはまだ一時間しかたっていない。

部屋の端から端へ落ち着きなく歩きつづけていた彼女は、鍵のまわる音に気づいて足をとめた。扉が開く。

「ジャック」タリアはかすれた声で言い、震える胸に手をあてた。いつものように優雅な物腰で絨毯敷きの部屋の中央にゆっくりとやってくるジャックを見守る。「いったいなにをしたの？　わたしの――ガブリエルに」いまだに〝夫〟と言えず、彼女は小さくつぶやいた。

ジャックのハンサムな顔に満足そうな笑みが浮かんだ。

「マ・ペティ、彼を〝わたしの夫〟と呼ぶことさえ耐えられないのかい？」

タリアは顔をゆがめた。おそらくガブリエルは激しく痛めつけられたのだろう。場合によっては最悪の事態になっているかもしれない。自分を救おうとして無茶をしたばかりにこんなことになったと思うとたまらなかった。

「ガブリエルに対するわたしの思いを勝手に決めつけないで」タリアは警告した。「正直に言って、わたし自身にもわからないのよ」

「きみのような誠実な女性は彼にはもったいない」

タリアは唇を曲げた。たしかにそのとおりだ。

ガブリエルは〝愛すべき夫〟からはほど遠かった。妻を英国に連れ戻すために迎えに来てくれたときでさえ。

それでも、彼が痛めつけられているところを想像しただけで吐き気がこみあげ、胸が引き裂かれそうだった。

「それはわたしが決めることよ」

ジャックは悲しそうに首を振った。「なんて慈悲深いんだ」

タリアは腰に手をあてた。「質問に答えて」

「伯爵はすっかり独房に落ち着いているよ」ジャックはレモンでもかじったように顔をしかめた。「少なくとも今のところは」

「彼をどうするつもり？」

ジャックがふいに炉棚に歩みより、繊細な陶器の人形の位置を直した。

「正直に言えば、その辺の木につるして兵士の銃撃練習の的にしてやりたいところだ」

「なんてことを……だめよ」

ジャックが振り向き、怯えているタリアの目を見つめる。「だが彼にとって幸いなことに、ぼくは自分の楽しみしか考えない貴族とはちがう」

「どういうこと？」

ジャックは肩をすくめた。「アッシュコーム伯爵は鼻持ちならない愚か者だが、彼の母親は息子を返してもらうためなら大金を払うだろう。今夜、身の代金を要求する手紙を書こうと思う」

タリアは唇を噛んだ。ガブリエルが無事だとわかって安堵したものの、彼がフランスのスパイにとらえられたという恐ろしい事実が伯爵未亡人に知らされると思うと平静ではいられない。

「なぜそんな残酷なことを？」

「そうするのが必要なんだ」ジャックは悪びれる様子もなかった。「ここ何カ月も皆にじゅうぶん食べさせてやれていない。蓄えも底を突きかけている」

「それなら必要な額をわたしに言って。まちがいなく用意するわ」タリアは訴えた。「なにも年老いた義母を苦しめることはないでしょう」

ジャックは眉を寄せた。「忘れたのか？　その年老いた母親が、結婚したきみを世間の前であからさまに無視しているんだぞ」

タリアは身をすくめた。もちろん忘れてはいない。伯爵未亡人が自分のことを、社交界の目から隠してしまわなければならない恥ずべき嫁だと思っているというのもじゅうぶんわかっている。

しかし、たとえ自分が認められていないとしても、結婚した以上は一族の人間を守らなければならない。

「孤児たちに食べさせるためのお金が手に入るのなら文句はないでしょう？」

「きみって人は……」ジャックは頭を振り、不思議な顔つきでタリアを見た。

「なに？」

「まだこの世に真に善良な人間がいるというのを忘れていたよ」ジャックは一歩進みでると、彼女の頬にかかった太い巻き毛を撫でた。「ぼくはきみが恐ろしい」

熱いまなざしで見つめられ、タリアは落ち着かなげに身じろぎした。

「ばかにしているのね」

「ノン」ジャックは指先をタリアのあごに這わせた。「きみは、罪深い生き方をあらためたいと男に思わせる危険な女性だ」

あまりにもばかげた言葉に、タリアは顔をしかめた。

自分は生まれたときからずっと男性に振りまわされてきた。父親。ハリー。ガブリエル。そして今はジャック。皆がそれぞれの考えを強引に押しつけてくる。

「わたしの知るかぎり、たかが女性ひとりのために罪深い生き方をあらためる男性なんていないわ。少なくともわたしのためには」部屋にジャックの大きな笑い声が響き、彼女は顔をしかめた。「なにがそんなにおかしいの？」

ジャックが瞳を皮肉っぽくきらめかせる。「ぼくはこれまで、すべてのフランス人が自由をとり戻せるよう人生を懸けて戦ってきた。そのために英国に戻り、自分を信頼してくれる人々を裏切りさえした。それでもきみのことだけは、あらゆる危険を冒してもフランスに連れてきたんだ。本当は始末してしまうべきだったのに」

「あなたは罪のない人間を殺せる人じゃないわ」タリアは反論した。

「マ・ペティ、ぼくはそれよりずっとひどいことをしてきた」ジャックは口元に悲しげな笑みを浮かべた。「だがその美しい無垢な瞳で見つめられると、自分が実際にきみが思っているような人間だったらどんなにいいかと思うよ」

「ジャック」

「しかしきみがぼくに与えた影響も、あの哀れな夫を破滅させたことに比べればたいしたことじゃない」

「笑えないわ」

ジャックは舌打ちした。「きみだって結婚前のアッシュコーム伯爵のことを、傲慢で自信過剰で、ひと握りの特権階級の友人以外は相手にしない男だと知っていたんだろう」

「あの人はまわりから近寄りがたいと思われていたわ」タリアは苦しそうに認めた。

「血も涙もない男だったのさ」ジャックが乾いた声で言った。「ところが、きみはたった数週間で彼を変えてしまった。きみが行方不明だと知ったとたん、無謀にも危険に飛びこんでいこうとする独占欲のかたまりみたいな野蛮な男に」

「それは……」タリアは深く息を吸った。「あなたの言うことはばかげているわ」

「その哀れな男は今、この宮殿の独房に閉じこめられてわめいているよ」ジャックは満足気に微笑んだ。ガブリエルが苦しんでいると思うのが明らかに楽しいようだ。「これ以上どんな証拠がいるというんだい？」

タリアは一瞬考えた。これまで自分はガブリエルにとって負担でしかなく、家族に恥をかかせないよう懲らしめられるべき人間だった。今はそうではないというのだろうか。彼女は急いで愚かな考えを打ち消した。

ばかなことを考えている場合ではない。

「夫と一緒に英国に帰らせて。わたしの願いはそれだけよ」タリアはジャックの手を振りほどいた。「いくらほしいの？」

ジャックが胸の前で腕を組み、暗い目で彼女を見つめる。

「ぼくはアッシュコーム伯爵を、孤児たちへの寄付金と引き換えにするつもりだ。この取引にきみは関係ない」

タリアのみぞおちが冷たくなった。「あなたは約束したはずよ。ウェルズリーとの戦いがはじまったらわたしを自由にすると」

「それができそうもない」

「ジャック」

「きみは疲れている、マ・ペティ」そうつぶやくとジャックは彼女に近づいて唇に軽くキスをし、扉に向かった。「お休み。続きは明日にしよう」

ジャックが部屋を出て扉を閉め、鍵をかけた。

彼はきっとからかっているにちがいない。

口では思わせぶりなことを言っていても、本気で自分をフランスから帰したくないと思っているはずがない。

それとも、まさか本気で？

タリアは唇を噛み、残されたわずかな選択肢を考えながら部屋を歩きまわった。

今回ばかりは、どんな不幸が降りかかってくるかとただ手をこまねいているのはいやだった。今こそ自分の運命を自分でつかみとるのだ。

ソフィア・レナードは寝静まった宮殿のなかを歩いていった。かつてパリの舞台を華々しく飾り、多くの観客に愛された気高く優雅な足どりで。

ソフィアが名声をほしいままにできたのは、その透きとおるような象牙色の肌と、それを引き立てるとび色の巻き毛のおかげだと言われていた。あるいはブラウンというより黒に近い表情豊かな瞳、またあるいは、すらりとのびたたおやかな体つきのおかげだとも。たとえ粗末なぼろをまとっていても、彼女は美しかった。もちろん今のように、サファイアブルーのナイトドレスにほどけかけた黒いベルベットのサッシュを垂らした姿でも。

しかしソフィアは固く信じていた。旧イノサン墓地に近いレ・アル地区の悪臭の漂う母の家から、ショセ・ダンタン通りやサン・ジェルマン地区ル・フォーブルの高級住宅に移ることができたのは、ひとえに自分の女優としての才能のおかげだと。

舞台のうえではモリエールの喜劇やラシーヌの悲劇の主役を演じ、舞台をおりれば……その天性の魅力をいっそう発揮した。

わずかひと握りの高級娼婦だけが身につけている技を、ソフィアはごく自然に使うことができた。そして、あらゆる紳士の欲望を激しくかき立てることができた。

彼女は内気な娘とふしだらなあばずれの両方を演じられた。ときには臆病に、ときには大胆に。ときにやさしく、ときに残酷に。たいそう名の知れた知識人と語りあうこともあれば、船乗りでさえ赤面するほど野卑な冗談を飛ばすこともあった。なにより、ソフィアを腕に抱いた男たちに、世界一の男になった気分を味わわせられた。

そうした才能のおかげで、革命によって貴族階級の愛人たちがすべて殺されても、彼女だけは生きのびた。最終的には、次第に頭角を現しはじめたナポレオンの心をとらえるのにも成功した。

ソフィアには、なにがあろうとしたたかに生きのびる強さがあった。

しかし不幸なことに、どんなときも賢いというわけではなかった。

彼女は五年前にパリでジャック・ジェラールと出会った。そのとき、生まれて初めて、ひと目惚れというものを知った。

それは決して、相手のハンサムな顔立ちや美しい肉体に惹かれるというありがちな出会いではなかった。もちろん、ジャックに見つめられたときに体の奥を駆け抜けた情熱を無視できるほど男に飽きていたわけではない。だが彼に出会い、ソフィアはまだ愛を信じていた無垢な少女時代に戻ったように感じた。

なにより、ジャックの鋭い知性と燃えるような激しさに圧倒された。

彼はまぶしいほど輝いていた。とても熱く、ほとんど白光しているように。

ナポレオンと組んで戦争の計画を立てているときも、ソフィアをベッドに誘ったときも、彼はとにかく情熱的だった。その激しさに彼女は身も心も、魂さえも熱く燃えあがらせた。

三日もたたないうちに、ソフィアはこのとらえどころのない男性を深く愛するようになっていた。英国に長期滞在する彼と何カ月も、ときには何年も会えなくなったときでさえ、常に忠実な恋人でありつづけた。

もちろんソフィアは、ジャックも同じように自分に操を立てていると思うほど愚かではなかった。彼もしょせん男だ。男というものは恋人に貞節を求めておいて、よそではちゃっかり好きな女たちをベッドに迎えて楽しむのだ。

しかしジャックは、これまでよその女性に気を移したことなど一度もない。

今回までは……。

立ちどまって期待するような笑みを浮かべると、ソフィアはジャックの寝室に入っていった。ほっそりした手に半分空になったブランデーグラスを持って窓辺にもたれている彼の姿に、胸がちくりと痛む。

すらりとした体にブロケード織りのナイトガウンをまとったジャックの美しい姿は、金色と象牙色に彩られた贅沢な寝室にとてもよく合っていた。この人は、口で言うよりずっと高貴な血を引いているのかもしれない――ソフィアはよくそう思った。彼は絶対に小作農には見えない。むしろ見た目は貴族そのものだ。

その疑念をこれまで彼に直接ぶつけたことはない。自分の体に貴族の血が流れているなどという話をジャックが喜ぶはずがないからだ。

とりわけ今夜は気をつけなければ。肩のあたりを緊張させ、暗い表情を浮かべているジャックを見ると心が沈んだ。

ここへ来たのはジャックに説明を求めるためだった。

しかし、果たして自分はジャックの説明を本当に聞きたいのだろうか。

心のなかにもうひとりの臆病な自分がいる。真実を知る覚悟ができているかどうか、まだ確信が持てない。愚かな心を打ち砕かれるのだとしたらなおのこと怖い。

とはいえ、自分が三十年間生きてこられたのは臆病だったからではない。深く息を吸いこむと、ソフィアは部屋に入っていった。金箔を張ったブナの木の椅子と、白い大理石の暖炉のそばに据えられた寄せ木細工の楕円形のテーブルと、そのうえに飾られたセーブルの磁器の脇を通り過ぎる。渦巻き装飾の紫檀のテーブルに近づいてみると、地図がうずたかく積まれていて、ほかにも未開封の手紙の束や日記やメモ用紙などが雑然と置かれていた。彼女の気配に気づいたジャックがふいに振り返り、顔をしかめた。

ソフィアは笑みを浮かべながら彼のそばに近づいた。「お邪魔だったかしら?」

ほんの一瞬、ジャックのハンサムな顔に残念そうな表情がよぎった。まるで、できれば忘れたいと思っていたことを思いだささされたように。けれど、やがていつもの魅力的な表情に戻り、一歩前に出て彼女の手をとって指先にキスをした。

「ソフィア、きみはいつ見ても本当に美しいよ」わずかに英国訛りのまじったフランス語でやさしくささやく彼の声は、いつものようにソフィアの背中をぞくりとさせた。「それは新しいナイトドレスかい？」

「ウイ。あなたがフランスに帰るのを指折り数えて待つあいだ、とても腕のいい仕立屋をパリで見つけたの」わざと声を低くして誘いかけるように言う。「わたしの宝物を見せてあげる日を待ちかねたわ」

「宝物はシルクやサテンの下にあるわけじゃない。それはきみ自身だよ、愛しい人《マ・ベル》」ジャックはかげりを帯びた瞳でソフィアの体を賞賛するようにながめた。「たとえ麻袋をまとっていても、きみはきっと息をのむほど美しいだろう」

「でも、宝物はすぐに忘れられてしまうようね」

言ったとたんに後悔したが遅かった。ジャックは彼女の手を離し、一歩さがって警戒するような表情を浮かべた。

なんてこと《サクレ・ブル》。どうかしている。この手の駆け引きで失敗することなど絶対になかったのに。

「なるほど。きみを邪険にしたぼくを責めに来たんだね」

「恋人を責めるほど愚かな女ではないと思いたいわ。そんなことをすれば、あっというまに愛想を尽かされてしまうもの」ソフィアは自嘲ぎみに言った。「でも正直に言うと、わたしとたった一時間も一緒にいられないほど気がかりなことがあるなら教えてほしいわ」

「許しておくれ、マ・ベル」ジャックは近くの机を手で示した。「わずかな数のスパイを管理するのに、これほど時間がかかるとは思ってもみなかったんだ」

「ということは、あなたの気がかりは英国からの客とはなんの関係もないのね？」

ジャックの表情が怒りにこわばる。「あたり前さ。あの疫病神が……」

「疫病神？」ソフィアはわけがわからずたずねた。

「アッシュコーム伯爵だ」ジャックはむっつりと言いなおした。「あの男はぼくの屋敷に侵入したばかりか、フランス軍が敵に致命傷を与える絶好の機会をつぶした」言いながら拳を握り締める。「なお悪いことに、あいつはぼくに極秘情報を流してくれていた英国内務省の仲間の正体を暴いた。これは大きな打撃だ。態勢を立てなおすまでおそらく何カ月もかかる」

「それで疫病神なのね。わかったわ」ソフィアはジャックのこわばったあごを見つめた。彼が怒っているのは、本当にアッシュコーム伯爵に極秘作戦をつぶされてしまったからなのだろうか。伯爵が若い花嫁をとり返しに来たからではないのか。「彼をどうするつもりなの？」

ジャックが肩をすくめた。「伯爵未亡人に、彼の身柄と引き換えに身の代金を払うよう脅迫状を書こうと思っている。夫人は息子の命を救うためなら莫大な金を払うだろう」

ソフィアは象牙色の胸のふくらみのうえにわざと垂らしたひと筋の髪を指先で撫でた。

「伯爵夫人は？」

ジャックが見るからに体をこわばらせた。「タリアか？」

「ウイ」

「伯爵未亡人が新しい伯爵夫人に愛情を感じていないのは明らかだ」ジャックは感情を出さずに淡々と言った。「タリアを返してもらうより、むしろもっとここに置いてもらうために金を払いそうなほどだ」

「そうするの？」

「そうするとは？」

「彼女をこのまま置いておくの？」

ふいにジャックが暖炉のほうへ歩きだし、ソフィアは胸に鋭い痛みを覚えた。やはりただの思い過ごしではなかったのだ。

もちろん、これは驚くべきことではない。

うわさによるとレディ・アッシュコームは、その親しみやすさとやさしさで、ベテラン兵から孤児まであらゆる男たちの心をとらえてしまっているらしい。

そもそも、ひとりぼっちで守ってくれる人もいない若く美しい女性に、いったい誰が抗えるというのだろう。

「もう少し考えてから決めるよ」ジャックはささやいた。

それ以上問いただすほどソフィアも愚かではなかった。女性を守る英雄でありたいというジャックの男心を刺激しないよう、より実際的な話に持っていくことにした。「彼女の父親はとても裕福なんでしょう？」静かに問いかける。

ジャックは肩をすくめた。「うわさどおりだとすれば億万長者だ」

「それなら、ひとり娘のために莫大な身の代金を払うんじゃないかしら」

ジャックが眉を寄せた。「サイラス・ドブソンのような男のことを理解するのは難しい。彼は貴族と肩を並べるために娘を売った。彼女を愛していないのは明らかだ」ジャックの声には侮蔑がこもっていた。「娘についてはもうなんの責任もないと考えるだろう」

「払う気があるかどうか確かめる方法がひとつあるわ」ソフィアはそっとあと押しした。「わたしがその脅迫状を書いてあげてもいいのよ……」

「ノン」

「ジャック?」

彼は警告するように瞳を鋭く光らせた。「タリアの件はぼくがいっさいの責任を持つ。ほかの誰にも干渉させるつもりはない。わかったな?」

ソフィアは言い返したいのを我慢した。なんてこと《モンデュー》。これ以上言えば余計にひどくなる一方だ。

もっと巧妙に言うつもりだった。十三歳のときから男を手玉にとって生きてきた自分だ。タリアに対するジャックの本心を探りだすことくらい簡単なはずだった。ジャックの興味を本人も気づかないうちに失わせてしまうことも。

これまで数えきれないほどそうしてきた。おそらく百回は。

でも、本気で愛した男にその手を使うことはなかった——打ちのめされた心のなかで悲しくつぶやく。

ジャックは今、ソフィアの失敗のおかげでますます決意を固めている。上流階級からあしざまに言われたかわいそうなレディ・アッシュコームをなんとしても自分が守るのだと。

「ええ、もちろんよ」ソフィアはかろうじてつぶやいた。

ジャックはぎこちない動作で近くの椅子を引いた。「手紙を書かなくては」

「どうぞ」部屋を横切ると、ソフィアは扉の前で足をとめた。「あまり無理をしないで、愛する人《シェリ》。あなたが倒れたら皆が困るわ」

ジャックは顔を上げもしなかった。「ボンソワール、マ・ベル」

「ボンソワール」

ソフィアは広い廊下を歩いた。しんとした静けさのなかにシルクのナイトドレスの衣擦れの音だけが響く。がらんとした周囲に注意を払うことなく、彼女は険しい表情で自室に戻っていった。

ジャックとの先ほどの不穏なやりとりを考えると、やるべきことはひとつだ。レディ・アッシュコームにフランスから出ていってもらわなければならない。

それも、なるべく早く。

目的を果たすには、方法はひとつだ。

決意を固めたソフィアは、部屋に戻って毛布を手にした。生涯でもっとも危険なことをしているという心の声を無視しつつ、足音を忍ばせてジャックの執務室に向かう。真っ暗な部屋に忍びこんだとき、鼓動が一気に激しくなった。けれどもここで怖じ気づくわけにはいかない。やがて、鍵のかかった机の引き出しのなかにようやく捜していたものを見つけた。印鑑のついた金の指輪と折りたたまれた紙片を左右のポケットに入れて廊下に引き返すと、ソフィアはいちばん近くにある階段を目指した。

不思議そうに見つめる警備兵たちとすれ違いながら階下に急ぐ。やがて独房にたどり着いてみると、錠のおろされた扉の前で兵士が番をしていた。

ソフィアはとびきりの笑みを浮かべ、兵士に向かって毛布をかかげてみせた。とらわれの客人のためにジャックが毛布を届けさせたのだと思わせるために。兵士は迷うそぶりを見せたが、やがて小さく肩をすくめると錠に鍵を差しこんでまわし、重いオーク材の扉を開いた。ソフィアは兵士の前を通り過ぎ、後ろで扉が閉まるのを待ってから暗い部屋に足を踏み入れた。すると、狭い寝台に横たわっていた男性が長い半身を起こし、おもむろに立ちあがって近づいてきた。ソフィアは胸が締めつけられるような気がした。

これまで数えきれないほどの男を相手にしてきた彼女でさえ、この相手をたぐいまれな男性だと認めないわけにはいかなかった。

松明に照らされた彼の髪が、まるで黄金のように光り輝いていた。完璧なまでに整った顔立ちは、人間というより天使に近い。しかし、その息をのむほどの美しさにもかかわらず、ソフィアは背中に寒気を覚えた。

アッシュコーム伯爵はソフィアがこれまで出会った数多くの貴族とちがい、服装ばかり気にする洒落男でもなければ、堕落しきった放蕩者でもなかった。ノン。この紳士はまるで、敏捷で危険な捕食動物だ。じっと見つめる冷たい銀色の瞳は、彼女が長年かけて築いてきた防御の壁さえ突き通すほど鋭い。

「これはこれは」彼はものやわらかな声で言った。「ジャックはひどい招待主《ホスト》だが、看守の趣味はすばらしい」言いながら、ソフィアの全身を無遠慮にながめる。「それとも、それはメイドのふりか？」

ソフィアは毛布をかたわらに投げた。そして、かつて煙突掃除夫から貴族に至るまであらゆる男を虜にした極上の笑みを浮かべた。

「なぜ本物のメイドでないと思うの？」甘くかすれた声でたずねる。

アッシュコーム伯爵はいぶかしげに目を細めた。だが幸い、彼もほかの紳士たちと同じように彼女の誘いを敏感に感じとったらしく、一歩進みでてその手を軽く握った。

「使用人がシルクのナイトドレスを着ることはまずあり得ない。それにこの手……」伯爵が親指をソフィアの手首に這わせた。その動きは、彼がこれまでに多くの女性を悦ばせてきたことを雄弁に語っていた。「やわらかくてなめらかだ。労働をしたことのない手だ」

「そういうあなたの手は、芸術家のように繊細でありながら戦士のように力強いわ。ぞくっとするほど魅力的よ」ハスキーな声で言ったとたんいきなり乱暴に引っ張られ、壁に押さえつけられた。逃げようともがいても伯爵の大きな体に押さえこまれて動けない。ソフィアは身を固くし、顔をゆがめた。アッシュコーム伯爵を安心させようとしたつもりが、逆に彼の罠にはまってしまった。悔しがればいいのか、感心すればいいのか自分でもよくわからない。

「伯爵、こんなに親しくなる前に、自己紹介くらいするべきだと思いません？」ソフィアは冗談めかして言った。

アッシュコーム伯爵が厳しい顔をした。「ジャックはぼくをただのまぬけだと思っているのか？」

「いいえ。疫病神と言っていたわ」

「あいつはなぜきみをここへよこした？」

氷のような目で射すくめられ、ソフィアは震えあがった。彼の瞳は近くで見るといっそうすごみがある。

どうやら眠っていたライオンを起こしてしまったらしい。今からその報いを受けさせられるのだ。

「ジャックはわたしがここにいることを知らないの」ソフィアは答えた。

アッシュコーム伯爵があごをこわばらせる。「ぼくはそんな退屈なゲームにつきあうほど気が長くはない」

ソフィアは必死に背筋をのばし、皮肉っぽい笑みを浮かべてみせた。ここで勇気を振りしぼらなければ大変なことになる。

「わたしのゲームは決して退屈ではないわよ。約束するわ」

アッシュコーム伯爵が彼女のすらりとした体に冷ややかな目を向けたが、その完璧な曲線にも特に興味を惹かれた様子はない。

「きみがぼくを誘惑しに来たのは、情報を聞きだすためか妻から気をそらせるためだろう」

彼はふたたびソフィアをにらみつけた。「どちらも失敗だ」

ソフィアはこみあげる苦々しさを抑えられなかった。「そうね《ノン》。魅力的なレディ・アッシュコームから男性の興味をそらすなんて不可能だもの」

「きみにぼくの妻のなにがわかる?」

「彼女がこれ以上ここにいるべきではないということならわかるわ」

アッシュコーム伯爵は意表を突かれたように顔をしかめた。「きみはいったい何者だ?」

「ソフィア・レナード」

「ソフィア」伯爵がその名前をゆっくりと反芻する。「どこかで聞いたような気がする」

彼女はあごをつんと上げた。「引退前は、パリでいちばんの舞台女優と呼ばれていたわ」

「なるほど」アッシュコーム伯爵が瞳を光らせた。「ナポレオンの愛人か」

ソフィアはうんざりしたようにうえを向いた。舞台であれだけの成功をおさめながら、才能あふれる女優ではなく権力者の愛人として有名になってしまったとは。男たちが世界を支配しているというのはなんと不幸なことだろう。

「昔の話よ」

「それならなぜこの宮殿にいる?」

「あなたほど世間に通じた殿方ならわかるでしょう」そっけなく言う。

「なんだ」伯爵は顔をしかめた。「ジャック・ジェラールか?」

「ウイ。彼はハンサムで魅力的で、最高の恋人だわ。それになにより、国の将来を担うすぐれた指導者よ」

アッシュコーム伯爵が肩をすくめた。「ナポレオンが成功すればな」

「もちろんするわ」ソフィアは言葉に力をこめた。「そして勝利をおさめたとき、皇帝は必ずジャックの力を必要とするはずよ」

伯爵はしばらくソフィアを見つめ、やがて身を引いた。もちろん彼女も、それで逃げられると思うほど愚かではなかった。

「なぜぼくに会いに来た？」

ソフィアは震える手をシルクのナイトドレスにすべらせた。「ジャックがフランスに戻って以来、わたしはあることを心配しているの」

「無理もない。あの男は反逆者で、すぐさまギロチンにかけてしまうべき悪党だ」

「わたしが心配しているのは、ジャックがあることに夢中になって使命を忘れてしまっていることよ」

「きみがこの宮殿を出ていけばいいだけだろう」

ソフィアは自嘲するような笑みを浮かべた。「残念ながら、ジャックが夢中になっているのはわたしじゃないわ」彼女はアッシュコーム伯爵をじっと見つめた。「あなたの妻によ、伯爵」

10

思いがけない訪問者の喉を絞めあげてやりたい衝動を抑えつつ、ガブリエルはソフィアと扉の両方をにらみつけるように立っていた。

この女性が絶世の美女であることに異論の余地はない。つややかな髪と黒い瞳が、透けるように白い肌とあいまってこのうえなく魅惑的だ。男なら誰しも彼女とサテンのシーツにくるまって一夜を過ごしたいと夢見るだろう。

しかし、ガブリエルは下半身の欲求に流されるような人間ではない。

ソフィアはとがった胸と魅惑的な微笑みで彼を惑わそうとした。さらに妻を侮辱し、不貞を疑わせる作戦に出ることにしたらしい。

「よく考えてものを言ったほうがいいぞ、ソフィア」彼は低い声で脅した。

ソフィアは怒ったように唇を結んだ。

「本当のことを言っただけよ」

「妻を非難されるいわれはない。ちがうと言うならただではすまないぞ――」

「伯爵」ソフィアはじれったそうに口をはさんだ。「わたしはレディ・アッシュコームの貞節を疑うほど愚かな人間ではないわ。ただ、彼女はまさしくジャックが自分の力で守ってあげたいと思うような女性だと言いたいの」

ガブリエルはたじろいだ。つまらない言い逃れと一蹴したいが、できない。ジャックがタリアを囚人ではなく客人のように遇している理由はただひとつだ。あのフランス人は、彼女を自分のものにしたいのだ。

怒りの炎が体を突き抜けた。

「タリアはぼくのものだ」

「それはおかしいわ」ソフィアはとげのある声で言った。「なぜあなたが若く美しい花嫁を田舎に捨てたのか、わたしにはさっぱりわからない。夫として無責任よ。近隣に暮らす男性が彼女を救いたいと思うのも当然でしょう」

たしかにそのとおりだ。ガブリエルは苦い顔をした。

「ぼくはタリアを捨ててなどいない」

「彼女はひとりぼっちでとても無防備だったそうよ。父の思い出を崇拝しているジャックにとっては、抗いがたい魅力的な存在だったのよ」

ガブリエルは独房のなかをせわしなく歩いた。タリアがひとりぼっちで不安にさいなまれているあいだ、自分の正しさを疑いもせずにロンドンで鬱々としていたことが悔やまれる。

「ジャックの父親とタリアになんの関係がある？」

「亡くなったムッシュー・ジェラールは、極悪貴族から妻を守って命を落としたの。ジャックが虐げられた女性を救おうと邁進するのは当然よ」

ガブリエルは鼻を鳴らした。「救うだと？　あいつは妻を誘拐したんだ」

「ジャックのなかでは救ったことになっているのよ。レディ・アッシュコームの人生を脅かす冷酷な夫から」ソフィアは容赦なく言いつのった。

ガブリエルの独占欲に火がついた。タリアは自分のものだ。邪魔をする者は誰であろうと殺してやる。

「ぼくに会いに来たのには目的があるんだろう？」彼は怒りをはらんだ声でたずねた。

ソフィアは壁から一歩前に踏みだし、怒りに燃える目でにらみつけた。

「わたしはあなたの奥様にフランスから出ていってもらいたいの。それを実行できるのはあなただけだわ」

「妻を英国に連れて帰りたいのはむろんぼくも同じだが、見てのとおり動きがとれない」ガブリエルは扉を手で示した。「きみが警備兵を一瞬で消してくれるのならべつだが」

「ノン。でも、あなたが逃げるあいだ、しばらく彼らの注意をそらすことはできるわ」

ガブリエルは疑り深そうに彼女を見つめた。「なぜだ？」

ソフィアが眉をひそめた。「なんですって《パルドン》？」

「なぜぼくに手を貸す？」

「言ったでしょう。レディ・アッシュコームにフランスから出ていってほしいからよ」

「たかが嫉妬で恋人を裏切ることはないだろう。ましてや祖国を裏切るとは」

悲しげな微笑みを口元に浮かべると、ソフィアはガブリエルの非難のまなざしをひるむことなく受けとめた。「なにもわかっていないのね。女は愛のためならすべてを犠牲にするものよ」

うらやましさ――いや、むしろ憧れだろうか――が胸にこみあげる。彼は不機嫌そうにその思いを押し隠した。

愛などという言葉は、女たちが荒々しい欲望を包み隠すために使う美しいまやかしだ。男女を駆り立てるものは肉欲か権力か富であって、薔薇の蕾や月の光といった甘ったるい小道具とはなんの関係もない。

「悪いがぼくは女というものをじゅうぶん知っている。ふいに美女が現れてこちらの望みをかなえると言いだしたら、まず疑ってかかるべきだ」ガブリエルは冷たく笑った。「そういうものには代償がつきもので、しかも大抵それは、こちらが望まないことだ」

ソフィアが舌打ちする。「逃亡を助ける代わりにわたしがなにを望むというの？」

「知りたくもないな」彼はかたくなに相手をにらんだ。「ソフィア・レナード、正直に言ってきみは信用できない」

なにかを思いつめたような長い沈黙のあと、ソフィアは大きなため息をついた。

「残念だわ」ぽつりとつぶやく。「できればこんなことはしたくなかったのに」

「こんなこととは？」

ソフィアが肩をすくめた。「恋人の心をとり戻すためなら、女はどんな犠牲でも払うという証拠を見せてあげる」

ガブリエルは眉を上げた。「すてきな申し出だが、あいにくぼくは興味がない」

彼女は不愉快そうに顔をこわばらせた。「誰もあなたと寝るとは言っていないわ」

「ではなにをするつもりだ？」

「それは……」

「それは？」

「ジャックと組んでいる英国の反逆者の名前を明かすわ」

その申し出はガブリエルにとって、天地がひっくり返るほどの驚きではなかった。ジャックのような人道から外れた男を相手にする以上、そんな話はあってもおかしくない。

「ジャックの仲間ふたりはすでにつかまった」

「ノン。あなたたちがつかまえたのはただの雑魚よ」

ばかにしたようなソフィアの声に、ガブリエルは身をこわばらせた。「内務省の人間はただの雑魚じゃない」

「そうね。でも代わりはすぐに見つかるわ」彼女はしばらく間を置いた。「内務省の人事に影響力を持つ貴族とつながりさえあればね」

「まさかジャックが？」ガブリエルは一瞬言葉を失った。

ソフィアは激しく首を振った。「ジャックは決してロンドンによりつかないわ。疫病のように避けているのよ。英国にいるときに人々の注意を無用に引きたくないから」

「なぜだ？」

「彼のお母様はロンドン在住なの。彼女はまったく知らないのよ、まさか息子が……」

ジャックの家族が英国にいるのはガブリエルにとって意外ではなかった。あの流暢な英語は、長年英国に暮らしていなければ決して身につかない。

「反逆者だということを？」ガブリエルは続きを言った。

「革命運動に身を投じていることを」ソフィアが鋭く訂正する。「それに、ロンドンから情報を流してくるスパイたちも、さすがに政府筋や軍の内部とつながることはできなかった」

一歩前に出てガブリエルの目を見据えた。「ジャックが本当に必要としている情報には、高貴な生まれの貴族しか近づけないのよ」

そんな恐ろしい陰謀に貴族がからんでいるとは到底思えない。ガブリエルは否定しようとしかけ、ふいに口をつぐんだ。世紀の大泥棒や殺人鬼や暗殺者といった人間は、貧民街よりもむしろ神聖なるメイフェアを住み処としている。彼はそのことを誰よりもよく知っていた。

それにソフィアの話は筋が通っている。ジャックほど有能なスパイには強力なパトロンがついているはずだ。

「よかろう。内務省とつながりのある社会的地位の高い貴族がいるという話は信じよう」ガブリエルは苦々しく認めた。

「その裏切り者の名前を明かしたら、本当に奥様と一緒にフランスから出ていってくれる？」ソフィアは食いさがった。「約束して」

ガブリエルは迷った。独房に美しいソフィアが現れた瞬間から罠にちがいないと思っていたのだ。思わないほうがどうかしている。

だが国王の反逆者を暴く機会を逃すことなど、英国人としての良心が許さない。その謎の極悪人のせいで、いったいこれまでどれほどの英国兵士が命を落としてきただろう。この先何人が命の危険にさらされるかもわからない。

ここはソフィアに主導権を渡し、この茶番につきあうしかない。

少なくとも、あとしばらくは。

「約束しよう」

「裏切り者は……」

ソフィアは間を置いた。気が進まないふりを装ってこちらの気を引こうとしているにちがいない。それがかえって不快だ。

「早く言え」ガブリエルはぴしゃりと言った。

「ハリー・リチャードソンよ」

弟が告発されているということをガブリエルが理解するまで、独房がしばらく静まり返った。やがて、彼はすさまじい怒りに駆られてソフィアの両腕をつかみ、前に引きずりだしてその美しい顔をにらみつけた。

「この雌狐め」激しく怒鳴りつける。「最初からまやかしだとわかっていたぞ」

ソフィアの顔から血の気が引いたが、彼女は断固として引きさがらなかった。

「ノン。わたしの話を聞いて」

「誰が聞くか。美しい唇からよくもそんな汚い嘘を垂れ流せるものだ」ガブリエルは片方の手をソフィアの喉にまわした。この女が二度と嘘をつけないようにすることなど造作もない。その意図が伝わる強さで押さえつける。「いい考えがある。この首を絞めあげて、真実を吐かせてやろう」

ソフィアがごくりとつばをのむのが手に伝わった。彼女の瞳に恐怖がありありと浮かんでいる。

「ポケットを」ソフィアは声を絞りだした。

「なんだと？」

「わたしのポケットを探って」

「なんのために？」彼はあざ笑った。「毒ヘビでも隠しているのか？」

「証拠があるわ」

ガブリエルは笑った。自分の弟を反逆者呼ばわりされたことにそれほど驚くことはなかった。ソフィアは敵だ。証拠くらい、いくらでもでっちあげるだろう。

世間には〝恋愛と戦争は手段を選ばない〟という諺もあるほどじゃないか。

ソフィアの喉から手を離すことなく、ガブリエルはもう片方の手で彼女のナイトドレスのポケットを探った。

「ぼくはジャック・ジェラールを殺すとすでに決めた。あとはどれだけゆっくり、どれだけ苦しめて……」彼女のポケットからとりだした小さな円いものを見て、彼は急に黙りこんだ。見慣れた印鑑のついた古風な金の指輪に目をこらす。「なんだこれは？」

「見覚えがあるでしょう」ソフィアがそっと言った。

見覚え？　もちろんある。これは父の葬式のあと、自分が弟の指にはめた指輪だ。アッシュコーム家の家紋が刻まれた指輪をはめることになったその日まで、彼自身もこの指輪をはめていた。

雷に打たれたような衝撃。信じたくないという思い。激しい怒り。

そして、耐えがたいほどの後悔。

一気に押しよせてくるそれらの感情に溺れそうになり、息をするのもやっとだった。

「どこで見つけた？」

「ハリーがフランスのスパイになると決めたときに、ジャックがとりあげたの」

ソフィアが言い終わらないうちにガブリエルは激しく頭を振った。

「嘘だ」

「ジャックはハリーのことを、最後まで信用しきれないと感じたのよ。だから雇い主を裏切らないよう、忠誠の証として預かったの」彼女は言いつのった。

はらわたがよじれ、全身の血が凍りつくようだ。これはきっとたちの悪い冗談にちがいないと、必死に自分に言い聞かせる。

ハリーが今までいかに多くの過ちを重ねてきたとしても、祖国を裏切るなどあるはずがない。

そんなことは断じてあり得ない。

ガブリエルは指輪を握り締めた。「しかしなぜこれを？」

ソフィアが肩をすくめた。「ハリーが英国の反逆者だという証拠になるわ。彼が万一……勝手な動きをしたときに」

「証拠になどなるものか」ガブリエルは声を振りしぼった。「指輪くらいキャリック・パークからいくらでも盗みだせる。あのエセ牧師――」彼は皮肉るように強調した。「ジェラールは屋敷によく招かれていたはずだ」

ソフィアは哀れみに近い表情で彼を見つめると、もう一方のポケットに手を入れて折りたたまれた紙片をとりだした。

「ならこれはどう？」

ガブリエルは小さく毒づき、これもまやかしにちがいないと自分に言い聞かせながら差しだされた紙を引ったくった。だがそれを広げてひと目見るなり、恐ろしい現実にたたきのめされた。

その文書は、皇帝ナポレオン・ボナパルトに忠義を尽くし、ジャック・ジェラールの望むあらゆることに協力する旨が書かれた誓約書だった。文面の横にハリーの名前が書かれ、彼の封蝋まで押してある。それ自体は偽物だと考えられなくもなかったが、その乱雑で読みにくい署名はまちがいなくハリー本人が書いたものだった。彼の筆跡をまねるのはほぼ不可能だ。

なんということだ。

弟が反逆者であるゆるぎない証拠を突きつけられ、ガブリエルはめまいと胸苦しさを覚えた。

すでに多くの兵士が命を落としている。その数を思うと身が震えるほどだ。コルシカの怪物はヨーロッパを蹂躙し、今やイベリア半島にまで進撃している。英国とその同盟国が常に後手にまわっているからだ。激しさを増す戦禍から逃れるため、あまたの人々が故郷を追われている。

これほどひどい犯罪がほかにあるだろうか。

ありし日のハリーが胸の痛みとともによみがえった。明け方に酔っ払って帰り、乱れた服から安物の香水をぷんぷんにおわせていた姿。きらびやかな馬車や劇場のボックス席の代金を払うために、母親に借金を頼みこんでいた若いころの姿。突然玄関に現れ、賭博で負けたと言っては金の無心をするふてぶてしい姿。

心が弱く、自分を律することのできない人間。

それは殺人鬼よりも恐ろしい。

その場にじっとしていられず、ガブリエルは混乱した頭で汚れた床を歩きまわった。

ハリーが自分の意に反してスパイにさせられたということはないのか？　誓約書を書くよう強要されたということは？

そんなことは到底ありそうもないとわかっていても、一縷の望みにすがりたかった。

「最初から聞かせてくれ」

ソフィアは咳払いをした。ガブリエルが真実の伝達者を殺す気がなくなったと知り、明らかにほっとした様子だ。

「ジャックの話では、彼とハリーは同じ学校にいたそうよ」

ガブリエルは眉をひそめた。強い信念に突き動かされているジャックが、ハリーのように自分のことしか考えない賭博好きの遊び人を友人に選ぶとは信じがたい。

「ふたりは親友だったのか？」

「詳しいことは知らないけれど、それなりに親しかったんじゃないかしら。ハリーはジャックが革命擁護派で、フランスに帰国してナポレオンに忠誠を誓ったことを知っていたんだもの」

ガブリエルはソフィアを見つめた。「なぜそうだとわかる？」

「一年以上前だけど、ハリーが突然この宮殿を訪ねてきたの」

ハリーがフランスに来ていただって？

「正確にはいつだ？」強い調子で問いただす。

ソフィアは少し考えるそぶりをした。「一昨年の四月よ」しばらくして答えた。「正確な日にちは覚えていないわ」

今度はガブリエルが記憶をたぐる番だった。ここまで訪ねてきてみずから魂をなげうったとされるその時期、ハリーは実際にはロンドンにいたということはないか？

しかし残念ながら、おぼろげな記憶がよみがえった。そういえばあのころ、母は社交シーズンのはじまりに合わせてかわいいハリーと一緒にロンドンに行きたがっていた。だがハリーはいやだと言い、そのせいで母は何週間も機嫌を損ねた。ふだんは田舎嫌いのハリーがキャリック・パークに残ると頑固に言い張るのが不思議だったのを覚えている。

あのとき、弟が恐ろしい悪事を企んでいるとわかっていたら……。

ガブリエルは鋭い声とともに後悔を振り捨てた。

罪悪感や自責の念などあとでゆっくり味わえばいい。今は、この悪夢がどのようなきっかけで生まれ、どこへ向かおうとしているのかを知らなければならない。

「招待状も持たずにやってきたというのか？」

「彼はマダム・マーティンという恋人を連れて現れたの」ソフィアはせわしなく歩きまわるガブリエルを用心深げに見つめた。「ジャックと組めばお金に困ることもなくなると彼女に入れ知恵されたにちがいないわ。あなたの弟は贅沢が好きだから」

ガブリエルは鼻を鳴らした。「あいつの浪費癖は誰よりもよく知っている。しかし、いくらなんでも祖国を裏切らなければならないほど金に困っていたとは信じがたい。無理強いされたのならわかるが」

「おわかりのとおり、無理強いする必要はなかったわ」ソフィアはかすかに同情する表情を浮かべて言った。「世のなかには不毛な魂の持ち主がいるのよ。風変わりな楽しみで心の渇きを癒やそうとするの。でも、なにをしたところで本当に心が満たされることはないわ」

自分のもっとも弱い部分に切りこまれたような気がして、ガブリエルは両手を握り締めた。

「きみはぼくの弟のことをなにも知らない」もはや否定はできないと知りつつ、彼は言い返した。

「伯爵、わたしはあなたよりもハリーをよく知っているわ」ソフィアは悲しげに唇を曲げて微笑んだ。「少なくとも、彼をありのまま見ることができる」

「たしかにこれまで、きみは数多くの男を知る機会があっただろう」ガブリエルは小ばかにしたように言った。

ソフィアは侮辱されて唇を固く結んだが、黙ってはいなかった。

「あなたの弟は祖国だけでなく家族を裏切ったのよ。それは考えないの？」

「なぜジャックがあなたの領地で牧師になれたと思っているの？」

「どういう意味だ？」

人の道に背くハリーの行いについて、ガブリエルはもうなにを聞いても驚くまいと思っていたが、その考えは甘かったようだ。ソフィアの言葉が不意打ちのように胸に突き刺さる。ハリーのしたことは、アッシュコーム家の一員としての立場を汚しただけではない。母親や領民たちが暮らす土地を、悪質なスパイや恐ろしい反逆者たちのうごめく危険な場所におとしめてしまったのだ。

ガブリエルの苦しい胸の痛みが、やがてすさまじい怒りに変わった。

弟をこの手でつかまえたあかつきには、必ず……必ずどうする？

ハリーを当局の手に引きわたし、国家反逆者として縛り首にされる姿を母に見せ、社交界からつまはじきにされる恥辱に耐えて生きていくのか？

それとも、これまでと同じように、弟がなんの報いも受けずに逃げるのを許す？

神よ、いったいどうすればいいんだ？

「なんてことだ」

ソフィアが前に進みでた。「これでわたしの言うことが真実だと認める？」

「認めざるを得ないようだ」ガブリエルはいつにない乱暴な仕草で指輪と紙片をブリーチズのポケットに突っこんだ。「きみの恋人が弟の名前を世間に明かすことがないよう、この証拠は預からせてもらう」

ソフィアは肩をすくめた。「ほしいなら持っていってもらってけっこうよ。でも、そんなことをしてもハリーを守れはしないわ」

ガブリエルは眉をひそめた。「ほかにもなにかあるのか？」

「今はなくても、すぐ手に入れられるわ」

「でまかせだ」

「気の毒な方ね、アッシュコーム卿」ソフィアはガブリエルが歯ぎしりしたくなるような哀れみのまなざしを投げた。「ちょうど今朝方、ジャックはハリーから手紙を受けとったばかりよ。資金と隠れ家を用意してほしいんですって。〝兄が差しむける悪魔〟から逃れるためにね」

ガブリエルは乾いた笑みを浮かべた。なんとも皮肉だ。そもそも従僕ふたりを追跡に差し向けたのは、望まない結婚を兄に肩代わりさせたことを償わせるためだった。

しかしハリーの途方もない大罪が明らかになった今、タリアを教会に捨てた罪などすっかりかすんでしまう。こんなことがいったい誰に想像できただろう。

「ジャックはハリーを援助することにしたのか？」

「もちろんよ。アッシュコーム伯爵の弟ですもの。かけがえのない仲間だわ」

「手紙はどこから届いた？」

「ここよ」

ガブリエルは身をこわばらせた。「ここ？」

「国内という意味よ。カレーから届いたの」そのとき扉の向こうから声が聞こえ、ふたりは凍りついた。「誰か来たわ。急いで」

ガブリエルは低くうめき、弟のことを頭から振り払って目の前に迫る危機に身がまえた。フランスの地で無縁墓地に入れられては、ハリーの心配すらできなくなってしまう。

「わかった」

まだソフィアを完全には信用できず、彼女の肩に腕をまわして扉に向かわせた。ここで敵に襲われるつもりはない。

今日のところは裏切りはもうたくさんだ。

それに、ソフィアはいざというときの便利な人質になる。

蝶番のきしむ音とともに重い扉が開きはじめ、ガブリエルは独房の反対側に身を寄せた。

近くになんの武器もないのを呪いながら、扉がゆっくりと開くのを見つめる。

警備兵かジャックにちがいないと思ったが、なんと扉の向こうに現れたのは黒髪とエメラルドグリーンの瞳だった。小さな包みを小脇に抱える懐かしい姿に、ガブリエルは棒立ちになった。

「まさか……」信じられないように息をのむ。「タリア？」

11

高い窓から飛びおりた衝撃からなんとか立ちなおると、タリアはガブリエルがとらえられたときに庭に残していったドレスの包みを見つけだし、独房を探しながら暗闇のなかを忍んできたのだった。

途中で鉢合わせしそうになった警備兵から素早く身を隠しながら、心のなかで覚悟を決めた。

彼がジャックにどんな目に遭わされたか、誰に想像がつくだろう。

鎖で壁につながれているかもしれない。激しく叩きのめされて、今ようやく意識が戻ったところかもしれない。ひょっとしたら、すさまじい拷問を受けて不具にされたかもしれない。

頭のなかにありとあらゆる悲惨な状況が浮かんでは消えたが、まさか彼が独房でナイトドレス姿の美女を抱いているとは思わなかった。

このろくでなし。

タリアはその場に立ちつくし、夫をまっすぐ見つめた。

「あら、ごめんなさい」食いしばった歯の奥から声を絞りだす。「わたしったら、てっきりあなたが助けてもらいたがっていると思ったの。ばかね」言いながら視線を隣の女性に移す。

自分より少なくとも十歳は年上のようだが、だからといって気がすむはずもない。年齢などなんの関係もない。こういう手合いの女性は、命が尽きるその日まで男をたぶらかしつづけるに決まっている。「おとりこみ中とは思わなかったわ」

相手の女性が探るように黒い瞳で見つめてきたかと思うと、謎めいた笑みを浮かべた。

「レディ・アッシュコームね」

「ええ」タリアは言った。「あなたは?」

「ソフィア・レナードよ」

名前まで魅惑的なのが癪に障る。せめてこの女性に醜いいぼでもあればいいのに。そんないじましいことを考えた。

ガブリエルにもどうやら最低限のつつしみはあったらしく、ソフィアの肩から腕を離し、渋い顔をしながら一歩前に出た。

「タリア、どうやって部屋を抜けだした?」

「窓から飛びおりたのよ」

彼は大きく息をのんだ。「なんだって? 首でも折ったらどうするつもりだ」

それが感謝の言葉なの? この恩知らず。

「つい三時間前、わたしに窓から飛びおりろと言ったのはあなたよ」

「あれはぼくが下で受けとめるつもりだったからだ」ガブリエルは低くうめき、タリアの思慮のなさに呆れたような顔をした。

タリアは鼻を鳴らした。「今あなたはそれどころじゃなさそうだから、首を折るのを覚悟で飛びおりたのよ」

「警備兵に見つからなかったの？」ソフィアが口をはさんだ。

タリアは彼女に視線を戻し、肩をすくめた。

「見つからないようにするのはそれほど難しくなかったわ」

ソフィアが眉をつりあげる。「扉のところにいた看守は？」

ふいに良心が痛み、タリアは唇を噛んだ。

「それはもちろん……ピエールには悪いことをしたと思っているわ」小さな声でつぶやく。

「彼はいつも親切にしてくれたもの」

ガブリエルとソフィアはすぐさまタリアの脇をすり抜けて扉に向かった。ガブリエルが扉を勢いよく開いたとき、ソフィアは足元に大柄な男が長々とのびているのを見つけた。

「なんてこと《サクレ・ブル》」ソフィアはつぶやいた。「死んでるの？」

タリアは怒りに身をこわばらせた。「殺してなんかいないわ。じきに目を覚ますわよ」あとのことを考え、彼女は暗い顔になった。「たぶん、頭がひどく腫れると思うわ。奥さんにラベンダーチンキを塗ってもらえればいいけれど」

「嘘だろう」ガブリエルは信じられないといった表情でタリアを振り向いた。「ぼくだってこんな大男を倒せるかどうか自信はないよ。いったいなにをしたんだ？」

タリアはドレスを巻いた包みのなかからなめらかに削りあげられた棍棒をとりだした。

「悪いとは思ったけど、靴のなかになにか入ったみたいで痛いと嘘をついたの。靴を脱ぎやすいよう支えになろうとして彼がかがみこんだとき、これで頭を殴ったわ」

「それはいったいなんなの？」ソフィアが言った。

「小さいころ、父についてよく波止場へ行ったの。そのときにポルトガル人の船乗りの友達ができたんだけど、その人がわたしのために作ってくれたもので、上手な使い方を教えてくれたのよ」タリアは懐かしそうに微笑んだ。サントスはどこまでもやさしく、愛情に飢えていた幼いタリアのよき遊び相手だった。「父からは護身用に肌身離さず持っているようしつこく言われたわ」

ガブリエルはその小さな棍棒を無表情に見つめた。「結婚式のときもそれを隠し持っていたのか？」

「ええ、ハンドバッグのなかに」奇妙な質問に、タリアは顔をしかめた。「なぜ？」

ガブリエルが渋い顔をする。「なんてことだ」

ふいにソフィアの笑い声が響いた。「レディ・アッシュコーム、あなたのことを大嫌いになるつもりだったのに、逆に好きになってしまったわ。ほかの人たちと同じように」彼女はガブリエルに小ばかにしたような視線を投げた。「約束どおり彼女を連れてフランスから出ていってちょうだい。そして、二度と戻ってこないで」

「わたしは――」

むっとして言い返そうとするタリアの腕をガブリエルがつかみ、ソフィアにたずねた。

「警備兵の注意をそらしてくれないか？」

ソフィアは微笑んだ。「もっといい方法があるわ」壁の松明をとり、扉の外に出る。「こっちよ」

タリアは抵抗する間もなく部屋を連れだされ、ガブリエルに引っ張られて天井の低い通路を進んだ。

三人はひと言もしゃべらずに通路を抜け、途中で狭い抜け穴に入った。あたりはクモの巣だらけで、ほかにも正体不明の生き物がうごめいている。タリアは自然にガブリエルのほうに身を寄せた。今は横を歩いている夫よりも、足元を走りまわるネズミのほうが恐ろしい。

永遠に続くかと思われるその抜け穴をソフィアに続いて歩いていくと、ようやく台所の裏手に放置されている古い庭に出た。ソフィアは近くに警備兵がいないのをよく確かめ、ふたりを連れて草の生い茂る小道を駆け抜けた。ツタに覆われた門を押し開いて外に出ると、三人は近くの森に逃げこんだ。

タリアはドレスの包みを持ち替え、ふたりに遅れをとらないようドレスの裾をたくしあげて深い森のなかを進んだ。やがて、宮殿からかなり遠くまで来たところでソフィアが足をとめて振り向いた。

彼女がガブリエルに松明を渡す。「わたしはここで戻るわ」

「さっきの話は他言無用だぞ」ガブリエルはソフィアと視線を交わし、暗黙のうちに互いの意図を伝えあった。

「もちろんよ」怒りをくすぶらせているタリアを横目でちらりと見ると、ソフィアは首をのばしてガブリエルの頰に長いキスをした。「よい旅《ボン・ヴォヤージュ》を、伯爵」

最後にタリアのほうに色っぽく微笑みかけ、ソフィアはくるりと背を向けて闇のなかに消えた。ガブリエルは抵抗するタリアの手を引いて反対方向に歩きだした。ドレスの裾が下草に引っかかってびりびりと裂ける。

それから丸二時間というもの、ガブリエルは道なき道を踏みわけて容赦なく歩きつづけた。ふつうならなんとたくましいのだろうと感心するところだが、残念ながら、タリアの頭はソフィアのことでいっぱいだった。

独房に踏みこんだとき、ふたりは狭い寝台から身を起こしたところだったのだろうか。それとも、ちょうどことに及ぼうとしていたところだったのだろうか。

どちらにせよ、彼の目のまわりに青あざを作ってやりたいと思うのはなぜだろう。

ガブリエルが愛人を山ほど作るであろうことは、結婚するときからわかっていた。夫婦は互いに貞節を守るものという考え方は、社交界では窮屈とされる。夫や妻に愛情を示すのは中流以下の人間のすることだと思われているのだ。

それに、あのろくでもない結婚誓約書を持ってきたとき、ガブリエルははっきり言った。自分は夫として妻に貞節を求めるが、同じことを妻に誓うつもりはないと。

つまり彼は明らかに、美女を次々にベッドに招くつもりだったのだ。

そこまではわかっても、残念ながらタリアの怒りはおさまらなかった。少し休憩しようとガブリエルに言われたとき、彼女は笑みひとつ浮かべなかった。

「まるで浮浪児だな」彼は低い声でぼやきながら、ポケットからハンカチをとりだしてタリアの頬についた泥をぬぐった。

「願わくは、わたしよりあのきれいなソフィアと森を駆けっこしたかったんでしょう。彼女なら絶対に浮浪児には見えないでしょうから」タリアは冷たく言い放った。

眉をひそめたものの、ガブリエルはハンカチをやさしく彼女の口元にあてた。

「願わくは、きみにそのむやみに危険に突っこんでいく趣味をやめてもらいたい」

「趣味ですって？」タリアは彼の空恐ろしいほど美しい顔をにらみつけた。妻が誘拐されたのを責める資格がこんな夫のどこにあるというのだろう。「あなた、頭がどうかしているんじゃないの？」

月明かりの下でガブリエルの銀色の瞳が光り、深い森の向こうから吹く風に金髪がそよいだ。まわりの自然のせいか、それとも危険な状況のせいか、いつも超然としているはずの彼がなぜか急に見知らぬ不気味な他人になった気がする。

「どうやらそのようだ。さもなければ、結婚式のあとにきみから目を離したりするものか。その過ちについては今この瞬間からあらためる」

かすれた声で脅すように言われ、タリアはぞくりとした。怖かったのではない。あからさまな独占欲を感じさせる言葉に刺激され、思わず体が反応してしまったのだ。

そんな自分に怒りを感じ、彼女は目を細めて言った。「あなたなんか放っておけばよかったわ。あのふしだらなフランス人の女と独房で朽ち果てればいい」

張りつめた空気はそのままだったが、ガブリエルは一瞬満足そうに瞳を光らせた。

「きみがそれほど嫉妬深い妻だとは思わなかったよ」

聞き捨てならない言いがかりだ。タリアは体の奥からこみあげる興奮を無視し、身をこわばらせた。

「嫉妬なんかしていないわ」

「本当か？」

「あたり前でしょう。あなたはもともとわたしに忠誠を誓ったりしていないもの」

ガブリエルはその言葉に引っかかったように彼女を見た。「ぼくはきみの夫だぞ」

「そんなこと、貴族のあいだではなんの意味もないわ。社交界では結婚の誓いなんて形式にすぎないし、それに――」突然ガブリエルのたくましい体に引きよせられ、タリアは息をのんだ。彼の両腕にしっかりと抱き締められる。「なにをするの？」

「ぼくたちの結婚の誓いはたんなる形式なんかじゃない。きみはぼくのものだ。愛人を作るのは許さない」彼の瞳がめらめらと燃えていた。「絶対に」

激しい言葉にまたしても情熱をかき立てられ、タリアはふたたびこらえた。

「それに引き換え、あなたは好き放題にしてかまわないという取り決めだったわね」

ガブリエルは彼女の唇に視線をさまよわせた。「ぼくの望みは、自分のベッドで妻を抱くことだけだ」

タリアは身を震わせた。ぴったりと押しつけられた彼の温もりがひしひしと伝わってくる。

これはなにか新しい種類の罰にちがいない——タリアは自分に言い聞かせた。夫がこんなふうに顔や体をこわばらせて激しく求めるはずがない。

「あらそう。それならなぜわたしをさっさと田舎へ追いやったの?」

顔をさげたガブリエルの息がタリアの頬にかかった。キスをされる予感がする。

「あのときは怒っていて、頭がどうかしていた」

だまされるもんですか。「ではなぜ、さっきはナイトドレス姿の女性を抱いていたの?」

ガブリエルはタリアの唇を軽く噛んだ。「抱いてなんかいない」

タリアの体が震え、ひざから力が抜けそうになった。胸が激しく高鳴る。

「でもそう見えたわ。わたしの見まちがいだというの?」どうしても真実が知りたかった。でなければ、いつまでも胸にとげが刺さったままだろう。

ガブリエルはゆっくりと甘いキスをした。「ぼくはソフィアのような女性には興味がない」ささやきながら、タリアの背筋に両手を這わせる。「かわいい花嫁がこの腕のなかに戻ってきてくれるのなら」

愛撫に体が鋭く反応してしまったことに焦り、タリアは甘美なキスから慌てて顔をそむけた。彼に巧みに奪われたときの、息もつけない悦びを思いだすのはいやだ。彼の腕にやさしく抱かれて眠ったときに感じた、胸が痛くなるほどの幸福感も。

結局拒絶されてしまうのなら、思いだしたところでつらさが増すばかりだ。

「かわいい花嫁はもういないわ」タリアは冷たく突き放した。

ガブリエルが彼女の首筋に鼻を埋め、激しく脈打つ肌に舌を這わせた。

「だったらもう一度呼び戻してみようか」

蜜のように甘い悦びが体中に満ち、タリアは彼の上着の襟を握り締めた。このたくましい体にもっと強く抱かれたい。あの結婚式の夜と同じように、巧みに素肌をまさぐる指と唇の動きを感じたい。

しかし、タリアは身を固くした。

女性としての誇りを忘れてしまったの？

「それは太陽に西からのぼれと命令するようなものよ」

ガブリエルが小さく笑った。彼女が悦びを感じているのをお見通しなのだ。

「世間には妻を殴って無理やり従わせる夫もいるんだぞ」彼はタリアの耳のすぐ下にある敏感な部分に唇を押しあてた。

タリアは身を震わせ、あえぎ声を押し殺した。「わたしはそんなに弱くないわ」

「わかっている」ガブリエルがさらに唇を這わせ、ふたたび鋭い悦びを与える。「それに、暴力を振るわなければ美しい女性に協力してもらえないような男は、弱虫か無精者のどちらかだ」

体の奥から突きあげる激しい欲求にすっかりとり乱し、タリアは彼の胸を両手で押しのけた。

「やめて」

ガブリエルが身を離し、暗い目で彼女を見つめた。「本当のことを言ったから怖くなったのか？」

そうだ。タリアは恐ろしかった。

父から何年も責められつづけ、ガブリエルに心を踏みにじられた挙句、デヴォンシャーでようやく安らぎを見つけることができたのだ。やっと手にした幸せを、たかがキスでなげうってしまいそうになるとはわれながら空恐ろしい。

「今はこんなことをしている場合じゃないでしょう」タリアはかすれた声で言った。

満たされない欲求に瞳をかげらせながら、ガブリエルがしぶしぶ頭を上げた。

「続きはすぐにできる」彼は押し殺した声で言った。「楽しみにしよう」


それからの数時間は、ガブリエルにとってまさに苦行だった。

満たされない欲求を抱え、完全に硬くなった状態で生い茂る下草を踏みわけながら道なき道を進むだけでもじゅうぶんにつらい。一歩進むごとに下腹部が惨めにうずき、なぜタリアを抱き締めたりしてしまったのだろうと自分の愚かさを呪わずにはいられなかった。

しかしそれよりもさらにこたえたのは、一歩進むごとにふくれあがる恐怖だった。ジャック・ジェラールから逃れようとあてずっぽうに進むうちに、さらに危険な場所に迷いこむのではないかという不安だ。

夜が明けるまでに体を休める場所を見つけないと。自分たちがどこにいるのかさえわかれば、ヨットの待つ場所までたどり着ける自信はある。

もちろん、敵の縄張りの真ん中で身を隠す場所を見つけるのは、口で言うほど簡単ではないが。

明け方近くにようやく森を抜けたとき、広い川の近くに農家があるのが見えた。遠目から見ても黒焦げのレンガしか残っておらず、その農家が最近焼けてしまったことは明らかだった。だが幸い、庭を隔てた納屋は延焼を免れたようだ。

ガブリエルは立ちどまり、タリアの両肩にそっと手を置いた。ピンク色の朝日に照らされた彼女は痛々しいほど疲れて見えた。目の下に隈ができ、肩がぐったりさがっている。髪はとうにくしゃくしゃになっているし、ドレスは手の施しようもないほど破れている。

今にも倒れそうなくらいふらふらになりながらも、タリアはここまでひと言も文句を言わずに悪路を歩き、おぶってほしいと要求してくることもなかった。驚くまでもない。彼女は独房に入れられた夫を救うために窓から飛びおり、屈強なフランス兵を倒したのだから。

それほど勇敢な女性を、ガブリエルはほかに知らなかった。少なくとも貴族の知り合いのなかには皆無だ。

もし自分の母親やほかの女性が、今のタリアと同じ目に遭っていたらと思うとぞっとする。悲鳴をあげたり卒倒したり、とにかく居心地のいい家に連れて帰ってちょうだいと泣きわめくばかりだろう。

タリアを誇らしく思う気持ちがこみあげ、ガブリエルは思わず苦笑いをした。これまでのことを思いだすと、なんとも皮肉な展開と言わざるを得ない。

ほんの数週間前まで、タリアを自分の花嫁にふさわしくないと見下していた。それが今では、高貴な血を引くほかの女性たちよりもはるかにすばらしいと認めている。

タリアは薄っぺらな上品さではなく、本物の価値を備えた女性だ。

「ここで待っていろ」ガブリエルは静かに言った。

タリアが眉をひそめる。

彼は農家をあごで指した。「どこへ行くの？」「きみは今にも倒れそうだ。どこか休む場所を探さないと」

「わたしたちが逃げたことはすぐにジャックに知れるわ」彼女は抵抗した。「警備兵たちが捜しに来るわよ」

ガブリエルはタリアのほつれ髪を耳にかけてやり、黒ずんだ目の下を親指で撫でた。

「ジャックの隠れ家と英国のあいだには相当の距離がある」彼は諭した。「途中で行き倒れにでもならないかぎり大丈夫だ」

タリアが呆れたように空を仰いだ。「そうやっていつも自分の思いどおりにしなければ気がすまないの？」

「あたり前さ。伯爵だからな」いたずらっぽく開きなおってみせると、タリアの頬がほんのり赤らんだ。「すべて自分の思いどおりにするのがぼくの宿命で、おまけにぼくは常に正しい。だから皆にかしずかれるのはあたり前――」

タリアがガブリエルの口を手でふさぎ、目を細めた。「それ以上言わないで。吐き気がしそうだから」

ガブリエルは彼女の手をつかみ、指先に唇を押しあてて一歩さがった。

「ここで休んでいろ。すぐに戻る」

タリアが見るからに不安そうな目をして唇を噛む。「ガブリエル」

「心配するな」彼はやさしく言った。「近くに誰もいないか確かめるだけだ。すぐ戻る」

「撃たれたらどうするの？」

「そんなに簡単に夫を厄介払いできると思うな」微笑んだあと、ガブリエルは急にまじめな顔になった。「ここを決して動くな。わかったな？」

タリアは弱々しく手を振った。「今はあなたに逆らう元気などないわ」

「よかった。天に祈りが届いたようだ」そうつぶやくと、ガブリエルは踵を返して湿った草地を横切っていった。

焼け焦げた農家をざっと調べ終え、火災をおおかた免れた赤い瓦屋根の石造りの納屋に目を向ける。幅の広い木の扉を開け、二階建てになっている内部を隈なく調べ、外にあるほかの建物と周囲の様子を調べた。

どこにも危険がひそんでいないのを確かめたあと、彼はようやくタリアのところへ戻った。疲れ果てたように地面に座りこんでがっくり首を垂れている彼女の姿を見て、ガブリエルは唇を固く結んだ。

なんてことだ。自分はこの女性の夫だというのに。

タリアがこんな危険にさらされることなどあってはならない。こんな過酷な状況を耐えさせるようなこともあってはならない。

断じて受け入れがたい事実だ。

これからは自分がそばについていないかぎり、彼女を一歩たりとも扉の外に出すまい。そこまで束縛されたらタリアはさぞ怒るだろうと想像しながら、ガブリエルはかがみこんで彼女を抱きあげた。腕のなかにすっぽりおさまる小さな体の感触に、先ほどの決意がふたたびこみあげる。豊かな曲線を描いているわりに、タリアの体は羽根のように軽い。食事にも気をつけてやらなければ。自分の妻にさえ満足に食べさせていないなどと世間に言われるわけにはいかない。

草地を歩いていく途中、タリアがまぶたを開いた。

「なにをしているの？」

「ベッドに入る時間だ」

「悪い冗談はよして」彼女は疲れきった声で文句を言った。「自分のベッドに寝かせてもらえるならどんなことでもするわ」

ガブリエルは唇を曲げた。彼女と一緒にベッドに入れるなら、こっちこそなんでも犠牲にする。

タリアを求めつづけるあまり、すでに体のうずきが自分の一部のようになっていた。

ガブリエルは無理に笑顔を作った。「良妻は夫の隣にいられるだけで満足するものだ」

「拷問ね」タリアは言い返しながら彼の肩に頭をもたせかけた。「わたしはやわらかなマットレスと羽根枕とリネンのシーツがいいの」

あくまでも素直になろうとしないタリアにガブリエルは頭を振った。「いったいきみをどうしてやればいいんだろう」

「あなたはわたしをどうしたいの？」

「その質問は危険だな」

ふたりの視線が熱くぶつかり、果たされていない約束がよみがえる。タリアはガブリエルの腕のなかで身をこわばらせ、感情を悟られまいとするようにまつげを伏せた。

だが遅かったようで、ガブリエルは彼女の思いを読みとっていた。

いくらはにかみ屋のハツカネズミから怒りっぽいハリネズミに変身しようと、タリアがガブリエルを盲目的に求める気持ちに変わりはない。それが彼の心をとらえて放さないのだ。

満足の思いがガブリエルの体を駆けめぐった。いくぶん癒やされた気持ちになると、彼はタリアを抱いたまま納屋に入り、板張りの床を横切って積みあげられた干し草まで歩いていった。

納屋のなかは空気がこもり、閉めきられた窓のすきまから薔薇色の朝日が薄く差していた。

頭上の屋根裏から明らかにネズミが駆けまわっている音が聞こえる。とはいえ、まずまず清潔だった。一方の壁には置き去りにされた農器具と、農家から救いだされて無事だった家財道具が一列に並べられている。おそらくここの持ち主は、戦争が終わったら戻ってきてふたたび農業をはじめるつもりなのだろう。

「さあ」ガブリエルがタリアを干し草のうえに寝かせた。「極上のベッドというわけにはいかないが、地面に寝るよりはましだろう。荷物を貸してごらん」

彼は丸めたドレスの包みを手にとり、タリアの頭の下にあてがった。次にぴったりとした自分の上着を苦心して脱ぎ、それで彼女の両肩をくるむ。そうやってできるだけ居心地よくしてやると、彼はようやく隣に身を横たえ、彼女を抱きよせた。

タリアが身をこわばらせる。「ガブリエル?」

「しいっ」ガブリエルは彼女の唇に指をあてた。「休めるのはほんの二、三時間だ。目をつぶってお休み」

きっと言い返してくるだろうと身がまえていたが、タリアは意外にも彼に身をすりよせ、小さなため息をついて瞳を閉じた。そしてあっというまに眠りに落ちていった。

ガブリエルはできるだけ息を殺しながら彼女の頬にかかった髪をとりのぞき、額にそっと唇を這わせて甘いライラックの香りを吸いこんだ。かなり長いあいだ、タリアの透きとおるような美しい顔をただじっと見つめる。彼女が姿を消したと聞いて以来ずっととりつかれてきた恐怖から、ようやく解放されたのだと感じながら。

なぜかやけに満ち足りた気持ちになり、ガブリエルはタリアの首筋に唇を押しあてた。それから、疲れに身を任せ、眠りに落ちていった。

首の痛みと空腹でガブリエルが目を覚ましたとき、時刻は午前の半ばだった。夜明けには薔薇色だった空が、いつのまにかどんよりと雲で覆われている。

眠っているタリアを起こさないよう気をつけながら、ガブリエルはこわばった筋肉をのばそうと納屋の外に出た。むろん周囲の様子ももう一度見ておかなければならない。ジャックの宮殿からはずいぶん遠く離れたが、それでもここはフランスだ。無事にデヴォンシャーに帰り着くまで油断するわけにはいかない。

周囲に危険が迫っていないか確かめるのに半時間かけ、さらにもう半時間かけて近くの小川で体を洗い、二個のバケツに水をくみ、三個目のバケツは近くの果樹園のリンゴをとるのに使った。

納屋に戻ったとき、ちょうど雨が降ってきた。なかに入って足で素早く扉を蹴り、湿気と遠くに聞こえる雷鳴を外に閉めだす。納屋は薄暗く、干し草のにおいに包まれていた。

その殺風景な光景をあまり不快に思っていない自分に気づき、ガブリエルは驚いた。生まれてからずっと贅沢な暮らしをしてきた身としては実に奇妙だ。

それはおそらく、領地からの報告書を手にうるさく言ってくる秘書がいないというのが大きいのだろう。思えば伯爵になって以来初めてのことだ。弁護士からの手紙の束もなく、毎朝舞いこんでくる請求書もなく、もちろん貴族院の職責もなく、視界のすみを動きまわる召使いたちもいない。不平ばかりこぼす母親も、わがままばかり言う弟もいない。

タリアとただふたりきり。

それはまさに楽園そのものだった。

タリアの横にひざをつくと、ガブリエルは清潔な柄杓を水のバケツに入れ、ハンカチのうえにリンゴを置いた。豪華な朝食ではないが、とりあえずの腹ごしらえにはなる。

タリアがみじろぎしたのに気づいて目を向けると、彼女は無意識に隣に腕をのばしていた。

ガブリエルは笑みを浮かべた。隣に木の床しかないことに気づいた彼女がはっと目を開く。

「ガブリエル？」

「ここにいるよ、ハリネズミさん」彼はなだめるように言った。「プレゼントを持ってきた」

タリアが目をしばたたかせながら身を起こし、リンゴを見て目を丸くした。

「どこでとってきたの？」

「近くの果樹園だ。水は農家の向こうを流れている小川でくんできた」

タリアは首を曲げ、彼に目を向けた。ガブリエルは自分がどんなふうに見えるか想像して苦笑いをした。小川で洗って手櫛で整えただけの髪が濡れたまま額に張りついている。あごには無精髭がのび、前が開いたままの薄いリネンのシャツから胸が大きくのぞいている。おそらく粋な海賊のように見えたにちがいない。タリアの瞳がかげりを帯び、呼吸が速くなったのがわかった。

それに応えるかのように、彼の呼吸も急速に乱れた。なんということだ。このか弱い女性はなぜこれほど楽々と自分を惑わすことができるのだろう。ほかの女性相手には決して感じたことのない切迫した思いがこみあげる。タリアをこの手に抱かなければ、頭がどうにかかなってしまいそうだ。

それも、今すぐに。

ふたりのあいだの空気が熱を帯びたのを感じとったのだろう、タリアは小さく咳払いをした。

「川に落ちたの？」

笑い声を響かせながらガブリエルは彼女の背後にまわり、ドレスの小さな象牙のボタンを外しはじめた。

「一緒に水浴びをして互いの背中を流しあうのもいいが、きみはプライバシーがほしいだろうと思ってね」

ドレスがどんどんずり落ちていくのに気づき、タリアが鋭く息をのんだ。

「ガブリエル、いったいなにをしているの？」

「妻の朝の行水を手伝っているのさ」彼は頭をさげ、タリアの首筋にむさぼるようなキスをした。「妻に夢中になっている夫の務めだろう？」

「嘘よ。夫は扉の外に待機して、誰も入らないように――」

彼女は言葉を途切れさせ、低いあえぎ声をもらした。ガブリエルがレースのひもをほどいてコルセットをはぎとり、薄いシュミーズのうえから両手で乳房を包みこんだのだ。

「気持ちいいかい？」彼はささやき、硬くなった胸の先を親指で撫でた。「こちらのほうがいいかな？」リボンをほどいてシュミーズの胸元をはだけ、サテンのようになめらかな乳房を両手に包む。

タリアは彼の肩にがっくりと頭を預け、大胆な愛撫に全身を震わせた。

「ガブリエル、ここは納屋なのよ」彼女は抵抗を試みた。

彼はタリアの激しく脈打つ首筋を舌で味わい、そのまま肩まで唇を這わせた。

「わかっているとも」

「しかも真っ昼間だし」

ガブリエルはさりげなく彼女の体に手を這わせ、シュミーズを脱がせてしまった。

「そうだ」

彼に引きよせられてふたたび干し草のうえに寝かされたとき、タリアはすっかり裸にされているのに気づいて息をのんだ。

「どれほど多くの兵がわたしたちを捜しているか見当もつかないのよ」声を絞りだす。

ガブリエルは自分のブーツを引きはがし、シャツを頭から脱いでかたわらに放り投げた。

「でも、さっき雨が降りだした」言いながらブリーチズを脱ぎ捨てると、彼はタリアの隣に横たわってサテンのようにつややかな黒髪に指をすべらせた。「増水した川やぬかるみにはまったら危険だ」

「でもフランス兵が……」

ガブリエルはタリアの口を自分の口でふさいで話を終わらせた。

ようやく味わうことのできた甘い唇に情熱がかき立てられる。彼はタリアの美しい体に夢中で両手を這わせた。

「タリア、ここに隠れていれば大丈夫だ。外のことは忘れよう」低い声でささやいた。「せめて今だけでも」

その言葉に応えるように、彼女が細い両腕を彼の首にまわした。ガブリエルはうれしそうに低くうめき、頭をさげてタリアの薔薇色の胸先に舌を這わせた。彼女が悦びに体をしならせ、彼の髪に指をからませる。

「わかったわ」タリアはつぶやいた。

乳首を唇にはさみながら、ガブリエルは片方の手で彼女の背筋を撫でおろしてヒップに這わせた。なめらかなふくらみに触れるうちに、硬くなった下腹部がぴくりとうずく。このまま一日、彼女のくしゃくしゃの髪から小さな足の指までを味わいつづけていたいほどだ。いや、それよりも――身をくねらせたタリアの体に自分の張りつめたものがこすられたとき、ガブリエルは思った。

そんな楽しい探索は、この焼けつくように高まった欲求を静めてからでいい。

それも一度きりではだめだ。

「ぼくに触れてくれ」やさしく言うと、ガブリエルは片方の手を彼女の太ももの裏側に這わせ、ひざを開くように促した。

タリアは一瞬はにかんだように見えたが、やがて指先で彼の背中をおずおずと撫でおろした。その臆病な愛撫に強烈な悦びを呼び覚まされたのに驚きを感じ、ガブリエルは低い声でうめいた。なにも教えられていない純真な女性が、自分をこれほど熱くさせるのが不思議でならない。しかし、タリアにはまちがいなくその力がある。

ガブリエルはふたたび荒々しいキスを求めた。舌でタリアの唇を開かせ、その甘く温かい口のなかにようやくたどり着いたとき、うっとりするような悦びに全身がわななないた。

彼女の口のなかは、この世の善良なるもの、正しいものを凝縮したような味がする。疲れ果てた心を癒やしてもらおうとするように、ガブリエルは夢中で求めた。

タリアが脇腹に手を這わせ、たくましい胸の筋肉を求めてさまよう。ガブリエルは震えた。瓦屋根に雨が叩きつける音が聞こえ、ときおり稲妻が光り、雨戸の輪郭を浮かびあがらせるなか、ふたりは暖かな納屋に守られていた。身を焼くような情熱にしばしわれを忘れることを自分に許してもいいだろう。

タリアを驚かさないよう気をつけながら、ガブリエルは彼女の内ももに指をすべりこませ、ゆっくりと円を描きながらうえに這わせた。やがて秘めやかな場所に触れると、彼女が身をこわばらせた。

「タリア、ぼくを信じて」彼女の顔に熱いキスを浴びせながらささやく。

「いいわ」

小さな返事に、ガブリエルのなかでなにかが変わった。その正体を見極めるのをためらってしまうほど大切ななにかが。

くだらない考えを打ち捨てるように頭を振った。タリアを激しく燃えあがらせてやる。

彼女の頬から喉にかけて熱いキスを浴びせていき、波打つ胸までたどり着いたところでいったんとまって舌を這わせ、口に含んで吸った。ふたたびキスを再開しながら下に向かい、震える腹部へたどり着いた。

ガブリエルは顔を上げ、情熱にかげるタリアの瞳を見つめながら彼女の脚のあいだに身を伏せた。熱く濡れた秘所に指をすべりこませる。

「ああ」タリアは声をあげ、悦びに頬を染めた。

ガブリエルは笑い、指に替えて舌を秘所に這わせた。タリアは小さな悲鳴をもらしたが、やがてそれは愉悦のうめき声に変わった。彼女は瞳を閉じた。

彼にとっても、それはたしかに愉悦のひとときだった。

まるで楽園にいるような。

ガブリエルはタリアの小さな悦びの蕾をくり返し愛撫し、秘所に舌をすべりこませて彼女をぎりぎりまで燃えあがらせてから舌を抜いた。

タリアがまぶたを開き、情熱にかげる瞳で見つめる。「お願い……ガブリエル」

「わかった」もう一刻も待ちきれず、彼は声をつまらせた。

タリアをしっかり抱き締めると、ガブリエルはごろりと仰向けに転がって彼女を自分の体にまたがらせた。初めての体勢に驚いたタリアは、彼の胸に手をあてて不思議そうに見つめている。

「このほうが楽だろう」彼はかろうじてささやいた。タリアの両脚に腰をはさみつけられ、秘所が自分の高まりにぴったりと押しつけられている。

タリアが唇を噛んだ。「どうしたらいいの？」

ガブリエルの胸が締めつけられた。彼女は本当に美しい。むきだしの肩に落ちかかる長い黒髪、情熱にほてった体。

「教えてあげよう」彼はタリアの手をとって自分の高まりに導いた。

タリアの指がそれをおずおずと握ったとき、ガブリエルはもう少しで達してしまいそうになった。思わず大きく息を吐く。なんということだ。自分は経験豊かな恋人のはずなのに。まるで色気づいたばかりの男子学生のようじゃないか。

「これでいいの？」タリアがたずねる。

「ああ、そうだ」ガブリエルはうめいた。「なかへ導いてくれ」

彼のものを自分の入り口に導こうとしてタリアがぎこちなく動く。ガブリエルは誤って達してしまわないよう歯を食いしばりながらこらえ、ようやくタリアの濡れた体内に完全に入った。

「ガブリエル」タリアはあえいで彼の胸に爪を立て、ガブリエルは彼女の腰をつかんでゆっくりと上下に動かしはじめた。

「タリア」彼は呼びかけに応じた。荒々しい悦びに下腹がいっそう硬く張りつめる。「ぼくのかわいいハリネズミ」

タリアは彼の刻むリズムに合わせて体をくねらせ、口を半開きにしながら頭をのけぞらせた。早くも頂点に近づいたガブリエルが小さな罵り声をあげ、角度を変えて速いリズムでいっそう深く突きあげる。

タリアが固く目を閉じ、よくわからない言葉を口走った。やがて彼女は頂点に達し、後ろに大きくのけぞった。快楽に身をゆだねるその姿に心を奪われたガブリエルも、強く締めつけられて限界に達した。最後のひと突きで叫び声をあげ、魂が震えるような悦びに身を任せる。

タリアが胸に倒れこんでくるのを感じ、ガブリエルはその震える体に両腕をまわして強く抱き締めた。呼吸の仕方さえ思いだせないほど胸がいっぱいだった。

一瞬、ふたりのまわりから本当に世界が消えてしまったような気がした。

12

ソフィアは化粧台の前に座り、濡れた髪をブラシでゆっくり梳かしていた。突然、寝室の扉が乱暴に開き、壁にあたって大きな音をたてた。

彼女はびくりともしなかった。

ベッドを出たときから不安に駆られていたものの、ソフィアはかまわずふだんどおりに過ごした。パリの知人から届いた手紙に目を通しながらコーヒーをゆっくり味わい、あとで着るつもりのドレスにアイロンをかけるようメイドに頼み、熱い風呂に入った。そして透けるように薄いガウンをまとい、ようやく身仕度にかかったところだ。

そのあいだ、この対決のために心の準備をしていた。

ジャックが怒りに顔を引きつらせて部屋に入ってくるのを見ると、ソフィアは落ち着き払ってブラシを置いた。

「ぼくがきみの裏切りに気づかないとでも思ったのか?」ジャックがつめよる。

ソフィアは優雅に立ちあがった。ジャックは細身の体に黒い上着と紫がかったグレーのベストを着ていた。黒いパンタロンの裾がつややかな革の長ブーツのなかに入っている。いつものことながら息をのむほど美しい。

「ノン」声はわずかにかすれたが、彼女は不安を外に出さなかった。「わたしがアッシュコーム伯爵を訪ねたことは、そのうち知れると思っていたわ」

「訪ねただけじゃない」近づいてきたジャックの肌からローションがかすかに香った。「あいつが逃げるのを手伝っただろう」

広い部屋にソフィアの乾いた笑い声が響いた。「伯爵が脱走できたのはわたしのおかげじゃないわ。彼の本当の恩人は、あなたの大切なレディ・アッシュコームよ」

ジャックは立ちどまり、少し驚いたように彼女を見つめた。「嫉妬しているのか?」

ばかな人。レディ・アッシュコームのせいでどれほど苦しんだか、本当にわかっていないのだろうか。

「あたり前《ナチュレルモ》よ」

ソフィアはふいに絨毯のうえを横切り、薄紫色のサテン地の壁とクリーム色のカーテンが引かれた背の高い窓のほうに歩いていった。部屋の中央には大きなクルミ材のベッドが置かれ、一方の壁に渦巻き装飾のチェストと化粧台が並んでいる。小さなミニチュア人形が並べてある楕円形のテーブルの脇で足をとめると、彼女は無邪気な微笑みを浮かべている青い瞳の天使《ケルビム》を見つめた。無意識に自分のうつろな子宮に手をあてる。

「彼女は若くて美しく、あまりに勇敢で、しかも悲劇的なまでに無防備だもの。男がまさに命を捧げたくなる女性よ」

「夫にそこまで思われていないのが哀れだがな」ジャックがつぶやいた。

「アッシュコーム伯爵がこの世から消えたところで、あなたの望みはかなわないわ」

「そんなことはない。タリアにはぜひ未亡人になってもらいたいね」

ソフィアは痛む胸に手をあて、振り向いてジャックの強情な目を見つめた。

「ジャック、わたしはアッシュコーム夫妻が一緒にいるところを見たのよ」

彼は肩をすくめた。「それで？」

「レディ・アッシュコームは伯爵に夢中だわ」

ジャックは不快さを露わにした。「まさか。タリアは結婚式の直後に捨てられたんだ。あんな下劣な男に愛情を抱いたりするものか」

ソフィアが自嘲ぎみに微笑んだ。「女はどうしようもない男に愛情を抱く生き物なの」

「あいつは彼女を見下している。そんなやつに幸せにしてもらえるはずがないだろう」

「まるでわかっていないのね」彼女は静かに言った。「妻を見つめるアッシュコーム伯爵の目を見たけど、あの人も彼女に夢中よ」ねたましさに体が震える。「ほかの男性たちと同じようにね」

苦々しい言葉のあと、しばらく沈黙が流れた。やがてジャックがゆっくりとソフィアに近づいた。

「なぜふたりを逃がした？」

ソフィアは胸を震わせた。いやだ《メルド》、なぜこんなに動揺してしまうのだろう。ジャックに出会う前は、心にかすり傷ひとつ負うことなく恋人たちの前から立ち去れたのに。

それなのに……。

今はまるで魂を丸裸にされたように不安でたまらない。

「あのふたりは危険だからよ」低い声でつぶやく。

ジャックが険しい顔で彼女の両肩をつかんだ。「もう少しで大金を手にできたんだぞ」

「身の代金をもらえたかどうかは疑問よ」ソフィアは開きなおった。「伯爵はなんといっても王子のお気に入りだもの。この宮殿に英国軍が押しよせてきたかもしれないわ」

ジャックが目を細める。「タリアはどうなんだ？」

「彼女がいると、あなたは大切なものを忘れてしまうわ」

「きみのことを？」

「ナポレオンへの誓いよ」

ジャックの瞳が怒りでかげった。「先に裏切っておいて、ぼくの皇帝に対する忠誠心を云々するのか？」

「英国軍との無意味な衝突を避けたことを裏切りとは思っていないわ」

「ハリーの忠誠を保証する品物を盗んだのも裏切りではないと？」

ソフィアはぴくりと身を震わせ、後ろめたさで顔が赤くなるのを悟られないよう下を向いた。すでに指輪の件まで知られているとは思わなかった。

「なにを言わせたいの？」

ジャックが片方の手で彼女のあごを持ちあげ、探るような目で見つめた。

「真実だ」

「わかったわ。わたしはレディ・アッシュコームにフランスからいなくなってもらいたかったの。そのためには夫の伯爵を解放するのがいちばんだと思ったのよ」ついに本音が飛びだしたところで、ふたりのあいだに戸惑いが生まれた。「どう、これで満足？」

ジャックの表情が一瞬やわらいだように見え、ソフィアの胸に希望の火がともった。彼の美しいブラウンの瞳の奥に、かつて見せてくれた愛がちらりとよぎった気がする。もしくは、ソフィアを傷つけたことに対する後悔のようなものが。

しかし次の瞬間、ジャックは素早く身を引いた。

「ノン」鋭く言い放つ。「満足などできない。きみの自己中心的な行いのために、英国との戦いに欠かせない貴重な情報経路が暴かれようとしている。アッシュコームを帰国させるわけにはいかないんだ」

ソフィアの胸に失望が鉛のかたまりのように重くのしかかった。

「フランスに潜伏している以上、ハリーはもう貴重でもなんでもないわ」ソフィアはあきらめたように小声で言った。どうやら一か八かの賭けに失敗してしまったようだ。「今のハリーはただのお荷物よ」

ジャックが肩をすくめた。「アッシュコームをつかまえさえすれば、ハリーはロンドンに戻って内務省に新しいスパイを送りこむことができる」

「英国政府は内部にスパイがいるのをすでにかぎつけているわよ」開いた窓から夏の風が吹きこんでくるにもかかわらず、ソフィアは寒気を感じて腰に腕をまわした。「伯爵に代わってハリーだけがロンドンに戻ったら怪しまれると思わないの？」

「それらしい話をでっちあげて人々の注意をそらせばいい。そのあいだに必要な情報を仕入れ、フランスに勝利を呼びこむ」

ソフィアは首を振った。「いいえ、もう手遅れよ。アッシュコーム卿は何時間も前に逃げたわ」宙ぶらりんになっているレディ・アッシュコームという名前はあえて口にしなかった。ジャックが伯爵をとらえたいのはハリーをロンドンに帰すためではなく、伯爵夫人を夫から救いたいからだということにも触れなかった。まるで自分たちのあいだに高い壁が立ちはだかっているようだ。「今さら彼を追いかけても無駄よ」

「追いかけるつもりはない。待ち伏せるんだ」顔をこわばらせるソフィアを見てジャックが目を光らせた。「きみがそれを可能にしてくれたよ、マ・ベル」

わけがわからずソフィアは顔をしかめた。「どうする《コモ》の？」

「どうせきみは、ハリーがこちらの一味だということだけでなく、カレーにいることも明かしたんだろう？」ジャックがゆっくり言う。

内心の焦りを悟られないよう、ソフィアはなに食わぬ顔を装ってジャックを見つめた。

「それがなんだというの？」

「誇り高いアッシュコーム伯爵ならなんとしてでも弟を捜しだし、邪悪なフランス人の手に落ちた哀れな魂を救おうとするにちがいない」ジャックがあざけるように笑った。

「アッシュコーム卿はばかじゃないわ」ソフィアは反論した。「それに、ハリーが救いがたい人間であるのは誰の目にも明らかよ」

「だとしたら、アッシュコームはいっそ弟を絞め殺そうとするだろう」ジャックが軽く頭をさげて扉に向かった。「どちらにせよ、伯爵は弟を見つけるまで決してフランスを離れない。彼が弟を見つけるときは、ふたたびこちらの手にかかるときだ」

ソフィアは寝室の中央に立ちつくし、大粒の涙を頬に流した。こんなことは三十年の人生で初めてだった。

どのくらいガブリエルの腕に抱かれていたのか、タリアは見当もつかなかった。時間の記憶をたどろうとも思わない。嵐が次第に弱まり、過ぎ去っていったあとの甘く満ち足りたひとときに身を任せていられるだけでよかった。

こんなふうにガブリエルに情熱的に身を捧げるべきではなかった。ほっとため息をつく。彼が妻を傷つけ、置き去りにし、ほとんど敬意を払わない最低の夫であるのはすでにはっきりしているというのに。

そのことを許すつもりは今もない。

ただ、怒りを呼び覚ますには身も心も満ち足りていた。ただの肉体の悦びだというのに。自分など愛されているはずがない。そんなことを信じたらあとで失望するだけだ。これまでの人生で、失望はいやというほど味わってきた。

とはいえ自分も女だ。熟練した手で愛撫されて悦びを感じないはずがない。自分の意思にかかわらず夫とベッドをともにすることを求められるのなら、それを楽しんでどこが悪いのだろう?

そこまで考えたとき、ウエストの曲線を指でなぞられ、ぞくりと快感が走った。ガブリエルの銀色の瞳を見たとき、タリアのなかに体の欲求以上の温かな思いが生まれた。心を打ち砕かれる前に捨ててしまうべきなのに。

「雨がやんだわよ」タリアは低い声でつぶやいた。

彼はくすりと笑い、片方の手で彼女の乳房を包んで親指で敏感な先端をもてあそんだ。

「そうかい?」

タリアは雨戸の閉まった窓に目を向け、触れられるたびに体の奥から紡ぎだされる悦びを無視しようとした。

「そうよ」あえぎたいのを我慢し、情熱にかげる彼の瞳に視線を戻す。「出発しなくていいの?」

ガブリエルの美しい顔に苦悩のかげがよぎった。彼は頭をさげ、タリアの鎖骨に唇を這わせた。

「ああ、出発しなくちゃいけない」ささやく彼の息づかいがタリアの胸元をくすぐる。

彼女はガブリエルの髪を指で梳き、完全にわれを忘れてしまわないうちに甘い誘惑をとめようとした。

彼はなにかを隠している。とても悩みの深いことを。

「ガブリエル？」いくら髪を引っ張ってもキスをやめてもらえないので呼びかけた。

「……うん？」

「なにを悩んでいるの？」

彼はタリアの胸の先に舌を這わせた。「今はなにも」

「でも……」彼女は言葉をのみ、不愉快な真実を受け入れた。ガブリエルは体の悦びはわかちあっても、秘密を打ち明けたいとは思っていないのだ。それはそうだろう。自分たちの結婚は必要悪だとはっきり割りきっているのだから。こみあげる愚かな思いをのみこむ。「いいの、気にしないで」

ガブリエルが顔を上げ、表情を曇らせた。

「いかにも気にしろと言わんばかりだな。女性がよく使う手だ」

タリアは身をこわばらせた。「わたしは妙な駆け引きなんかしないわ。なにも話したくないなら黙っていればいいのよ」

ガブリエルの頬にかすかに赤みが差した。思わず身をすくめたタリアは、彼が急に立ちあがっていら立たしげに髪に手を突っこんだのを見て驚いた。

「せめて今だけでも考えないようにしたいと思っているのがわからないか？」

その静かな言葉に深い苦悩がにじんでいた。タリアはいつもの控えめな態度を捨てて床のうえに立ちあがり、互いに裸であるのも忘れてガブリエルと向きあった。

「考えないようにすることなんてできるの？」彼の腕に触れる。

ガブリエルは彼女のウエストに両腕をまわし、せっぱつまったように抱き締めた。「それは気を紛らわせてくれるものによる」彼女の額を唇でやさしくなぞり、頬から口元にキスをする。そのとき、タリアがずっと身を固くしているのに気づいた。彼の胸に両手をあてながら決して拒絶しているそぶりは見せないが、歓迎している様子もない。ガブリエルはもどかしそうに彼女を見た。「まるできみに操られているみたいな気がする」

タリアは首をかしげた。「言ったでしょう。わたしはべつに――」

「駆け引きなどしないと言うわりにはいやにうまいぞ」そうさえぎったあと、ガブリエルはため息をついてタリアと額を合わせた。自分の言葉で彼女がどれほど傷つくかを思いだしたのだ。「悪かった。実を言うとまいっている」

大切なひとときを壊すまいとするように、タリアが彼の言葉をゆっくり反芻した。

「フランスから逃げられないかもしれないと思っているの？」ようやくたずねる。

ガブリエルの目がいたずらっぽくきらめいた。「ぼくを侮辱するつもりか？」

「もちろんちがうわ」

「ならいい。きみを夜までに船に乗せると約束する」彼はゆっくりと言った。

「それならなにを気に病んでいるの？」

悩みを自分で解決したいという持ち前の気性が首をもたげ、ガブリエルはしばらく硬い表情で黙っていた。生まれてこの方ずっとひとりで責任を負い、皆を守ってきたのだ。自分の思いを打ち明けるのは苦手だった。

賢明にもタリアは黙って待っていてくれた。急かされたら言う気がしなくなっただろう。ガブリエルはタリアを抱いたまま顔を上げた。温かい体を抱き締めていなければ言いたいことも言えないように。

「実はハリーに関してある情報を聞いた。自分でもまだ受け入れられないんだ」声を絞りだす。

タリアは恐ろしさに口の乾きを覚えた。「まさか――」

「いや」ガブリエルがさえぎった。しかしその表情からはなにも読みとれない。「ぼくの知るかぎり、ハリーはぴんぴんしている」言いながらあごをこわばらせる。「嘘じゃない。あいつは今カレーにいるそうだ」

「カレー？」

タリアはわけがわからず瞬きした。「フランスのカレーに？」

ガブリエルが短くうなずいた。「そうだ」

「そんなまさか。なんのためにカレーにいるの？」

「ひとつには、ぼくが追わせた男たちから身を隠している。もうひとつは……」彼は顔をしかめた。

タリアがその頬にやさしく触れる。「ガブリエル？」

彼の銀色の瞳が冷たくかげったのを見て、タリアは背中に寒気を覚えた。

「フランスで贅沢に暮らしつづけられるよう、ジャック・ジェラールに金を無心している」

ハリーとジャックは知り合いなの？　ふたりがデヴォンシャーにいたことを考えれば可能性はある。ただ、いくら家族の領地に暮らしていたとはいえ、ハリーが牧師と仲良くするとは考えにくい。だが、彼がジャックの居場所を知っていてフランスに来たということは、当然ジャックがスパイであるのも知っていたはずだ。

　ということは……次第に見えてきた全体像を慌てて頭から振り払う。「意味がわからないわ」

「ぼくもわかりたくなかった」ガブリエルがつぶやいた。「ハリーは反逆者なんだ」

やっぱりと思いながらも、タリアはその衝撃的な言葉にめまいを覚えた。

「嘘よ」彼女は身を引き、首を振った。「嘘だわ」

　その反応を予想していたかのように、ガブリエルは上着のポケットから折りたたまれた紙片を出して彼女に握らせた。

「これを」

　タリアは署名入りの誓約書に素早く目を走らせた。一語読むごとに胸がふさがる思いがする。なんということだろう。ハリーのことは以前から心の弱い人だと思っていたが、いくらなんでもこれは……。

　タリアは憔悴した顔のガブリエルに紙を返した。「いったいなぜこんなことを？」

「ぼくにもわからない」ガブリエルは暗い声で言った。「ハリーはずっと母親に甘やかされてきたが、貴族は大抵そういうものだ。それでも、誰もスパイになったりはしない」

「あなたはちがうわ」言ってしまってから、タリアは口をつぐんだ。

ガブリエルが眉を上げる。「なんだって?」

急に無防備になった気がして、タリアは両腕で胸を隠した。

「あなたは甘やかされてなんかいないでしょう」言いにくそうに説明する。

ガブリエルがタリアの肩を上着でくるんだ。

「ああ。学校にいないときは、いつも父のそばについて伯爵の仕事を覚えさせられた」その言葉に、子ども時代を奪われた恨みはなかった。父親のことを話しながらガブリエルは懐かしそうに顔をほころばせた。

「ぼくの最初の記憶は、畑でラバの一団を率いたときのものだ。あのとき父は、小作人の引く荷車にわらを投げ入れるのを手伝っていた」

タリアは彼を見つめた。それもまじまじと。堕天使のごとく美しいその顔。優美な体。力強さ。常に周囲から敬われてきた人間としての自信。

ふと、ハリーが昔からガブリエルの存在に圧倒されてきたにちがいないと感じていたのを思いだした。

「ハリーは一緒じゃなかったの?」

ガブリエルは片方の肩をすくめた。「弟は領地にはなんの興味も示さなかった。あいつが求めたのは領地がもたらす贅沢な暮らしだけさ」

「もしかしたら、あなたとお父様の絆の強さをうらやんでいたのかもしれないわね」

ガブリエルは怒りだした。

「ハリーが反逆者になったのは父のせいじゃない」

「もちろんよ」タリアはなだめた。「でも、ハリーはかなり早い時期から怒りを抱いていたのかもしれないわ。そして、あなたばかりが社交界でもてはやされていると思い、怒りにいっそう拍車がかかったのかもしれない」弱々しく微笑む。「だって、あなたが出てくると、ほかの紳士たちは一気にかげが薄くなってしまうもの」

「ぼくのせいだと言うのか？」たたみかけるガブリエルの表情には、不機嫌さと男としてのプライドが入りまじっていた。

「そうは言っていないわ」タリアは首を振った。「わたしたちは誰でも子どものころからなにかを背負っているものよ。それによって強くなる人もいれば……」ハリーに祖国を裏切るよう仕向けた邪悪な者たちへの恐怖を悟られまいとして、タリアは肩にかけてもらった上着を強く握った。ガブリエルはもうじゅうぶんに苦しんでいる。このうえ彼を追いつめてはいけない。「過去を言い訳にいつまでも弱虫でいようとする人もいるわ」

ガブリエルは落ち着きなく肩をすくめた。「弟がなぜこんな道を歩むようになったのか、今となってはもうどうでもいい」

「そうね」タリアは心配そうに彼を見た。「問題は……」

「ぼくがハリーをどうするかだ」

「ええ」

ガブリエルはふたたび苦しげな表情に戻ってタリアを抱き締め、彼女の頭に頬をつけた。

「まったくわからない」彼が正直に打ち明ける。「いい解決策が見つからないんだ」

それは明らかに控えめな表現だった。

タリアは彼の腰に腕をまわし、胸に頭を預け、なにか慰めになる言葉を言えたらいいのにと思いながら規則正しい鼓動に耳を傾けた。

「かわいそうに、ガブリエル」

彼は放心したようにタリアの髪を撫でた。「もしハリーが裁判にかけられて有罪になったら、今後何代にもわたってアッシュコーム家の名前に傷がつく。それだけじゃない。母は完全に打ちのめされるだろう」

「ハリーの罪をどうしても公にすべきなの？」タリアは静かにたずねた。

ガブリエルは身を震わせ、タリアの温もりを求めて上着の下に両手をすべりこませた。

「たとえぼくが家族を守るために恥を忍んで祖国を裏切る道を選んだとしても、こういうことはいずれ暴かれる」彼は吐きだすように言った。「実際、ハリーがこれまでずっと罪を隠しおおせてきたことのほうが驚きだ。用心深く振る舞ったためしがないやつなのに」

タリアの胸の奥に氷のように冷たい予感が広がった。実の弟を反逆者として法廷に突きださなければならないとしたら、ガブリエルのなかにあるかけがえのないなにかが壊れてしまうだろう。そんな恐ろしいことなど考えたくもない。

「それなら成り行きに任せましょう」彼女はなだめた。「どちらの道をとるか、あなたがぜんぶ決めなければならないわけではないわ」

ガブリエルが大きく息を吸うのに合わせて彼の胸がふくらむのが感じられた。

「ぼくはいつも弟のしたことの責任をとってきた」

タリアは顔を上げ、彼を見つめながら苦い笑みを浮かべた。自分もまた、ガブリエルがハリーに代わって引き受けたお荷物であるのを忘れたわけではない。

「ええ。あなたがハリーに代わってどれほど大きな負担を引き受けてきたかわかっているつもりよ」

そのとおりだという返事を待ちかまえていたのに、彼の瞳がふいにかげった。胸が高鳴り、体にぞくりと震えが走る。

「それほど負担に思わないものもある」ガブリエルは低い声で言った。

タリアは今度こそ抵抗しなかった。頬に軽くキスをされ、やがて唇を重ねた。

自分にはガブリエルの苦しみをやわらげたり、迫りくる災いを防いだりすることはできない。でも、せめて今だけでも苦しみを忘れさせてあげることはできる。

甘く切ない胸の痛みを感じながらタリアは上着を脱ぎ捨て、彼の首に両腕をまわした。夫との時間を過ごせば過ごすほど、いっそう心がかき乱されるのはわかっている。それでも彼の焼けつくようなキスや愛撫から、自分が強く求められているのがひしひしと伝わってきた。

タリアは情熱的にキスを返した。ガブリエルが悦びのうめき声をもらし、彼女をきつく抱き締めてわらのうえに寝かせた。

「タリア……」ガブリエルの瞳の奥に傷ついた心が見える。その熱いまなざしが、タリアが最後まで残しておくつもりだった防御の壁を跡形もなく焼きつくしてしまった。「ぼくの美しいジプシー」

彼のかすれた声に、タリアは苦笑いを浮かべた。「わたしのこと、いろんなふうに呼んでくれるのね。ネズミ……ハリネズミ……ジプシー」

「妻」そっと言い添えると、ガブリエルは頭をさげて彼女の唇を熱く奪った。

たったそれだけの言葉に、タリアのなかでなにかがゆり動かされた。その危険な感情から距離を置こうとするように、背中をおりていくガブリエルの両手に神経を集中させる。背中をそらせて彼の熱い体に寄り添い、たくましい胸に手を這わせる。彼が悦びのうめき声をあげると、タリアは微笑んだ。

おそらくこの先もガブリエルの心をつかむことはできないだろう。しかし彼は、進んで体を差しだしてくれている。

過去に何人の女性がこんなふうに彼の体を知ったのだろう。この先何人の女性が彼の前に現れるのだろうか。タリアは必死に考えまいとした。敏感な首筋に唇を這わされ、背中を大きくのけぞらせる。

少なくとも今、ガブリエルは完全に自分のものだ。一分の隙もなく。

胸を唇で覆われ、乳首を吸われると、彼女は鋭い快感に思わず声をあげた。

「そうよ」

ガブリエルは愛撫を続けながらタリアの手を握り、自分の張りつめたものに導いた。急に恥ずかしくなり、彼女は一瞬迷った。それでも好奇心のほうが勝り、硬くなったものにおずおずと指を巻きつける。

先端から根元に向かって手を這わせたとき、ガブリエルが低くうめいた。やわらかな睾丸をさわり、もう一度ペニスの根元から先端に向かって撫であげる。

「ああ」彼は荒く息を吐き、タリアのひざのあいだに手を入れた。「きみに触れられただけで頭がどうにかなりそうだ」

タリアも同じだった。すでに熱く濡れている秘所に彼の手が触れる。熱い体の奥にしなやかな指がすべりこんできたとき、彼女は歓迎するように腰を浮かせ、喉の奥から絞りだすごとく声をもらした。

ああ、そうよ。タリアは目を閉じた。すでに子宮の奥で悦びが花開こうとしている。彼自身を握る指先に力を入れるとガブリエルが低い声であえぎ、彼女の手を押さえた。

「待ってくれ」

タリアが顔をしかめる。「どうしたの？」

「情けないが、このままだと長く持ちそうにない」肩に唇を這わせながらつぶやくと、彼はタリアをそっと横向きにした。

「ガブリエル？」わけがわからなかった。

「必ず気持ちよくするから」彼はタリアの耳に唇を這わせ、後ろからぴたりと体を合わせた。その言葉は疑いようがなかった。せっぱつまった悦びに全身が打ち震える。しかし、片方の足を持ちあげられて彼の腰にかけられたとき、彼女は抵抗してもがいた。

こんな妙な体勢で?

もちろん、首筋をさまよう彼の唇はうっとりするほどすばらしい。熟練した手に豊かな乳房をまさぐられ、乳首を引っ張られ、情熱がいやがうえにも高まる。やがてその手が思わせぶりにさがっていった。

太もものあいだにすべりこんできた指に秘めやかな入り口を開かれると、タリアは鋭く息をのんだ。たっぷりと濡れた秘所にガブリエルのものが入ってくる。

「ああ……神様」

悦びの蕾を指で探りあてられたとたん、彼女の言葉は宙に浮かんだまま消えた。ガブリエルは指先を動かし、そのリズムに合わせて腰を浅く動かした。

「タリア、もっとほしいかい?」

もっと? 彼女は苦悶の表情を浮かべた。これ以上のことをされたら体が粉々になってしまいそうだ。するとガブリエルが角度を変え、今度は深く突いてきた。タリアは後ろに手をのばし、彼の腰に爪を立てた。

「ああ、そうよ」

ふたりの激しい息づかいが響き、わらと情熱のにおいが立ちこめる。タリアは目を固く閉じ、次第に熱を帯びる彼の動きに合わせて体を動かした。

「タリア」ガブリエルがうめきながら腰を勢いよく突きあげて精を放ったとき、タリアにも絶頂が訪れた。まわりのみすぼらしい光景も扉の外に待ち受ける危険も忘れ、タリアは悦びの悲鳴をあげた。

今はガブリエルの力強い腕と激しい鼓動を感じていられるだけでよかった。

目を閉じたまま、彼女はなぜか祖母を思いだしていた。祖母に〝今という瞬間を生きなさい〟と教えられたことを。

ガブリエルとタリアはともにこの世で孤独に生きてきた。そして数奇な運命の糸に操られ、今こうしてふたりでいる。

この先どうなるかなど、誰にもわからない。

13

タリアが体を洗って清潔なドレスに着替えているあいだ、ガブリエルは広い道からそう遠くないところにある小さな村に忍びこみ、苦労の末、一頭の馬を盗みだしてきた。農耕馬なので期待したほど速くはなかったが、馬はふたりの体重にも耐え、たしかな足どりで歩を運んだ。おかげで、日暮れ前にはカレーのすぐ南西の海岸近くまで来ることができた。

ガブリエルははずみをつけて地面に飛びおり、馬の手綱を引いて海に続く狭い道を進んだ。

「本当にあなたの船が待っていてくれるの?」タリアが念を押した。疲れきった顔をしながらも、背筋だけはぴんとのばしている。ガブリエルは思わず微笑んだ。

美しく気丈なジプシー。

もちろん、ここ最近明らかになった彼女の強さを全面的に喜ぶ気にはなれないが。あれだけ濃密なひとときを過ごしたあとなら、女性は相手にもっと気に入られるよう素直になるのがふつうだ。これまでつきあってきた女性たちは皆そうだった。

しかしタリアは道中、馬を盗んだ件でガブリエルを叱りつづけた。気の毒なフランス人一家は馬を失ったことで苦労するにちがいないというのだ。そうやってひとしきり説教すると、今度はひとり物思いにふけってしまった。彼のことなどまるで気にしていない様子だ。できることなら彼女を馬から引きずりおろし、力いっぱい抱き締めてもう一度あえがせてやりたかった。

どうしてなのかうまく説明できないが、タリアがふたりのあいだに適度な距離を保つのが気に入らない。彼女は妻なのだ。夫である自分にもっと完全に属しているべきなのに。ばかげた思いにいら立ちを覚え、ガブリエルはそれよりはるかに重要な問題に意識を向けた。

「ああ、待っているだろう」彼はタリアの問いにきっぱり答えた。「乗組員には、ぼくがつかまったときは英国に戻れと指示してある。だが、ぼくを置いて出発するようなことを彼らが受け入れるはずがない」

「そんなに忠誠心の強い部下がいることに感謝しないといけないわね」

ガブリエルは渋い顔をした。タリアを会わせたときにヒューゴーがどんな態度をとるかつい想像してしまう。

「ああ、大抵の場合は感謝している」ガブリエルは顔をしかめた。「しかし、仲間のひとりは感じがよくないと思う。それだけは覚悟しておいてくれ」

鞍のうえでタリアがふらりとゆれた。あまりの疲れにまっすぐ座るのも難しいらしい。

「誰のこと?」

ガブリエルはタリアが落ちたときのために近くに移動した。「ヒューゴー・ロスウェル卿だ」

「彼とは親しい友人なの?」

「学校で一緒だった」ガブリエルは小道の脇の深い木立に目をこらし、歩く速度を落とした。あそこに敵がひそんでいるとしたら、みすみすつかまりに行くようなものだ。「ぼくにとっては、ハリーより彼のほうが実の弟のように思える」

「あなたたちはいろいろと似ているところがあるようだものね」

「ああ」ガブリエルは驚いた。自分とヒューゴーが親しいことを知る者は少ない。ただでさえ母親は、弟のためにもっと時間を割いてやってほしいと文句を言うのだ。「ぼくもヒューゴーも跡取り息子だからな。立場にふさわしい振る舞いを常に期待されてきた。ときどきひどく重く感じたものさ。お互いに血気盛んな年頃だったし、自由を謳歌しているほかの学生たちがうらやましかった」

「わかるわ」タリアの声がふいに硬くなる。「父親って、子どもに一方的な期待を押しつけるものよ」

ガブリエルは手をのばしてタリアの脚に触れ、無言で彼女の目を見つめた。

「サイラス・ドブソンがきみを悩ませることは二度とないよ」実はガブリエルは、英国に戻ったらすぐさまドブソンに会うつもりだった。自分がそばについていないときはタリアに近づくなと申しわたすのだ。「約束する」

驚いたことに、彼の静かな言葉を聞いてタリアが頬を染め、こみあげる感情を悟られまいとするようにまつげを伏せた。

「なぜロスウェル卿が歓迎してくれないと思うの?」タリアが低い声でたずねた。「彼はわたしが貴族の血を引いていないことを不満に思っているの？」

ガブリエルはため息をのみこんだ。親友が礼儀作法をわきまえると信じられたらよかったのだが。そうすればこんな気まずい会話をする必要もない。自分が結婚式のときに抱いていた偏見を、タリアに思いださせてしまうのがいたたまれない。

残念ながら、ヒューゴーがタリアへの不満をはっきり態度に示すのは疑いようもなかった。

「あいつはぼくが急に結婚したことに腹を立てているんだ」ガブリエルはしぶしぶ認めた。

手のひらに、タリアがぴくりと身をこわばらせるのが伝わった。「結婚したのは花嫁の父に脅迫されたからだとしても？」

「それでもあいつの気持ちは変わらないだろう」

しばらく沈黙が続いたあと、タリアはため息をついた。「ロスウェル卿を責める気にはならないわ。社交界全体が同じ意見だと思うもの」

「心配するな」ガブリエルは片方の肩をすくめた。「ヒューゴーもきみをよく知るようになれば考えを変えるさ。きみはぼくにはすぎた妻だとね」

楽観的な言葉に、タリアが首を振った。

「とてもそうは思えないわ」

「ぼくを信じるんだ」

「社交界のほうはどうなの？」

「ぼくが誰を花嫁にしたかなど、社交界はほとんど気にしないと思うがね」言いながら、ガブリエルはふいに妙な気配を感じた。

足をとめ、素早く周囲を見まわす。そろそろ日暮れが近くなり、空がわずかに赤く染まっていた。木立には薄い紫色を帯びた霧が立ちこめている。深い林の奥を素早く動く動物たちの音がかすかに聞こえるだけで、あたりはしんと静まり返っていた。

なにかが、誰かが近くにいる。

「タリア、動くな」ジャック・ジェラールにとりあげられた武器の代わりになるものを調達しなかったのが激しく悔やまれた。

「どうしたの？」タリアがささやく。

ガブリエルは馬の前に立った。いざというときはタリアと馬だけでも逃さなければ。

「姿を見せろ」大声で呼びかけた。

近くの木の後ろがざわついたかと思うと、淡いブラウンの髪の大柄な男性がにやにや笑いながら姿を見せた。

「アッシュコーム、年のせいか、だいぶ勘が鈍ったな」淡いグリーンの上着とグレーのブリーチズ姿のその男性は、もったいぶった仕草で外套のポケットに拳銃を戻した。「射撃練習の的にできそうだったぞ」

友人を見て一気に安堵したものの、ガブリエルは無表情に相手の金茶色の瞳を見つめた。

「そういうおまえも耳が遠くなったんじゃないか？」さらりと言い返す。「先に英国に帰るよう言ったはずだぞ」

ヒューゴーは肩をすくめた。「おまえがフランスの気どり屋たちをうまく出し抜けるとは思えなかったんでね」

「実は、逃げだせたのはタリアのおかげなんだ」ガブリエルは黙っているタリアのほうを振り向き、鞍から抱きおろした。彼女の足がぬかるんだ地面に着いたとたん、素早く抱きよせる。「彼女は驚くほど知恵がある」

ヒューゴーが妻をかばうガブリエルを見て不快そうに目を細める。「そうだろうとも」

ガブリエルは顔をこわばらせた。「ヒューゴー」

ふたりがにらみあっていると、タリアが咳払いをした。

「船はここから近いの？」

「この木立の向こう側だ」ヒューゴーはガブリエルから目を離すことなく吐き捨てるように言った。

「助かったわ」ふたたび沈黙が訪れると、タリアは深く息を吸いこんだ。「馬はどうするの？ここへ捨てていくわけにはいかないでしょう」

ガブリエルが馬の脇腹を軽く叩くと、馬はゆっくりと向きを変えて戻っていった。その後ろ姿を見送りながら、彼は心やさしいタリアを安心させるように言った。

「あいつはちゃんと自力で帰れるさ」

「本当？」

「あんなしょぼくれた馬を飼ってくれるのは元の飼い主しかいないだろう」

馬の心配をしているのを滑稽に思われていると悟り、タリアは笑顔になった。

「あの馬が田舎道で迷子になっているところを想像したくないだけよ」

ヒューゴーが鼻を鳴らした。先ほどからのふたりのやりとりに不快さを露わにしている。

ガブリエルは顔をしかめて友人をにらみつけた。

「ヒューゴー、船に戻ってぼくの妻に熱い風呂をわかすよう部下に言ってくれ」

ヒューゴーは拳を握り締めたが、敵地で言い争いをしている場合ではないと思ったらしくうなずいた。

「お望みのままに」

友の姿が見えなくなると、ガブリエルはタリアの肘を持ってヒューゴーの通った跡をたどっていった。

「あいつの言葉は気にするな」

タリアは力なく微笑んだ。「言うのは簡単よ。あの人は……少し怖いわね」

〝怖い〟という表現はふさわしくない。

むしろ〝うっとうしいまぬけ〟というのはどうだ？

「彼とはあとで話をつける」

「やめて」タリアは強く反対した。「お願いだからそれはやめて」

「なぜだ？」

「だって友達なんでしょう？　あなたを心配しているのよ」感情を顔に出さずに彼女は言っ

た。「それを責めるなんてできないわ」

「ぼくは許さない。あいつが――」

タリアは彼の唇を指で押さえた。「今はロスウェル卿より熱いお風呂のことを考えたいの。この話はまたべつの日にしましょう」

ガブリエルは言い返したいのをこらえた。妻を不安にさせてどうなるものでもない。あとでヒューゴーとふたりきりになったときに話をつけよう。

そのまま黙って歩いていくと、突然木立が開け、眼下に岩だらけの海岸が広がった。

タリアは急な傾斜を見て顔をしかめた。けれども不平をこぼさず困難に立ち向かう持ち前の性格を呼び起こし、ガブリエルの手を強く握って狭い道を進んでいった。

足場は悪く、一歩進むたびに足元で小石が崩れてひやりとしたが、どうにか崖の下にたどり着くことができた。

タリアがほっとひと息つくと、ガブリエルはまたすぐに彼女の手を引いて水辺に突きだす大きな岩の向こう側にまわりこんだ。思ったとおり、そこに小さなボートとたくましい体つきの船員が待っていた。船員は黙ったままタリアに手を貸してボートに乗せた。ガブリエルが隣に乗りこむと、船員は近くに停泊しているヨットに向けて手際よくボートを漕ぎだした。

英国職人の技の粋を集めた流線形のヨットを見て、タリアは目を大きく見開いた。

ティアドロップ形のなめらかな船体と太いマストは、どんな激しい嵐にも耐えるように設計されていた。ふつうの船に比べれば小ぶりだが、豪華さよりも速さと快適さを追求したヨットだ。

甲板では船員たちが忙しそうに動きまわり、伯爵夫妻を英国に連れ帰る準備に追われていた。ガブリエルが一瞬厳しい顔になる。頭のなかで次の行動を計算し、何事もない表情に戻った。よく注意していなければ、勘のいいタリアにすぐ気づかれてしまう。

ヨットの脇に着くと、大勢の船員がかけつけてきてふたりをボートから引っ張りあげた。フランス人の鼻先まで近づき、傷ひとつ負わずに逃げようとしている事実に皆が興奮している。

もちろん彼らはまだことの全容を知らない。ガブリエルは興味津々の船員たちからタリアを引き離し、階下の船室に連れていった。

厨房を抜け、淡いブルーとグレーに彩られた食堂の先にある個室に向かう。扉を開いてタリアを先になかへ入れたとき、彼女が息をのむのを見てガブリエルはにやりと微笑んだ。

「ああ、すてきだわ」

彼はタリアの隣に立って部屋をながめた。つややかに磨き抜かれた壁はクルミ材で、はめこみ式の家具類も船体と同じようになめらかで精巧に仕あげられている。彩りと呼べるものは真鍮の金具とベッドにあるモスグリーンの毛布だけで、あくまでも木材の美しさを強調したしつらえだ。

「気に入ったかい？」

タリアは部屋に入り、チーク材の象眼細工の書き物机に指を這わせた。

「ええ、とても」

「ぼくが設計したんだ」

タリアが驚いた顔をする。「あなたが？」

ガブリエルは唇を曲げた。驚かれたことを不服に思うより、自慢したくて仕方がない自分に呆れる気持ちが強かった。

「なぜそんなに驚く？」

「だって、とても……」

「とても？」

「落ち着くんですもの」

タリアのほっそりした指がつややかな木肌を撫でるのを見て、ガブリエルの体が熱くなった。数時間前に、彼女はあの指で彼のものを情熱的に握ったのだ。

悦びに頬を紅潮させたタリアの姿が鮮やかによみがえる。つい股間が張りつめてしまい、彼は小さく毒づきながら身じろぎした。妻にこれほど激しく欲情してしまうとはなんともはしたない。船員が風呂の支度をしているとわかっているからこそ我慢しているが、そうでなければすぐにでも鍵をかけ、彼女をベッドに押し倒したいほどだ。

ガブリエルは隣室に通じる扉を開けてタリアを導いた。そちらも先ほどの部屋と同じ作りになっている。

「アッシュコーム伯爵をやっていると、いろいろ七面倒なことが多くてくたびれる」彼はうんざりした声で言った。「これはぼくにとってひとつの逃避なんだ」

彼の言葉が意外だと言いたげにタリアは眉を上げた。

「あなたが伯爵であることにくたびれるなんて思わなかったわ」

ガブリエルはまた唇を曲げた。冷たい大理石や、こびへつらう連中に囲まれて暮らすのが好きだとでも思っているのか？ 虚飾虚礼を少しでも省こうとしたとたんに強い不満を露わにする召使いたちにかしずかれるのがうれしいとでも？

「爵位は大きな恩恵とともに大きな責任をもたらす。どちらもあたり前に手に入るものじゃない」

タリアは手をのばし、わかっているというように指先で彼のあごにやさしく触れた。ガブリエルは胸をときめかせ、タリアの指を握って自分の頬に押しあてた。

どのくらいそうやって互いを見つめながら立っていただろう。やがて大柄な船員が真鍮の浴槽を置きにやってきた。さらにふたりの船員が熱い湯の入ったバケツを運びこんでくる。ものめずらしそうな顔の船員たちをにらみつけながら、ガブリエルは壁に埋めこまれた棚を示した。

「着替えは寝台の横にある」言いながら、小さな窓辺にさがるロープに手をのばす。「ほかに必要なものがあればこの鐘を鳴らせばいい。船員が来てくれる」

タリアは顔をしかめた。「あなたはどこへ行くの？」

「船長と話をしないといけない」

「もうすぐ出発でしょ？」

「じきだ」

タリアは身を震わせた。「よかった」

急がなければならないのはわかっていたが、ガブリエルはタリアの両肩をつかんで抱きよせながら熱く唇を重ねた。そして手を離すと、くるりと背を向けて扉に向かった。

「ゆっくり風呂に入ってからひと眠りするといい」船室を出ながら言う。「出帆したら食事を届けさせるよ」


風呂を出ると、タリアは淡いグリーンのリボンとフリルの縁どりがついた象牙色のモスリンのドレスに着替えた。胸の奥の不安が我慢できないほどふくらんでいる。

濡れた髪を手早く三つ編みにすると、子牛革のブーツを履き、夫を捜しに出た。

きっととり越し苦労にちがいない。

まだ船長と話しているというのはじゅうぶんに考えられる。頭のうえの甲板を行き交う船員たちをながめているのかもしれない。あるいはロスウェル卿につかまって、妻をフランスに置いて帰るよう説得されているのかもしれない。

しかし、無事に船に乗ったあとも妙にぴりぴりしていた彼の様子が頭から離れない。それにさっきの熱いキスは——まるで別れを告げているようだった。

ガブリエルはなにかを隠している。そして恐ろしいことに、タリアにはそれがなにか見当がついていた。

隣室に誰もいないのを確かめると、タリアは食堂と厨房を通り抜け、活気にあふれる甲板に出た。夕暮れに染まる赤紫色の空に田舎の風景が浮かびあがっている。そのことには特に驚かなかったが、足元がぐらりとゆれてぎょっとした。

どうしよう。船が岸を離れようとしている。

その場に立ちつくし、ガブリエルの見慣れた横顔を必死に捜す。行き交う船員たちのなかに彼の姿がないとわかると、タリアの体から血の気が引いた。

どうすればいいのだろう。

「きみは下にいてくれ」大柄なロスウェル卿が怖い顔をして隣に立った。「出航する準備の邪魔になる」

決めつけるような物言いを無視し、タリアはロスウェル卿に向かって顔をしかめた。

「ガブリエルはどこ?」

ロスウェル卿が肩をすくめた。「自分の部屋だろう。すぐに風呂に入りたいと言っていたから」

タリアはみぞおちに手をあてた。気づくのが遅かった。

「船をとめて」

当然ロスウェル卿は、気はたしかかというような目で彼女を見た。

「これはヨットだ」彼は冷ややかに訂正した。「ヨットは簡単にはとまれない」

数週間前のタリアなら、あからさまな侮蔑の言葉にすっかり打ちひしがれただろう。相手との対決を避けるためにできるだけ遠くへ退散していたにちがいない。

だが今の彼女は肩を怒らせ、ロスウェル卿の整った顔に指を突きつけた。ガブリエルは自分を必要としている。彼のためなら悪魔とだって対決してみせる。

「なんと呼ばれていようと、とめるのがどれほど大変だろうと知ったことじゃないわ。とにかく言うとおりにして」タリアはまくし立てた。「陸に戻るのよ」

タリアの剣幕に驚き、ロスウェル卿が眉を寄せる。「なぜだ？」

「ガブリエルが部屋にいないの」

「船長と一緒だろう」

タリアは拳を握り締め、遠くの断崖を見つめた。次第に濃くなる夕闇のなかに、人の立ち入りを許さない防壁のようにそびえている。

ロスウェル卿に言ってもいいのだろうか。

ガブリエルはタリアを信頼し、ハリーの裏切りを打ち明けてくれた。夫がそこまで心を許せる人間はかぎられているはずだ。その信頼を裏切れば、ふたりの関係は壊れ、二度と元どおりにはならないだろう。

しかし、ガブリエルがたったひとりで弟と対決しに行くのを知りながら、自分だけおとなしく英国に連れ戻されて平気でいられるわけがない。ひょっとしたら、ジャックが巧妙な罠を仕かけて待っているかもしれないというのに。

心臓が凍りつくような恐怖を感じ、タリアは身震いした。だめだ。なにがあってもガブリエルを見捨てることなどできない。あとのことは彼が無事ヨットに戻ってから考えればいい。

彼女はゆっくりとロスウェル卿の金茶色の瞳を見つめた。「いいえ。ガブリエルは船長と一緒ではないわ」勇気を振りしぼる。「カレーへ向かったのよ」

ぞっとするような沈黙が流れたあと、ロスウェル卿が彼女の肘をつかんで船員たちから離れた場所に連れていき、低い声でたずねた。

「なぜカレーに?」

タリアは乾いた唇をなめた。「ハリーが潜伏しているの」

「ハリーが?」ロスウェル卿が頭を振った。「ハリーがカレーに?」

帆がほどかれ、ヨットが岸を離れた。タリアは岸に絶望的な目を向けた。

「理由はあとで話すわ」鼓動の乱れる自分の胸に手をあてて彼女は懇願した。「とにかくとまるように言って」

ロスウェル卿が身をこわばらせるのがわかった。心のなかで葛藤しているのだろう。ガブリエルも同じだったろうと思うと胸が痛む。このふたりは爵位のほかにも共通するものがあるのだ。

ロスウェル卿にはガブリエルと同じすごみとエネルギーがあった。もちろん、力のある人間特有の自信に満ちた物腰も同じだ。

だがロスウェル卿は、タリアが望んだとおり船員たちに作業をやめるよう怒鳴るわけでも、錨をおろすよう船長に指示するわけでもなかった。

彼はタリアをじっと見つめ、深い息をついた。

「それはできない」

「できない？」いったいどうしたというのだろう。「話を聞いているの？　ガブリエルが乗っていないのよ」

「彼は出航するようはっきりと命令した。つまり自分が岸にとり残されるとわかっているはずだ」

タリアはわけがわからず頭を振った。「それがなんなの？」

「アッシュコームはきみを守りたいんだ」

ロスウェル卿の声はとげとげしかった。まるで、できることならすぐにでもタリアを狼の群れに放りこみ、友を捜しに行きたいと思っているかのように。しかし、ガブリエルを捜すのに協力してもらえるなら、この際自分がどう思われようとかまわない。

「今のあの人は冷静にものが考えられなくなっているのよ」

「そうかもしれない。しかし彼の希望に逆らうわけにはいかない」

「とっくに逆らったじゃない」タリアは言い放った。「ガブリエルに先に英国に戻るよう言われたんでしょう？　それでも残って待っていたんでしょう？」

ロスウェル卿は強情そうにあごをこわばらせた。「自分の命を危険にさらすのは勝手だ。

だがきみを危ない目に遭わせたりしたら、アッシュコームはおれを一生許さないだろう」

タリアは呆れたように両手を上げ、腹立たしい強情っ張りに背を向けた。

「話にならないわ」

立ち去ろうとしたとき、ロスウェル卿に腕をつかまれて振り向かされた。

「どこへ行く?」

「あなたが船長に言わないなら、わたしが言うわ」

「船長はきみの言葉には従わない」

タリアは背筋をこわばらせた。「わたしはアッシュコーム伯爵夫人よ。従わせるわ」

ロスウェル卿は眉間に皺を寄せ、まじまじと彼女を見つめた。まるで初対面の人間を見るように。

「きみは伯爵夫人かもしれないが、船員たちはガブリエルの命令には逆らわない」

確信に満ちたロスウェル卿の言葉に、タリアは唇を固く結んだ。たしかに彼の言うとおりだ。この人は船員たちをよく知っている。

「やっぱりね」タリアはぴしゃりと言った。「伯爵夫人の地位なんて格好ばかりで、なんの役にも立たないとわかっていたわ」

「本気でそう思うなら、おれの親友を罠にかけて結婚したりしなかったはずだぞ」

「わたしはそんなこと――」タリアは言いかけて黙り、唇を噛んだ。腕をつかむ彼の手を振り払い、ブーツを引っ張って脱ぎはじめる。「勝手にそう思っていればいいわ。こっちは時間がないの」

ロスウェル卿が小さく毒づくのを聞きながら、彼女はブーツをかたわらに脱ぎ捨てた。ドレスの下に手を入れてストッキングを脱ぎはじめる。泳ぎ方は父に言われて小さいころに習った。今でも忘れていないはずだ。

「待て」ロスウェル卿がうめいた。「頭がどうかしたのか？」

タリアは顔を上げ、凛としたまなざしで彼を見据えた。

「ガブリエルをひとりでカレーに行かせるもんですか」

ロスウェル卿は小声で罵り、どんどん遠ざかっていく岸を見た。

「あいつに身の危険が迫っているのか？」

「おそらくそれはないわ」タリアは認めた。「でも彼にはわたしが必要なの」

ロスウェル卿はタリアに視線を戻し、彼女の青ざめた顔を金茶色の瞳でつくづくと見た。

「岸まで泳ぐつもりなのか？」

「場合によっては」

ロスウェル卿がその場に立ちつくす。ガブリエルに信義を立てるか、それとも自分の直感を信じて彼を助けに行くか、ふたつの思いがせめぎあっているのがわかる。

しかしとうとうロスウェル卿は頭を振り、決然とした面持ちでタリアの脇を足早に通り過ぎた。

「船長……！」

14

多くの港町がそうであるように、カレーは昔からたびたび外国の侵略を受けてきた。カエサルは英国を侵略しようとしてこの町を支配し、一三四六年には、英国王エドワード三世の軍がほぼ一年間にわたってこの町を包囲した。一五〇〇年代後半にはスペインによる支配もあったが、そうした歴史の傷を町のあちこちに残しながらも、カレーはもともとの素朴な漁村の風情を失っていない。黄色い砦に囲われた町は海に面し、無数の漁船が並ぶ巨大な埠頭と、跳ね橋を備えた堅牢な要塞に守られていた。

ガブリエルは狭い道路に沿って町の中心部のアーム広場を通り過ぎた。黒い物見櫓《ものみやぐら》や古い公会堂といった史跡にはほとんど目もくれず、白い雨戸のついた小さな民家やフランス兵でこみあう酒場などを注意深く観察して歩く。夜の町に遠くの鐘や笑い声が響き、月明かりが石のアーチを照らしていた。やがてガブリエルはギーズ通りに入った。

すばらしく趣のあるところだが、こういう平和な界隈に弟が出入りすることはまずないだろう。もっとうらぶれた場所を捜さなければ。

ちょうどそのとき、物陰からひとりの少年が飛びだしてきた。明らかに物盗りらしく、ガブリエルのポケットを狙っている。年齢はどう見ても十二歳そこそこだ。ガブリエルは苦もなくその少年の上着の襟首をつかみ、自分の目の高さまで持ちあげた。

「名前は？」フランス語でたずねながら、少年のがりがりにやせた体と薄汚れているが利口そうな小さい顔を見据える。「嘘をつこうなんて思うなよ。警察に突きだすぞ」

少年は、とても子どもとは思えない狡猾な目でガブリエルを見ながら迷っていた。だがやがて、少年好きの変態男につかまったわけではないとわかったらしく、ふてぶてしく答えた。

「アルマン」

「アルマン、おまえに頼みがある」

少年は薄いブラウンの瞳を細めた。

「頼みって？」

ガブリエルはハリーの風貌と好んで行きそうな場所を手短に伝えた。そしてポケットから硬貨を数枚とりだし、前金だと言って少年に渡して逃がした。アルマンはいかにもカレーの裏通りに詳しそうだ。自分で歩くより彼に頼んだほうが、ハリーの居場所を見つけるにはずっと楽だろう。

暗がりに立ってアルマンが戻るのを待ちながら、ガブリエルはふとタリアのことを思いだした。

彼女はとうに英国を目指して海のうえを進んでいるにちがいない。自分がヨットに乗っていないのにもう気づいただろうか。もしそうだとしたら心配しているだろうか。それとも、横暴な夫を厄介払いできたのを内心喜んでいるだろうか。

そこまで考えて思わず顔をしかめる。なにをばかなことを考えているのだろう。ジャック・ジェラールの牢に入れられた夫を救うために、タリアは命の危険まで冒したのではなかったか。この手に触れられて敏感に反応していたのではなかったか。決して気分のいいものではない結婚のはじまりを忘れたわけではないだろうが、それでもタリアは自分を夫として受け入れてくれたはずだ。

それ以上になにを望むことがある?

なぜか胸に切ない痛みを感じながら、ガブリエルは周囲にふたたび注意を向けた。タリアとの件は英国に戻ってから考えよう。今夜はやるべきことがある。

アルマンが近くの路地から飛びだしてくると、ガブリエルは物陰から出た。

「見つかったか?」

少年は短くうなずいた。「ついてきな」

ガブリエルは駆けだそうとする少年の腕をつかんだ。

「アルマン、嘘じゃないだろうな。こっちはお人好しのカモじゃないぞ」

「ノン、ムッシュー」少年はわざとらしく無邪気な表情を作ってみせたが、そのブラウンの瞳には本物の不安が表れていた。「誓って本当さ」

ガブリエルはアルマンの腕を放してうなずいた。「よし、連れていけ」

リチャード二世がイザベラ・オブ・ヴァロワと結婚式を挙げた古い教会と、急勾配の屋根と優雅なファサードが目印の高級ホテル〈オテル・デサン〉の前を通り過ぎた。

市街の中心部から離れるにつれて道は狭く、建物はみすぼらしくなっていく。やがて、急ぎ足だったアルマンが速度を落とした。六角形の小塔のある英国風の建物が目に入ると、着飾った酔っ払いたちが明るく照らされた中庭の賭博台を囲んでいた。庭の奥の開いた扉の向こうは派手に飾られたサロンだった。大勢の女たちが思わせぶりなポーズを作っている。カードやさいころに飽きて色っぽい遊びをしたくなった紳士たちの気を引こうと、

ガブリエルは用心深く中庭の入り口に近づいた。物陰から様子をうかがうと、アルマンがくしゃくしゃのブラウンの髪と酒でうるんだ淡い瞳の若い紳士を指さした。

ハリーだ。

「ほらね《ヴォアラ》」アルマンが生意気そうな笑みを浮かべた。

ハリーが優雅な金色の上着と金糸の刺繍を施した黒いベストを着ているのを見て、ガブリエルは冷たい怒りを覚えた。あんな贅沢な身なりをして、よくも平然とフランスの気どり屋たちにまじっていられるものだ。

あいつには恥というものがないのか？

すぐにでも乗りこんでいって弟を売春宿《ボーデル》から引きずりだしてやりたい衝動と闘いながら、ガブリエルは隣の少年のほうを向いた。

「ここ以外にも入り口があるのか？」

「こっちだよ」

アルマンは勝手知ったる様子で建物を囲む石壁伝いにずんずん進んでいった。ここの娼婦

たちとどれだけ仲がいいのだろう。やがて少年が細長い木の扉の前でとまった。ガブリエルがうなずくと、アルマンは扉を押し開け、中庭がよく見わたせるプライベートガーデンに招き入れた。

「どうだい？」

「上出来だ」ガブリエルはポケットから硬貨をひとつかみとりだし、少年の手に握らせた。「もう遅い。家に帰れ、アルマン」

「メルシー、ムッシュー」大金に驚いたアルマンが目を丸くした。「メルシー」

「まっすぐ帰るんだぞ」少年がいたずらっぽい笑みを浮かべて扉の向こうに駆け去ると、ガブリエルはやれやれというように頭を振った。

しょせん自分がアルマンのような子どもにしてやれることなどなにもない。彼は柵越しにハリーの様子をうかがった。

なんとか弟の居場所を突きとめられたが、ここからが問題だ。どんなにハリーに腹を立てていようと、町の外に数千人のフランス兵が野営しているところで騒ぎを起こすほど愚かなまねはできない。

しかしそうかといって、弟が遊び飽きてねぐらに戻るまでじめじめした庭で夜明かしする気はなかった。開店まもないこの〈ラ・ルレット〉から弟をおびきだす方法を考えているうちに、背後の石段にほっそりした人影が現れたのに遅れて気づいた。

「ボンジュール」ハスキーな女性の声だ。

上着の下に隠した装填ずみの拳銃に手をのばしながら、ガブリエルは素早く相手と向きあった。女性はごく薄いローブをまとい、夏の小麦畑のようなブロンドの髪を肩に無造作に垂らしていた。目鼻立ちは整っているし、はしばみ色の瞳も魅力的だ。ただしその目は、庭に立つ見知らぬ男を抜け目なく品定めしている。ガブリエルの体にぴったり合ったワイン色の上着や象牙色のベスト、それにクラヴァットの襞の奥にきらめくルビーを買うのにどのくらいの金が必要か、ほぼ正確に見抜いているのはまちがいない。

「お相手を探しているの?」女性は微笑みを浮かべながらはだけた襟元に指を這わせ、豊かな胸に彼の視線を導いた。「あたしはモニークよ」

「ノン」いらいらして断ったものの、ガブリエルはすぐさまこの魅力的な女性こそ獲物をおびきよせるのに最適だと思いなおした。「待ってくれ、モニーク」

女性は振り向き、誘いかけるような笑みを浮かべて近づいてきた。

「気が変わった?」甘い声でささやきながら彼の上着を撫でる。「後悔はさせないわ」

ガブリエルは下に向かおうとするモニークの手をつかんでとめた。

「実は少々頼みたいことがある」

彼女は笑った。男の妄想をかき立てる、なんとも色っぽい笑い声だ。

いや、ほとんどの男の、と言うべきだろう。

目の前の女性がいかに美しかろうと、いかにすばらしい技術を持とうと、自分の興味が黒髪とエメラルドグリーンの瞳に限定されているのはとうに自覚している。

「あなたのお望みならどんなことでも喜んで」

「いや、そうじゃない」相手をそれ以上自分の体に近づけまいとしながらガブリエルは言った。

モニークは微笑みを絶やすことなく、透けるように薄いローブの前で結ばれたベルベットのサッシュに手をのばした。

「ひょっとしてこうしたほうがお好きかしら？」

「いや」ガブリエルは慌てて彼女の手を押さえ、裸になるのを押しとどめた。

モニークが眉をひそめる。「なにをしてほしいの？」

彼女の手を引いて柵のそばに立たせると、ガブリエルは弟を指さした。

「あの賭博台の脇に立っている紳士がわかるか？」

「ムッシュー・リチャードソンのこと？」

ガブリエルはあごをこわばらせた。どうやらハリーはここの常連らしい。

「そうだ」

「もちろんよ」モニークは得意気な笑みを浮かべた。「あの人はよくあたしを指名したがるんだけど、もっとお手頃な相手で我慢するしかないの」

「それなら、今夜は彼にツキがめぐってきたことになる」ガブリエルはささやいた。「近くにきみの部屋はあるか？」

モニークが石段を示した。「最上階の左側から三つ目よ」言いながら目を細める。「男性ふたりなら値段も二倍だけど」

ガブリエルは肩をすくめた。「二倍払うのはかまわない。しかしきみには、ぼくがいることを言わずに彼を部屋まで連れてきてほしいんだ。それでしばらくふたりきりで話をさせてほしい」

「そのあいだ、あたしはどうするの？」モニークは疑わしそうな顔をした。

「一時間ほどひとりでのんびりしていればいい」彼はモニークの完璧な楕円形の顔と、目のまわりに浮かびはじめた疲れの跡を見つめた。「夜の過ごし方としては悪くないだろう？」

モニークは近づいてきて豊かな胸をガブリエルの胸にすりよせた。

「毎晩でもそうしたいところね。でも、今夜はべつよ。あなたがお相手ならね」

彼は頭を振り、もう一度モニークを押し戻した。「すてきな申し出だが、あいにくムッシュー・リチャードソンと大切な話があるんだ」

モニークは遠まわしな拒絶に口をとがらせた。「あの人にお金を貸しているんなら、きっと後悔するわよ」彼女が釘を刺す。「彼はフランソワに相当の借金があるんだから」

「フランソワ？」

彼女はいまいましそうに唇を曲げた。「この店の経営者よ」

「なるほど」弟の相変わらずの行状に、ガブリエルは頭を振った。しかしハリーの賭博の負債など今さら問題ではない。「いや、もっと個人的な話だ」

彼の心のなかの怒りを感じとったのか、娼婦は眉を上げた。

「まさか殺すつもりじゃないでしょうね？」

「殺したら遺体は隠す」上着の内ポケットから紙幣を数枚とりだすと、ガブリエルはそれを明るい松明の火にかざしてみせた。「あいつをうまく誘いだせるか？」

紙幣に瞳をきらめかせ、モニークは自信ありげに微笑んだ。

「あたしは聖人だって誘惑してみせるわよ、シェリ」

「まったくそのとおりだ」ガブリエルはつぶやいた。「きみの部屋で待っている」

モニークはブロンドの髪をゆらし、彼の指先から紙幣をさっととりあげてローブの胸元にしまった。

「用事がすんだら残りの夜をふたりで楽しみましょうよ、ね？」

ガブリエルは気のない笑みを浮かべ、モニークがするりと庭を出て何気なさそうに中庭に歩いていくのを見送り、らせん階段をのぼって小塔の最上階に向かった。

ベルベットの低いソファや石造りの壁にかかるタペストリーを見ながら歩く。スルタンのハーレムを安っぽくまねたような場所だった。廊下に入り、モニークの部屋に向かう。特に驚きではなかったが、そこは簡素ながらも優美な部屋だった。

モニークは明らかにこの店でもっとも格上の娼婦らしい。金色と象牙色の内装は、彼女の透きとおるような美しさを引き立てるように計算されたものだ。

サテンの上掛けがかかった大きなベッドや、罰を与えるときに使うらしい道具を横目で見つつ、磨きあげられた木の床を落ち着きなく行き来する。胸が重苦しく、息をすることさえ楽ではなかった。

ハリーと対決するために必死になってここを訪ねあてたが、その先をどうするかまでは実はあまり考えていなかった。

なぜタリアと一緒に英国に戻ってしまわなかったのだろう。今頃ヨットの狭い寝台にふたりで横たわることもできたのに。彼女のみずみずしい体に抱かれ、暗い想念をやさしい愛撫で紛らせてもらえたのに。

ハリーが勝手に地獄への道を歩いていったとしても、かまわず自分の将来だけを考えることもできたはずだ。

だが残念ながら、弟を見捨ててそれで終わりというほど世のなかが甘いものではないのはわかっていた。行く手に待ち受ける災いに怯えているかぎり、タリアとふたりで幸せな将来を築いていけるはずがない。

それに、ハリーが英国にもたらした甚大な被害と、スパイとなって英国を長く危険にさらしたことの重大さを考えたとき、とてもではないが弟の罪を忘れてしまうことなどできない。

部屋のなかを歩きつづけるうちに、ようやく近づいてくる足音と聞き慣れた弟の笑い声が廊下に響いた。

「なあ、いいじゃないかキスくらい」

「だめよ、ムッシュー」モニークが抵抗している。「部屋に入るまで待って」

「なんだよ。娼婦のくせに行儀がいいんだな」ハリーがばかにした。

「こういうことはプライバシーが大切なの」

「そうか？　ぼくは美女が相手なら公衆の前でも平気だぜ」くすくす笑う。「ひとりでもふたりでも」

モニークがハリーの手をぴしゃりと払いのけたような音がしたかと思うと、寝室の扉が勢いよく開いた。

「こっちよ、ムッシュー」

「なあ、たったの一時間か？　ぼくは――」

ふらりと部屋に入ってきたハリーは、ガブリエルを見たとたん立ちつくした。しばらく無言で見つめあう。子どものころに悪さをして見つかったときのごとく、ハリーの顔に一瞬だけ赤みが差した。

だが、ハリーはすぐに無関心さを装った。

「おやおや、ガブリエルじゃないか。まさかこんなところでご一緒いただけるとは」

突然現れた自分に対する弟の反応に妙に失望し、ガブリエルはモニークに視線を移した。自分はいったいハリーになにを期待していたのだろう。

身も世もなく恥じ入る姿か？　それとも必死に許しを乞う姿？

「ご苦労だったな」ガブリエルはモニークに言った。

彼女は思わせぶりな笑みを浮かべた。「あたしは廊下の突きあたりのサロンにいるわ。よかったら、用事をすませたあとにのぞいてみて」

ガブリエルは軽く頭をさげた。「メルシー」

モニークが部屋を出て扉を閉めてしまうまで、ふたりは黙って立っていた。やがてハリーがふてぶてしく鼻を鳴らし、サイドテーブルのウイスキーのボトルをつかむと栓を引き抜いて乱暴にあおった。

「抗いがたく魅力的なアッシュコームの犠牲者がまたひとり出たか」いまいましげに言う。

「彼女は生活のために少しでも稼ごうとしているだけだ」ガブリエルは反論しながら目を細めた。ゆらめく蝋燭の炎に照らしだされたハリーの顔は土気色だった。薄い色の目のまわりに不摂生を示す皺が出ている。

なんということだ。まるで二倍も年をとったように見えるじゃないか。

「いちいち思いださせてもらわなくてもけっこうだ。そっちはとびきり女にもてるだけでなく、金もざくざく持っているものな」ハリーがつぶやいた。

「とんでもない。おまえは実家からかなりの金を持っていっただけじゃなく、自分勝手な遊興のために使い果たしたじゃないか」

「長男でない息子にとって、遊興以外にどんな目的があるというんだ？　ぼくの存在なんて輝かしい世継ぎに万一のことがあったときの〝予備〟でしかないんだ」

「詩人だな」ガブリエルは唇を曲げた。「今の一節は練習のたまものか？」

ハリーがまたもやウイスキーをあおる。「くそったれめ」

弟の襟首をつかんで強くゆさぶりたい衝動に駆られ、ガブリエルは指先を震わせた。

「おまえには何度か領地管理の仕事を手伝ってもらおうとしたが、そんな退屈な仕事をさせられるのはまっぴらだと言ったじゃないか」

「ついでに、ほかの召使いたちのように〝偉大なる領主様〟にぺこぺこ頭をさげるのもな」

ハリーはゆっくりと言った。「ああ、まっぴらごめんだ」

「それほど兄がうとましいなら、さっさと自分の金で自分の土地を買えばよかったんだ。誰ひとり反対しないぞ」

ハリーは鼻を鳴らし、険しい表情でウイスキーのボトルを暖炉に投げ入れた。

「そして猫の額ほどの領地のあるじになれというのか？　そっちが英国の半分ほども土地を持っているというのに？」

「まったくおまえというやつは……」ガブリエルは頭を振り、タリアの言葉を思いだした。彼女は、ハリーは父と兄が強い絆で結ばれていたことに腹を立てているのだと言った。苦々しいあきらめのようなものがこみあげる。ハリーがそれほど昔から反感を募らせていたと思うと、平静ではいられなかった。「なぜわからなかったんだろう」

「なんのことだ？」

「おまえはその子どもじみた嫉妬に魂をむしばまれてしまったんだ」

ハリーは強情に肩をそびやかした。どうしても自分の非を認めるつもりはないらしい。

「なぜここがわかった？」あざけるように唇を曲げる。「兄さんが差し向けたまぬけたちが見つけたんではないことはわかっている。あいつらはドーバーに着くまでにまいてやったさ」

「ジャック・ジェラールだ」

兄のさらりとした答えに、ハリーが一瞬口ごもった。「嘘だ。まさか彼が……」

ガブリエルは一歩前に踏みだした。ハリーはしどろもどろになっている。弟が敵国と通じているなどという話はあのフランス女の嘘だろうと思いたかったが、その淡い望みも今や完全についえてしまった。

「ジャックがみずから自分の正体を明かすわけがないだろう。おまえが浅ましい欲望を満たすためだけに国王や国家を裏切ったということも、彼が言ったわけではない」ガブリエルはうめくように言った。怒りと悲しみで体が張り裂けそうだ。

覚悟していたはずなのに、弟の罪の大きさが今さらのように腹にこたえる。

「ばかばかしい」ハリーが言い放った。「どんな話を吹きこまれたか知らないが、ジャックは兄さんとぼくを戦わせようとしているんだ」

ガブリエルはうんざりしたように手を上げた。「やめろ。もう嘘はたくさんだ。おまえの忌まわしい裏切り行為のことはすべて聞いた」

ハリーは用心深そうに唇をなめた。なんとかこの場を逃れられないものかと考えているにちがいない。これまでずっとそうしてきたように。

「それで、兄さんは実の弟より、ろくでもないフランス人の言葉を信じるっていうのか？」

「これまでにしてきた悪事を見るかぎり、残念ながらもうおまえを信じられない」ガブリエルは言葉を切り、ハリーの目をじっと見つめた。「人として尊敬することも」

ハリーの瞳の奥になにかが見えた。後悔の念だろうと思いたかったが、弟はくるりと背を向けて肩をそびやかした。

「これまで人から信頼も尊敬もされることなくどうにか生きてこられた。これからもなんとかなるさ」

ガブリエルは弟の背中を見つめた。「それならたずねるが、この先どうやって生きていくつもりだ？　正体が明らかになった以上、ジャック・ジェラールはおまえの援助を続けるつもりはないぞ」

「それならぼくも、兄さんにならって結婚でもするかな。あくどい商売で成りあがった卑しい家の娘と――」そこまで言いかけたところで、ハリーはガブリエルにつかまれて顔から壁に叩きつけられた。壁に押さえつけられながら、ハリーが首をねじって兄をにらみつける。

「なんなんだよ？」

「妻のことを二度と口にするな。わかったか？」ガブリエルが声を荒らげた。

ハリーの驚いた顔は、やがてからかうような表情に変わった。弟が捨てた婚約者と無理やり結婚させられたのを兄は怒っているのだと早合点したらしい。

「兄さんが〝豚ドブソン〟の娘をアッシュコーム伯爵夫人にしたと聞いたとき、ぼくがどれだけ大笑いしたかわかるか？」ハリーは言い返した。「どこからどう見ても非の打ちどころがなく完璧だった兄さんが、あっというまに社交界の笑いものになったんだからな」

ガブリエルは小さく毒づいた。ハリーの反逆行為もさることながら、ひょっとしたらタリアが弟の妻になっていたかもしれないと思うと居ても立ってもいられない。

タリアが近くても手の届かない義妹になどなっていたら、とても耐えられなかっただろう。

「おまえはなにもわかっていない」

「教えてくれよ、兄さん。あのでかい霊廟みたいなタウンハウスにドブソンを招待して、母上も一緒に夕食を囲んだりしているのかい？　それともまぬけな伯爵夫人と一緒に田舎に追いやったのか？」ハリーは自分の言葉に笑った。「あんな男は納屋にでもつないでおけばいいんだ。紳士の靴を磨く資格もない豚野郎だからな」

ガブリエルは不快そうに鼻を鳴らした。「そういうおまえは、その男が汗水垂らして稼いだ金を盗んだじゃないか」

「格上の人間と肩を並べようなんて妙な了見を起こした罰さ」

自分も同じようにサイラス・ドブソンを蔑んでいただけに、弟の言葉が余計に腹立たしい。

ガブリエルは低い声で毒づきながら後ろにさがり、ゆっくりとこちらに向きなおったハリーをにらみつけた。

「ハリー、おまえは弱虫なだけでなく大ばか者だ」ガブリエルはぴしゃりと言った。

弟はクラヴァットを直しながら、あなどるような顔で言った。

「いいや、大ばか者はそっちだ。いくら伯爵とはいえ、兄さんがあんなぶざまな妻をめとったとなれば――」ガブリエルも今度ばかりは怒りを抑える気はなかった。ハリーのあごに強烈な一撃を食らわせ、後ろの壁にはね飛ばした。ハリーは血のまじったつばを吐き、あざになったあごを押さえながら、信じられないような顔で兄を見た。「ちくしょう。歯が折れた」

ガブリエルは目を細めた。「今度妻のことを言ったら首を折ってやる」

ハリーはぼう然とつっ立っていたが、やがてあごを押さえていた手をおろし、心底驚いたようにガブリエルを見つめた。

「なんてことだ。彼女が好きなのか？」乾いた声で笑う。「冗談だろう。アッシュコーム伯爵ともあろう人間が、自分の女房に惚れたっていうのか？」

ガブリエルは挑発に乗るまいと肩をすくめた。タリアに対する思いの正体がなんなのか、自分でもまだよくわからない。だが、彼女がすでに自分の人生に欠かせない存在になっていることを否定したいとは思わなかった。

「冗談なんかじゃない。タリアはすばらしい女性だ」自分たちの置かれた皮肉な状況に、ガブリエルは苦い笑みを浮かべた。「彼女を捨ててぼくに結婚を押しつけた件だけがおまえの罪のすべてだったなら、ぼくはむしろおまえに借りができたところだった」彼は微笑みを消し、厳しい表情で続けた。「しかしお互いわかっていると思うが、おまえのしたことはもはやとり返しがつかない」

ハリーは狭い通りを見おろす窓辺に近づき、体の左右で拳を握った。

「聖人ぶった説教はもうけっこうだ、兄さん。ぼくに代わって借金を返してくれる気がないなら、そのすばらしい女房のもとに帰ってくれ。そしていつもどおりの清く正しい人生を歩めばいい」

「このまま英国に戻り、自分の弟が祖国を裏切ったことなど忘れて何事もなかったような顔で暮らせるとでも思うのか？」

「いいじゃないか」ハリーは肩をすくめた。「それが罪にあたるわけでなし」

あまりの無関心ぶりにガブリエルは唖然とした。ハリーは本当に、自分の犯した罪になんの呵責も感じないような性根の腐った人間になってしまったのか？

「ハリー、自分が祖国にどれだけ大きな被害を与えたかわかっているのか？」ガブリエルは声を荒らげた。「おまえのせいでどれほど多くの英国兵が命を落としたと思っている？ どれほど多くの家庭が破壊されたと思っているんだ？」

「それじゃ、ぼくはどうすればよかったんだよ？」ハリーは苦々しげに問い返した。「兄さんには借金の肩代わりを断られ、取り立て屋たちには物騒なことをほのめかされて――」

「おまえにはいつもじゅうぶんすぎるほどの生活費を渡していた。そのうえしょっちゅう母上に無心していただろう」

「これまでは運に恵まれなかっただけだ。しかしいずれは挽回するさ」

これ以上なにを言っても無駄だとわかり、ガブリエルは頭を振った。

もう手遅れだ。

ハリーが更生する見こみはない。なんでも自分のやりたいことをやり、それで他人が苦しもうがおかまいなしなのだ。自分の生まれた国を裏切っても微々たる後悔もなく、金さえもらえばまた同じことをするにちがいない。

ならば、この狂気の沙汰をなんとしてでもとめるしかない。

「いいや、挽回などできない」言いながら、ガブリエルは自分の怒りが深い悲しみに変わるのを感じた。

兄の決意を感じとったらしく、ハリーが窓際から離れて眉をひそめた。

「どういう意味だ？」

「ぼくはこれまで、あまりにもおまえをかばいすぎた。過ちの報いを受けさせることなく、何度も見逃してきた」ガブリエルはため息をついた。「そのつどきちんと責任をとらせていれば、おまえはそこまででたらめな人間にならなかっただろう」

ハリーはいつものように反抗的にあごを突きだした。「いったいどうしようっていうんだ、ガブリエル？　内臓えぐりと四つ裂きの刑にでもするつもりか？」

「おまえを英国に連れて帰り、犯した罪を裁いてもらう」

ハリーは呆然と言葉を失い、やがて乾いた笑い声を響かせた。「ちっとも愉快じゃないな」

「ああ」ガブリエルは言った。「愉快じゃない。地獄にいるようだ」

「兄さんがぼくを反逆者として法廷に突きだしたりできるものか。アッシュコーム家の名が恥辱にまみれるぞ」

ガブリエルは両手を握り締めた。「いつから家名を気にするようになったんだ？」

ハリーの瞳に憎しみのような暗いかげが見えた。やがて彼はあざ笑うかのごとく唇を曲げた。

「気にするのはぼくじゃない。そっちだろう」

その言葉は嘘ではなかった。アッシュコームの爵位に傷をつけた責任の一端が自分にあるという思いは、この先一生ついてまわるだろう。しかしそんなことは、ハリーが国にもたらした被害とは比較にならない。

「われわれには家名を守るより大切な務めがある。ナポレオンとの戦いで祖国を脅かすような行為は断じて許されない」

ハリーは青ざめた。今回ばかりは傷を負わずに逃げることなどできないと次第にわかってきたようだ。

「だったら母上はどうなるんだ？」彼は愚かな怒りをむきだした。「かわいい息子がスパイだったと世間に知れたら、母上だって生きていられないぞ」

ガブリエルは母のことや、母が示すにちがいない反応に迷わされるつもりはなかった。彼女はきっと、ハリーを逃してすべてを秘密裏に処理しなかった件でガブリエルを全面的に責めるだろう。

またしても大きな負担だ。

「全員にとって非常につらい運命が待っている。だが、ほかに選択肢はない」

「信じるものか」ハリーが身じろぎした。「そんな話は……でたらめだ」

「いや」ガブリエルは首を振った。「でたらめじゃない」

「ぼくを罰するために兄さんが自分の名誉を捨てたりできるものか」

ガブリエルはゆるぎない表情のまま胸の前で腕組みをした。

「夜が明けたら英国に出発だ」

弟に気をとられていたせいで、ガブリエルは突然扉が開いたことに気づかなかった。ハリーが驚いたように目を見開いたので隣を見る。おそらくモニークだろう。あるいは、娼婦を探して酔客が迷いこんできたか。

だが、ガブリエルはとっさに上着の下の拳銃に手をのばした。忘れもしないフランス人が、すでにガブリエルの心臓に拳銃を突きつけていた。

「ハリーができるだけ速やかに英国に戻ることには賛成だ」ジャック・ジェラールがゆっくりと言った。「しかし伯爵にはフランスにとどまっていただく。ぼくの特別な客として」

15

町の入り口に入ったところで、ロスウェル卿はひっそりと寝静まる教会のかげにタリアを引っ張った。彼が頑固そうに顔をこわばらせているのは、ヨットを降りて険しい海岸線を歩きながら彼女に長々と説教していたせいだ。

「いやよ」タリアはとうとう口を開いた。もう我慢ならない。ロスウェル卿はあれこれと理屈をつけ、自分ひとりでガブリエルを捜しに行くからそのあいだ町の入り口で待っていろと言うのだ。「わたしも一緒に行くわ」

うえから下まで黒い服に身を包んだロスウェル卿は、半ばおかしそうにタリアを見てため息をついた。この聞きわけのない女をいったいどうしたものかと思案するように。

「きみはいつもそんなに強情なのか？」

タリアは肩を怒らせた。「べつに強情でもなんでもないわ。自分のすべきことをしようとしているだけよ」

「アッシュコームが好きだからか？」

それは質問というより、彼の理解の表明だった。自分の思いを見抜かれたことがきまり悪く、タリアは肩をすくめた。

「夫だもの」

ロスウェル卿が肩をすくめると、顔が暗がりに隠れた。

「そんなことは社交界ではなんの意味もない」

そのとおりだ。社交界における結婚は、富と権力と社会的立場のいずれか、あるいはそのすべてで決まる。

愛などというくだらないものとは無縁だ。

「わたしにとっては意味があるの」タリアはつぶやいた。自分の胸のうちを正直に明かしてなにか不都合でもあるのだろうか。夫を救うことの大切さに比べたら、自分のプライドなどどうなってもかまわない。「ガブリエルが危険な目に遭っているときになにもしないで待っているなんてできないわ」

ロスウェル卿はゆっくりと首を振った。「きみは個性的だとあいつから聞いたよ」

タリアは身がまえた。個性的――つまりは変わり者ということだ。ロンドン社交界に足を踏み入れたときからずっと言われつづけた侮辱の言葉。

「自分の夫の心配をしてどこが悪いの？」思わず声を張りあげる。

驚いたことに、ロスウェル卿は彼女の手をやさしく握った。

「いや、どこも悪くない。悪いのはおれだ」

「どういう意味？」タリアはしぶしぶたずねた。

「社交界というところは、周囲のうわさや陰口だけで人を簡単に判断する。実にくだらない」彼はふたたびため息をついた。「それを知っていながら、おれもきみに対して同じことをした」

この人は本心から謝っているのだろうか。こういうタイプの男性が自分の非を認めることはまずあり得ない。母の形見の真珠のネックレスを賭けたっていい。

なんとなく妙な気分になり、タリアはロスウェル卿の金茶色の瞳を見つめた。「あなたはただガブリエルが心配だったんでしょう」

彼はうなずいた。「しかしあいつの結婚生活がちっとも不幸じゃないとわかってからも、きみを色眼鏡で見ていたのはたしかだ」言いながら、力なくタリアを見つめる。「同じ過ちは二度とくり返さないよ」

タリアは微妙な微笑みを浮かべた。

「過ちなんかじゃないわ」彼女はアーム広場にのびる黒々としたかげに目を向けた。かつてカレーの中心部だったその広場には中世期の物見櫓がそびえ、洒落た店が軒を連ねている。「わたしは皆が期待するようなアッシュコーム伯爵夫人にはなれないもの」

「そんなことはない」ロスウェル卿が彼女のあごに指をかけて上向かせ、まじめな顔で見つめた。「おれはアッシュコームが大好きだ。だが、ここ数年のあいつは……どん底だった」

「どん底？」

ロスウェル卿は注意深く言葉を選びながら言った。「あいつは昔から跡継ぎとしての責任を自覚していた。けれど、完全に大人になりきらないうちに父親があんなふうに急死してしまったことで、次第に周囲から孤立し、世のなかに不信感を抱くようになった」

それはまさに結婚式の日にアッシュコーム家の家政婦が言っていたことだった。あのときは、それがガブリエルの隠れた弱点であり、ひいてはタリア自身の急所になるということにまだ気づいていなかった。

「あの人は孤独だったのね」タリアはつぶやいた。

「そうさ。社交界にまかり通るかたちだけの結婚などしたら、ますます孤独を深めるだけじゃないかと心配だった。あいつには女性の温もりが必要だったんだ」ロスウェル卿はタリアのあごに触れた指先に一瞬だけ力をこめ、そして離した。「きみの温もりが」

静かな言葉がタリアの胸の奥を震わせた。彼女はこれまで、自分はガブリエルが家族を守るために引き受けた恥ずべき荷物でしかないと思ってきた。

自分も彼になにかを与えられる。社交界に出たばかりの非の打ちどころのない貴族の娘たちにないなにかを——そんな望みを抱ければどれほどいいか。

「ありがとう」タリアは小さくつぶやいた。

「本当のことを言っただけさ」ロスウェル卿がそこで厳しい顔つきになる。「だからこそ、きみを危険にさらすわけにはいかないんだ。きみを失ったらアッシュコームがどうなるか見当もつかない」

話に乗せられそうになっているのに気づき、タリアは目を細めて彼を見た。

「ずるい人ね、ロスウェル卿」たしなめるように言う。「あなたの花嫁になる人がかわいそうだわ。都合よく言いくるめられて操られないよう、いつも気をつけていなくちゃならないもの」

ロスウェル卿が眉をつりあげた。「操る必要なんかないさ。おれの花嫁は夫の言うことに喜んで従うに決まっている」

タリアは鼻を鳴らした。やはりこの人も貴族だ。未来の妻のことを血の通ったひとりの女性としてではなく、よく訓練された犬かなにかのように考えている。

多くの女性がそんな境遇に甘んじているのはなんと悲しい話だろう。

幸いにも、自分は社交界の思惑に縛られる必要はなくなった。

ガブリエルを救うためならどんなことでもするが、二度とおとなしい卑屈な花嫁にはならない。

「ますますあなたの未来の花嫁が気の毒になってきたわ。でも、ガブリエルはあなたほど幸運ではないの。一緒に行くわ。いくら反対しても無駄よ」

ロスウェル卿は頭を振り、彼女の腕をつかんで通りに出た。いまいましそうに口を引き結んでいる。

「強情な女だ」

暗闇を歩きながら、タリアは小さな勝利に満足して笑みを浮かべた。強情だと言われるのにはずいぶん慣れた。とはいえ、おそらくどこかの時点で危険すぎるととめられてしまうだろう。そのときはどんなに泣きついても無駄だ。

ふたりはひと言も話さずに町の外壁を離れた。にぎやかな波止場や軽食喫茶をあとにし、より上品な界隈に向かう。体の大きなロスウェル卿はまるで目的地がわかっているかのようにずんずん歩いていく。ただし彼の行く先は、テラスと赤い瓦屋根と明かりのともったアーチ窓のある瀟洒なタウンハウスではない。

タリアは彼に続いて足早に歩きながら、建物の外壁のくぼみや裏通りをのぞいていった。そうすればガブリエルが見つかると期待していたわけではない。そこまで運がいいとは思っていなかった。しかしそれでも、背の高い男性がふいに通りに現れたり、建物から姿を見せたりするたびにどきっとする。

角を曲がってべつの通りに出ようとしたとき、タリアは急に立ちどまってロスウェル卿の袖をつかんだ。「待って」

ロスウェル卿は立ちどまり、いら立たしそうに言った。「どうした？」

タリアは角に立つ一軒の屋敷を指さした。淡い色の砂岩で建てられたその建物は、二階に大きなバルコニーがあり、急勾配の屋根がついている。周囲を隔てる小さな庭から裏手の厩まで小道がのびていた。

「ここにジャック・ジェラールがいるわ」

ロスウェル卿が眉間に皺を寄せた。「なぜわかる？」

「彼の馬車があるの」タリアはジャックの宮殿の厩にあったのと同じ海老茶と金色の豪華な馬車を指さした。こんな馬車がフランスのあちこちにそう何台もあるとは思えない。「それに、フランス貴族に復讐心を抱いている彼なら、カレーでいちばん贅沢な屋敷に住もうとするはずだわ」

ロスウェル卿はその場から動かなかった。まるで獲物のにおいをかぎつけた猟師のようだ。タリアは身震いを覚えた。この男性を敵にまわしたらどんなに怖いか初めて気づいた。

「ジャックがここにいることがアッシュコームに関係するとはかぎらない」

タリアは肩をすくめた。「あなたは偶然を信じるほう?」

「いや」

「わたしもよ」タリアはロスウェル卿に引っ張られて屋敷の囲いに植えられた茂みのかげに身を隠した。ガブリエルが心配だった。ジャックに見つかったのだろうか。またつかまって閉じこめられたのだろうか。それとも……。

タリアの気が動転しているのに気づいたのか、ロスウェル卿が肩を抱いて耳元に顔を寄せた。

「結論を急ぐな」低い声でささやく。「本当にアッシュコームがなかにいるかどうか、まだわからないんだ」

「ハリーがおとりに使われたとも考えられるでしょう」正面玄関の近くで人影が動いたのに気づき、タリアは身をこわばらせた。よく訓練された兵士らしい男性が威圧的な雰囲気を漂わせている。警備兵だ。視線をうえに向けたとき、上階のバルコニーにも兵士がひとり、さらに馬車の脇にもふたり見えた。

ジャック・ジェラールがなかにいることはまちがいない。一般市民が武装した警備を雇うわけがないのだから。「ロスウェル卿、なんとかしてあの建物に入らないと」

「簡単にはいかないな。不可能と言ってもいい」屋敷をとり巻く兵士を見ながらロスウェル卿がつぶやいた。「どの入り口にも兵士がいるようだ」

タリアは無意識に唇を噛み、兵士の目を盗んでなかに入る方法を考えた。

「不可能ではないわ」

ロスウェル卿が眉をひそめ、彼女の決然とした顔を見つめた。

「きみの作戦に賛成できないような気がするのはなぜだろう」

「なんとかして兵士の注意をそらさないと」

ロスウェル卿が口を固く結ぶ。「きみがその役を引き受けるつもりか？」

タリアは肩をすくめた。「それが最善策でしょう。ジャックがわたしに危害を加えることはないし……」

「だめだ」

ロスウェル卿の口調は断固としていたが、タリアは説得するつもりだった。警備兵の目を盗んでなかに入るにはそれしかない。自分がひょっこり姿を現せばちょっとした騒ぎになり、おそらくその隙にロスウェル卿がどこかの入り口か窓から入れるだろう。

「でも……」

「だめだ」

タリアはいまいましそうにため息をついた。「ほかにいい考えでもあるの？」

彼は警告するように金茶色の目を光らせた。「あるとも。きみはここに残り、おれが裏の通用門から忍びこむ。アッシュコームがいるかどうか確かめて戻り、どうするか考えるんだ」

「いいわ」タリアはしぶしぶ認めた。

なぜ男性は、たまには女性の力を借りる必要もあると素直に認めないのだろうか。

腹を立てているのを察したらしく、ロスウェル卿は彼女のあごをつかんで青ざめた顔をにらみつけた。

「レディ・アッシュコーム」

「なに？」

「この場所から一歩でも動いたら、ひざに抱えてお尻を引っぱたくぞ。わかったな？」

彼女がいまいましそうにうなずくまで、ロスウェル卿は力をゆるめなかった。やがて上着の下から拳銃をとりだすと、彼は植えこみに沿ってこっそり屋敷の裏口にまわりこんだ。

「まったく男ときたら」あきらめたようにつぶやくと、タリアは暖かい夏風がそよぐなか身震いした。

ロスウェル卿が兵士に気づかれることなく無事に忍びこみ、ガブリエルがどこにもいないのを確かめて帰ってきてくれると信じたい。しかし、ロスウェル卿の姿が見えなくなったあとも、背筋に氷のような冷たい不安を感じる。

茂みのかげで息を殺しながら屋敷を食い入るように見ていたとき、急に妙な危険を感じて肌が粟立った。

それは気のせいではなかった。後ろでかちりと音がした。撃鉄を引く音だ。

「ああ……」タリアは低くうめき、ゆっくりと後ろを振り向いた。ジャック・ジェラールのベルベットのようなブラウンの瞳を見つめる。

ジャックは魅力的な笑みを浮かべ、タリアのほつれ髪をそっと耳にかけた。

「ボンソワール、マ・ベル。思ったとおり暗闇にひそんでいたね」


そこは、典型的な貴族の図書室だった。訪れた人が革表紙のすばらしい蔵書を楽しめるよう居心地よくすることより、とにかく感心させることを優先させた空間だ。

二階分の高さがある本棚は、ギリシャ神話のミューズたちを描いたフレスコ天井に届いていた。花柄の絨毯のうえに整然と配置された調度品はどれも、フランスの一流職人が手がけたものばかりだった。微妙な曲線を描く椅子のクッション部分は淡いグリーンのサテン地で、白い大理石の手すりが二階部分の通路からのびて広々とした階段に沿って一階部分につながっている。

渦巻き装飾の大理石の炉棚に飾られた水晶の置物さえ、ベネチアングラスのシャンデリアの光を受けて冷たく神々しい輝きを放っている。

もちろんガブリエルも、両手を体の後ろにまわされて円柱に縛りつけられた状態で床に座っているのでなければ、部屋のながめを少しは楽しめたかもしれない。両開きの扉のひとつが開いてジャック・ジェラールがゆっくりと入ってきたときも、彼の暗い気分は変わらなかった。

　この悪党め。

　ジャックにとらえられ、この屋敷に連れてこられたのはつい三時間ほど前のことだ。しかし、永遠とも思えるような長い時間だった。兵士ふたりに手荒く縛りあげられているあいだ、ジャックとハリーはどこかに姿を消した。弟は兄のほうをちらりとも見ようとしなかった。放置されているあいだ、ずっと怒りがくすぶりつづけていた。良心のかけらもない弟に対して。そして、油断してつかまってしまったまぬけな自分に対して。

　しかも、二度も。

「機嫌よくしているか？」ジャックがたずねた。

　すさんだ心を隠そうとして、ガブリエルはばかにしたような笑みを浮かべた。

「少々やりすぎじゃないか？」縛られた両手に目を向ける。「ぼくはただの貴族だ。いきり立った猛獣じゃない」

　ジャックは微笑んだ。ガブリエルに屈辱を与えるのがうれしくてならないようだ。

「前の失敗から学んだのさ。もう逃がすわけにはいかない」

「戦争が終わるまでこの図書室に監禁するつもりか？　それともまた独房に入れるのか？」

　ジャックが胸の前で腕を組んだ。顔から次第に笑みが消える。

「いや、そのどちらでもない」

　ガブリエルはジャックの無表情な顔つきをじっと見た。この身になにかおぞましいことが起こる予感がする。

「どうするつもりか、あえて聞かせてもらおうか」

「きっと気に入るさ。おまえの言葉どおりにするつもりだからな」

「それは光栄だ」ガブリエルは用心深く言った。「ただし、悪いが今のせりふは信じられないな。こちらの言葉どおりにするのなら、なぜぼくを動物のようにつないでいる？」

「言葉どおりというのはハリーをロンドンに帰す件だ」

弟の名前を耳にしたとたん胸がえぐられるような気がして、ガブリエルは歯を食いしばった。あいつはいったいどこにいるんだ？　まだこの屋敷にいるのか？　それとも、兄が図書室で動物のように縛られているのを忘れ、さっさと夜の楽しみを見つけに行ってしまったのか？

「どこでも好きなところに弟を帰せばいい。しかし、あいつの反逆行為はすぐに英国中に広まる。もうおまえにとってはなんの利用価値もないぞ」

ジャックが急に笑いだした。「そう短絡的になるな、アッシュコーム。ハリーはまだまだ使い甲斐がある」

「本当か？」

ジャックは後ろを振り返り、なにか短く命令した。すると兵士がふたり、意識を失った大柄な男性を運びこんできた。

ジャックが手をあげた。「ソファに置け」

兵士たちは、ぴくりとも動かないヒューゴーの体をうんうん言いながらグリーンと金色の縞模様のソファに寝かせた。繊細なソファがぎいっときしむ。ヒューゴーはこめかみを殴られたらしく、顔から血を流していた。それを見たとたん、ガブリエルは煮えたぎる怒りを覚えた。

「この野郎」耐えかねたように声を絞りだすと、彼はロープが手首に食いこむのもかまわず親友に近づこうとした。

「ばかなまねはよせ」ジャックが言った。「おまえの友達は生きている。少なくとも今のところは」

ガブリエルは大理石の円柱にぐったりと背中を預けた。ヒューゴーは生きている。今はそのことにせめてもの慰めを見いだすしかない。

なんてことだ。不注意から友人を死なせてしまうような結果になったら、一生自分を許せない。

しかし、やがて最初の恐怖が遠ざかって冷静さが戻ってくると、ヒューゴーがここに運ばれてきたことの意味が気になった。

ヒューゴーがなぜカレーに？

タリアをヨットに乗せ、確実に英国に送り届ける役目はどうしたんだ？

「彼をどこでつかまえた？」ガブリエルは低くうめいた。

「ロスウェル卿は、熟れたプラムのごとくみずからぼくの手のなかに落ちてきてくれた。おとはこの先も誰にもわからない」ジャックはあざ笑った。「つまり、ハリーがフランスに忠誠を誓ったことはこの先も誰にもわからない」

「そんなことはない」負けを認めまいとしてガブリエルは言った。「タリアも乗組員もすでにおまえの手の届かない場所にいる。ハリーがこの先も祖国を裏切りつづけることは、彼女が許さない」

ジャックは強がるガブリエルに向かって鼻を鳴らした。「アッシュコーム、ぼくのほうがおまえよりタリアをよく知っているというのを忘れるな」

ガブリエルは心のなかで毒づいた。自分が柱につながれているのはこの男にとって幸いだ。でなければとっくに息の根をとめてやるところだ。

タリアは誰にも渡さない。

彼女を奪えるなどとほのめかすのは、火薬樽にマッチの火を投げこむようなものだ。

「妻のことをおまえはなにも知らない」

ジャックが秘密めいた笑みを浮かべた。夫に捨てられたタリアが自分に慰めを求めたことをガブリエルに思いださせようとする計算なのだろう。

「タリアは、田舎の哀れな牧師がふたりのならず者に危害を加えられていないか見に来た。身の危険も顧みずに」ジャックはなめらかに言った。「また、なんの価値もない夫を助けるために首を折る覚悟で窓から飛びおりた。おまえが危険な目に遭うとわかっていれば、彼女は決してフランスを出ない」

ガブリエルの胸に冷たい不安がこみあげる。たしかにタリアは夫を危険な状況に残していくことはない。だからこそ黙って出てきたのだ。

だが、たとえタリアが出航前に夫の不在に気づいて捜しに行こうとしたとしても、ほかの乗組員やヒューゴーが許すはずがない。彼らはそこまで愚かではない。

「ヒューゴーが是が非でも英国に連れて帰ろうとしたはずだ」

「しかし、彼女は従わなかった。おまえを助けるために」

フランス人の自信たっぷりの言葉が、ガブリエルの胸に突き刺さった。不安が急に息づまるような恐怖に変わる。

「彼女をつかまえたのか？」

ジャックはあなどるようにうなずいた。「ウイ」

ガブリエルはうめいた。タリアの身になにが起こったかを考えただけで息がとまりそうだ。

なんという失態だ。ヨットを離れるべきではなかった。弟を見つけて英国に連れ戻り、罰を受けさせるべきだと思ったのは、自尊心と持ち前の義務感に駆られてのことだった。だがその一方で、心の奥底にはタリアから離れるべきではないという声もあったのだ。

不幸にも心の声に従うのを忘れてしまっていた。父親を埋葬した日を境に。

自分がよき夫としての資質を欠いているせいで、タリアはまたしても犠牲になった。

「タリアはどこだ？」

「しかるべき安全な場所にいる」ジャックはそこであざけるように間を置いた。「つまり、ぼくの寝室だ」

ガブリエルはしばらく黙り、うぬぼれた笑みを浮かべているジャック・ジェラールの美しい顔を叩きつぶしてやるところを想像した。あるいは、首を両手でつかんで絞めあげ、息の根をとめてやるところを。

そうでもしなければ、胸のなかで荒れている怒りはとてもおさまりそうにない。

それでもガブリエルは、自分に残されたわずかな選択肢に意識を向けた。

ここから逃げださないかぎりタリアは救えない。あるいは、なんとかジャックを説得して自由の身にしてもらうしかない。

「われわれが英国に戻れなくなっても、ハリーをスパイとしてロンドンに送り返すのは不可能だ」貴族院で法案を議論するときのように、ガブリエルは確信に満ちた口ぶりで言った。厚かましささえあれば、驚くほどいろいろなことが可能になるものだ。

ジャックが肩をすくめる。「世間にとっておまえの弟は、祭壇に花嫁を置き去りにし、持参金を持ち逃げしたろくでなし以外の何者でもない」彼はそこで急に肩を怒らせ、ばかにしたような笑顔を険しい表情に変えた。「世間の面汚しになってしまった以上、彼が社交界に自由に出入りするのはいささか難しくなった。だからこそ入念に手を打つ必要がある」

「どうするつもりだ?」

張りつめた空気が広い図書室に流れた。やがてジャックはガブリエルの探るような目を見ながら横柄にあごを突きだした。

「ハリーをアッシュコーム伯爵にする」ジャックが言った。「おまえの跡を継いだとなれば、誰も彼を軽んじはしない」

ガブリエルは呆然とした。

自分はなんと愚かだったのだろう。

人質にされるのは予想していた。自由にする代わりに法外な身の代金を要求されることも覚悟していた。貴族が敵に誘拐された場合は大抵そういうことになる。

しかし、ハリーがアッシュコーム伯爵としてロンドンに戻るための犠牲にされるなどとは、思いもしなかった。

ジャックがそこまで身の毛もよだつようなことを企んでいたとは。

「ぼくを殺す気か？」

「戦争とは冷酷なものだ。犠牲者を出すのはやむを得ない」ジャックは意識を失ったままソファに横たわっているヒューゴーに目を向けた。「まったく残念だ。おまえたちふたりが人質なら、かなりの身の代金を要求できたのに」

頭のなかが真っ白になった。自分の命が危険にさらされる恐怖もさることながら、なすすべもなく横たわっている親友の姿を見るのも耐えがたかった。

「タリアは？」ガブリエルは声を絞りだした。「彼女も犠牲にされるのか？」

「ノン」ジャックは神経を逆撫でされたように質問をはねつけた。「彼女に危害を加えたりするものか。ただし、フランスから出るのは許さない」彼は冷静さをとり戻し、微笑みを浮かべた。「いずれ彼女も帰りたいとは思わなくなるはずだ」

タリアがとらわれたことに対するガブリエルの怒りはもちろん消えていなかった。しかし、そのあざけりは怒りを刺激することからはほど遠かった。

自分の腕に抱かれ、敏感に反応して悦びの声をあげるタリアの姿がまぶたに浮かぶ。彼女はたんなる体の悦び以上のものを与えてくれた。

信頼と真心をくれた。

そのふたつは、この世のどんな財宝にも勝る。

「おまえの奇想天外な考えは、まちがっているだけでなく思いあがりもはなはだしい」ガブリエルは冷たく断じた。「ぼくがどんなにタリアに釣りあわない男だとしても、彼女はとことん誠実な女だ。夫を殺した人間を許すはずがない」

ジャックが優雅に結ばれたクラヴァットに手をのばすと、大粒のダイヤモンドの指輪が光った。

「ぼくが本気を出せば、大抵の女性の心は変えられる」ジャックは経験に裏打ちされた自信をのぞかせた。「もちろんおまえも彼女の幸せを望んでいるのだろう」

ガブリエルは唇を曲げて侮蔑を露わにした。「ぼくの望みはおまえが地獄の底で朽ち果てることだ」

ジャックが手を上げる。「その運命は甘んじて受け入れるさ。フランスを輝かしい未来に導いたあとにな」

「ぼくの弟を捨て石にして？」

「そうだ」ジャックはうなずいた。「彼は実に颯爽としたアッシュコーム伯爵になると思わないか？　貴族院議員としての立場を利用すれば、大英帝国の極秘情報にも容易に近づける。手を結べば、双方にとっての利益はこのうえなく大きい」

　ガブリエルの血が凍りついた。

　そのとおりだ。この男はどこまで心が腐っているのだろう。アッシュコーム伯爵の弟であるからこそ、ハリーは社交界に席だけはあった。とはいえ、毎晩のように酒に溺れ、賭博場や高級娼館に入り浸る彼の名は、社交界の多くの招待客リストから外されているのが現実だ。それに言うまでもないことだが、世間を騒がせてばかりいる金欠の賭博好きを相手に国家機密を議論するような紳士はいない。

　しかしアッシュコーム伯爵の肩書きがあれば……。

　そうなれば、ハリーはもっとも選ばれた人々だけが集う会合に声がかかる。そこでは戦況についての議論がしばしば飛び交い、ジャックの言うとおり、ハリーは議会の一員として英国軍を指揮する人々と交流するだろう。

　無用に怪しまれず王子に謁見を願いでることさえできるのだ。

　そうした場所で不用意な発言がひとつもらされただけで――あるいはテーブルのうえにたまたま地図が広げられていただけで、英国に大惨事がもたらされることになる。

　まるでクモの糸を張りめぐらすように、恐ろしい結末が次々に思い浮かぶ。ガブリエルは必死に頭を振った。

そんな卑劣な計画を本気にしてたまるものか。すべてはこのフランス人の妄想だ。

「その計画を、もう弟と話したのか?」ガブリエルは声をうわずらせた。

ジャックが眉をつりあげる。「ハリーがおまえの後釜になるのをためらうとでも思っているのか?」彼はせせら笑った。「見当ちがいもはなはだしいな。ずっとほしくてたまらなかった爵位が手に入るなら、ハリーはいつでも引き金を引くぞ」

ガブリエルは激しく頭を振った。ハリーと交わした最後の醜い会話を思いだしたくもない。弟がずっと昔からそれほどまでに自分を恨んでいたということも。

どんなちがいがあろうと、自分たちは家族なのだ。ハリーも最後には必ず正しい道を選んでくれるに決まっている。

そうでないはずがない。

「おまえは愚かだな」両手を縛るロープが傷口に食いこむのもかまわず、ガブリエルは躍起になって身を乗りだした。「ハリーがどんなに大きな罪を犯していようとも、兄の死を願うわけがない」

ジャックは冷たい微笑みを浮かべると扉に向かって歩きだした。

「それなら、おまえは妻だけでなく弟のこともなにひとつわかっていなかったというわけだ」

16

ジャックが図書室から出ていくのを見送りながら、ガブリエルは悪態をついた。

思えばこれまで、周囲を動かすことにすっかり慣れきっていた。ひとたび命令を下しさえすれば、質問も反発もなく万事が思いどおりになった。もちろん、弟の常軌を逸した行動には絶えず悩まされてきたが、未熟なハリーもいつかは大人になり、社交界に衝撃を与えるようなこともなくなるだろうと楽観していた。

しかし今、こうして屠殺場に連れていかれる豚のように縄につながれていると、かつてない無力感に襲われる。妻はフランス版ロサリオ（女たらしの放蕩者）にとらえられ、嫉妬にとりつかれたハリーは旧約聖書のカインを演じようとしている。

暗澹とした思いが通じたのか、気を失っていたヒューゴーがソファのうえで動いた。

「……とんでもなく洒落たものに巻きこんでくれたじゃないか」低い声でつぶやくと、ヒューゴーは痛そうにうめきながら目を開いた。

ガブリエルの胸に熱い安堵がこみあげた。ヒューゴーはソファにゆっくり身を起こし、こめかみに手をあてて傷を確かめている。

「頭を殴られてもなんとか軽口は叩けるようだな」

「多少無理をすればな」ヒューゴーは広い図書室を見まわし、床のうえに妙な体勢で座っているガブリエルを見つめた。「えらく魅力的な知り合いがいるんだな」

ガブリエルは歯ぎしりした。「ああいう男を魅力的と言うつもりはない」

ヒューゴーが顔をしかめた。青ざめ、痛みのために目がよどんでいる。

「同感だ」彼はガブリエルを見て顔を曇らせた。「傷を受けたのか？」

「自尊心だけな」

「ハリーの居所は？」

ガブリエルは乾いた笑みを浮かべた。「なるほど。弟の忌まわしい反逆行為の話をタリアに聞いたんだな」

「おれが無理やり言わせたんだ。あのまま英国に帰るかどうかで彼女とずいぶんやりあったよ」

ガブリエルは顔をしかめた。「そしてタリアが勝ったわけか。なんとか無事に英国へ帰そうとあれほど手をまわしたのに」

ヒューゴーは上着の内側に手を入れて糊のきいたハンカチをとりだし、顔についた血を拭いた。腫れあがってあざになってはいるが、出血はとまったようだ。ガブリエルは心のなかで感謝の祈りをつぶやいた。

もちろん、ヒューゴーはいつでも戦いに戻れるような状態ではない。

立ちあがれるかどうかも怪しかった。

「あんな鼻っ柱の強い女性と結婚すべきじゃなかったぞ」ヒューゴーが非難した。「ヨットを岸に戻さないと海に飛びこむとまで言ったんだ」

ガブリエルは苦い笑みを浮かべた。

ほんの数週間前まで、聞きわけのない女性ほどうっとうしいものはないと思っていた。若い娘は男性に導いてもらうのがあたり前で、それを心得ていると思っていた。その男性が夫であればなおさらだ。

タリアが頭から危険に突っこんでいくようなことをせず、おとなしくキャリック・パークにいてくれたら、自分の人生もはるかに単純で平和だったはずだ。

しかし彼女の勇敢さを思うとき、胸にこみあげるのは誇らしさだけだった。

「マストに縛りつけるべきだったのさ」ガブリエルは冗談とも本気ともつかない気持ちで言った。

ヒューゴーが鼻を鳴らす。「そうしたってとめられたかどうか」

「たしかに」

しばらく沈黙が流れたあと、ヒューゴーは汚れたハンカチを放りだして咳払いをした。

「おれはまちがっていた」

ガブリエルは眉をつりあげた。「おまえがまちがうのはしょっちゅうのことじゃないか、ヒューゴー。いったいなんの話をしている？」

「おまえの奥方を誤解していたよ」ヒューゴーがまじめな顔で言った。「彼女はおれが思っていたような高い地位を狙うつまらない女性じゃなかった」

「タリアはそんな女じゃない」

「それに、おまえのことを真剣に思っている」ヒューゴーはため息をついた。「まったくお人好しだよな」

たしかにそうだ。タリアには自分のような男より、若い女性が揃って憧れるようなやさしい言葉や繊細な気づかいを示してくれる男性がふさわしい。結婚式を台無しにし、さらに花嫁の純潔を奪っておきながらすぐに田舎に行かせたりする大ばか者ではなく。

だがタリアには気の毒だが、自分がタリアにとって価値ある人間かどうかなど、この際かまっていられない。彼女は自分のものだ。なにがあろうと離さない。

「お人好しなだけでなく、衝動的で向こう見ずだ」ガブリエルは頭を振りながら言った。

ヒューゴーは反論せず、素早く扉に目を向けた。自分の意識が戻ったことを廊下にいる警備兵に気づかれていないか確かめると、彼は低い声でささやいた。

「おれがつかまったとき、レディ・アッシュコームは道の反対側に隠れていた。ひょっとしたらヨットに逃げ戻ってくれたかもしれない――」

「手遅れだ」ガブリエルは怒ったようにさえぎった。「タリアはジャックの部屋に監禁されている」

「くそっ」ヒューゴーが悔しそうに言った。「許してくれ、アッシュコーム。結局おまえの役には立てなかった」

「いや、彼女のことはぼくが守るべきだった」友を責めるつもりはない。「無事にキャリック・パークに送り届けてから出なおすべきだったんだ」

ヒューゴーがうなずく。タリアに対する彼の当初の不信感は、いつしか尊敬に変わったらしい。女性全般を見下している日頃の態度を考えると、ほとんど奇跡のようだ。

「ところで、ハリーが見つかったかどうかまだ聞いていないぞ」

「見つかった」ガブリエルは息を吸った。「不幸にもな」

ヒューゴーが眉をひそめた。「あのフランス野郎の手先になっているのか？」

ガブリエルは一瞬言葉につまった。頭のすみで、ハリーはどんな凶悪なこともやってのける人間だという声がする。しかしその一方、弟が進んで兄を敵の手に渡すようなことをするはずがないという一縷の望みもある。

「あいつがジャックの狙いを知っていたとは思えない」

ヒューゴーは呆れたように鼻を鳴らした。「まだかばう気か？」

ガブリエルは肩をすくめた。「そういうわけじゃないが、ジャックが娼館に姿を見せたとき、ハリーはぼくに負けず劣らず驚いていた」

「おまえ、娼館に行ったのか？」

「それ以外のどこでハリーが見つかるというんだ？」

ヒューゴーは金茶色の瞳をいたずらっぽくきらめかせた。「レディ・アッシュコームには黙っておけよ」

不快そうに肩をすくめながらも、ガブリエルはその賢明な助言を受け入れた。ヒューゴーの言うとおりだ。このことは自分の胸にしまっておこう。

「ハリーはぼくの顔を見るまで、ぼくがフランスに来ていることさえ知らなかった」

ヒューゴーはまだ納得しかねるようだった。「あくまでもハリーは無関係だというのか。それならあいつは今どこにいるんだ?」

ガブリエルはずきずきする頭を柱に預けた。ハリーのことを考えると胸が張り裂けそうだった。

「わからない」

「おまえがとらわれているのは知っているんだろう?」

ガブリエルは出窓に置かれている象牙と金の大きな地球儀に目をやった。

「ああ」

「アッシュコーム、なにを隠している?」

長い沈黙の末、ガブリエルは自分の本心に気づいた。ジャック・ジェラールの恐ろしい企みをヒューゴーに言いたくない。

なぜだ?

あの残酷な予告が現実のものにならないよう黙っているというのか? そうすれば邪悪な目をかわせるとでも? ガブリエルは自嘲ぎみに思った。ロマの血を引くタリアの祖母ならなんと言うだろうか。

それとも、自分はただ恥じているだけなのだろうか。

血のつながった弟が卑しむべきスパイで、しかも兄の死を企んでいる——そんなことを進んで認めたがる貴族などいるはずがない。

だがどちらにせよ、ヒューゴーには真実を伝えなければならない。

彼は親友を救うために命の危険を冒してくれた。目前に迫る危機を知るのは当然の権利だ。

ガブリエルはあきらめてヒューゴーに視線を戻した。

「ジャック・ジェラールはここを出ていく直前、ハリーを次代アッシュコーム伯爵にすると言った」

「そんな無茶な——」そう言いかけて、ヒューゴーははっと息をのんだ。あることが実行されれば、それは決して無茶ではないと気づいたのだ。「ちくしょう」

「まったくだ」ガブリエルは短く答えた。「そのうえ、おまえもその巻き添えを食うらしい」

ヒューゴーが顔をゆがめて悪態をつく。

「ハリーもこの陰謀に賛成しているのか？」

ガブリエルは力なく肩をすくめた。「そうでないと願いたいが……わからない」

ハリーに兄弟殺しの能力があるのかという話題にガブリエルが乗り気でないのを察したのか、ヒューゴーは決意を固めたように目を細めた。

「どうでもいいさ」ヒューゴーはきっぱり言った。「こんな陰謀の犠牲にされてたまるか。おれもおまえも必ず生きのびる」

ガブリエルはにやりと微笑んだ。「同感だ」

ヒューゴーはふたりの兵士が守る図書室の入り口に金茶色の瞳を向けた。

「さて、始末されない方法をなんとか見つけないとな」

絶対に決心を曲げまいと思いつつ、ジャックは屋敷の奥にある書斎に向かった。

かつてはデュヴァン伯爵のものだったこの屋敷のなかでも、そこはジャックのいちばんのお気に入りの部屋だった。

図書室ほどではないにせよ、部屋は広々としていた。金箔張りの木製の肘掛け椅子には青緑色のベルベットの掛布がついている。同じ色のカーテンがさがる窓の外には裏庭が見えた。壁の左右に一対の漆塗りの飾り戸棚があり、そのあいだにベルギー製のタペストリーがかかっている。重厚なオーク材の机の向かいには、金の縞模様が入った白い大理石の暖炉があった。

この部屋のあるじになるにあたり、ジャックは部屋中に飾られていた置物や磁器の大皿をすべてとり払い、代わりに早すぎた死の前に父が完成させた貴重な彫刻を置いた。

ここは特別な場所だ。自分が招待しないかぎり誰も近づかない。

もっとも、まともな分別のないやつはべつだが――急に扉が開いたのを見て、ジャックは心のなかで毒づいた。ハリーが悠然と入ってくる。ここの大切な客と勘ちがいしているらしい。実際は、利用するために面倒を見てやっているだけの厄介者だというのに。

「ハリー」書き終えたばかりの手紙に丁寧に封をするとジャックは机を離れ、隣の控えの間に通じる開いた扉に向かった。「呼んだ覚えはないが」

年若いハリーの顔に、すっかりお馴染みになった不機嫌そうな表情が浮かぶ。

「話があるんだ」

ジャックは控えの間にいた兵士を手招きして手紙を渡した。夜もかなり更けていたが、計画が変わったのをナポレオンに速やかに報告しておきたかった。

といっても、新たな企てにナポレオンが反対するとも思えないが。ヨーロッパ遠征を続ける皇帝は、一貫して冷酷だ。それは世界を征服するまで変わらないだろう。

皇帝の野望を実現するのに払いきれない犠牲などないのだ。

「できるかぎり早く皇帝に届けてくれ」

「ウイ」

兵士はくるりと踵を返し、あっというまに部屋を出ていった。手紙は二、三日のうちに届けられるだろう。

ゆっくりと元の場所に戻ると、ジャックは机の角に腰かけてばかにするようにハリーを見た。「有能な兵士がどれほど命令に忠実かわかるだろう？」

ハリーの青白い顔にかっと血の気が差す。「ぼくはおまえの兵士じゃない」

ジャックはハリーの服装に目を向けた。だらしなく着崩れてはいるが、かなり金がかかっているのはまちがいない。このうぬぼれた見栄っ張りは、自分が日頃から忌み嫌う典型的な快楽趣味の貴族そのものだ。

「ああ。戦闘中におまえに守ってもらいたいとは思わないね。おまえは最初の銃声を聞いたとたんに飛んで逃げるからな」

ハリーは怒りだした。「臆病者呼ばわりするのか?」

ジャックは肩をすくめた。「ちがうか?」

「臆病者が命の危険を冒してまでスパイになると思うのか?」

「それが立派なことだとでも?」あざけるように言うと、ジャックは不機嫌の矛先を目の前の愚かな若者に向けた。ナポレオンと志を同じくしたその瞬間から、難しい選択を強いられるのは覚悟していた。戦争は理想に燃えた若者が思い描くような高潔なものではない。勝つためには望まない犠牲を払わなければならないこともある。そしてもちろん、ときには不愉快な相手とも手を結ばなければならない。だからといって、良心を失ったことを悲しく思っていないわけではないが。「おまえがスパイになったのは、救いがたいほど甘やかされた見栄っ張りで、金のためならどんなに大切なものや人でも裏切る卑劣な人間だからだ」

思ったとおり、ハリーは激しい非難に面食らったようだった。ジャックは何年もかけてこの生意気な若者に言葉巧みにとり入り、仲間になるよう説得した。兄のガブリエルばかりが富に恵まれ、弟のきみが雀の涙ほどの小遣いで生活しなければならないのは不公平だと耳元でささやき、見境のない浪費をあと押ししさえした。

ハリーを口説き落とすくらい、赤子の手をひねるように簡単だった。

「手を組もうという話になったときは、そんな言い方をしなかったぞ」ハリーはいまいましそうに言った。「英雄的行為のようにほめたじゃないか」

ジャックは肩をすくめた。「おまえの協力が必要だったからさ」

ハリーが顔をしかめる。「今はどうなんだ？」

「今は、そっちがぼくの協力を必要としている」ジャックは冷ややかな目でハリーの顔を見据え、胸の前で腕を組んだ。「もっと正確に言うなら、ぼくの〝施し〟を必要としている」

兄のように聡明ではないにせよ、ハリーもまったくの愚か者ではなかった。ジャックのその言葉に、彼はつかのま思い描いていた刺激に満ちた冒険が、惨めな結末を迎えようとしているのを悟った。

「ぼくはただ、共通の敵から身を隠すための場所を提供してほしいと頼んだだけじゃないか」ハリーはつぶやいた。「そのくらいのことをする借りが、おまえにはあるはずだ」

「おまえに借りなどあるものか」ジャックが微笑む。「しかし喜ぶがいい。おまえの悲願をかなえてやるよ」

ハリーは乾いた唇をなめ、両脇で拳を握り締めた。「ぼくの悲願？　なぜそんなものがわかる？」

「おまえを知る者なら誰でもわかるさ、友《モナミ》よ。兄の座を奪いたいという欲にとりつかれているじゃないか」

ハリーは真っ青になり、必死にかぶりを振った。「ばかばかしい」

「まったくだ」ジャックは侮蔑するように言った。この腰抜けを権力の座に据えるのかと思うと胸が悪くなる。「おまえは爵位など到底似合わない醜いヒキガエルだ。それに引き換え、アッシュコーム伯爵は気高さと揺るぎない忠誠心を備えた本物の紳士だよ。実に惜しい。こちらの信念をはばみさえしなければ、尊敬できる人間だったのに」ジャックは肩をすくめた。自分が貴族の殺害を命じようとしていることは考えたくなかった。

「兄とちがい、おまえには厄介な道徳心というものがない。まさにぼくの求める人材だ」

ハリーはさらに血の気を失い、ほとんど白茶けた顔色になった。

「仮にぼくが爵位をほしがるほど愚かだったとしても、そう簡単に譲り渡されるほど爵位は安っぽいものじゃない」ハリーが声を振りしぼった。

フランスの貴族社会の周縁で過ごしたつらい子ども時代を思いだし、ジャックは唇を固く結んだ。一介の芸術家の息子でしかなかったジョン＝リュック・ジェラールは、どれほど優秀であっても、パリの街角をぞろぞろ歩く着飾った貴族たちから見下された。

「世襲制度については承知している」ジャックはつっけんどんに言った。「そんなものは、フランスにおいてじきに崩壊させてやる」

ハリーはうんざりしたように手を振った。「フランスのことはそっちに任せる。しかし英国では、爵位を継承するにはいろいろと厳格な手続きを踏まなければならないんだ」

「だから？」

「いきなり貴族院に顔を出し、兄が行方不明になったから自分を次代アッシュコーム伯爵にするよう宣言してくれと、大法院に頼めると思うか？」ハリーは次第に興奮し、額にうっすら汗を浮かべて部屋のなかを歩きまわった。「貴族院がガブリエルの死亡宣言を出すまで何年もかかるだろう。兄が社交界からどんなに敬われていたかはそっちだって知っているはずだ。国じゅうが喪に服すかもしれない。ぼくのところに特許状が届くまでにはそれからさらに数年かかるだろう」

「死亡宣言を待つ必要はない」

ハリーはぴたりと足をとめてジャックをにらんだ。その不遜なまなざしに、ジャックは思わず相手を打ちのめしてやりたくなった。

「兄が不慮の死を遂げたとぼくが言ったところで、皆が信じると思っているのか？」

ジャックは険しい表情で机からおりた。「おまえが兄の死体を見せてやればいい」

「死体？」ハリーは瞬きしたが、ジャックの言葉がのみこめると口をあんぐり開けた。「嘘だろう……」

「ハリー、驚いたふりなどするな。わざとらしいぞ」ジャックはゆっくりと言った。

ハリーは口を閉じ、すさまじい目つきでジャックをにらみつけた。

「驚いたふりなんかじゃない。このげす野郎」

「芝居に決まっているさ」ジャックが眉を上げる。「弟が敵国に魂を売ったのを知った時点で、伯爵の死は決まっていた。それくらいわかるはずだ」そこでわざと間を置いた。「もしわかっていなかったとしたら、おまえはとんでもない阿呆だな」

「ガブリエルをつかまえたのなら、そこまでする必要はないはずだ」

「今回のことで、おまえの兄をあなどってはいけないとよくわかった」ジャックは苦々しくつぶやいた。「それに、現伯爵が葬られないかぎり、おまえに爵位がまわってくることはない。たった今、自分の口で言っただろう」

ハリーは肩をそびやかした。相変わらず自分のしたことの報いを受けるのを渋るように。

「内務省とつながりを持つために、必ずしもアッシュコーム伯爵になる必要はない。すぐにロンドンに戻って……」

「ノン」

「なぜだ？」

ジャックはいら立たしそうにため息をついた。「忘れたのか？　今おまえはスキャンダルの渦中にいるんだぞ。花嫁に祭壇の前で待ちぼうけを食わせ、持参金を持ち逃げした張本人として」

ハリーが悪びれる様子すらなく手をひらひらと振る。

「ガブリエルがタリアと結婚した以上、とっくに過去の話さ」

ジャックは呆れたように天井を仰いだ。ハリーはまたしても、自分の罪が兄の力によって帳消しにされたと決めこんでいる。

「では、ふたりが行方不明になっていることを皆にどう説明するんだ？」

実にまっとうな質問に、ハリーは黙って部屋を歩きはじめたが、いかにも言い逃れの名人らしくすぐに立ちどまって言い返した。

「タリアがおまえに誘拐され、ガブリエルが彼女の救出に赴いたことが召使いの口から広まっているはずだ。おそらく皆は、兄が今でも妻を捜しているか、おまえにつかまったかのどちらかだと思っているだろう」

「するとぼくは、フランスにいるすべての英国軍に追われるはめになる」ジャックが首を振った。「それはごめんだ」

ハリーはまったく意に介さないかのように顔をしかめた。

「なら、ふたりは無事だが、静養のためにスコットランドの領地に向かったと言おう」

「ロスウェル卿をシャペロンにして？」ジャックが一蹴した。

ハリーがいら立たしそうに小さく毒づく。ジャックは相手の性格を熟知していた。この甘ったれが本気で兄の身を案じているとは思えない。

「なんとか社交界が納得する話を考えるさ」

「おまえはすでに社交界の信用をなくしている。そんなやつにこの大切な計画の成否を懸ける気にはなれない」ジャックは唇を冷たく曲げて微笑んだ。「それに、おまえみたいなろくでなしをアッシュコーム伯爵にするのは、ぼくの利益のためだ。おまえのためじゃない。それくらいはわかっているだろう」

ハリーはふたたびいらいらと歩きだした。やつれた顔から汗がしたたり落ちている。

「ちくしょう。ぼくは爵位なんかいらない」

「冗談か？」ジャックはせわしなく歩くハリーを目を細めてにらんだ。「おまえは生まれてからずっと兄への嫉妬に苦しんできたじゃないか」

「たしかにこれまで、完璧な兄と比べられて出来損ない扱いされることに腹を立ててきた。しかしだからといって、伯爵になりたいとは思わない」ハリーはつぶやいた。「むろん兄を殺してしまいたいとも思わない」

ジャックは鼻を鳴らした。「おまえが酔っ払って暴言を吐くのをさんざん聞かされた身としては、そんなことを信じるのは無理だ」

ハリーはぴたりと足をとめ、にわかに顔を曇らせた。そうだ。ジャックはいつも自分のそばにいた。世のなかに対する恨み、なかでも兄への恨みを辛抱強く聞いていた。

「ぼくが酔っ払ってなにを言ったというんだ？」

「あんなおもしろみのない堅物にアッシュコーム伯爵の座はふさわしくない、生まれてすぐに水に沈めてしまえばよかったんだ——そう言った」ジャックは皮肉たっぷりに告げた。

「運命がここまで残酷でなければ、自分のほうがよほどすぐれた跡継ぎになったはずだとも」

「酔っ払いはいろいろ言うものさ」ハリーが不機嫌そうに顔をしかめた。

「ウイ。そして大抵の場合、それらは本心だ」

「ちがう。ぼくはそんなのはごめんだ」ハリーはまるで首が苦しいかのようにくしゃくしゃになったクラヴァットを引っ張った。「いくらなんでも要求がすぎるぞ」

「ハリー、これは要求じゃない」ジャックは冷たい声で言った。「おまえがすべきことを説明しているだけだ」

必死に落ち着こうとしながらも、ハリーは喉がつまったように身をよじった。

「ぼくに無理やり爵位を継がせることなどできないぞ」彼は声を振りしぼった。「兄を殺したら英国には戻らない」

ジャックがうんざりしたように低くうめく。「自分が反逆者であるのを公表するとは言わないのか？　もちろんそんなことをすれば、おまえはぼくにとってなんの利用価値もなくなるわけだ。しかし、いずれおまえは自分の行いの責任をとらなければならない。ちがうか？もうこれまでのようには逃げられないぞ」彼が意図したとおり、ハリーの瞳が恐怖に凍りついた。

「なんとでも言え。ぼくは絶対にアッシュコーム伯爵にはならない」ハリーのさっきまでの自信たっぷりな態度が、いつのまにか子どもじみた泣き言に変わっていた。

ジャックはハリーに歩みより、あつらえの上着の襟をつかんで鋭い目でにらみつけた。

「気をつけるんだな、モナミ。ぼくの役に立たなくなった瞬間、心臓に銃弾を撃ちこんでやる」相手の苦しそうな息づかいを聞いて、ジャックはにやりと微笑んだ。「おまえみたいな役立たずをこの世から消してやれたら、さぞせいせいするだろう」

ハリーの淡い色の瞳に憎しみが宿った。「ちくしょう」

このあとのおぞましい仕事を考え、ジャックはハリーを扉のほうに突き飛ばした。

「あとのことは部下にさせる。おまえはろくでもない夜遊びの続きでもしていろ。必要なときは誰かを呼びにやる」よろよろと扉のほうに向かうハリーを見守りながら、ジャックは思いだしたようにつけ加えた。「それからハリー」

ハリーは扉に手をかけて振り返り、ジャックをにらみつけた。「なんだ?」

「遠くへ行くなよ」

ハリーは横っ面を殴られたような顔をした。「ぼくは囚人か?」

「カレーはフランス兵にとり囲まれている。英国人を殺したくてうずうずしているやつばかりだ」ジャックは微笑んだ。「わざわざ狙われに行くようなばかなまねはするな」

17

ハリーが屋敷の正面玄関から出ていく音を確かめると、ジャックはため息をついて書斎を出た。

これから図書室に戻り、自分を待っているおぞましい仕事を片づけるつもりだった。ぐずぐずしていたらロスウェル卿が意識をとり戻してしまう。これ以上厄介なことにならないよう、できるだけ静かに……ふたりを抹殺しなければ。

手早く始末すれば、それだけ早くハリーをロンドンに帰せる。そして、英国軍の計画を早期に入手することができる。

だが、なぜか足が図書室に向かない。気づくと彼は階段をおり、寝室のほうに向かっていた。

タリアがまちがいなく寝室に閉じこめられているかどうか確かめるだけだ――心のなかでつぶやく。部屋を抜けだした彼女が夫の死を目撃するという事態だけはなんとしても避けたい。

万一そんなことになれば、タリアが未亡人という新たな境遇を受け入れるのは非常に難しくなってしまう。

アッシュコーム伯爵の死を知らされたら、タリアはどう反応するだろう。その考えを頭から振り払おうとしたとき、寝室の向かいにある部屋の引き出しが乱暴に開くような音がした。

いぶかしげに扉を開けてのぞいてみると、ソフィアが桜材のチェストからサテンのドレスをつかみだし、天蓋付きのベッドのうえに置いた衣装箱に入れるところだった。見るからに頭に血がのぼっている様子だ。ジャックは部屋には入らずに扉に肩をもたせかけた。そこらにある香水の瓶や重い銀の燭台を投げつけられてはたまらない。

「この部屋が気に入らないのか？」おもむろに問いかける。

ソフィアが小さく息をのんで振り向くと、夜の帳のような黒い瞳が怒りに燃えていた。

「気に入らないわけがないでしょう。あなたにねだって自分の好みに合うよう模様替えしてもらったんだから」ソフィアはきらびやかに飾られた部屋をいまいましそうにながめた。彼女の魅惑的な美しさを引き立てるよう、部屋は黒と金色で印象的に彩られている。暖炉までが黒の大理石で、ベッドの天蓋からさがるカーテンは輝く金色のサテンだ。

一瞬ジャックのまぶたに、最後の作業員が部屋を出ていったときのソフィアのうれしそうな顔が浮かんだ。あのあとふたりで、運びこまれたばかりの広いベッドで情熱を燃えあがらせたのだ。終わってみると、クラヴァットは頭上の金箔張りのシャンデリアにぶらさがり、パンタロンは窓際のベンチに放り投げられていた。

ジャックはため息をのみこんだ。なんてことだ《サクレ・ブル》。なにもかもがずいぶん昔のことのようだ。ソフィアをカレーに連れてきてよかったのだろうかという疑問がふたたびわきあがる。

裏切り行為が発覚したあと、ジャックはソフィアをパリに行かせようと決めていた。彼女の理性がもう二度と感情に押し流されないとは言いきれない。タリアがふたたび彼の囚人になるとすればなおさらだ。

しかし結局、ジャックはソフィアに荷物をまとめさせ、一緒にカレーについてこさせた。二度と自分に逆らわないようそばに置いて見張るためというわけだが、本当の理由は自分でもよくわからない。

たしかにわかるのは、ソフィアが自分のもとを去るのは許せないということだけだ。

「それならなぜ荷物をまとめている？」

ソフィアはつんと顔をあげ、漆塗りのチェストに歩みよってレースの下着をまとめてとりだした。

「言わなくたってわかるでしょう」

「きみにとってはそうかもしれないが、ぼくにはさっぱりわからない」彼はソフィアがベッドのほうに引き返し、震える手で下着を荷物の山に落とすのを見ながら言った。「わかるように説明してくれ」

ソフィアが怒りに燃える黒い瞳でジャックをにらみつけた。「ほしい女を手に入れたんでしょう？」

それはジャック自身が考えまいとしてきた問いだった。なんといってもタリアは完璧だ。女性として望ましい要素をすべて満たしている。意志が強く、勇敢でありながら、抱き締めて守ってやりたいと思わずにはいられない無防備さがある。それに言うまでもなく、あの魅力的な体の曲線に心惹かれない者がいるとしたら死人だけだ。

しかし、だからといってソフィアに対する思いが薄れたわけではない。彼女が荷物をまとめていることに対して怒りがやわらぐわけでもない。

「アッシュコーム伯爵夫人のことを言っているのか？」

「そうよ」ソフィアはぴしゃりと言った。「それとも、ほかにも女を隠しているの？」

ジャックは肩をすくめた。「今の彼女は囚人だ」

ソフィアは胸の下で腕を組んだ。襟ぐりの大きく開いた薔薇色と銀色の縞模様のドレスから魅力的な胸の谷間がのぞく。

「ジャック、わたしを頭の悪い女みたいに扱わないで」

激しい渇きがジャックの体をつらぬいた。今ソフィアをこの広いベッドに組み敷いたら、彼女はつばを吐きかけて引っかこうとするだろうか。それとも、ふたりのあいだに常にくすぶっている情熱に流されて受け入れようとするだろうか。

確かめてみたいという欲望を懸命になだめながら、ジャックはチェストに向かおうとするソフィアの前に立ちふさがった。

「きみをそんなふうに扱っているとは思いもしなかった」低い声で言いながら相手の腕をつかみ、ベッドに押しつける。「ばかなまねはやめてここに座るんだ」

マットレスに押さえつけられながら、ソフィアが反抗的な目でにらむ。

「どうするつもり？」

「タリアがここにいるとなぜわかった？」

ソフィアは肩をすくめた。「屋敷中の人間がうわさしているわよ。あなたがアッシュコーム伯爵だけでなく、妻や友人までとらえたって」

ジャックは奥歯を噛み締めた。まったく困った連中だ。うわさは野火よりも速く広まる。むろん、自分も囚人のことを最後まで隠しおおせると思うほど愚かではないが、できるなら、アッシュコームとロスウェルがこの屋敷にいるといううわさがカレーの町に流れる前にすべてを片づけてしまいたかった。

こうなるとふたりの死体を運びだすのはもちろん、短気なハリーを町の北側に待機させている船に、人目を引くことなく乗せるのも難しくなる。ただ、町の外壁の外をフランス兵がとり囲んでいると言ったのは嘘ではない。彼らをそそのかして英国人を血祭りに上げるのはたやすいことだ。

しかも、その英国人が貴族の血を引いているとなればなおさらだ。

「使用人は余計なことを考えず、自分たちの仕事をしていればいい」ジャックは低くうめいた。

「人の興味を抑えることはできないわ」ソフィアが冷ややかに笑う。「皆は、あなたがアッシュコーム伯爵を殺し、美しいその妻を未亡人にして自分の愛人にするつもりだと思っているのよ」

ジャックはソフィアの手を離した。ひどい言いがかりだ。背筋が冷たくなる。

タリアを未亡人にしてやるとアッシュコームを脅して楽しんだのは事実だ。そうはいっても、他人の妻を奪うために殺人を犯すつもりはない。たとえどんなに相手の女性がほしくても。

「アッシュコーム卿を殺すこととタリアとはなんの関係もない」彼は声を荒らげた。

ソフィアが疑り深そうに眉を上げる。「ノン？」

「ノン。ぼくは常にフランスを第一に考えている」ジャックはいら立たしげに顔をしかめた。「ハリーが今のような立場ではなくアッシュコーム伯爵になったほうが、スパイ活動にとっては有益だ。そのくらいきみも認めるだろう」

ソフィアはやすやすとは説得されなかった。「レディ・アッシュコームに惹かれるようになるまで、あなたは伯爵を殺す気なんかなかったはずよ」

ジャックは口のなかで毒づいた。このままソフィアをマットレスに押し倒し、やわらかなサテンのような肌に身を沈めたい。そんな衝動に一瞬流されそうになった。

気の進まない用事をもう二、三時間あとまわしにして、ソフィアが与えてくれる悦びに身を任せたいと思うことになんの不都合があるだろう。

それでも、彼はどうにか身を引いた。満たされない欲求に下腹部をこわばらせながらも、なんとか理性を呼び戻そうと試みる。

「われわれの周到な計画が明るみに出るまで、ハリーはよきパートナーだった。しかし今の英国政府は以前にも増して用心深くなっている。これまでのようにしかるべき筋に賄賂を贈るくらいでは、必要な情報を得ることはできないだろう」ジャックは悔しそうに頭を振った。内務省と接触できなくなってしまったのがなんとも腹立たしい。英仏の戦争の行方を左右する重要な情報を、これまでは確実に入手してきたというのに。「それに、アッシュコーム卿を英国で殺害するのは危険だ。あれだけの富と地位のある人間だ。まわりを使用人やとり巻き連中が固めている」彼は肩をすくめた。「だがここでなら、伯爵を守る人間はひとりもいない」

ソフィアの美しい顔に奇妙な表情が浮かんだ。まるでなにかを悔やんでいるような顔だ。いったいどういうわけだろう。

ソフィアはアッシュコームの死を悼むほど彼のことを知らない。貴族の殺害を命じようとしている恋人の魂の救済を案じているのだろうか。

「ハリーはどうなの？」ソフィアがたずねた。

「いつものとおりだ。あいつは自分の欲求を満たすことにしか興味がない」ジャックは吐き捨てるように言った。「必要に迫られれば自分の母親さえも差しだすだろう」

「ロスウェル卿は？」

ジャックは迷わず言った。「気の毒だが、彼には親友と同じ運命をたどってもらう」

「レディ・アッシュコームは殺さないんでしょう？」ソフィアは食いさがった。

ジャックが顔をしかめる。なんという質問だ。彼がか弱い女性を殺《あや》めるとでも思っているのか？

「タリアが死ぬ必要はどこにもない」

「それはそうね」気まずい沈黙が流れたあと、ソフィアは首をかしげ、彼を鋭く見つめた。

「彼女を妻にするつもりなの？」

ジャックは不快そうに身じろぎした。なんてことだ《モンデュー》。愛人に妻をめとる話をされるとは。

どうにも居心地が悪い。

「それは少々厚かましくないか？」彼はさらりとかわした。「まだ彼女を未亡人にもしていないんだぞ」

「でも、そうしたいと思っているのね？」

「そんなことが誰にわかる？」ジャックはいらいらと部屋を歩きまわった。いつのまに自分の人生はこれほど複雑になってしまったのだろう。できることなら時計の針を逆にまわし、祖国のために命を捧げる決意で帰国したころの自分に戻りたかった。あのときは理想に燃えていたから。「今手にしている一日を大切に生きていくだけでじゅうぶんじゃないか」

ソフィアのふっくらした唇に皮肉っぽい笑みが浮かぶ。「わたしも以前はそう思っていたわ」

かぎりなく罪悪感に近い感情に胸を突かれながらも、ジャックはそれを無視して言った。

「今はどうなんだ？」

「わたしは将来を考えるわ」ソフィアがベッドのうえのかばんに目をやった。「もう若くないもの」

「これからどうする?」

「パリへ戻るわ」

「舞台に復帰するのか?」

「おそらくね」

ジャックは険しい表情で立ちどまった。「向こうで男が待っているとか?」

ソフィアは静かに立ちあがり、最後のドレスをとりだすためにふたたびチェストに向かった。

「男なんていつでもいるわ」

ソフィアが自分からべつの男のもとへ去ろうとするところを想像し、熱い怒りがジャックの体をつらぬいた。

たとえ彼女が娼婦であっても許せない。タリアが来て以来ずっとほったらかしにしていたとはいえ、ソフィアはすでに自分の人生の一部だ。勝手に去ることを許すわけにはいかない。

「ソフィア、ばかなまねはよせ」衣装箱に積みあげた服の山にドレスを落とす彼女を見つめながら、ジャックは厳しい声で言った。

「どこがばかなまねなの?」ソフィアは顔も上げずに言った。「わたしのほうからあなたを捨てることが?」

ジャックはその言葉を無視した。「パリへ発つには時間が遅すぎる」

「それなら明日の朝いちばんに出ていくわ」

「ノン」

ソフィアはようやく顔を上げ、ジャックの怒った顔を硬い表情で見つめた。

「ジャック、これはわたしが決めることよ」

彼は大股で踏みだして、ソフィアの両腕をつかまえた。

「きみのことはぼくが守る」

ソフィアは黒い瞳を挑戦的にきらめかせた。

「なにから守るつもり？」

「ナポレオンは大衆に秩序をもたらそうとしている。だが知ってのとおり、必ずしもうまくいってはいない」ジャックは思いつくままに続けた。「カレーの町中に兵士があふれている。女性のひとり歩きは危険だ」

ソフィアは言い負かされなかった。「パリの街角だって少しも安全ではないわ。そんなこと子どもの時分から知っているわよ」その言葉に彼女の過去の苦労がにじんでいた。「幸い、わたしは繊細なお花じゃないの。あなたの大切なレディ・アッシュコームとちがって、自分ひとりで生きていけるわ」

タリアもひとりで生きていくだけの強さをじゅうぶんに持っている。しかし、それはここでは言わないほうが賢明だ。ジャックは手をのばしてソフィアの頬を包み、親指でふっくらした唇を撫でた。

「きみがひとりで生きていけないとは思わないよ、ソフィア。ただ守ってあげたいんだ」彼はやさしく言いなおした。「いつまでもぼくの家で暮らせばいい」

「あなたの愛人として？」

「ぼくの……」言葉がつまった。守ってやるという申し出をすんなり受けつけてもらえないのがもどかしい。「友人として」

ソフィアはジャックの手を振りほどいた。蝋燭の火がゆらめき、とび色の髪に光が反射する。

「この屋敷でのわたしの立場について、レディ・アッシュコームと相談したほうがいいわよ」彼女は憎々しげに言った。「夫の元愛人とひとつ屋根の下に暮らしたい女なんていないもの」

「ぼくはいくつも屋敷を持っている。どこでも好きなところを選べばいい」

合理的な提案のはずが、返ってきたのは怒りの叫び声だった。ソフィアは衣装箱のふたを乱暴に閉めた。

「それぞれの屋敷にひとりずつ女を住まわせるわけ？」侮蔑したように言う。「なんて便利だこと！」

ジャックの怒りに火がついた。今までなに不自由なく贅沢な暮らしをさせてやったというのに。ほかの男が相手なら、情事がすんだとたん路上に放りだされても文句は言えないところだ。手負いの猫のようにぎゃあぎゃあ騒ぐ代わりに、少しは感謝したらどうなんだ？

「きみはぼくを誤解している」

「ノン。あなたのことは完全に理解しているわ。もうわたしを求めてはいないんでしょう。そのくせわたしがよその男とくっつくのは我慢できないのよ。正直に認めたらどうなの、ジャック?」

ジャックは身をこわばらせた。まさしく彼女の言うとおりだが、それをどうしても認めたくない。

ソフィアが悲劇のヒロインを演じたがっているとすれば、彼女の悲壮な退場をはばもうとしている自分はいったい何者なのだ?

「よくわかった。決心は固いようだな」ぎこちなく頭をさげると、ジャックは扉に向かった。

「いつでも好きに馬車を使うといい」

手首にきつく食いこんでいた縄をヒューゴーにほどいてもらうと、ガブリエルは安堵の息をついた。

「ちくしょう」ハンカチをとりだして手首にこびりついた血を拭くガブリエルを見て、ヒューゴーがうめいた。「その傷はきちんと消毒しないと感染するぞ」

「そんな心配はあとでいい」汚れたハンカチを投げ捨て、ガブリエルは顔色の悪いヒューゴーに目を向けた。「頭の具合はどうだ?」

「まだ痛い」友は顔をしかめ、クルミ材のサイドボードに歩みよってブランデーの瓶を手にした。「これを飲めば少しは楽になるだろう」

「しーっ」ガブリエルが小声で言った。「おまえの意識が戻り、ぼくが自由になったのを警備兵に気づかれるとまずい」

「今さら関係ないさ」ヒューゴーが瓶に直接口をつけてブランデーを飲み、痛みに顔をしかめた。「武器もないのに兵士にかなうわけがないだろう」

ガブリエルはよろよろと立ちあがり、友人をにらみながらこわばった筋肉をのばした。

「ぼくはタリアを残して逃げるつもりはない」

ヒューゴーが長い腕を上げる。「落ち着け、アッシュコーム。おれだっておまえの奥方を見捨てるつもりはこれっぽっちもない」

「許してくれ」ガブリエルはずきずきするこめかみに手のひらをあてた。「ここ数日、かなり疲れているんだ」

ヒューゴーがもうひと口ブランデーを飲んだ。「数日じゃなく、数カ月だろう」

「たしかに」思いつめたようなため息をつくと、ガブリエルは窓の外に目を向けた。警備兵は正面バルコニーにふたり、公道に向かって開いた門の近くにひとりいる。彼は視線をヒューゴーに戻した。「サイラス・ドブソンの娘と結婚するよう脅されて以来、人生ががらりと変わったよ」

ブランデーの瓶をかたわらに置くと、ヒューゴーはサイドテーブルにもたれた。頭を殴られた後遺症からまだ完全に立ちなおっていないようだ。

「そんなおまえをうらやむべきか、教会の通路に引っ張りだそうとする気のふれたような父親がいないことを感謝するべきか、おれにはわからない」

もっともな感想だ。

タリアを花嫁にしたことはもちろん後悔していない。彼女はまさに奇跡だ。彼女と結婚したことで思ってもみなかった喜びがもたらされるなどと、いったい誰に想像できただろう。

だがガブリエルは心の奥底でわかっていた。結婚式までの日々と正式な夫婦になってからの数週間、タリアはガブリエルに完全に無視されていた。彼女はそれを決して忘れていないし、許してもいないだろう。

自分の愛撫にどんなに敏感に反応しようと、妻としてどんなに誠実であろうと、タリアはこちらに対して完全に心を開いているわけではない。それは当然だ。一度は信頼を粉々に打ち砕いた相手に心を許せるわけがない。

「今のぼくらをうらやましがるようなまぬけはいないさ」ガブリエルは皮肉っぽく言った。

「たしかに」ヒューゴーが胸の前で腕組みする。「しかし落ち着いて考えれば、この状況を打開する方法はある」

ガブリエルはヒューゴーが言い終わらないうちに首を振った。

「だめだ」

ヒューゴーがサイドテーブルから離れ、いら立たしそうに眉をひそめた。

「まだ言ってもいないぞ」

「言う必要もないさ。ぼくはおまえをよく知っている。自分がおとりになって警備兵の注意を引くから、その隙にタリアを助けだしてヨットに戻れというんだろう」

ヒューゴーが挑みかかるように肩を怒らせた。「それしか方法はない」

ガブリエルは重いため息をついた。いくら危険だと言っても、ヒューゴーを説得するのは無理だ。

「ヒューゴー、つまらない殉教者を演じるのはよせ」

「これは殉教じゃない。一世一代の博打だ」ヒューゴーはあごを突きだして反論した。「おまえが逃げたと知れば、兵士たちは追跡にかかるだろう。そうなればおれは誰にも気づかれることなく逃げられる。実際にはおれのほうが安全だ」

「だめだ」ガブリエルはふたたび首を振った。「おとりが必要ならぼくがなる。おまえがつかまったのはぼくの責任なんだから」

「アッシュコーム、それはおれが自分の意思で決めることだ」ヒューゴーが低い声で言った。「責めるべき相手がいるとしたら、それはおまえの弟だよ」

「もちろんぼくを責めればいい」背後から思いがけない声が響いた。「あんたはぼくを昔から嫌っていただろう、ロスウェル卿?」

ガブリエルは素早く振り向いた。幅の狭い本棚が内側に開いたかと思うと隠し通路が現れ、そこにハリーが立っていた。

ガブリエルは信じられない思いで弟を見つめた。くしゃくしゃのブラウンの髪と攻撃的な顔つきをしたやせた姿。これは幻ではないだろうか。

自分の目の前をヒューゴーが猛然と突き進んでいく。自分たちを窮地に陥れた張本人に殴りかかろうとしているのだ。

「この野郎」

逆上したヒューゴーの前に飛びだすのがどれほど危険かを考える間もなく、ガブリエルは彼の胸に両手をまわして必死に押しとどめた。

「待て、ヒューゴー」振りほどこうとする友を必死に抑えつけながら声を振りしぼる。

「なぜだ?」ヒューゴーが歯を食いしばりながら言った。「こんなやつは生きたまま皮をはがれればいいんだ。植民地の原住民がやっているように」

「叩きのめす前に話をさせてやってくれ」

「いいだろう」

こんな腰抜けは目の前で撃ち殺してしまうべきだとつぶやきながら、ヒューゴーはなんとか引きさがった。だがその大きな体は緊張のあまり、少しの刺激でも怒りを爆発させそうなことがありありと感じられた。

ガブリエルは弟に向きなおった。この再会を一瞬でぶちこわしてしまうような過ちをハリーが犯さないのを願いながら。

「なぜこんなところまで忍んできた?」

ハリーは肩をすくめた。「言わなくてもわかるだろう。屋敷に戻ったのをジャックにも警備兵にも気づかれたくないからさ」

ガブリエルが目を細める。「隠し通路のことをなぜ知っているんだ？」

「ジャックからの連絡を待つ二週間、屋敷をずっと探険していたんだ」ハリーは背後にのびる暗い抜け道を振り返った。「この秘密の抜け穴は数日前に見つけた。ここの前の持ち主は密輸に手を出していたようだ」

おそらくハリーの言うとおりだろう。カレーは古くから、英国の密輸船が物資をおろす港だった。ここ以外にも隠しトンネルを持つ屋敷があるにちがいない。

ヒューゴーが鼻を鳴らす。「おまえがそういうものを見つけたと聞いてもまったく驚かないな」

ハリーは通路から出ると小ばかにしたような顔でヒューゴーを見た。

「ぼくにあんたのようになれっていうのか、ロスウェル卿？」ハリーは言った。「世界を支配しているかのようにふんぞり返って歩き、格下の人間にひざまずかれるのが当然だと思うような人間に？」

「つまらないけんかはあとにしてくれないか」弟から目を離すことなくガブリエルが口をはさんだ。「抜け道はどこにつながっているんだ？」

「地下貯蔵室だ」

ひと筋の希望の光が差すのを感じ、ガブリエルはうなずいた。

警備兵に気づかれずに逃げられるだろうか。

「屋敷の外に出る道はあるか？」

「裏庭に出られる石炭シュートがある」ハリーはそこで顔をしかめ、上等の上着についた黒い筋を見た。「新品の上着がこのとおり台無しだ」

「そこにも警備兵がいるのか？」

「いや」ハリーが腕にからみついたクモの巣を払い落としながら言った。「ぼくの見たところ、この隠し通路はもう何年も使われていない。ジャックはそんなものがあることすら知らないんじゃないかな」

「主寝室につながっている通路もあるのだろうか」

ハリーは顔をしかめた。「そこまではわからないな」

ふいにヒューゴーがガブリエルの腕をつかんだ。信じられないといった表情をしている。「気はたしかか？」ヒューゴーは声を荒らげた。「こんなやつの言葉など信じられるか」

ガブリエルは眉をひそめた。「罠だというのか？」

ヒューゴーがいまいましそうにうめいた。「次代アッシュコーム伯爵になれるのなら、ハリーはおれたちふたりを嬉々として殺人者の手に引きわたすだろう」彼はガブリエルに恐ろしい事実を思いださせた。「こいつは前からアッシュコーム伯爵の座を狙っていた」

「ちくしょう」ハリーが吐き捨てるように言った。「なぜ、誰も彼もぼくが兄のくだらない爵位をほしがると思うんだ？」乱暴に振りまわした腕があたって、もう少しでコンソールテーブルに置かれていたクリスタルガラスのチェスセットを床に落としてしまいそうになる。「伯爵の仕事なんてつまらなくて退屈なだけだ。そろそろやってくる領民たちの陳情をいちいち聞いたりするなんて、ぼくは絶対にごめんだね。そんな役目を負わされるくらいなら、いっそ海に飛びこんだほうがましさ」

図書室にヒューゴーの笑い声が響いた。「海に飛びこむのならいつでも手伝って……」

「ヒューゴー」ガブリエルがうんざりしたようにつぶやいた。

日頃から好んでハリーを攻撃するヒューゴーだが、今日はいつにもまして凶暴だ。

もちろんハリーはその場をとりなすことはしなかった。ヒューゴーをわざと挑発するように唇の端を曲げてにやにやしている。

「ガブリエル」弟は言った。「ぼくが罠に陥れるためにここに来たと思っているのか？」

兄は唇を曲げた。「ハリー、おまえのこれまでを考えるかぎり、信用するのは容易ではない」

ハリーの細い顔に赤みが差し、ふいに傷つきやすい幼さが見えた。

「たしかにぼくは祖国を裏切った救いがたい人間かもしれない。けど、兄さんに危害を与えようなんて思ったことは一度もないよ」彼はかすれた声で懸命に訴えた。「本当だ」

兄弟はその場でしばらく見つめあい、ふいに時間が過去に戻った。広大な領地を駆けまわり、子ども部屋を抜けだしてはいたずらをした無邪気な子ども時代がよみがえる。先の伯爵がガブリエルに跡継ぎとしての教育を受けさせようとする前、ハリーが彼を甘やかす母親のもとに託される前のことだ。

あのときの自分たちは……本当の兄弟だった。

そのとき、ヒューゴーの指がいら立たしげにガブリエルの腕に食いこみ、はかない記憶が途切れた。

「たしかにハリーはおまえの死を望んでいないかもしれない。しかし、兄と自分のどちらの命を選ぶかとジャックに迫られたら、こいつはまちがいなく自分の命を選ぶはずだ。それはおまえにもわかるだろう」とヒューゴー。

「ぼくはもう選択を迫られた」ハリーがぴしゃりと言う。「ふたりが殺されることをおとなしく受け入れないと、心臓に銃弾を撃ちこんでやると言われたんだ」彼は肩を怒らせた。「ここに来ることで、ぼくだって同じような危険を冒しているんだぞ」

ガブリエルは言い争いに耳を貸さず、必死に考えた。

ヒューゴーがハリーを信用しないのはわかる。兄の自分でさえ難しいのだから。しかし自分たちの助かる望みがこの隠し通路にしかないとしたら、弟への不信感に邪魔されてみすみす機会を逃すことはない。

このうえ失うものはなにもないのだ。

「ハリー、ヒューゴーを地下貯蔵室に連れていってくれないか」

ハリーは突然の兄の指示に眉をひそめた。「兄さんはどうするんだ？」

ヒューゴーがガブリエルの計画を察して頭を振る。「だめだ。やめろ」

ハリーはいぶかしそうに前に進みでた。「どうなっているんだ？」

ガブリエルはヒューゴーから目を離さなかった。親友に協力を断られては、とっさの思いつきでしかないこの計画はまず成功しない。

「タリアを置いて逃げるようなことは絶対にできないと言ったろう」とガブリエル。

ヒューゴーが肩をすくめた。「三人で彼女を助けに行けばいい」

「だめだ。これ以上話しあうつもりはない」ガブリエルは断固としてはねつけた。「おまえはハリーと地下貯蔵室でぼくとタリアを待つんだ。半時間たってもぼくらが来なければ、ハリーとふたりでヨットまで逃げろ」言いながらヒューゴーの顔に指を突きつける。「今回はなにがあっても英国に戻るんだ」

ヒューゴーは怒りに身を固くした。「絶対に断る」

「いいかげんにしてくれ」ハリーがぴしゃりと言った。「漁師の女房連中みたいにわあわあ騒いでいたら、三人ともここで殺されるだけだ」

「おまえは自分が助かりたいだけだろう」ヒューゴーがつぶやいた。

ハリーが絶望的な顔でヒューゴーをにらみつける。「まともな人間なら誰だって助かりたいさ。ぼくは兄さんから命令されることに慣れているだけだ」言いながら、固い決意を隠そうともしないガブリエルに目をやる。「ぼくらにできるのは、このままここに突っ立っているか、ガブリエルが妻を助けに行けるよう地下室に向かうかのどちらかだろ」

「そのとおりだ」ガブリエルはヒューゴーを開いた本棚に押しやった。「ハリーと行ってくれ。なるべく早くに追いつくから」

「わかった」ヒューゴーがしぶしぶ通路に向かいながら、不満そうな顔で振り向いた。「追いつくころには、おまえのかわいい弟を絞め殺しているかもしれないぞ」

ガブリエルはしばらく待ってから近くの枝付きの燭台から蝋燭を一本とり、ヒューゴーとハリーのあとに続いてかびくさい通路に入った。

「勝手にしろ。ただし警備兵には気づかれるなよ」

18

タリアは扉に耳をつけ、ジャックとソフィアの激しい言い争いを聞いていた。

罪の意識はまったくなかった。フランス人スパイの囚人にされたときの正しい振る舞い方など、家庭教師は誰ひとりとして教えてくれなかった。むしろ、波止場の労働者たちと過ごした午後に、若い女性も必要なときは礼儀作法を捨てなければならないと学んだのが生きている。

それに、囚人を解放して宮殿に戻るようソフィアがジャックを説得してくれるかもしれないという希望は捨てていない。ソフィアがなぜ自分を追い払いたがっているのかはこの際どうでもいい。囚人をカレーの町に解放し、べつの場所でべつの仕事をしたほうがずっと有益だとジャックを説き伏せてくれさえすればいいのだ。

けれども、その希望はすぐにしぼんでしまった。ジャックが勢いよく部屋を出て廊下を横切る音がしたのだ。足音がタリアのもたれている扉にまっすぐ近づいてくる。

慌てて包みを探って小さな棍棒をとりだすと、タリアは壁に体を寄せた。身の守り方を教えてくれた波止場の男たちの言葉がよみがえる。自分より大きな相手を倒せるチャンスは一度きり、相手のふいを突くことができなければ必ず負けてしまう。

彼女は息を殺し、扉が開くと同時に腕を振りあげた。ジャックが部屋のなかに完全に入るまで待って勢いよく前に飛びだし、棍棒を振りおろす。

決定的な一撃になるはずだったが、ここぞというところでドレスの裾が足首にからまった。タリアにこの方法を教えてくれた男たちは、こういう事態が起こる可能性を考えたりはしなかったのだろう。

バランスを崩したせいで狙いは大きく外れ、ジャックが小さな叫び声をあげてタリアを羽交い締めにした。棍棒が絨毯に落ちる。

「まったく《サクレ・ブル》」彼は息を切らしながらタリアをにらんだ。「それが大切な客人として扱ってくれた相手にすることか？」

タリアはジャックをにらみつけた。丁重に館へ案内されて、この寝室に連れてこられたのはたしかだ。しかしジャックは出ていくときに扉に鍵をかけ、夫とロスウェル卿を殺すと脅したのだった。

「大切な客人は部屋に監禁されたりしないわ」

ジャックは眉をつりあげた。「ベッドに縛りつけられるほうがいいというのか？」

「あなたの頭を殴らせてもらったほうがよかったわ」彼女は言い返した。

呆れたように頭を振ると、ジャックはタリアを放して身を引いた。

「ここまで女たちに悩まされるとは、ぼくはいったいどんな悪事を働いたというんだ？」

彼が本気で嘆いているのを感じ、タリアは鼻を鳴らした。ひとりの女性をおとしめ、べつの女性を監禁し、しかも両方を厄介者扱いするとはいかにも身勝手な男だ。

男性の傲慢さにはいつもながら呆れ返る。

「彼女はあなたにはすぎた女性よ」タリアは責めた。

「なんだって《パルドン》？」

「ソフィアよ」タリアは言った。「彼女はあなたを心から愛しているわ。なのに、簡単に捨てられる娼婦のように扱っているじゃない」

ジャックが眉をつりあげた。「マ・ペティ、驚かせて申し訳ないが、彼女はまさにその種の女性だ」

この数週間はタリアにとって驚きどころではなかった。「ただの娼婦としか見ていないのなら、彼女があなたに恋をするよう仕向けるべきではなかったわね」

ジャックは信じられないとでも言いたげに目を見開いた。「ぼくが悪いというのか？」

「あたり前よ」タリアは肩をすくめた。「彼女に愛を求めたでしょう？」

「それは、紳士が娼婦にふつうに求めるものだ」

「わたしは……」タリアは必死に言葉を探した。「肉体関係のことを言っているんじゃないわ」

ジャックは笑いだし、ペルシャ絨毯のうえを歩いた。渦巻き装飾の炉棚から琺瑯《ほうろう》のかぎ煙草入れを手にとり、ふたをぱちりと開ける。

「愛は肉体関係抜きには語れない。ありがたいことに」ジャックはかぎ煙草のにおいをそっとかぎ、タリアは床に落ちた棍棒に目を向けた。彼の頭を殴りつけられなかったのが残念でならない。逃げる機会を失ったことも悔しいが、この男は一度思いきり頭を殴られたほうがいいのだ。

「わたしが言いたいのは、あなたと彼女はベッド以上のものをわかちあった仲だということよ」タリアは非難した。

ジャックは用心深そうに身がまえた。「なぜそうわかる？」

「男性のこととなると、女性は愚かになってしまうの。でもソフィアは大人の女性だわ。自分をたんなるベッドの相手としか見ない男性に心を捧げはしないはずよ」

「今となってはどうでもいいことだ」ふいに煙草入れを炉棚に戻すと、ジャックは夜明け前の静寂に包まれた通りが見える窓辺に近づいた。「ソフィアはあと数時間でパリに発つ」

タリアはジャックの険しい横顔を見つめた。「あなたがとめれば彼女は行かないわ」

「もうとめたよ」ジャックはタリアの目を見つめた。「ソフィアはきみがここにいるのが気に入らないんだ」

タリアは喉がつまったような音をもらした。この人はわざと鈍感なふりをしているのだろうか。

「あたり前でしょう」腰に手をあてて言う。「あなたはソフィアを少しでも大切に思っているの？」

ジャックが気を悪くしたように体をこわばらせた。やがて目を細め、冷たい笑みを浮かべる。

「なかなか抜け目がないな」

「抜け目がない？」

ジャックが胸の前で腕を組んだ。「ソフィアに対するぼくの愛情をかき立て、彼女の嫉妬をなだめるためにはきみたちを解放したほうがいいと誘導したいんだろう」

もちろん図星だが、それを認めるわけにはいかない。ジャック本人も、ソフィアに対する欲望と、父を貴族に殺された復讐を果たしたいという欲望のどちらが勝っているか、はっきりわかっていないようだ。

「心から信じた相手に捨てられる女性を気の毒に思うのはいけないことなの？」タリアは答える代わりに問い返した。「わたしだって過去に同じ失望を味わったわ」

ジャックの瞳が思いがけず怒りにかげる。「ぼくをハリーと比べるのはよしてくれ」

「それなら、彼よりましな人間になりなさい」

タリアが言い放つと、ジャックは奇妙な表情をした。

「今のきみは、初めてデヴォンシャーにやってきたときの傷ついた子どもじゃあないな」

キャリック・パークに到着したときの自分を思いだし、タリアはかすかな笑みを浮かべた。あのときは、まさに不当な罰を受けた子どもの気分だった。ひとりぼっちで途方に暮れ、この先に幸福が待っているなどとはとても思えなかった。

けれども今は、他人に自分の価値を決められるような臆病な子どもでなくなったことに感謝している。自分のなかに強さを見いだせた。

「ええ。子どもだったわたしも、成熟した女性になったのよ」タリアは応じた。「そして妻に」

ジャックが唇を固く結んだ。「アッシュコーム伯爵夫人に？」

「それはただの社会的地位だわ」彼女は肩をすくめた。「わたしはいつもタリアよ」

「すばらしい」ジャックが低い声でつぶやいた。「きみほどの女性を貴族なんてものにしておくのはもったいない」

ガブリエルの妻になったことと貴族に昇格したことはべつの問題だと言いかけたとき、タリアははっと口をつぐんだ。向かいの壁の羽目板が横に動いたのだ。

最初はゆらめく蝋燭の明かりのせいでそう見えたのかと思った。しかし羽目板は本当に動いていた。奥に通路が見え、暗がりのなかに男性の姿が浮かびあがる。

タリアは悲鳴をあげかけた。あれはなに？　兵士が寝室に忍びこもうとしているのだろうか。それとも道端の浮浪者が入ってきたのか？

幸い、すんでのところで悲鳴はこらえたが、人影が光の届く場所まで動いたときに、優雅な顔立ちと金髪が見えた。ガブリエル？　そんなまさか。

彼は長い指を唇にあて、ふたたび羽目板を元どおりに閉めて姿を消した。タリアは口をつぐんだ。

ジャックに視線を戻すと彼はひどくけげんそうな顔をしていて、タリアは思わず心臓がとまりそうになった。異変にまったく気づかれなかったわけでもないらしい。

「タリア?」ジャックが青ざめた顔の彼女を見おろした。「どうしたんだ?」

「あ……」

「言ってごらん、マ・ペティ。なにかあったのか?」

「いいえ。ただ……急にめまいが」

作戦がうまくいったのか、ジャックはすぐさまタリアの両腕を支えてやさしくベッドに向かった。

「かけて」ささやきながらマットレスの端に座らせ、タリアの額に手をやった。「熱はないね」

タリアは硬い笑みを浮かべた。心配そうなジャックの表情のかげにわずかに疑念が見える気がするのは気のせいだろうか。

「病気じゃないわ。お腹が空いているだけよ。今日はリンゴを一個しか食べていないもの」

「なぜ言わなかった?」

「あなたは囚人全員を飢え死にさせるつもりだと思ったの」

からかうように言ったつもりが、ジャックは渋い顔をした。虐待者のように言われて腹を立てたようだ。もちろんジャックは本能的に女性を守らずにはいられない紳士だ。タリアはふと同情に近い感情を抱いた。

「マ・ペティ、ぼくはただきみを守ってあげようとしているだけなのに」

タリアは顔をしかめ、弱々しいふりを装った。

「そうかもしれないけれど……とてもつらいの」

「ウイ」見あげた彼女の顔を食い入るように見つめながらジャックが言った。「わかるよ」

タリアは乾いた唇をなめた。「食事をいただける？」

ジャックが一瞬だけ迷ったような気がしたが、おそらくそれは思いすごしだろう。

「いいとも」ジャックは彼女の頬に指を這わせ、軽く頭をさげた。「すぐに戻る」

「ありがとう」

ジャックが部屋を出て扉を閉めるのを見送ると、タリアはそろそろと立ちあがって扉に近づき、廊下の向こうに遠ざかる足音に耳を澄ませた。彼が完全に行ってしまったのを確かめると、急いで羽目板のところへ駆けよって軽く叩く。

かすかなささやき声とともに羽目板が開いた。ガブリエルが部屋に入ってくるなりタリアを抱き締める。そのあまりの力に、彼女は息をするのも難しいほどだった。

だがタリアは逆らわなかった。ガブリエルのたくましい胸に顔をつけ、背中に両手をまわして無事であるのを確かめた。

「ああ、とても心配したわ」タリアは息を切らせた。「どうやって逃げだしたの？」

ガブリエルは彼女のこめかみに唇をつけると、厳しい表情で身を引いた。

「話はあとだ。早くここを出よう」

「ええ」

優雅な部屋を見まわしたガブリエルは、チェストにぶらさがるジャックの服と暖炉の脇にあるブーツに目をとめて唇を結んだ。

「なにか必要なものはあるか？」

タリアは爪先立ってガブリエルのこわばったあごにキスをした。

「なにもいらない。あなたさえいれば」

ガブリエルの銀色の瞳が輝き、彼女の胸が高鳴った。

「タリア……」

ふいに蝋燭の火がゆらめいたかと思うと、部屋の扉が開いてジャックが現れ、どこかあきらめたような顔でガブリエルに目を向けた。自分の演技が最初から見破られていたのに気づき、タリアは自分の愚かさを呪った。

ばかにもほどがある。怪しまれているような気がしていたのに。早くジャックを遠ざけてしまいたいあまり、つい焦った。結果、ガブリエルを罠におびきよせてしまったのだ。

ジャックは扉を閉めて上着のポケットから拳銃をとりだし、ガブリエルに向けた。

「感動の夫婦再会だな」

ジャックが部屋の中央にやってくるのを見つめながら、ガブリエルは無意識にタリアをきつく抱きよせた。警備兵を呼ばれる前に彼女を通路に引っ張りこんで逃げようとも一瞬考えたが、そうすると流れ弾がタリアにあたってしまうかもしれない。

「ジャック・ジェラール、おまえの顔を見るのはいいかげんうんざりだ」

「こちらも同じ思いだよ、アッシュコーム卿」

ジャックが拳銃をわずかに振った。「タリアを離せ」

タリアが小さな悲鳴をあげてガブリエルの腕にしがみついた。

「いや」

「タリア、怖がらなくてもいい」ガブリエルはささやきながらタリアの頬にやさしくキスをし、上着を握り締める彼女の指をほどいて弾があたらないよう遠ざけた。「大丈夫だ」

タリアはいつもの気丈さを失うことなく、自分たちをとらえた人間をすさまじい目でにらみつけた。

「夫を傷つけないで」

「マ・ペティ、こうなったのも彼のせいだ」

いとおしそうにタリアを見つめるジャックを見て、ガブリエルは拳を握り締めた。いったいこの男は、いつになったらタリアは人妻で、決してほかの男のものにはならないと認めるんだ？

「血なまぐさいことが好きな性格を人のせいにするな」ガブリエルはぴしゃりと言った。

「それから、妻のことはレディ・アッシュコームと呼べ」

彼が嫉妬するのが愉快らしく、ジャックはにやりと微笑んだ。

「その通路をどうやって見つけた？」

ガブリエルはばかにしたように微笑んで肩をすくめた。

「ヒューゴーはしぶとい男だ。われわれが袋のネズミになったということを断じて受け入れなかった」まったくの嘘というわけではない。「通路への入り口が見つかるまで図書室を隈なく調べたのさ」

しばらく考えたあと、ジャックが鋭く首を振った。

「ノン。追いつめられたときにそう都合よく通路が見つかったりするものか。この屋敷をじっくり調べた者にしかわからないはずだ」ジャックは目を細めた。「裏切り者は誰だ？　警備兵か？　召使い？　そうか……」横柄な笑みが浮かぶ。「ハリーだな」

「ハリーだと？」ガブリエルは眉をつりあげた。「あいつはおまえに忠誠を誓った男だ。もう弟とも思っていない」

ジャックが頭を振った。彼はそう簡単にはだまされない。

「ぼくもそう思っていた。しかしそれと同時に、めめしい弱虫を信頼してはいけないということも心得ている」彼はゆっくり言った。「ハリーはおまえを裏切ったのと同じようにぼくをも簡単に裏切るだろう。彼は今どこにいる？」

ガブリエルは手を上げた。ヒューゴーと弟が指示どおりヨットに戻っていればいいのだが。

「きかれてもなにもわからないな」彼は不敵に笑った。「だがヒューゴーはすでに逃げて英国に向かっている。弟の反逆行為を伝えるために」

ジャックはやれやれというようにため息をついた。「こんな退屈なゲームをどうしても続ける必要があるのか？」

ジャックの傲慢な顔に拳を叩きこんでやるところを想像しながら、ガブリエルはかろうじて微笑みつづけた。

「そのようだ」

「まったく無意味だ」ジャックが肩をすくめる。「警備兵たちがいなくなった客人を速やかにつかまえるだろう」

それは否定できなかった。地下室から逃げるよう弟がヒューゴーをどうにか説得できたとしても、逃げられるのはせいぜい一ブロックか二ブロックだろう。なんとか時間稼ぎをする必要がある。

危険を顧みず、ガブリエルは硬い表情で前に進みでた。

「くり返すが、ヒューゴーはもう逃げた。ハリーをスパイとして英国に帰す計画はこれでおしまいだ」

「とまれ」ジャックがガブリエルの心臓に銃口を向ける。「もうこの辺であきらめろ」

ジャックに気をとられていたガブリエルは、衝動的な妻のことを忘れていた。しまったと思ったときはもう遅く、タリアはジャックに向かって突進していた。ガブリエルは血も凍る心地がした。

なんてことだ。夫を墓場へ送りこむ気か？

「やめて、ジャック」彼女はジャックの腕に手をかけた。「お願い、やめて」

ガブリエルはジャックを刺激しないようその場に立ちすくんだ。ジャックはタリアに気をとられている。くしゃみひとつしただけでもすぐさま引き金を引くだろう。

「許してくれ、タリア」ジャックがささやいた。

「いやよ」彼女が激しく首を振った。「絶対に許さないわ」

ジャックがタリアの手を振りほどこうとして身を引き、その拍子にコンソールテーブルにぶつかった。陶器の花瓶が床に落ち、砕ける音が部屋に響きわたってタリアが悲鳴をあげた。

ジャックが腕を上げてガブリエルに狙いを定める。

銃口を見つめるガブリエルの耳に、扉が開く音とソフィアのするどい声が聞こえた。

「ジャック、いったいなにが――」

ガブリエルは迷わなかった。ジャックが扉を見た瞬間に前に飛びだし、体格差を生かして相手に体当たりを食わせ、拳銃をはね飛ばして床に組み敷いた。

ジャックが頭を床に打ちつけてうめく。その体を両腕で締めあげようとしたガブリエルは、激しく怒っているソフィアに力任せに背中を殴られた。

ソフィアの攻撃をかわそうとして一瞬手の力をゆるめたとき、ジャックが素早く上着のポケットからナイフを抜いてガブリエルの首筋に突きつけた。

「動いたら喉を切り裂くぞ」

タリアはガブリエルがジャックを組み伏せるのを凍りついたように見ていた。気でもちがったの？　ジャックは拳銃を持っているのに。殺されるかもしれないのに。

今にも耳をつんざくような銃声がするだろうと思い、タリアは身がまえた。しかし拳銃がジャックの手を離れ、弧を描いてベッドのそばに落ちるのを見て、ひざから力が抜けた。ガブリエルの反撃が奇跡的に成功したのだ。絨毯のうえでとっ組みあうふたりに目を戻すと、どうやら体の大きいガブリエルのほうが優勢らしく、相手を組み敷いている。

だがほっとしたのもつかのまだった。ソフィアが部屋に入ってきたかと思うと、いきなりガブリエルに飛びかかって背中を殴りつけた。

「やめて」叫びながら飛びだそうとしたとき、ジャックがガブリエルにナイフを突きつけて脅した。

タリアはその場に凍りついた。時間がとまったようだ。

どうしよう。息をとめて頭のなかで必死に考える。

今ジャックに襲いかかったところでかなうはずもなく、さらにガブリエルを危険にさらしてしまう。そんなことは絶対にできない。通路を使ってロスウェル卿を捜しにいくことはできても、戻ってくるころにはすでにジャックは……。

タリアは激しく身震いした。自分がなにもできないとは思いたくない。

部屋を見まわすと、扉の前に転がったままの棍棒が目に入った。あれで男性を殴って気絶させるのは得意だが、相手のふいを突けたときだけだ。それに、ガブリエルの喉にナイフを突きつけているジャックに殴りかかることはできない。

必死になったタリアの目に、ベッドのかげに落ちている拳銃が目に入った。

銃の扱いには慣れていないものの、基本的な撃ち方は教えてもらっている。すでに弾が入っているのを考えれば、撃つことそのものは決して難しくはない。ただこの状況では、ガブリエルを傷つけずにジャックを撃つことなど、一流の射手にとっても容易ではない。

そこでタリアは、必ずしもジャックを狙う必要はないと気づいた。ガブリエルを自由にするための、はるかに簡単な方法がある。

少なくともそのはずだ。

自分の存在を忘れたかのような三人に目を向けながら、タリアはそろそろとベッドの脇に近づいた。注意深くかがみこんで拳銃を拾いあげると、ドレスの襞に隠して立ちあがる。

そのまま十秒数え、誰も気づいていないのを確かめてじりじりと部屋のすみに移動した。良心の痛みを感じつつ、タリアは素早く飛びだしてソフィアのこめかみに銃口をあてた。

「ジャック、ガブリエルを放して。でないと恋人を撃つわよ」声を張りあげる。

ソフィアがびくっと凍りついた。しかしタリアは、ガブリエルの喉にナイフを突きつけているジャックから目を離さなかった。

部屋が静寂に包まれ、炉棚の置き時計がときを刻む音だけが聞こえる。

ガブリエルが恐ろしい目でにらみつけていて、ソフィアが細かく身を震わせていた。タリアはごくりとつばをのみ、ジャックが自分の負けを悟るのを待った。

「きみには撃てない」やがてジャックが声を振りしぼった。

「決めつけないで」タリアが警告する。「わたしは捨て身よ」

ふたたび沈黙が流れ、やがてソフィアが神経質な笑い声をもらした。

「そんなことをしても無駄よ、レディ・アッシュコーム」愛する男性を見つめながら言った。

「ジャックは血の通った女よりも自分の夢を実現させることのほうが大切なの」

タリアは首を振った。ジャックの瞳に一瞬恐怖がよぎったのを見逃さなかったのだ。ソフィアが危険にさらされているのに対し、彼は口で言うよりもずっと動揺している。

おそらく、自分で思っている以上に。

「誤解よ。彼はあなたのことを思っているわ」タリアはつぶやいた。「そうでしょう、ジャック？」

ジャックがゆっくりと唇を曲げて微笑む。

「ばかなまねはよすんだ、マ・ペティ。罪のない者を殺せば死ぬまで自分を責めるはめになるぞ」

タリアはゆっくりとガブリエルの喉に突きつけられている大きなナイフに目をやった。

「死ぬまで自分を責めるとしたら、あなたが夫を殺すのを黙って見ていたときの場合よ」言い返す言葉に真実がにじんでいた。「ナイフを置いて」

ジャックは歯を食いしばり、険しい表情のタリアを見つめた。

「それはできないときみもわかっているはずだ」

ソフィアがびくりと身を震わせた。ジャックの言葉に明らかに傷ついている。「だから言ったでしょう」愛人はかすれた声で言った。

「ジャック、わたしを試すのはよして」タリアは再度警告した。「わたしはサイラス・ドブソンの娘よ。ゆりかごにいるときから、この世は冷酷な人間だけが生きのびる場所だと教えられて育ったわ」

ジャックは首を振った。「きみは冷酷な人間なんかじゃない」

ガブリエルがタリアの青ざめた顔を燃えるような目で見つめながら鼻を鳴らした。

「おまえは妻のことをよく知っているはずじゃないのか？」あざけるように言う。

タリアはソフィアのこめかみに目を落としたが、恐怖のあまり気がちがったように動悸がすることや、吐き気がこみあげているのをジャックに気づかれなければいいがと思っていた。

「早く決めて」

「待ってくれ」ジャックは黙っているソフィアに目を向けた。「そう慌てるな」

「ジャック」彼の決意がゆらいだのを感じ、タリアはさらにつめよった。

ジャックが顔をしかめる。「本当に彼女を放すか？」

「誓うわ」

「なんてことだ《モンデュー》」ジャックはガブリエルの喉に突きつけていたナイフをゆっくりとおろした。

立ちあがったガブリエルにナイフをおとなしくとりあげられ、厳しい表情で言った。「タリア、約束だぞ」

「もちろんよ」

タリアは拳銃をおろしてソフィアから離れた。安堵のあまり全身がわなわなと震える。ガブリエルが歩みより、もう大丈夫だというようにタリアの肩を抱きよせた。対決の時間はほんのわずかだったが、拳銃を拾いあげてからというもの、永遠とも思える長い時間を感じた。

ジャックは立ちあがると険しい表情で袖口を整え、扉のほうに手を振った。

「ソフィア、出ていくんだ」

「だめだ」ガブリエルがぴしゃりと言った。「彼女にも残ってもらう」

ジャックは食いしばった歯の奥から罵りの言葉をもらした。

「非力な女性を人質にするつもりか？」

「めったなことでもないかぎり、女性は非力ではない。それくらい、お互いすでにわかっているはずだ。彼女に警備兵を呼ばれても困るしな」ガブリエルは言い返した。「おまえがこちらの言うことを聞いているかぎり、彼女に危害は加えない」

「ぼくらをどうするつもりだ？」

ガブリエルは冷ややかな笑みを浮かべた。「それはひとえにおまえにかかっている、ムッシュー・ジェラール」

19

タリアの肩にまわしていた腕をおろすと、ガブリエルは彼女の手からやさしく拳銃をとり、大きなナイフを上着のポケットにしまった。タリアは一刻も早く屋敷から逃げだし、自分たちを待っているヨットに乗ることだけを望んでいた。しかし、どうやらことはそう簡単にはいかないらしい。

「ガブリエル？」彼ならきっといい考えがあるにちがいないと思い、タリアはささやいた。思ったとおり、ガブリエルが自信たっぷりに微笑んだ。「タリア、蝋燭が必要だ」

「わかったわ」

彼女は炉棚から火のついた蝋燭をとった。ありがたいことにすでに体の震えはおさまり、ひざにもしっかり力が入っている。

ガブリエルは堂々と顔をあげて唇を固く閉じているソフィアをあごで指した。

「ソフィアを連れて通路を先に歩いてくれないか。後ろからジャックとついていく」

ソフィアが暗い通路におとなしく入っていったので、タリアは急いでその隣に追いついた。急に逃げだされて追いかけるはめになっては大変だ。

後ろからついてくる男性ふたりの靴音を聞き、タリアは足をとめた。ゆらめく蝋燭の炎に、ほこりだらけの石壁と木の梁が通された天井が浮かびあがる。

「どっちに行けばいいの？」

「右だ」ガブリエルが言った。「角を曲がると階段があって地下貯蔵室に通じている」

言われたとおり、タリアはソフィアの隣にぴったりつきながら歩いた。かすかにネズミの足音がする。けれども、今はそんなことを気にしている場合ではない。

「さっきはごめんなさい。ガブリエルを死なせるわけにはいかなかったの」階段に着いたとき、高ぶる神経を静めようとしてソフィアに声をかけた。

ソフィアが薄いローブの裾をたくしあげ、狭い階段に足をおろしながら問いかけた。

「あのとき本気で引き金を引いていたかもしれない？」

タリアは顔をしかめた。ガブリエルの命を救うためなら迷わず撃っていたと思う。とはいえ、できるならそのことについてはあまり考えたくなかった。

もしかしたら自分は、あの無慈悲な父親の気質を思った以上に強く受け継いでいるのかもしれない。そう思うとなおさらいやだった。

「正直言って、わからないわ」タリアはつぶやいた。

しばらく気まずい沈黙が流れたあと、ソフィアが静かに咳払いをした。

「あなたに感謝するべきかもしれないわね」

「感謝？」

ソフィアは苦笑いをした。「ジャックが国家への忠誠よりわたしを選ぶなんて思ってもみなかったから」ちらりとタリアを見る。「あなたよりわたしを選ぶともね」

タリアは首を振った。これほど経験豊富な大人の女性でも、ジャックの本当の思いに気づいていないらしい。ソフィアのような女性なら、これまでその美しい足元に多くの男性をかしずかせてきたにちがいないというのに。

けれども、たとえ美しい女性であろうと、誰かを本気で愛してしまったときは不安になるのかもしれない。驚きとともにそんな考えが頭に浮かんだ。

社交界にお披露目される洗練された若い女性たちを見るたびに、魅力的な彼女らが自信をなくすことなど決してないのだろうと思っていたが、案外ちがうのかもしれない。

「ジャックも自分の気持ちに素直になればあなたを愛するわ」タリアは言った。

ソフィアが鋭く息をのんだ。「やめて。お願いだから《シル・ヴ・プレ》」

タリアは驚いた。「なぜ？　彼があなたのことを思っているとわかったでしょう？」

ソフィアは低い声で言った。

「ジャックがわたしのことを思っているというのは認めるわ」苦しげに言う。「それにもちろん、わたしが危険にさらされているのを見て、なんとしてでも守りたいという男性本能を刺激されたのも事実でしょうね。でも、彼の気持ちがそれ以上のものだと勘ちがいするほどわたしはばかじゃないわ」

タリアは手をのばし、ソフィアの腕をそっと握った。ガブリエルにキャリック・パークに追いやられたときのことがよみがえる。あのときは、あのまま死ぬまで愛されることなくひとりぼっちで生きていくのだと思っていた。

でも今は……。

タリアはため息をこらえた。この先自分がどうなるのかまだよくわからない。

「希望を持つのはばかなことじゃないわ」タリアはそっとささやいた。

「その気にさせないで」ソフィアがため息をつく。やがてタリアのほうを向くと、ソフィアはまじめな顔で彼女を見た。「レディ・アッシュコーム」

「なに？」

「もしも立場が逆だったら、わたしは迷わず引き金を引いたわ。それを忘れないで」

容赦ない言葉に、タリアは階段のいちばん下のところで危うくつまずきかけた。

「よく覚えておくわ」

隣を歩くジャックに銃口を向けて歩きながら、ガブリエルは数歩先を行くふたりの女性を油断なく見張った。ふたりは古い友人同士のように低い声で話をしている。だがガブリエルは、タリアほど人を簡単に信じはしない。ソフィアは典型的な社交界の女性とちがって、男性に守ってやると言われて素直に喜ぶようなタイプではない。あのはかなげな美しさのかげに、殺し屋のような残忍さを秘めているはずだ。

幸いソフィアがタリアに襲いかかることはなかった。やがて通路の突きあたりまで来たとき、ガブリエルは行く手をふさぐ扉に注意を向けた。安全を確かめもせずにいきなり地下室に入っていくつもりはない。

幸運ばかりが続いているのを考えれば、このあたりでナポレオンとフランス軍が地下室を埋めつくしているような事態が待ち受けていないともかぎらない。

ジャックを女性たちの前に押しだすと、ガブリエルはタリアの腕をつかんでとまらせた。

「待つんだ、タリア」彼は蝋燭の火を吹き消してあたりを暗闇にした。

タリアが脇にどくと、ガブリエルは拳銃をかまえながら扉をゆっくり開いた。

「ヒューゴー?」そっと声をかける。年代物の樽や湿った石のかびのにおいが鼻を突いた。

かすかな音とともに暗闇のなかに明かりがともったかと思うと、蝋燭を手にしたヒューゴーが扉の向こうから顔を見せた。通路に立つジャックとソフィアを見て渋い顔になる。

「客を連れてくるなんて聞いてないぞ」

ハリーが進みでて、かつては仲間だったジャックに険しい顔を向ける。

「ガブリエル、なぜこんなやつを連れてきた? 早くここから出なきゃならないのに」

動揺するハリーを見てジャックが笑った。

「寝返ったのか、ハリー?」

「これまでに犯した過ちを正そうとしているだけだ」ハリーは苦しげに言った。「せめてひとつくらいでも。自分のしたことがどれほど多くの犠牲をもたらしたかを考えると、とてもすべては償いきれないが」

「おまえは金のために魂を売る腰抜けだ。それを知っていなければ、今の言葉は感動的だが」ジャックが言い返す。

ハリーは罪悪感に瞳をかげらせた。「おまえがぼくをあくどい計画に巻きこんだんだ」激しくなじった。「ぼくの借金を代わりに払ってやると言われなければ、おまえの誘いになど乗らなかった」

ジャックが鼻を鳴らした。「今さらぶざまだな」

ヒューゴーがハリーを押しのけ、いら立たしげにガブリエルを見た。

「これからどうする？」

ガブリエルはうなずいた。「こんな暗闇でぐずぐすしていることはない。ムッシュー・ジェラールには豪華な馬車がある。それを使ってヨットまで引き返そう」

ヒューゴーが眉をひそめる。「兵士たちはどうするんだ？　屋敷をとり囲んでいるぞ」

ガブリエルはむっつりと黙っているジャックに目を向けた。「ムッシュー・ジェラールにわれわれの安全を確保してもらおう」

「本当に大丈夫か？」ヒューゴーが疑問を投げかける。「なかには野心的なやつがいて、指導者を犠牲にしてでも阻止しようとするかもしれないぞ。ナポレオンを感心させて昇進を果たすために」

もっともだ。いかに兵士たちがジャック・ジェラールに忠実だとしても、彼が人質になったことに動揺して、あと先考えずに発砲する者が出てくるかもしれない。誰かひとりの銃が火を噴けば、ほかの者もいっせいに攻撃に出るだろう。

「友人の忠告は聞いたほうがいいぞ、アッシュコーム」無言で考えるガブリエルにジャックが言った。

ガブリエルは顔をしかめた。この期に及んで万全の策などない。ひとつ言えるのは、いつまでもこの屋敷にとどまるわけにはいかないということだ。ぐずぐずしていれば、警備兵たちが町の外壁の外にいるフランス兵に応援を求める危険性が高まる。

「徒歩で行くよりましだ。ずっと速く逃げられる」

タリアが隣に寄り添った。青ざめてはいるが、凛とした表情をしている。まるで小さな戦士のようだ。

「屋敷の横に馬車があったわ」

この屋敷に連れてこられたときに乗った馬車にちがいない。

「ハリー、案内してくれ」

「だけど……」ハリーは口ごもってガブリエルをにらんだ。「ぼくが野良犬みたいに撃たれればいいと思っているのか？」

ガブリエルはため息をついた。「おまえなら、この地下室から裏口に通じるいちばん近い道を知っていると思ったんだ」

「ああ……」それもそうだというように肩をすくめると、ハリーはほこりをかぶったワインボトルが並ぶ背の高い棚の前を横切った。「こっちだ」

ガブリエルはジャックの背中に銃口を向けながらヒューゴーを見た。

「ヒューゴー、ソフィアを頼む」

友はうなずくと、ソフィアの腕をつかんだ。「わかった」

「ノン」ジャックがうめいた。「彼女はここに残せ」

ガブリエルは首を振った。「彼女を自由にするのはヨットに着いてからだ。それまでは一緒に来てもらう」

「英国貴族の騎士道もその程度のものか」

「おまえが妻をさらうようなことをしなければ、こっちも騎士道精神を守っていた」

ガブリエルはタリアにうなずきかけた。彼女が細い階段をのぼり、すぐ後ろからヒューゴーとソフィアが続くのを見守る。次にジャックを前に押しだすと、全員揃って地下室から厨房に出た。

しんと静まり返った厨房に素早く視線を走らせ、使いこまれた調理台や薪の山のかげに使用人がひそんでいないか確かめると、ガブリエルは勝手口の近くに固まっているタリアたちと合流した。

「ここで待っていろ」低い声で指示をして勝手口の扉を開き、ジャックを前に突きだしながら狭いポーチに出る。ざわめきが聞こえ、制服を着た警備兵たちが松明の光の輪に入ってきた。現れたジャックをけげんそうに見ていた兵士たちは、彼がこめかみに拳銃を押しつけられているのに気づいて騒然とした。ガブリエルは必要ならいつでも引き金を引くという意思をこめてジャックに命じた。「武器を地面に置いて馬車から離れるよう兵士に言え」

ジャックが身をこわばらせた。一瞬、英雄的な死を遂げようと愚かなことを考えたのかもしれない。だがやがて理性をとり戻すと、彼は早口のフランス語で武器を置いて裏庭までさがるよう兵士たちに指示した。

兵士たちはしぶしぶ地面にかがんで拳銃を置いた。制服の下にはほかの武器が隠してあるだろう。身を起こした兵士たちはしばらく迷うそぶりを見せたが、ジャックが軽くうなずくのを見てようやく裏庭に通じる扉までさがった。

「ハリー、武器を集めてくれ」ガブリエルはジャックを連れて階段をおりた。

ハリーが階段を駆けおり、地面に置かれた拳銃を拾い集める。ひとつを自分のものにし、ひとつをヒューゴーに渡し、そのほかを近くの雨水樽に投げこんだ。

ヒューゴーはソフィアの腕を引っ張ってガブリエルのそばについた。

「彼女も馬車に乗せるのか？」

ガブリエルは二頭の鹿毛がつながれた美しい馬車に目を向けた。

「ああ。おまえとハリーが先に乗って安全かどうか確かめてくれ」

ヒューゴーは馬車の扉を開け、ソフィアを革の座席に座らせてからタリアの手を引っ張りあげた。女性ふたりを座らせたあと脇にどき、ジャックが大英帝国の滅亡を祈りながら乗りこむのを見守る。

ガブリエルが乗ろうとしたとき、ハリーが馬車の最前列に乗りこんだ。

「ぼくが手綱をとる」

「だめだ」ヒューゴーがつなぎ柱から手綱をほどいて御者席に飛び乗り、華奢なハリーを隣にはね飛ばした。「おまえの馬車がセント・ジェームズ・ストリートを暴走して大勢の通行人にけがをさせたあと、横転してバークレー卿の馬車もろとも大破するのをおれはこの目で見た」

ハリーがヒューゴーをにらむ。「あのときは酔っていたんだ」

「そうにちがいない。だがなにより、おまえは馬を御すことに不慣れだ。危なっかしくてとても任せられない」友はにべもなく言った。

ハリーはガブリエルをすがるような目で見た。「ガブリエル」

「おまえたちふたりとも、地下室で相討ちになればよかったんだ」ガブリエルはつぶやいた。

「ヒューゴー、いいから早く出してくれ」

「了解！」

ガブリエルが乗りこんで扉を閉めるか閉めないかのうちに、ヒューゴーは馬を路地に走らせた。通りに出ると、馬車はまっすぐ南西に針路をとり、早足で駆ける馬のひづめが静まり返った通りに響く。

車内では誰ひとり口を開かなかった。女性ふたりが今にも爆発しそうな険悪な空気に身をこわばらせている。向かいの席でガブリエルはジャックに銃口を向けながら、追っ手を警戒するように通りの後ろに目を向けた。走っている馬車を襲うのは簡単ではないが、決して不可能ではない。なにより、ふいの襲撃だけは避けたかった。

馬車は恐ろしいほどの速さで町の外壁をくぐり抜けて田舎に出た。だがまだ油断はできない。外は依然として暗かったが、はるか向こうに馬に乗った人影が見えた。時刻はもう夜明けに近く、ひょっとしたらどこかの召使いか商人が仕事に向かう途中なのかもしれない。あるいは、酔っ払った貴族が賭博場や娼館から自分の館に帰る途中か。

けれどもこれまでの流れからして、当然ジャックの手下たちが追いかけてくるはずだ。最後のひとつになった噛み煙草を賭けてもいい。

ヒューゴーは数マイル走ったところで馬の速度を落とし、海岸に通じる細い小道に入った。行く手をはばむ大きな石や転がった丸太に乗りあげるたびに馬車は大きく振動し、車内の四人が座席から放りだされそうになる。ガブリエルは、天井からさがるつり革を必死に握り締めるタリアを厳しい表情で見守った。華奢なタリアの体がまるでぬいぐるみのように飛びはねている。

ようやく馬車がとまると、ガブリエルは扉を押し開けた。

「ジャック、悪いが先に降りてもらおう」ガブリエルはゆっくり言った。「追いかけてきた度胸のある兵士たちに調子づかれては困るからな」

「臆病者め」ジャックがつぶやいた。

「慎重なのさ」言いなおすと、ガブリエルは向かい側に心細そうに座っているソフィアに目を向けた。「それからジャック、命の危険にさらされているのはおまえだけではないというのを忘れるな」

ジャックは馬車を降りながらガブリエルをにらみつけた。

「ソフィアをもう一度危険な目に遭わせてみろ――」

「どうするつもりだ？」

ジャックが氷のように冷たい怒りを露わにする。「ぼくを本気で怒らせるな」

「もう時間も遅い。あるいは早いというべきかな。こっちは熱い風呂と暖かなベッドが待ち遠しいんだ」ガブリエルは銃口をジャックの額に向けた。「さあ、降りろ。生かしておく価値がないと判断される前に」

「人間のくずめ」

ジャックが馬車を降りるのを見届けると、ガブリエルは周囲がよく見わたせるよう体をずらした。荒地の向こうには片側に深い木立が続き、反対側は海を見おろす切り立った崖になっている。

なにかが動くような気配はなかったが、だからといって暗がりのなかに危険がひそんでいないとは言えない。

しばらくたっても銃撃がないとわかると、ガブリエルは車内の奥に身を寄せているソフィアに目を向けた。

「ソフィア」扉のほうに手招きする。

長い脚を踏み段におろしながら、ソフィアはガブリエルをじろりとにらみつけた。この展開がまったく気に入らないらしい。彼女の敵意を無視し、ガブリエルはあとに続こうとするタリアを押しとどめた。

「だめだよ、タリア」

ガブリエルの渋い顔を見て、タリアが鼻に皺を寄せた。「わかっているわ、ガブリエル。愚かなことはしないわよ」

その透きとおるような美しい顔を見たとき、ガブリエルはこれまで感じたことのないような奇妙な思いに胸を締めつけられた。彼女の顔立ちを記憶したのはいつのことだろう。結婚式のときからだろうか。それとも、ドブソンに脅されて教会の通路に引っ張りだされるよりもずっと前か？

「しかし、約束はできないだろう？」ガブリエルは浮かない顔で言った。

タリアが大きなエメラルドグリーンの瞳に勇気をにじませる。

「ええ、できないわ」

「もしきみに万一のことがあったら……」

タリアはガブリエルの唇を指先で押さえ、それ以上言わせないようにした。

「なにも起こらないわ」タリアは言った。「あなたのボートはすぐそこよ」

「ヨットだ」訂正しながら、ガブリエルはタリアの手首を握って指先に唇をつけた。そのまま唇をやわらかな手首の内側に這わせると、彼女の脈が感じられた。「ぼくらはまだ乗船したわけじゃない。ヨットに完全に乗りこんでしまうまでは、どんなことがあってもきみから目を離すつもりはないよ」

タリアの頬にかすかに赤みが差した。「乗ったあとは？」

ガブリエルは素早く身を乗りだして熱いキスをした。

「帰国するまで、きみと悦びのかぎりを尽くすつもりだ」彼女の唇にささやく。

一瞬、タリアのやわらかな唇とわが身をつらぬく熱い震え以外になにも感じられなくなったが、近づいてくる足音に邪魔されて現実に引き戻された。

「ガブリエル、朝までここでぐずぐずしているつもりか？」ハリーがいらいらしたように声をかける。

「まったく」ガブリエルはしぶしぶ身を引き、タリアの手を離して馬車からおろした。

あとに続いて素早く降り、石ころだらけの地面を踏み締めて馬車の側面にとりつけられていたガラスのランタンを手にとる。炎は小さいものの、周囲がまだ暗いおかげでヨットの乗組員に簡単に見つけてもらえそうだ。

「ヒューゴー、人質を見張っていてくれ。船長に合図をする」

ガブリエルは断崖に立ち、頭上に掲げたランタンをゆっくり動かして岸までボートを出すよう合図をした。

「運がよければ、待たなくていいかもしれない」ヒューゴーがそばにやってきた。「ボートを岩陰に隠してきた。まだ同じ場所にあるかどうか見てこよう」

ガブリエルはしばらく考えてうなずいた。ヒューゴーをひとりで行かせるのは気が進まない。しかし、一刻も早くここを離れたほうがいいのも事実だ。今にも敵が仕かけてきそうな気がする。

「気をつけろ」ガブリエルはつぶやいた。「兵士たちが追いかけてきているぞ」

「わかっている」ヒューゴーがすぐそばに立っているハリーに目を向けた。「だが、おまえのほうが心配なんだ。敵はひとりだけでないことを忘れるな」

ハリーが前に進みでる。「黙ってボートを見に行け、ロスウェル卿」

ヒューゴーはハリーをぎろりとにらみつけて危険な崖をおりていき、突然姿を消した。親友が足を踏み外して首を折ったのでないことを祈りながら、ガブリエルは残りの者たちを振り返った。ジャックとソフィアが小さな空き地の中央に立っていた。タリアは賢明にも、兵士たちが襲撃してきたときに備えて馬車の近くに身を寄せている。

これまでの自分は、いったいどうして社交界のとり澄ました女性たちで満足できるなどと考えていたのだろう。彼女らがここ数日間のタリアの立場だったら、金切り声で騒ぎ立てるばかりだったにちがいない。

自分の人生にとってかけがえのない存在になった妻にもう一度だけ目をやると、ガブリエルは苦々しい表情のジャックを見た。

「ソフィアを自由にすると約束したはずだ」ジャックが声を荒らげた。

「われわれが岸を離れたら、彼女はカレーに戻っていい」

ジャックは納得しなかった。「か弱い女をたったひとりでこんな田舎に置き去りにするのか？」彼はタリアを見て唇を曲げた。ガブリエルが花嫁をキャリック・パークに置き去りにしたことを思いださせるように。「なるほど。おまえにはそういう癖があるんだったな」

この口の減らないろくでなしめ。

ガブリエルは懸命に怒りをこらえた。「おまえの手下たちが彼女を守るだろう」

ジャックが肩をすくめた。兵士たちが追いかけてきているのを否定さえしない。

「それほど手下がいると思うのなら、今すぐソフィアを彼らに引きわたしたらどうだ？」

「おまえに妙なことをされては困る」ガブリエルは近くの木立に銃口を向けた。「ヨットに乗りこんでしまうまでは、おとなしくしてもらわないといけない。だから彼女が必要なんだ」

ジャックは皮肉っぽく微笑んだ。「つまりぼくを英国に連れていく気なのか？」

「前に行ったときは気に入ったんだろう？」ガブリエルがあざ笑った。

「ああ」ジャックは隣のソフィアを無視して言った。ソフィアは自分だけとり残されようとしていることに怒りを露わにしている。「フランスのスパイとして世間に公表されるわけだな？」

「それは当局が判断することだ」

「おまえの弟はどうなる？」

ガブリエルは身をこわばらせた。今は英国に帰ったあとの厳しい決断に気をとられるつもりはない。

「ハリーのことはおまえに関係ない」

「本当か？」ジャックはからかうように眉を上げた。「あいつの運命はぼくにかかっていると言ってもいいほどだ」

その口調は明らかに脅迫めいていた。ガブリエルはジャックにつかつかと歩みより、腕をつかんで引っ張った。誰にも聞かれないよう馬車の反対側にまわりこむ。

「どういう意味だ？」

ジャックは腕を振りほどき、上着の皺をのばして袖口からのぞくレースのカフスを整えた。人をばかにしたようなその顔を見て、ガブリエルは拳を叩きつけてやりたいのを必死にこらえた。

「英国当局に引きわたされたら、ぼくは当然取り調べを受けることになる」ジャックはさらりと言った。

「それで？」

「おまえの弟は内務省から情報を盗みだし、われわれにずいぶん貢献してくれた。それをぼくが黙っているとは思うまい。たとえ大逆罪で死刑にならなかったとしても、哀れなハリーは永久に汚辱にまみれるはめになる」

それは、ハリーが反逆者だとわかったときからガブリエルが考えていたこととまったく同じだったが、いざジャックの口から聞かされると心底こたえた。

まったくなんということだろう。先を考えると今ここで負けたほうがましにすら思える。

「おまえと取引した時点で、ハリーはみずからの運命を引き受けたんだ」ガブリエルは声を振りしぼった。

「運命は変えられる」ジャックがかすかな夜明けの光のなかに浮かびあがる遠くのヨットをあごで示した。「ぼくをここに残して英国に帰れ。そうすれば、ハリーが反逆者だということは誰にも知られない」

「だがぼくは知っている」

ジャックは鼻を鳴らした。「おまえが自分のことを、並みの人間よりえらいと思っている鼻持ちならない堅物だというのは知っている。しかし、そんなおまえも少しはあの奥方から学んだと思っていたが」

ガブリエルはぴくりと身をこわばらせた。なぜだ？　鼻持ちならない堅物と言われたのはこれが初めてではない。身なりばかり気にしている気どった紳士連中にまじるのより、伯爵としての威厳を保つことのほうを優先させてきたために、これまで周囲から好かれたためしはなかった。

けれど、ジャックにタリアのことを指摘されると胸が痛んだ。ガブリエル自身、自尊心を大事にするあまり、一生悔やむようなことをしたと最近も認めたばかりだ。

「ぼくの結婚とハリーになんの関係があるというんだ？」考えるより先に質問が口を突いて出てしまった。

「おまえはひとりのすばらしい女性を取り返しがつかないほど損なってしまうところだった。彼女を罰したいと思うあまりに」

ガブリエルは顔をしかめた。初々しい花嫁を傷つけてしまったのを、今さらジャックに思いださせてもらう必要はない。

「タリアを罰したいなどと思ったことはない」

「ノン?」ジャックはなにもかもお見通しだというような顔をした。「輝かしいアッシュコーム家の名をおとしめたと言って彼女を責めただろう？　自分が恥をかかされて黙っているような人間ではないということを、サイラス・ドブソンと社交界に証明してみせようと躍起になったんじゃないのか？」ジャックは軽蔑したように頭を振った。「タリアがあそこまで気丈な女性でなければ、おまえの復讐心につぶされていただろう」

ガブリエルは低くうめき、この癪に障るろくでなしを殴りたい衝動とふたたび闘った。

「おまえはなにもわかっていない」

「自尊心を守るために、弟を狼の群れのなかに放りこもうとしているじゃないか。タリアのときと同じように」

相手が自分の心を操ろうとしているのはわかっていたが、ジャックの的を射た言葉に胸を切り裂かれる思いがする。

「タリアにはなんの罪もない」ガブリエルは自分に言い聞かせるようにつぶやいた。「だがハリーは金のために祖国を裏切った。もしぼくがみずからの保身を図ろうとするなら、ハリーの罪を世に知らしめることなく隠し通すだろう」

「誇りはどうした？　アッシュコーム伯爵から誇りをとったらなにもないだろう」ジャックは言い返そうと口を開きかけたガブリエルを片方の手を上げて制した。「なるほど。上流社会はじめのうちこそハリーの反逆に驚愕するだろうが、いずれ彼が破滅するのはわかっていたと納得する。そして気の毒なアッシュコーム伯爵に同情するだろう。長年にわたって弟の不良行為に耐えつづけた挙句、勇気を奮って弟の罪を公表したのは立派だと」ジャックはそこで言葉を切り、獲物に狙いを定めた毒ヘビのようにガブリエルを見据えた。まさに毒を吐く男だ。「そしておまえは国民的英雄になるというわけだ」

ガブリエルは拳銃にかけた指先に力をこめた。ジャック・ジェラールの名前など知らなければよかったと神に祈りながら。

「さっきから好き勝手にしゃべっているが、おまえはただ処刑台から逃げたいだけなのだろう」

ジャックは肩をすくめた。「それもある。だが、ぼくの言葉が真実であることに変わりはない」

20

英国で暮らした長い年月のあいだ、ジャックは母が望んだとおりの洗練された英国紳士になろうと努力した。けれどもそれと同時に、訓練を積んだ兵士としてフランスに帰国するべく、ひそかに準備もしていた。

もちろん、鋭い剣を振りまわしたり、銃で人を撃ち殺したりする昔ながらの戦士になろうとしていたわけではない。列を作って行進し、武器を自殺以外の目的に使うことを覚えるような阿呆はほかにいくらでもいる。そうではなく、ジャックは他人を操る能力を磨いた。適当な動機づけさえしてやれば、周囲の人間などチェスの駒のように自在に動かせる。要は相手の弱みを探りだし、そこにつけこめばいいのだ。

まっとうな紳士の仮面の下にこんな卑劣な考えを隠していると知れたら、世間から厳しい非難を浴びたかもしれない。しかしジャックは世間などなんとも思っていなかった。だいたい、自分の母親を手ごめにしようとし、父を死に追いやったのは世間から〝まっとう〟とされていた紳士ではないか。

血のにじむような努力を重ねてきたのだ。それが功を奏し、パリに帰還するころには高い地位にいる英国紳士を何人も配下に置き、成果を得ていた。

ハリー・リチャードソンもそのひとりだ。

だが不愉快なことに、アッシュコーム伯爵だけは思うようにいかない。この堅物の人でなしを操るのは非常に難しい。

そうかといって、負けを認めるつもりはなかった。ジャックは自分の胸に突きつけられている拳銃に視線を移した。こちらをにらみつけるアッシュコームの瞳は、少しでも逃げるそぶりを見せたら迷わず撃つぞと訴えている。

いくら自信家の伯爵であっても、ハリーを反逆者として当局に引きわたす決心がそれほど固いわけではあるまい。もちろん伯爵はあくまでもそのつもりだと思わせたいようだが。そこをうまく刺激してやれば、この石頭も少しは考えを変えるかもしれない。

しかし、ジャックのささやかな反撃は運悪く中断された。崖下の海岸から高く鋭い口笛の音が聞こえたのだ。

アッシュコームは肩を怒らせ、いつもの険しい表情になった。

「ヒューゴーがボートに着いた」

伯爵が拳銃を軽く振って指示をすると、ジャックは苦々しい気分で空き地に戻った。無意識にソフィアの姿を探し、彼女がほかの人間から少し離れたところに立って恐怖に顔を引きつらせているのを見た。

ジャックの胸にも恐怖がこみあげた。

あたりの空気がにわかに殺気を帯びている。ジャックは足をとめて近くの木立に目をやった。姿こそ見えないものの、追いかけてきた兵士たちが身をひそめながら隙をうかがっている。アッシュコームが自分に崖をおりるよう命じたときはどうなるだろうか。

空き地が修羅場と化すのを想像し、ジャックは身震いした。

同じことを考えたのか、アッシュコームが崖の縁に近づきながらタリアに目を向けた。

「タリア、先におりるんだ」彼女が返事をしないでいると、伯爵は辛抱強くくり返した。「頼む」

タリアが迷うそぶりを見せた。夫を守りたいという本能的な思いと、自分がここにとどまるかぎり、アッシュコームは敵に集中できないのだという理性的な判断のあいだでゆれているようだった。

「わかったわ」

タリアは身をひるがえし、崖をゆっくりとおりはじめた。張りつめた時間が過ぎたあと、やがてロスウェルの口笛の音が聞こえた。タリアは無事にボートに着いたらしく、伯爵はびくびくした様子で林に向かって拳銃をかまえているハリーに目を向けた。ジャックは息を殺した。この落ち着きのない若造は、ちょっとしたことでも動揺して発砲するにちがいない。

「ハリー、次はおまえだ」

アッシュコームの断固とした指示にハリーは顔をしかめた。「敵がひそんでいるぞ」

「わかっている」伯爵は言った。「ボートに乗れ」

ハリーが首を振る。「いやだ。兄さんがジャックを連れて先に行ってくれ。ぼくが兵士たちを食いとめる」

ジャックは高笑いをした。「意気地なしの青虫にやっと背骨が通ったっていうのか？」

兄弟はジャックの言葉を無視してにらみあった。

「ハリー、言われたとおりにしろ」アッシュコームがぴしゃりと言う。

「今回だけは無理だ」ハリーは頑として言い張った。

「まったく……」アッシュコームはいまいましそうに首を振り、ジャックのほうを向いた。

「来い」

ジャックは不安に駆られてソフィアのほうを見た。まるで火薬樽のうえに立っているような気分だ。ほんの些細な動きが大爆発を引き起こしかねない。

死ぬのは怖くなかった。ナポレオンに忠誠を誓ったときから、若い命を散らすのをむしろ望んでいたほどだ。戦争の終わりを見届けることなくこの世を去るくらい、とうの昔に覚悟している。

だがソフィアが危険にさらされていると思うと、息もできないほどの苦しみに胸が締めつけられた。

こちらに向かってソフィアが一歩踏みだしたとき、ジャックは片方の手を上げて制した。

「ソフィア、そこから動くな」声を絞りだす。「きみは安全だ」

ソフィアの瞳が熱く訴えるようにきらめいた。あのまなざしを、自分はどれほど長いあいだあたり前のように受けとめてきただろうか。

「安全なんてどうでもいいの。あなたのそばにいたい」

「ノン。ソフィア、いけない――」

彼女の動きが嵐を呼ぶきっかけとなり、後ろの林から耳をつんざくような激しい銃撃がはじまった。

ジャックは前に飛びだし、ソフィアを突き飛ばして地面に倒した。無我夢中でそのうえに覆いかぶさる。

「やめろ《アルティ》！」アッシュコームとハリーが応戦する銃の音を聞きながらジャックは叫んだ。耳元を一発の弾がかすめる。彼は片方の腕を突きだして怒鳴った。「なんてことだ《モン・デュー》！　やめろと言ったらやめないか！」

急にあたりが静まり返った。火薬のにおいが立ちこめている。地面に伏せたまま後ろを振り返ると、ハリーが胸を押さえて地面に横たわり、そのかたわらに伯爵がひざまずくところだった。

今しかない。ジャックは立ちあがり、ソフィアの手を引っ張って起こした。

「こちらへ！」遠くからフランス兵が叫んでいる。

一歩を踏みだそうとしたとき、ソフィアがよろめいて倒れかけた。

「ソフィア」ジャックは息をのみ、彼女の体を抱きかかえた。「撃たれたのか？」

「足をひねっただけよ」彼女は荒い息を吐きながらジャックの胸を突き放した。「逃げて。あの英国人たちはわたしに危害を加えはしないわ」

「ばかか！」ジャックはソフィアを抱きあげた。

「ジャック」ソフィアが彼の腕のなかでもがく。

「ノン。逆らうのはよせ」ジャックは背後から撃たれるかもしれないのを承知で、木立に向かって駆けだした。

「でも……」

「しいっ」

にらみつけるソフィアには目もくれず、ひたすら前を向いて走る。なんて愚かな女だろう。自分が彼女を見捨ててひとりで逃げるとでも思っているのか？

やっとの思いで空き地の端までたどり着き、深い藪をかきわけて進む。下草に引っかかってパンタロンが破れ、ブーツが傷だらけになった。ようやく林のなかに入ると、ひとりの兵士が現れて頭をさげた。

「馬を貸してくれ」ジャックは言った。若い兵士は、まるで保育室を出たばかりのようなあどけなさを残していた。

「もちろんです」

兵士はうやうやしく頭をさげて木立の向こうに消えたかと思うと、やがて栗毛の牝馬を引いてきた。同じくらい若い兵士がふたり、馬に乗って後ろからついてくる。

「あの英国の豚どもをつかまえましょうか？」黒髪の兵士が興奮ぎみに言った。まだ駆けだしの青二才にちがいない。過去に人を殺したことがある人間は、そう簡単に殺しをくり返そうとは思わないものだ。

「ノン。これ以上追いかけると犠牲者が出る。それに、アッシュコームのヨットから援軍が来れば多勢に無勢だ」ジャックはソフィアを馬に乗せ、あぶみに足をかけて鞍の先をつかむと、彼女の後ろに飛び乗った。「これからカレーに引き返し、フランス軍に注意を呼びかける。そうすれば追跡のために軍艦を出せるかもしれない」

「仰せのままに」

黒髪の兵士はあきらかにがっかりした顔になったが、おとなしく頭をさげると馬の向きを変えてカレーのほうに引き返しはじめた。

もうひとりの兵士が馬をとめ、ジャックに馬を譲った兵士を自分の後ろに飛び乗らせた。彼らが木立のなかに消えるのを見届けたあと、ジャックは自分の馬を早足で進めた。

「しっかりつかまっているんだ、マ・ベル」敵が追ってくるかと振り返ることなく、ソフィアにささやく。

もうたくさんだ。アッシュコーム伯爵も、いまいましいその弟も二度と見たくない。ふたりとも英国に戻る途中でヨットもろとも沈んでしまうがいい。

「ジャック、わたしを許して」アッシュコームが英仏海峡の底に沈むのを想像して楽しんでいたところに、かぼそい女性の声が割りこんできた。

ジャックはけげんそうに見おろし、後悔の念に瞳をかげらせているソフィアの顔を見つめた。

「きみを許す？」

「だって……」ソフィアは言葉を探した。「今回の大失敗はすべてわたしのせいだもの」

たしかに大失敗にはちがいない——ジャックは重い気持ちで認めた。だが、悪いのはほかでもない自分自身だ。

「どこがきみのせいなんだ？」

「伯爵夫妻が逃げるのを手引きするべきではなかったわ」

ジャックはソフィアを胸に抱きよせ、夜明けの光に照らされた彼女の透きとおるように美しい顔を見つめた。

「もうすんだことだ。その話は終わりにしよう」

「でも、昨夜の件は？」ソフィアはまるで自分を罰したいかのように食いさがった。「あのときわたしが部屋に入っていかなければ、また彼らに逃げられることはなかったわ」

行く手は木立から朝露に濡れる丘陵地帯へと続いていた。

「ぼくのことが心配だったからだろう？」

「でもそれは、ある部分だけ」ソフィアはため息をついた。「あなたが寝室でレディ・アッシュコームとふたりきりでいるのはわかっていたの。なにかが割れる音を聞いたとき、いい口実ができたと思って邪魔に入ったのよ。不安だったんですもの……」

「なにが不安だったんだ？」ソフィアが言葉を途切れさせ、ジャックが続きを促した。

「あなたが伯爵夫人をベッドに引っ張りこもうとしたんだと思って」

「きみが入ってやめさせられると思ったのか？」

「なにも考えていなかったわ」ソフィアはかすれた声で言った。「ただ、あなたがほかの女性といると思うと居ても立ってもいられなくて」

ジャックは馬の速度をゆるめた。この美しい女優は、これまで彼の欲求に応じているときでさえ感情を露わにすることがなかった。しかし今、ソフィアの黒い瞳の奥にたぎる熱い思いを知り、ジャックは自分が怖じ気づいているのに気づいた。

「ソフィア」

彼女は顔をそむけ、心の思いを隠すかのように過ぎゆく風景をながめた。

「ジャック、わたしなんかの愛に縛られたくないと思っているのはわかっているわ」その声はほとんど聞きとれないほど小さかった。「でもさっきあなたを失いそうになったとき、とても耐えられないと思ったの。わたしが愛していることを知らずにあなたが死んでしまうのが」

「ぼくは……」ソフィアの正直な告白を受けとめかね、ジャックは鞍のうえで身じろぎした。

「この話はまたあとにしよう」低い声でつぶやく。

腕のなかでソフィアが身をこわばらせた。「もういいのよ、シェリ」

ソフィアの横顔があきらめたようにこわばるのを見て、ジャックは心をかき乱された。こんな大切な話は、疲れているときに馬の背にゆられながらではなく、屋敷に戻って落ち着いてからにしたいと思っただけだ。話したくないという意味では決してない。

「本当にそれでいいのか？」

「ウイ」ジャックの顔に視線を戻したソフィアは、彼の意外な問いかけにとまどったようだった。「あなたとの関係で、わたしは一線を越えてしまったのね」

「ぼくたちの関係に越えてはいけない一線などあったか？」

ソフィアは顔をしかめた。「ごまかさないで、ジャック」

「べつにごまかすつもりは――」

「娼婦の第一条件は、相手に対する感情を複雑にしないことよ」彼女はかすかに頬を上気させながら口をはさんだ。「男性が娼婦と遊ぶのは楽しみのためであって、責任を感じるためではないわ」

責任？ ソフィアと過ごした時間を思いだし、ジャックは胸を熱くした。

ベッドのなかで、そして外で。

「きみとの関係に責任を感じたことなどただの一度もないよ。本当だ、マ・ベル」顔をしかめて言う。

ソフィアの表情は暗いままだった。「そして、この先もそうなんでしょうね」彼女は首をかしげた。「どのみちわたしは、あなたとレディ・アッシュコームの関係をとやかく言える立場じゃなかったのよ。彼女は申し分のない女性だもの。あなたが伯爵夫人を自分のものにしたいのなら、わたしはあなたの幸せを祈りながら喜んで身を引くわ」

「本当か？ 喜んでいるようには見えないがな」ジャックはそっとささやいた。

ソフィアの目に涙が浮かぶ。「やめて、ジャック」

「泣くんじゃない、ソフィア」急に弱さをさらけだしたソフィアにとまどい、ジャックは低い声で言った。

相手の心をゆさぶろうと、涙や癇癪に訴える女性たちのことはよく知っている。だが、ソフィアだけは決してそんなまねをしなかった。

「泣いてなんかいないわ」彼女は意地を張った。「わたしが泣くはずないでしょう」

ソフィアはジャックの胸に顔を埋め、肩を抱く彼の腕に髪を垂らしていた。それを見つめるうちに、ジャックの胸にいとおしさがこみあげてきた。ソフィアがこのうえなく無防備に見える。

「それは娼婦の次なる条件かい？」

ソフィアは瞬きし、小さくはなをすすった。「ウイ」

「ぼくはタリアを求めてはいないよ、マ・ベル」言いながら、ジャックはその言葉が本当であるのに気づいた。自分はただ、冷たい夫の手からタリアを救いだすという考えが気に入ったのだ。鼻持ちならない英国貴族の伯爵からまんまと夫人をさらって痛撃を与え、それでひそかに溜飲をさげていた。しかし、自分の心は常にべつの女性のものだった。

「きみ以外の女性はいらない」

ソフィアはまるで彼にぶたれたかのようにびくっと身を震わせた。「そんなことを言わないで」

ジャックはいつのまにか兵士たちからずいぶん遅れをとったことに気づいた。早朝の空気に規則正しいひづめの音だけが響く。

ソフィアはわざとだだをこねているのか？

たった今自分を愛していると言ったじゃないか。

古井戸に沈めてやると答えたわけでもないのに、その態度はあるまい。

「それがぼくの正直な気持ちなのに？」

「正直な気持ちのはずがないわ」黒い瞳の奥の感情を見せまいとするように、ソフィアは唇を固く結んだ。「あなたは堂々と隣に連れて歩ける立派な女性を求めているはずよ。若くもない卑しい生まれの女優なんかではなく」

ジャックは眉を上げた。「忘れたのか？　ぼくの母は女優だった」

「でも、そのせいであなたは苦しんだんでしょう？」ソフィアが訴えた。

ジャックは首を振った。遠くに見えるカレーの町に目を向ける。

自分でも認めたくはなかったが、心の奥底に、父の死を母のせいにする思いが常にあった。もちろんばかげた考えだというのはわかっている。母にはなんの責任もない。絶世の美女だったことも、かっとなって貴族を刺した夫がバスティーユに送られたことも。

しかし、愛する父を失ったまま大人にならざるを得なかったジャックは、ことあるごとに思わずにはいられなかった。あのとき母が好色な貴族の目にとまりさえしなければ、自分の人生はどう変わっていただろう、と。

これまでソフィアと微妙な距離を保ってきたのは、彼女が母を思いださせるからだろうか。

そう思うと自分のことがたまらなく恥ずかしくなった。

「ノン」ジャックは乱暴に否定した。「ぼくが苦しんだのは道徳心も誇りもない堕落した貴族のせいだ。だがその男ももう死んだ。父と同じように」

「でも、その男のことを忘れてはいないでしょう？」ソフィアがそっと言った。

「この先も忘れることはない。ああいう人間をなくすための努力をぼくは決してやめはしない」ジャックがソフィアの顔に視線を落とす。「ぼくのそばでともに戦ってくれるかい、ソフィア・レナード？」

ソフィアは黙りこんだ。彼の言葉に、非道な支配階級との戦いにこれまでどおり手を貸すこととはべつの意味が含まれているのを感じとったからだ。

「あなたがわたしを望んでくれるかぎりそばにいるわ。だけど――」

ジャックは頭をさげてソフィアの唇を荒々しく奪った。

「それだけ聞けばじゅうぶんだ」顔を離すと、ジャックは大きく見開かれたソフィアの瞳をじっと見つめた。「ぼくはきみがいてくれさえすればいいんだ、マ・ベル」

「ジャック」ソフィアがため息のような声をもらした。

体に激しい渇きが突きあげるのを感じ、ジャックはソフィアの華奢な体をしっかりと抱きかかえ、馬の速度を上げた。

「早く帰ろう」

ジャックがソフィアと兵士とともに逃げていくのを、ガブリエルは意識の片すみで感じていた。タリアを乗せたボートがヨットを目指して遠ざかる音もかすかに聞こえた。賢明なヒューゴーが、銃撃音を聞いてすぐさま岸を離れることにしたのだろう。

だがなによりも、ガブリエルは愚かな弟のことで頭がいっぱいだった。

なんてことだ。

いったいハリーはなにを考えていたんだ？ 銃撃がはじまった瞬間に馬車のかげに身を隠すべきだったのに、この愚か者はあろうことか前に飛びだしてきた。そして、ガブリエルを殺していたにちがいない銃弾を代わりに受けた。

「ハリー、おまえってやつは」彼は弟を仰向けに寝かせ、ぐったりした体に両手を這わせた。

「いったいなにを考えていたんだ？」

ハリーは顔をしかめ、激しい痛みに耐えながら瞳を開いた。

目立った傷口が見つからず、ガブリエルはハリーのぴったりした上着をめくろうとした。

「どこを撃たれた？」

「いいんだ、ガブリエル」弱々しく兄の手を払いのけると、ハリーは血に染まった白いシャツを上着で隠した。「ここじゃどうしようもないだろう」

ガブリエルはおとなしく身を引いた。たしかにハリーの言うとおりだ。傷の手当てをしようにも肝心の道具がない。弾丸がなるべく心臓から遠いところにあたっているのを祈るしかなかった。

「ヒューゴーがタリアをヨットへ連れていった。しかし船長がこちらの合図に気づいて、別のボートを出しているはずだ」ガブリエルは勇気づけるように言った。「もう今にも着くころかもしれない」

「ジャックは？」

ガブリエルが空き地のほうを見ると、すでにすっかり夜は明け、薔薇色の朝日が美しい風景を照らしていた。

「逃げていったよ」

ハリーは半信半疑のように肩をすくめた。

「たしかか？」

「じっとしていろ」ハリーの真っ青な顔を見て、ガブリエルは慌てて言った。なんということだ。ほんの数時間前まで、弟を国家反逆者として当局の手に引きわたすつもりでいた。それが今では、彼を助けるためなら自分の命を差しだしてもいいとさえ思っている。「ジャックも兵士たちも行ってしまった。しかし、われわれをつかまえるためにふたたび追っ手を差し向けるだろう」

差しあたっての危険がなくなったことを知り、ハリーは深いため息とともに頭を地面に戻した。

「あの野郎に傷ひとつ負わせられなかったのかい？」

ガブリエルは残念そうに首を振った。ジャックのほうにかろうじて一発撃ったものの、弾をこめようと思う間もなくハリーが撃たれ、なにも考えられないまま必死で弟を移動させた。

「ああ、そのようだ」

「悔しいな」

もちろん悔しい。しかし今は、体に銃弾を受けて地面に倒れている弟をなすすべもなく見ているほうが悔しかった。

「なぜあんなことをした、ハリー？」ガブリエルはたずねた。

「あんなこと？」

ガブリエルは鋭く息を吐いた。目の前に飛びだしたハリーの姿は死ぬまで脳裏に焼きつくだろう。

「ぼくの代わりに弾にあたったことだ」

ハリーは顔をそむけて長いあいだ黙っていた。あまりに長く黙っているので、質問を無視したのかと思うほどだった。だがやがて大きなため息をつくと、弟は兄の心配そうな顔を見つめた。

「いつかのクリスマスの朝を覚えているかい？　ぼくは乳母の目を盗んで外に出た。兄さんがくれたスケート靴でちゃんとすべれることを父上に見せようとして」

ガブリエルは身震いした。あのクリスマスのことは忘れもしない。彼はハリーのために地元の職人からスケート靴を買った。父が弟にはまだ早すぎると考えるなどとは思いもせずに。父にスケートを禁じられ、弟は父のまちがいを証明しようとして飛びだしたのだ。

あとを追いかけたガブリエルが追いついたとき、ハリーは湖の中央の氷の薄いところに向かってすべっていた。

「氷が割れて、おまえは湖に落ちた」弟の姿が突然見えなくなったときの恐怖がありありとよみがえる。

「兄さんが引っ張りあげてくれたんだ」ハリーがかろうじて笑みを浮かべた。「あのときは兄さんに命を救ってもらった。その借りを返したまでさ」

「借りなんかない」ガブリエルは顔をしかめた。「おまえはぼくの弟だ。ぼくにはおまえを守る責任がある」

「兄さんはいつもぼくを守ろうとしてくれた」ハリーの笑みがかすかにゆがんだ。「でも、ぼくの身のうちにひそむ悪魔から守ることはできなかった。それだけは、ぼくひとりで闘うしかなかったんだ」

ガブリエルは身をこわばらせた。永遠に続くかと思うような惨めな歳月のなか、ハリーが自分のしたことの責任をとる日をどれほど願いつづけてきただろうか。すべては自分でまいた種だということに気づいてほしいと、どれほど望んだだろうか。それなのに、長年聞きたいと思ってきた言葉を実際にハリーの口から聞いた今、どういうわけかガブリエルは少しもうれしくなかった。

むしろ、いっそう罪悪感がつのった。

「もっと努力しておまえを守ってやるべきだった」

「兄さんが悪いわけじゃない」そう言いながら兄の手を握ったハリーの細い顔からは、紛れもない後悔の念とわずかながらも成長がうかがえた。「兄さんはいつだって少しも悪くない」ガブリエルは首を振った。言いあいをしているときではない。ハリーは傷を負って瀕死の状態かもしれないうえに、自分たちは敵地にとり残されているのだ。

「今はその話はよそう」つぶやいたとき、岸のほうから呼びかける声がかすかに聞こえてどっと安堵がこみあげた。やはり船長は合図に気づいて、ボートを寄こしてくれたのだ。「ありがたい。助かるぞ」

ハリーが傷ついた肩を片方の手で押さえながら顔をしかめた。

「この状態で崖をおりるのは無理だ」

「心配するな。人を呼んできて運んでやる」

ガブリエルが立ちあがろうとしたとき、ハリーは驚くほど強い力で兄の腕をつかんだ。

「待ってくれ、ガブリエル」

「ハリー、ぐずぐずしている暇はないんだ」ガブリエルは眉を寄せた。船長は特別に医療の訓練を受けているわけではないが、大抵の傷なら手当てすることができる。「おまえの傷が……」

「だめだ、今ここで言っておきたい」

ガブリエルはもう一度ひざをついた。ここで言い争ってはハリーの傷に障る。

「なんだ？」

「兄さん、悪かった」

ハリーの瞳に浮かぶ後悔の色を見て、ガブリエルは胸を締めつけられた。

「わかっている、ハリー。ヨットに乗ってからゆっくり話せばいい」

「いや、今言わなくちゃだめなんだ」

ガブリエルはしぶしぶうなずいた。「なんだ?」

「ぼくとジャックは、はじめは無邪気な友人同士だった」ハリーは自嘲ぎみに言った。

「彼に無邪気という言葉は似合わないな」

「しかし、本当にそうだったんだ。彼とは学校で一緒だった」

「聞いたよ」あのいまいましいフランス人とハリーを引きあわせた運命のいたずらが呪わしい。「おまえたちにはなんの共通点もないと思うがな」

ハリーは鼻を鳴らし、額にかかるブラウンの巻き毛をせわしなくいじった。

「初めは彼になんの興味もなかったよ。ぼくとちがって恐ろしくまじめで勤勉だったし、明らかに革命に傾倒しているようだったから」ハリーは昔を思いだして遠い目をした。「それがある夜、ぼくが上級生たちともめているところに彼が通りかかったんだ。上級生が言うには、ぼくが大金を借りっぱなしにしているというんだ」彼は短く笑った。「もちろん、向こうの言うことが正しかったんだが」

ハリーはやはり、そんなに若いうちから借金癖があったのか。ガブリエルは特に驚かなかった。借りた金を無責任に踏み倒して上級生を激怒させたという話もいかにもありそうだ。

「ジャックはどうした？」

「ぼくに代わって上級生に金を返してくれただけでなく、自分の部屋に連れていって傷の手当てをしてくれた」ハリーは唇を曲げた。「あのときは彼が救いの天使に見えたんだ」

「おまえの信頼を勝ちとるための巧妙な手口だ」

「ジャックは頭がいいんだよ」

ガブリエルはうなずいた。あのフランス人は、マキャヴェリのように狡猾で冷酷だ。

「見返りになにを要求された？」

「なにも。ただ、ぼくが学校を辞めて社交界に出ることになったとき、手紙の束をロンドンに届けてほしいと頼まれた」

「なんの手紙だ？」

「わからない」ハリーはなんでもなさそうに答えた。「べつにたいしたものじゃないさ」

ぞんざいな返答に、ガブリエルは眉をひそめた。ハリーはいつになったらわかるんだ？ジャックは格好のカモを見つけて重要な情報の運搬役をさせたにちがいない。

「なぜそう言いきれる？」

「あいつの本当の目的は、ぼくとジュリエットを引きあわせることだったんだよ」ハリーは苦々しげに言った。

一瞬誰のことかわからなかったが、やがて弟の言う女性が頭に浮かんだ。英国外交官の未亡人で、肉感的なフランス人だ。いっときハリーの寝室に金髪の美女が足繁く出入りしていたことがかすかに思いだされた。あのときはただの火遊びだろうと思っていた。

その女性が、ハリーと連れ立ってフランスに行ったことを知るまでは。

「マダム・マーティンか」ガブリエルは吐き捨てるように言った。

「本当にばかだったよ」ハリーは目を閉じ、苦い過去を思いだしているように顔をゆがめた。

「ジャックは、ぼくが美女に骨抜きにされるよう仕向けたんだ」

「若い男にはよくある話だ」

ハリーは鼻を鳴らした。「兄さんはべつだろう」

「そうとは言いきれないさ。ぼくも最初につきあった女性のために高価な宝石や新しい馬車、おまけに馬まで買わされたからな。彼女が同じ時期にべつの男たちともつきあっているとわかったときは、あとの祭りだった」

「ぼくはジュリエットのために年収以上の金を注ぎこんだ」ハリーは苦しそうなまなざしで訴えた。「ぼくがばかなことばかりするようになったのは彼女のせいなんだ。怖いもの知らずのように振る舞ったり、いくらでも金を持っているように見せたりして、なんとか彼女をつなぎとめようと必死だった」言いながらあごをこわばらせる。「それにジュリエットは、兄さんのことを利用してぼくの嫉妬心をたきつけた。そしてぼくは、自分が兄さんに負けない男だというのを証明しようとした」

ガブリエルは重いため息をついて罪の意識と闘った。

「ジャックをキャリック・パークの教区牧師に任命したのもそのためか？」

「ああ」うなずいたとたん、ハリーが傷の痛みに顔をしかめて悪態をついた。「あれにはかなり手こずったよ」

手こずるどころか、ほとんど不可能だったはずだ。おそらく教会関係者は買収されたか脅されたかして、ジャックのキャリック・パークへの赴任を黙認したのだろう。

「どんな方法でやってのけたのかは、いずれゆっくり聞かせてもらうぞ」ガブリエルは釘を刺した。

「いずれな」

それ以上は問いつめなかった。ことの真相はいずれ明らかになるだろう。今はもっと大切な質問がある。

「しかし、ジャックに面倒を見てもらっていたんなら、なぜタリアと婚約したんだ?」

ハリーは自分のしたことを思いだし、たちまち赤くなった。

「ぼくにも少しは良心があったんだ」ガブリエルが眉をひそめたのを見て、ハリーは苦笑いをした。「本当だよ。信じてくれなくても責めるつもりはないけどね。ドブソンの金さえあれば、ジャックとすっぱり縁を切って何事もなかったかのようにやりなおせると思ったんだ」

「ジャックを金で黙らせることができると思ったのか?」

「まぬけだろう?」ハリーの笑い声があたりに響く。「結局、あのフランス人と手を切るのは不可能だとわかったのさ」

「それでカレーへ逃げたのか？」

「そうだ。そして兄さんにまたしても尻ぬぐいをさせた」ハリーは顔をこわばらせた。「だが、それももう終わりだ。ぼくは自分の行いがつくづくいやになった。これからは生き方をあらためるよ」

ガブリエルはとまどった。ハリーが心からそう決心し、変わったのだと信じたい。けれどもこれまで、どれほど期待を裏切られてきただろう。

「もういい。助けを呼んでくるからもう少しがんばれ」ぶっきらぼうに言った。

立ちあがろうとしたガブリエルの腕を、ハリーがふたたびつかんだ。

「これを」顔をしかめながら上着の内ポケットを探ると、ハリーは折りたたまれた紙片をとりだして兄の手に握らせた。

ガブリエルはその紙片を広げ、名前の並んだリストに目を走らせた。

そこにいくつもの貴族の名前を見つけ、ガブリエルは眉をひそめた。「これはなんだ？」

「ジャックに雇われている英国人たちの名前だ」

まさかと思いながらも、ガブリエルの背中が恐怖に凍りつく。なんということだ。英国はいったいどこまで毒に冒されているんだ？

リストに挙がっていたのは上流貴族たちだった。なかには議員までいる。権力と影響力を持つ彼らがナポレオンに魂を売るようなことをすれば、計り知れない打撃になる。

問題はジャック・ジェラールが彼らをどのようにたぶらかし、あるいは強要して反逆者に変えたかだ。貴族たちは、どこまでみずからの意思で祖国を裏切ったのだろうか。

「どうやって手に入れた？」

ハリーはふたたび傷を押さえ、食いしばった歯の奥から苦しげに息をもらした。

「タリアと婚約したあと、キャリック・パークの牧師館から見つけだした」ハリーは額にうっすら汗を浮かべている。「ジャックと縁を切るために、自分の罪を暴露する手紙を見つけて焼いてしまわなければならないと思ったんだ。残念ながら手紙は見つからなかったが、祈祷書にこのリストがはさんであった」

「おまえがこれを持っているのをジャックは知っているのか？」

「知らない」ハリーが少し笑った。「書き写して元のところにはさんでおいた。必要なときに、最後の武器として使おうと思っていたんだ」

たしかにこれは強力な武器になるだろう。このリストを英国当局の手に渡すとジャックを脅すことで、ハリーが有利になるのはまちがいない。

しかしリストそのものよりも、ハリーがこれを自分に渡したことの衝撃のほうが大きかった。

「今もそう思っているんじゃないのか？」

「今は兄さんのものだ」弱々しく微笑みを浮かべたかと思うと弟は急に激しく咳きこみだし、ガブリエルはぞっとした。

「兄さんが正しいと思うことをしてくれ」ようやく言った。「いつものように」

「ハリー」

「ガブリエル、これは皮肉じゃない」ハリーが訴える。「兄さんはどんなときも自分の意思をつらぬき通す。ぼくはいつも感心していたんだ。腹が立ったのも事実だけど。いつの日か、ぼくが兄さんのことを誇りに思っているように、兄さんにもぼくを誇りに思ってもらいたかった」

ガブリエルの胸の奥に言いようのない痛みが走った。

ハリーは死を覚悟しているのだろうか。それで自分の罪を告白し、秘密のリストを託そうとしているのだろうか。

ちがう。ガブリエルは夢中で首を振った。

そんなことはさせない。

ハリーを絶対に死なせはしない。地獄へ追いかけていってでも連れ戻してみせる。

「じっとしていろ」

ガブリエルは立ちあがり、ハリーが撃たれたときに落とした拳銃を拾いあげて手に握らせ、崖に向かった。

「ガブリエル……」

「なるべく早く戻る」

ハリーに有無を言わさずに急な崖をおりると、ガブリエルはぬかるんだ岸へ続く小道にたどり着いた。崖から飛びでた岩にこすられてブーツは傷だらけになり、上着が破れたが、やがて浅瀬に浮かんでいるボートまでたどり着いた。

「おい、おまえ」ガブリエルはボートに乗っていたふたりのうちのひとりを指さした。「こっちだ。ついてこい」

「わかりました」

ときおり振り返って乗組員がついてきているのを確かめながら、ガブリエルは胸に広がる恐怖を押し殺すように元来た道をせっせと引き返した。

大丈夫、ハリーはきっと助かる——自分に必死に言い聞かせる。弟を連れてヨットに戻ったら、すぐに船長が傷口を消毒して包帯を巻いてくれる。もちろん傷跡は残るだろうが、ハリーのことだから友達に見せて自慢するかもしれない。そのくらいですめばありがたいじゃないか。

あとの段取りを考えながら崖のうえに着くと、馬車に向かって走った。そばを離れてからまだ十五分もたっていないが、ハリーがどうなったか心配でならない。

けれども戻ってみると、べつの心配が待っていた。さっきまであったはずの馬車とハリーが消えていたのだ。

いったいどういうことだ？

「ハリーを捜せ」ガブリエルはきょとんとしている乗組員に手を振った。

「ハリー様ですか？」

「さっきまでここにいたんだ。けがをしている」

「わかりました」

若い乗組員が林に向かうと、ガブリエルはひざまずいて空き地からのびる馬車の轍を調べた。

いくつか血痕と足跡が見つかったが、乱闘した跡はない。戦いがあったわけではないようだ。

ガブリエルが離れているあいだに襲われたなら、ハリーは叫んで知らせていただろう。少なくとも持たせた拳銃を使ったはずだ。そうではなく、弟はガブリエルが助けを呼ぶためにいなくなるのを待って、馬車で逃げた可能性がもっとも高い。

ハリーにまんまとだまされてしまった。

またしても。

21

細長いベッドにすぐにでも横になりたいほどくたくたに疲れているにもかかわらず、タリアは狭い客室のなかをずっと歩きまわっていた。

この一時間でロスウェル卿に言われて無理やり食事をとり、熱い風呂にも入った。リネンのナイトガウンに着替えさえしたが、ガブリエルがヨットに戻るまでベッドに入るのだけはかたくなに拒んだ。

わざわざベッドに入ってどうなるというの？　ガブリエルのことが心配でたまらないときに眠れるはずがない。

くるりと向きを変え、ゆるい巻き毛を後ろにはねあげながら、タリアはガブリエルに言われるままにロスウェル卿と小さいボートに乗ってしまった自分を呪った。

あのときは、当然皆があとに続くものと思っていた。それなのに、木のベンチに腰をおろしたとたん最初の銃声がこだました。ロスウェル卿は岸に戻りたいというタリアの訴えを無視し、ヨットに向かって力強くオールを漕ぎはじめた。

しかもあの男ときたら、万一岸に戻ろうとしたら痛い目に遭わせるぞと脅したのだ。

そんなわけで、ボートだかヨットだか知らないが今こうしてガブリエルの船にいる。円い小さな窓からかろうじて見える崖のうえでなにがあったのか、まったく不明なままに。

どのくらい時間が過ぎたのか次第にわからなくなっていたが、客室には朝日が降りそそいでいた。突然、扉が開く音がして、タリアは鋭く息をのんで振り向いた。

ガブリエル。

乱れた金髪を食い入るように見つめる。細い顔がのびかけた髭のせいでうっすらかげっていた。たくましい体に青いサテンのローブをまとっている。

ひどく疲れているふうに見えるものの、彼はけがもなく無事のようだ。

「ああ、神様」ほっとして前に踏みだしたものの、タリアは急にとまった。気難しいアッシュコーム伯爵は、みっともない妻が胸に飛びこんでくるのをいやがるのではないか――ここ数日間の出来事をへてもなお、そんな考えが頭をよぎる。彼女は咳払いをしてたずねた。

「大丈夫だった？」

タリアの迷いを察したらしく、ガブリエルは前に進みでて彼女を抱き締め、黒髪に顔を埋めた。

「ああ、大丈夫だ」短くささやく。

タリアは体にまわされた腕と、しっかりと押しつけられたたくましい体を感じていた。彼の温かなにおいを深く吸いこむと、それまでの不安が消え去った。

どれだけ心配しただろう。銃で撃たれたのではないか、ふたたびさらわれたのではないか、それとも……。タリアはそこで身震いした。ガブリエルが屍となって地面に横たわっている場面など、想像するだけでも耐えられない。

ガブリエルはようやく顔を上げたものの、まだタリアの体をしっかりと抱き締めていた。

タリアは幽霊でも見るような目で彼を見つめた。

「銃声を聞いたとき、ロスウェル卿がどうしてもヨットに行くと言ったの」タリアは顔をしかめた。「まったく逆らえなかったわ」

ガブリエルは瞳をいたずらっぽくきらめかせた。「ヒューゴーから聞いたが、危険から遠ざかるのがなにより大事だと説得する彼に、きみはなかなかうんと言わなかったそうだな」

「説得なんてものじゃないわ。ボートから逃げだそうとしたらオールで頭を殴りつけてやると、彼から脅されたのよ」

ガブリエルはくすくす笑った。「やり方はともかく、彼の判断は正しかった」

タリアはナイフのように鋭い視線を向けた。ガブリエルが生きて帰ってきてくれたのはうれしいが、足手まといのように扱われるのは気分が悪い。

「そうかしら？」

「きみの心配をしていたら、ぼくはジャックやその手下たちに集中できなかっただろう」彼はたちまち表情を曇らせ、体に緊張が走るのがタリアに伝わった。「実は……」

「どうしたの？」

ガブリエルは円窓に顔を向けた。寂しそうな表情がかすかな光に照らしだされる。

「ハリーがけがをした」

「まあ」タリアは悲しみに胸を突かれた。たとえハリーが花嫁の自分を捨てた人間だとしても、ガブリエルが弟をどれほど愛しているかはわかっている。ハリーが命にかかわるけがでもすれば、ガブリエルは耐えられないだろう。「ひどいけがなの？」

「はっきりとはわからない」

タリアは両手をのばして彼の頬をやさしく包み、自分のほうを向かせてじっと見つめた。

「つき添ってあげるべきよ」

そっと言ったタリアの言葉に、ガブリエルはあごをぴくりと震わせた。「あいつはここにいない」

タリアは理解できずに瞬きした。「どういうこと？」

「ハリーはこのヨットにいない」

「でも……」恐ろしい考えに打ちのめされる。「まさか……」

「いや、そうじゃない」ガブリエルがすぐにタリアの不安をやわらげた。「命にかかわる傷ではなかった」

ほっと安堵の息をついたものの、タリアはまだけげんそうにした。ガブリエルは明らかになにかを悩んでいる。しかしそれがハリーのことなのかどうかはわからない。

「なにがあったか教えて」

ガブリエルはため息をつきながら腕をおろして身を引いた。彼の温もりを失ったとき、タリアはいつまでもその胸に顔を埋めていたかったのにと気づいて身を震わせた。

いつのまにこれほど彼に触れられることに夢中になってしまったのだろう。

幸い彼女の思いにはまったく気づかないらしく、ガブリエルは乱れた髪に手を突っこみ、冷静な表情の下にかすかに荒々しい感情をのぞかせた。

「兵士たちが攻撃してきたとき、ハリーがぼくの前に飛びだしたんだ」

「ハリーが?」あまりの驚きに、タリアは衝撃を隠さなかった。「彼があなたの前に飛びだしたですって?」

ガブリエルは唇を曲げた。「あいつが急に勇気を見せたことについては、ぼくもきみ以上に驚いている。これまでのハリーは自分以外の人間のことなど考えもしなかった」

「ようやく大人になったのかもしれないわね」タリアは希望も露わに言った。ハリーは世間であまりに長くろくでなしで通っていたので、今さら変わったなどとは想像しづらい。しかし、世のなかでは日々奇跡が起きている。「きっと、わたしたちが逃げられるよう助けてくれたのよ」

ガブリエルは顔をしかめた。「そうかもしれないが、よりによってあんな最悪のタイミングで大人になったことを示す必要はなかった」

タリアはわけがわからず眉をひそめた。ガブリエルはハリーが立派な紳士になってくれるのを願っていたのでは? やがて彼女は、彼の苦悩を理解した。

「ひょっとして、彼はあなたの前に飛びだしたせいでけがをしたの?」

「ああ」彼が硬い声に罪悪感をにじませる。「ぼくを狙った銃弾にあたったんだ」

「やめて」タリアは怖気を振るった。

「あいつはぼくがとめる間もなく前に飛びだした」ガブリエルが拳を握り締めた。ハリーのけがを自分のせいだと考えているらしい。「なにが起こったのかわからないうちに銃声がして、気づいたときにはハリーが血を流して地面に倒れていたんだ」

あなたのせいではないと言おうとして唇を開きかけたものの、タリアはその言葉をのみこんだ。言ってなんになるだろう。いくらガブリエルの心の重荷をとってあげたいと思っても、愛する者に責任を持とうとするのは彼の習性だ。

「どこを撃たれたの?」タリアは慰める代わりにたずねた。

ガブリエルが肩をすくめる。「胸のうえのほうだと思う。だが、傷を確かめようとしたらあいつは拒んだんだ」

「拒んだ?」あのハリーがここぞとばかりに傷ついた英雄を演じなかったというのは考えにくかった。「なぜ拒んだのかしら」

「実際にはぼくが恐れたほど深い傷ではなく、それを隠そうとしたんだと思いたい」

「そんなはずはないわ」タリアは眉を寄せた。「あなたが死ぬほど心配しているのはハリーだってわかっていたはずよ。いくらなんでもそこまでひどいことはしないでしょう」

ガブリエルは怒りを露わにするタリアに向かって微笑んだ。「悪意があってのことじゃない。ただ、ハリーがひとりで歩けるとわかっていれば、ぼくはあいつを残して助けを呼びに行ったりせず、一緒に崖をおりようとしただろう」

「ああ」タリアは胸に手をあてた。「まさかジャックが?」

「いや、あのフランス人は船員たちが駆けつける前に兵士らと一緒に逃げた」静かに話しながらも、ガブリエルは厳しい表情のままだった。「だからこそ、ぼくはハリーをあそこに残すのをためらわなかった。まさかその隙に逃げるとは思わなかったから」

ゆれが伝わってきたとき、タリアはヨットが英国に向けて速度を上げたのだとぼんやり感じた。しかし今は、ガブリエルの青白い顔と目の下の隈にしか注意が向かない。

「ハリーの行方がわからなくなったというの？」

「そうだ」

彼女はとまどった。ガブリエルは無表情な顔をしているが、自分の考えや気持ちを誰かとわかちあいたいという欲求と闘っているのは明らかだ。彼はどんなに他人を必要としていても、弱さを見せないよう訓練してきたのだ。

タリアは勇気を振りしぼり、ガブリエルの腕にやさしく手をかけた。

自覚があるかどうかはともかく、彼はこちらを必要としている。今までになく強く。

「ハリーはカレーに戻る気だと思う？」

ガブリエルは首を振った。「いくらなんでもそこまであいつは阿呆じゃない。ジャックに見つかったとたん撃たれるだろう」

タリアも同感だった。英国人の操り人形に裏切られたと気づいたとき、ジャックは不快感を露わにしていた。

「それならどこへ行ったのかしら」

「わからない」

「誰かに捜させるつもりなの？」

悩ましそうに瞳をかげらせて長いあいだ考えた挙句、ガブリエルは深いため息をついた。

「英国に戻ってからそうするかもしれない。しかし、ハリーはしばらく行方知れずになるのがいちばんいいという気もする」

ガブリエルは長らく心をむしばんできた悩みを振り払うように首を振った。やがて、かげりを帯びた瞳でタリアの体をじっと見つめると、彼のこわばった表情がみるみるやわらいでゆっくりと危険な微笑みが浮かんだ。

ふいにふたりのあいだの空気が熱くなる。肌がちりちりと燃えてくるような気がして、タリアは思わずあとずさりした。

「それがいちばんかもしれないわね」かろうじて答える。

ガブリエルはさらに微笑みながら前に進みでて、彼女の肩に両手を置いて撫でおろした。

「今はもっと大切なことで頭がいっぱいだ」低い声で言う。

タリアの鼓動が一気に乱れ、息ができなくなった。ああ、夫に触れられたときのこの刺激にいつか慣れる日が来るのだろうか。

「どんなこと？」弱々しくくじらそうとした。

ガブリエルはゆっくりとタリアの手を自分の口元に近づけた。とまどう彼女の親指に軽く歯を立てる。

「ヨットに乗ったらきみをどうするか言っておいたはずだ」

タリアは期待に全身を震わせ、喉がつまったような声をもらした。

「だって、疲れているんでしょう？」

「くたくただよ。しかし、きみを求める気持ちはどうにもおさまらない」ガブリエルは低い声で言った。「だが、まずは……」

ガブリエルはふいにタリアを抱きあげ、隣室の自分の部屋に通じる扉を押し開けて入った。つややかな羽目板と作りつけの家具がちらりと見え、部屋の中央に小さな真鍮の浴槽があるのに気づいた。

「ガブリエル、なにをするつもりなの？」タリアは床におろされながらたずねた。

「すぐさまベッドに押し倒したいのはやまやまだが、たぶんきみは風呂に入ったあとのぼくに抱かれるほうがいいだろう？」相変わらず危険な笑みを浮かべながら、ガブリエルはいたずらっぽく言った。「あるいは、きみの手でぼくを洗ったあとに」

タリアは気分を害したふりをしようとしたが、体中が興奮に震えた。

彼の背中を流すのを言い訳にたくましい体をつぶさに見られるというのは、抗いがたく魅力的な申し出だった。

「わたしを召使いにしたいの？」

ガブリエルはタリアの手のひらに唇をつけ、瞳を熱くきらめかせた。

「いつでもお返しをすると約束しよう」低い声でささやきながら真鍮の浴槽に目を向ける。

「実際、浴槽は小さいがふたり一緒に入れなくもない」

泡の立った熱い湯に浸かりながら全裸で抱きあう自分たちを想像し、タリアの頬がかっと赤くなった。世間の夫婦はそんなことをするものだろうか。

「変なことを言わないで、ガブリエル」タリアは息も絶え絶えに言った。

「そんなふうに赤くなると魅力的だよ」

ガブリエルが小さく笑いながら身をかがめてむさぼるようにキスをした。タリアはうめき、彼のローブの襟を握り締めた。背中に彼の手がまわされる。こんなにも簡単に情熱をかき立てられてしまうのはまちがっている、と頭のすみで声がしたが、彼女はその声を無視した。全身に広がる快感にすっかり夢中になっていた。

ガブリエルは息をはずませながらなにか小さくつぶやき、身を引いて情熱に煙る瞳で見つめた。頬骨のあたりに赤みが差している。

「ローブを脱がせてくれ」彼がせっぱつまったような低い声で言った。

タリアは震える指でサテンのローブのベルトを引っ張ってほどいた。ガブリエルがローブを肩からするりと脱ぎ落とすのを見たとき、胸がぎゅっと締めつけられた。

乾いた唇を湿らせながら、タリアは金色の胸毛でうっすらと覆われたたくましい胸と、硬く引き締まった腹部を見つめた。神々しいまでに美しく、見ているこちらの身が震えてしまうほどだ。

食い入るように見つめていたタリアは、彼のそそり立つものに目を奪われてたじろいだ。

慌ててたくましくのびた脚とすんなりとした足に目を向ける。

小さな笑い声に顔を上げると、ガブリエルがいたずらっぽい目でじっと見つめていた。

「なにがおかしいの？」

ガブリエルはタリアの手を自分の頬にあてた。「ぼくの肉体美に目を奪われているのだと思いたいが、ひょっとしてどこかおかしなところがないか探しているんじゃないか？」

おてんばな女学生のように思われているのが恥ずかしく、タリアは小さく鼻を鳴らした。彼の姿に情熱をかき立てられたことに気づかれたくない。

「あなたほどの自信家なら、おだててもらう必要はないでしょう」

「それはひどい思いちがいだ、タリア」ガブリエルは低くうめいた。「ぼくはきみにうんとおだててもらう必要がある」

最後の理性を呼び起こし、タリアは身を引いた。

「お湯が冷めないうちにお風呂に入って」

ガブリエルは彼女のあごに唇を這わせた。「仰せのままに」

彼は湯気の立つ浴槽に身を沈め、長い脚を突きだし、両腕を浴槽の縁にかけた。

タリアはかたわらにひざをつき、床に置かれたピューター皿のうえにある石鹸に手をのばした。石鹸を湯につけ、おずおずと彼のたくましい肩になすりつける。

ガブリエルは気持ちよさそうにうめき、浴槽の縁に頭をもたせかけて目を閉じた。

銀色の鋭い瞳に見張られることがなくなったタリアはいくぶん気が楽になり、少し大胆になって彼の力強い首筋と胸にも石鹸をつけた。

ガブリエルの体は……驚くほど硬かった。さわってみると、よく鍛えられた筋肉の動きがわかる。ロンドンを着飾って歩く女性的な紳士たちとはまったく異なるが、優雅な身のこなしや美しい衣装のせいで強靭な肉体がすっかり隠されていたようだ。

広い胸に石鹸をつけてやさしく撫でたときに彼の鼓動が速くなるのを感じ、タリアは体が熱くなった。今この瞬間、自分が誘惑の主導権を握っているのだ。そう思うとくらくらするような興奮を覚えた。

ガブリエルの腕に目を向けると、船腹が波をかぶったのか大きくゆれて浴槽の湯が床にはねた。タリアが慌てて立ちあがろうとし、手首をつかまれた。彼がまぶたを開いて情熱に煙る銀色の瞳で彼女を見つめた。

「楽園のようだ」ガブリエルはつぶやいた。「これからもきみに召使い役をしてもらいたいほどだ」大きく開いた胸元のレースに視線を落とす。「もちろん、それにふさわしい衣装で」

彼の熱いまなざしを浴びて乳首が硬くなるのを感じ、タリアは息をのんだ。

「ふさわしい衣装？」

「ああ」ガブリエルは親指で彼女の手首を撫でた。速い鼓動を刻む脈動を感じているにちがいない。「スルタンに好まれた、紗でできた薄いハーレムパンツがいいかもしれないな」

タリアは目を細めた。いくら召使い役を演じるのが楽しくても、性の奴隷のような格好をするなどもってのほかだ。

「ハーレムパンツなんか着せたら浴槽に沈めるわよ」

ガブリエルはおかしそうに笑い、赤くなったタリアをちらりと見た。「いやがるのはきみがつつしみ深い女性だからか？　それとも、文学好き《ブルーストッキング》の心が許さないから？」

タリアは手をとめ、彼のからかうような瞳を無表情に見つめた。

「わたしがブルーストッキングだったら困るの？」

彼は眉をつりあげた。「正直に言ってほしいのかい？」

タリアはゆっくりとうなずいた。彼の答えが自分にとってどれほど切実かを悟られないよう願いながら。

ガブリエルは身を乗りだし、驚いている彼女の唇にキスをした。

「聡明で教養のある女性が、戦士の魂とロマの女の妖艶さをかね備えているというのはたまらなくエロティックだ」彼が低い声でつぶやく。

タリアの心がとろけた。言うまでもなく、完璧な答えだ。

「本当にそう思う？」

「証拠がほしいなら……」

ガブリエルはタリアの手をぐいと引っ張って湯のなかに入れ、自分の硬くなったものをさわらせた。

「まあ……ガブリエル」

ガブリエルが鋭い快感の声をあげて身を震わせ、いきなり立ちあがって浴槽から出た。慌てて立ちあがったタリアは彼にウエストを抱きかかえられ、そのまま部屋のすみに連れていかれた。

「わかっただろう」彼は口のなかで言いながらタリアをベッドに押し倒し、大きな体でのしかかってマットレスに押さえつけた。

タリアが両手でガブリエルの肩をつかもうとしたとき、彼の濡れた体の熱が薄いナイトガウンを通して伝わってきた。

「あなた、びしょ濡れよ……」

「きみもだ」ガブリエルはタリアの耳たぶを軽く噛み、首筋に舌を這わせた。さらに下に向かって唇を這わせながら、薄いナイトガウンを引き裂いて胸元を露わにする。「脱ぐのを手伝うよ」

「……ガブリエル」快感に身を震わせながらもタリアは抗議した。「なにも破ることはないでしょう」

「また新しいのを買ってやる」

彼は身を起こし、骨ばった手をタリアの肌に這わせて豊かな乳房を包みこんだ。親指で敏感な頂をもてあそび、ほっそりしたウエストに手を這わせる。タリアの息づかいが速くなるのを聞いて微笑むと、そのままヒップを撫で、ひざをそっと押し広げて指先で太ももの内側を撫であげた。

タリアは言葉を発するまで二度つばをのみこまなければならなかった。うずくような悦びが下腹部から全身に広がっていく。ひざの内側を徐々にうえに向かう彼の指先以外、もうなにも感じられない。

「わたしが自分で脱ぐほうが理にかなっていると思わないの？」

「理にかなっているとは思うが、それではあまり楽しくない」

ガブリエルは顔をさげ、彼女を完全に支配するように荒々しくキスをした。同時に彼の指先がタリアの秘所を探る。彼女が思わず腰を浮かせると、彼はなめらかに潤っているその内側に指を入れた。

「ああ」タリアは驚いたように息を吐いた。

「気持ちいいかい？」

彼はたっぷりと濡れた秘所の奥深くまで指を入れながら、えも言われぬ悦びを与える敏感な突起を親指で探りあてた。タリアは目を閉じた。

「ええ」

ガブリエルは低くうめき、激しく脈打っているタリアの喉元に唇を押しつけた。

「きみの情熱がわかる。唇に感じるよ」

危険な悦びの渦に押し流されまいとして、タリアは必死にもがいた。あっというまに主導権を握られてしまった。懸命に理性を呼び起こそうとするのだが、彼の甘美な攻撃をやめさせることができない。

いくら抗っても無駄だと悟り、タリアは小さなため息をもらしてたくましい胸に両手を這わせた。

ガブリエルは低くうめき、みずみずしい乳房の丸みに沿って唇を這わせていった。硬くなった頂を口に含んでそっと引っ張る。乳首をやさしく吸われながら秘所を丹念に愛撫され、タリアは足の爪先を快感に引きつらせた。

彼のたくましい背中に両手をまわす。サテンのようになめらかで温かいガブリエルの素肌を、このまま何時間でも慈しんでいたかった。

生まれて初めて、彼女はサイラス・ドブソンの引っこみ思案の娘ではなくなった。社交界で失笑を買うような変わり者でもない。

タリアは今、夫となった男性の情熱を燃え立たせることのできる女性なのだ。

あふれるような自信に包まれながら彼女は腰を浮かせ、絶頂に向けて高まりゆく悦びに身をゆだねた。

「きみがほしい。きみのなかに入りたい」ガブリエルが顔を上げ、彼女の胸が痛くなるほど切ない瞳で訴えた。「いいかい？」

そのせっぱつまった表情を見て、タリアの体が震えた。この男性の激しい渇きを目にする以上に刺激的なことが、この世にあるだろうか。

たとえそれが、自分が彼に与えることのできる、唯一の慰めにすぎないとしても。

絶頂がすぐそこまで近づいてきたとき、タリアはガブリエルの背中に指を強く食いこませた。今なら彼が求めるどんなことにも応えられる。

「いいわ」

部屋に響くほど大きなうめき声をもらすと、ガブリエルはふたたび彼女の胸にキスをしながらひざのあいだに割って入った。

「開いてくれ」タリアの胸に顔を埋めながらガブリエルはささやき、彼のしなやかな腰に彼女の両脚がからみついてくると小さくうめいた。「それでいい」

「ガブリエル……」

タリアの言葉が、ガブリエルのものにつらぬかれると同時に途切れた。彼が腰を前後に動かしはじめ、高まる喜悦が全身に広がっていく。

タリアは深く押し入られるたびにあえいだ。くり返される完璧なリズムと、乳首をさいなむ歯の刺激に酔いしれる。

やがてその悦びが耐えがたいまでに大きくなっていく。

タリアは荒い息を吐き、顔をゆがめながらガブリエルの背中に爪を立てて引っかいた。下腹が引き絞られ、絶叫がもれる。彼と愛しあうのはこれが初めてではないが、荒々しいまでの絶頂感にタリアは衝撃を受けた。

たしかにそれは楽園だった。

妻の体にしっかりと腕をまわしてヨットのゆれに身を任せながら、ガブリエルは深い悦びに酔いしれていた。

全身が心地よく疲れ、目を閉じさえすればたちまちまどろみのなかに落ちていきそうだ。最後に一時間でもぐっすり眠れたのがいつだったか、それすら思いだせない。

実を言えば、タリアをロンドンから追い払って以来、一晩中目を覚まさず眠れたことはなかった。

だがようやくジャック・ジェラールの魔の手を逃れ、もうすぐキャリック・パークのわが家に帰れるとわかっていながらも、タリアから目が離せない。

それはたんに、円窓から差しこむ朝日を浴びて眠る彼女が美しいからだけではない。もちろん、枕に広がる黒髪や悦びの余韻にほんのり染まった透きとおる肌は、詩人の創作意欲をかき立てるほど美しい。しかし、目を閉じたとたんに彼女が自分の腕のなかから消えてしまうのではないかという奇妙としか言いようのない恐れが、どうしてもぬぐいきれない。

ガブリエルはタリアを抱き締める腕に力をこめ、からみあうふたりの体のうえに上掛けを引きよせた。彼女が身じろぎし、横向きになって彼をじっと見つめた。

「なにを悩んでいるの？」

ガブリエルがタリアのほつれ髪を耳の後ろにかけてやる。「今のぼくにいったいなんの悩みがある？」

うまくはぐらかされたのに気づいたらしく、タリアは鼻に皺を寄せた。ふたたび眠ろうとはせず、隠しても無駄だと言わんばかりのまなざしでじっと見つめてくる。

「英国に戻ったらどうするつもりなの？」

ガブリエルは彼女の背中の曲線に沿って手を這わせた。眠らせることができないならべつの方法で話題をそらすしかない。

「詳しく教えてもらいたいのか？」

タリアは敏感に身を震わせたが、彼の胸に手をあてて押しとどめた。

まったく頑固な女だ。

「わたしはハリーのことをきいたのよ」

負けを認め、ガブリエルはごろりと仰向けになって頭上の梁を見あげた。

「ハリーの反逆行為を、国王や内務省の評議会に知らせないわけにはいかない」彼は正直に言った。

タリアが隣で身を固くしたのがわかった。「でも……」

「ハリーを罰したくてそうするわけじゃないんだ、タリア」彼は反論される前に言った。ハリーが英国に戻る意思を示さないまま姿を消した今、ガブリエルの心は決まっていた。これ以外の道は考えられない。「ぼくだってハリーが今度という今度こそ反省していると思いたいが、あいつが今後も英国兵士の命を危険にさらす可能性がゼロではない以上、なにもしないわけにはいかないんだ」

苦しみを慰めるかのようにタリアが彼の胸に手をあてる。

「つらいわね」

ガブリエルは横を向いてタリアの黒髪に顔を埋め、ライラックの香りと彼女の温もりを深く吸いこんだ。こんな自分をいったい誰が想像しただろう。厳しい自律心を捨てて妻に心のなかの思いを打ち明けるばかりか、彼女に慰めを求めるようになるとは。

まったく信じられないことだ。

「ハリーとジャック・ジェラールの関係について、いずれ説明を求められるのは避けられない」ガブリエルは声に苦悩をにじませた。「しかし、ハリーの反逆行為が、極秘事項として話しあわれる望みは持っている」

「でもどうして？　あなたはハリーを法廷に立たせようと思っていたんじゃないの？」

「はじめはそう思っていたが、弟はある重大な情報を渡してくれたんだ。あいつの反逆行為が世間に知られないよう、首相に手を打たせるだけの価値ある情報だ」

タリアが体の向きを変え、いぶかしそうに夫の顔を見つめた。「どんな情報なの？」

ガブリエルは身を起こし、ベッドの端に脱ぎ捨てた上着に手をのばした。タリアは夫がなにか非道なことを企んでいるとでも思っているのだろうか。

彼は上着の内ポケットを探って大切にしまっておいた紙片をとりだすと、ふたたびベッドに横たわってそれをタリアに渡した。

「これだ」

タリアが美しい体のうえに注意深く毛布を引きあげるのを見て、ガブリエルは心のなかで微笑んだ。彼女のサテンのようになめらかな肌は、すでにすみずみまで脳裏に刻んである。

紙片を広げてじっと見つめていたタリアは、やがて顔を上げてけげんそうに眉をひそめた。

「以前紹介されたことのある男性が何人もいるわ。でも、特にハリーと親しかったようには思えないけど。なぜこの人たちが、彼の力になってくれるの？」

ガブリエルは鼻を鳴らした。このリストに挙がっている紳士たちのうち少なくともふたりは、ハリーに決闘を申しこもうとした過去がある。妻をハリーに寝とられたからだ。

「もちろん彼らはハリーの力になど絶対にならない」ガブリエルは皮肉っぽく言った。

「それなら、なぜこの人たちをリストに挙げたの？」

「このリストはぼくが作ったものじゃない」彼はにやりと笑った。「ジャック・ジェラールが作ったんだ」

その言葉を聞いたとたん、タリアはリストの重大さを悟った。

「この人たちは反逆者なの？」彼女が衝撃を受けたように問いかける。

ガブリエルが肩をすくめた。「そのようだ」

「でも……」タリアは大きく目を見開いて彼を見つめ、信じられないというようにささやいた。「なんてこと」

「まったくだ」

リストをかたわらに投げだすと、タリアは激しく首を振った。

「わたしたちは誰も信用できないということなのね？」

「権力とは往々にして腐敗するものだ。しかし、ぼくらは少なくとも彼らの弱みを利用することができる」

タリアは目を細めた。「なにか考えでも？」

ガブリエルが紙片をつかんでひらひらと振った。

「ジャックもここに書かれた反逆者たちも、ハリーがこのリストを入手したのを知らない」

彼は期待をこめてにやりと微笑んだ。リストの名前を見たときの衝撃からはすでに立ちなおっていた。タリアとちがい、彼は貴族院をよく知っていたからだ。つまり、ここに書かれた反逆者たちが法廷に立つことはないが、一方で、この悪党どもはハリーが反逆罪で縛り首になるのを熱望するだろう。

ガブリエルはそれを逆手にとるつもりだった。

「ハリーはこれをどこで見つけたのかしら」

「牧師館だ」言いながら、彼は牧師館を地下室から屋根裏部屋まで捜索させたことを思いだした。「ハリーはリストを書き写し、原本をその場に残した。ようするに、この卑劣な同盟関係は、今も誰にも知られていないということだ」

「公表しようとは思わないの？」

「ただ公表するより、フランス側に偽の情報を流すのに利用しようと思う」

タリアは毛布を握り締めて身を起こした。けれども毛布は彼女の体を完全に隠したわけではなく、石膏のように白い乳房と薔薇色の乳首がかすかにのぞいていた。ガブリエルはその色っぽいながめを心ゆくまで楽しんだ。

「なんのために？」

ガブリエルはうめきたいのをこらえた。質問を無視し、もう一度彼女をベッドに押さえつけたかった。このかけがえのない貴重な時間を、スパイや反逆者や腹黒い政治家たちの話で無駄に費やすのは罪というものだ。

だがおそらくタリアは、こちらの考えや思いをなにもかも伝えないかぎり満足せず、愛撫に応えることもないだろう。

タリアは海に満ちる潮のようだ。尽きることなく押しよせ、どんなに硬い石でも削ってしまう。

「ナポレオンに偽の情報を流し、決して起こらない攻撃に備えさせ、決して上陸することのない英国軍を待ち伏せるために戦力を浪費させれば、ウェルズリーの本当の作戦に対する防備が弱まる」

「なるほど」タリアがぱっと顔を輝かせた。「とても頭のいい作戦だわ」

いかにも女性らしいほめ言葉に、ガブリエルは思わず得意顔になりかけてしまった。

実際には、それほど頭のいい作戦でもない。理論的には、むしろごく単純な作戦だ。残念ながら、うまくいくかどうかは指揮官の能力にかかっている。何人もの反逆者に偽の情報を流して確実にフランス側に伝えさせる一方で、本物の作戦はあくまでも極秘に進めなければならないのだから。

とはいえ、指揮官の能力に対する疑問については自分の心のなかにおさめるつもりだった。

ハリーを絞首台に送らないためには彼らの力を借りるしかない。

「内務省の評議会もきみと同じように思ってくれるのを祈ろう」

「思わないはずがないでしょう?」

タリアの世間知らずな言葉に呆れ、ガブリエルは鼻を鳴らした。「とかく政治家というのは、道理のわからない連中なんだ。戦争を指揮するとなると特に。身内同士でいがみあうばかりで、本来の敵に目が向かないのさ」

タリアは言い返したそうに見えたが、代わりに小さく首を振った。

「でも、それでどうやってハリーの罪を公表せずにすますつもりなの?」

「これをハリーの未来と交換するのさ」

「そのリストを?」

「ああ」ガブリエルは大切な紙片を上着の内ポケットに戻し、ベッドにもたれてタリアの肩に指を這わせた。「リストに挙がっている反逆者の名前を伏せておいてほしければ、評議会はハリーとジャックのつながりが世間に知れないよう同意せざるを得ないだろう」

タリアは身を震わせ、情熱に瞳をかげらせた。

「もし彼らがあなたの提案を断ったら?」

ガブリエルは彼女の腕を撫でおろし、胸元に毛布をかきよせている手までおりた。

「たとえ断ったとしても、評議会はあらゆる犠牲を払ってでもリストの反逆者たちの名前が社交界に知られないようにするだろう」

「なぜそこまで言いきれるの？」

ガブリエルは肩をすくめた。「これほどの力を持つ紳士たちがフランスのスパイとひそかに通じていると世間に知れたら、英国中が大混乱に陥るのは目に見えている」その状況を思い浮かべて彼は顔をしかめた。「たとえリストの連中のしたことが、ウェルズリーお抱えの靴職人の名前をジャックに教えただけだとしてもだ。英国がこの戦争に負けると、議会全体がナポレオンに買収されたのだと誰もが思うだろう」

タリアは小さくうなずいた。「ええ、わかるわ」

ガブリエルが彼女の手を握ってやさしく毛布を離させる。毛布が落ち、透きとおるような美しい体が露わになると、彼は賛美の声をもらした。

「この先また懲りずにばかなことをしでかさないかぎり、ハリーは過去を捨てて一からやりなおせるはずだ」言いながら、ガブリエルは自分の分身が硬くうずくのを感じた。「どこにいるのかは知らないが」

タリアは頬を紅潮させながら枕に頭を乗せ、聖人さえも陥落させるような魅力的なまなざしをこちらに向けた。

「いずれ帰ってきてくれるわよ」彼女がささやいた。

「弟の話はもういい」タリアの隣に横たわると、ガブリエルはその胸に指を這わせた。「もっと楽しいことをして航海の残りを過ごそう」

タリアは背中をそらせ、彼の首に腕を巻きつけた。

「どんなこと?」

ガブリエルは頭をさげ、キスを待って開きかけた彼女の魅力的な唇に目を凝らした。

「やってみせるよ」

22

ヒューゴーはいつもどおりに早起きし、恰幅のいい体にぴったりと合う青い上着と淡い黄色のブリーチズに着替えた。病人でもあるまいし、昼近くまでベッドで過ごしたり、身のまわりの世話をなんでも召使いにさせたりするような連中には我慢ならない。

実を言うと、人より早く起きたほうが得なことがあるのだ。彼はぶらぶらと淡いグリーンのサテンの壁に金縁の鏡が飾ってある朝食室に入っていった。部屋の中央に繊細な作りの紫檀のテーブルと、黄色い縞模様のクッション張りの椅子が置かれている。

分厚く切ったハムや新鮮な卵、熱いトーストに蜂蜜をたっぷり塗った朝食を、誰に遠慮することもなく存分に味わう。つまらないおしゃべりにつきあわされるわけでもなく、窓の向こうの切り立った崖と遠くの海のながめをゆっくり楽しめるのも早起きの恩恵だ。

最後のひと口まできれいに食べ終えると、ヒューゴーは料理がたっぷり入った銀のコンロ《チャフィ》付き保温鍋《ング・ディッシュ》が載った朝食台の横を通り過ぎ、ガラス扉を開けてバルコニーに出た。

キャリック・パークに帰ってきたのは昨日だが、あまりに疲れていたのでデヴォンシャーに来るたびに使わせてもらっている寝室に上がり、そのままベッドに倒れこんでしまった。

もちろん、本来なら昨日のうちにロンドンに向かうべきだった。自分とガブリエルが急にいなくなったことで、くだらないうわさが広まっているにちがいない。反逆者たちのしっぽをつかんだことを当人たちに気づかれてはならないというガブリエルの考えもある。

ロンドンに戻ったあとは、ダービーシャーの実家に数週間帰ることになっていた。領地はキャリック・パークに比べればずっと小さいが、領民や召使いたちが待っている。それに田舎暮らしは好きだった。おまえは農夫の心を持っていると、父親によく言われる。

けれどもガブリエルのほうは、しばらくはキャリック・パークを離れるつもりはないだろう。キャリック・パークどころか、あと一週間は妻のベッドからすら離れられないように思える。

恥ずかしがる新妻を抱きあげて大理石の階段をのぼるガブリエルの姿がよみがえり、ヒューゴーはにやりと微笑んだ。玄関ホールに勢揃いした召使いたちの目には、あるじが一刻も早く主寝室に向かおうとしているのが明らかだったにちがいない。

その光景を思いだしたとき、後ろから足音が近づいてきた。振り向くと、驚いたことにガブリエルが朝食室を横切ってバルコニーに出てきた。

ガブリエルはいつものごとく優雅ないでたちをしていた。渋い茶色の上着とクリーム色のベスト、つややかなブーツにたくしこんだ黒のブリーチズ。クラヴァットの結び方はごく簡単なオリエンタル・ノットだが、シャツはぱりっと糊がきいて、見事なエメラルドのスティックピンが襞の奥に光っている。

だが近づいてきたガブリエルのあごはこわばり、銀色の瞳に不機嫌そうな光が見えた。

ヒューゴーは手すりにもたれながら胸の前で腕を組んだ。

「おまえに今朝ここで会うとは思わなかったよ」低く声をかける。

「ぼくもだ」手つかずの自然の風景を不愉快そうに一瞥すると、ガブリエルはヒューゴーをじろりと見た。「べつにそうしたくて来たわけじゃない」

ヒューゴーは眉をつりあげた。「そう噛みつくなよ」穏やかにいなす。「おれが寂しがっていると思って来たんなら、心おきなく新妻のところへ戻ってくれ。おれはひとりでもまったく快適だ」

「ぼくとしても、朝のひとときを新妻と過ごしたいのはやまやまなんだが、寝室に入れてもらえない状況なんだ」

ヒューゴーは笑いたいのを必死にこらえた。ガブリエルを寝室から追いだす女性がこの世にいるとは信じがたい。学校を出て以来、彼はいつもいやというほど女性たちに追いまわされていた。

「それはそれは」

ガブリエルがまったく冗談の通じない顔でヒューゴーをにらみつけた。

「笑いごとじゃない」

「ああ、そいつは悲惨だ」ヒューゴーはまじめに言った。「おまえの恋人としての能力が危機に瀕している。よければ奥方の機嫌をとる方法を教えようか？　そうすればベッドから蹴りだされたりはしないさ」

ガブリエルの細い顔がみるみる赤くなった。この尊大な伯爵は、今の冗談を本気にしてうろたえているのだろうか。考えられないことだ。

「蹴りだされてなどいない」ガブリエルがぴしゃりと言う。「それに、長年女性嫌いで通している男から、妻の機嫌のとり方を教えてもらうつもりはない」

急に矛先を向けられてヒューゴーはとまどった。たしかにもう何年も、社交界に登場する若い娘たちを疫病のように避けてきた。最後の愛人に別れを告げてから、すでに数カ月になる。

しかし、だからといって女性が嫌いだというわけではない。むしろ大好きだ。彼女らが結婚を画策したり、高い宝石をねだったりすることさえなければ。

自分が女性に求めるものはそういうことではなく……。

ヒューゴーは肩をすくめた。ひょっとして、自分が追い求めているような女性はこの世に存在しないんじゃないのか？

彼は激しく頭を振ってその考えを追い払った。

「女性嫌いというのとはちがう」ヒューゴーは訂正した。「玉の輿狙いの女性や、縁談に熱心すぎる母親にうんざりしただけだ」しばらく間を置き、皮肉っぽい笑みを浮かべた。「もちろん、レディ・アッシュコームのような女性がほかにもいれば、女性全般に対する見方をあらためてもいいが」

思ったとおり、ガブリエルが警戒するように目を細めた。「おい、言葉に気をつけろ」

ヒューゴーは小さく笑って手を振った。「たとえとして言っただけだ。おれだって早死にしたくはないよ」

ガブリエルはぶつぶつつぶやきながら後ろを振り返った。まるで朝食室に妻が現れるのを期待しているかのごとく。

「ぼくの妻に匹敵するような女性はいない」

「たしかに」ヒューゴーは小さくため息をついた。

レディ・アッシュコームのような女性がほかにもいればばと言ったのは、あながち冗談ではない。親友の妻に恋をしているわけではないが、意志が強く、しかも誠実な伯爵夫人のことを深く尊敬していた。ふたつとも、社交界の女性たちにはめったに見られない性質だ。

妙な感慨にとらわれている自分に気づいてヒューゴーは頭を振り、渋い顔をしているガブリエルを見た。日頃から周囲を思いどおりに動かすのに慣れきっている友が、頭を悩ませているのを見るのは少々愉快だ。たまには鼻っ柱をへし折られるのもいい薬になるだろう。

「たしかにレディ・アッシュコームは度胸がある」ヒューゴーは素知らぬ顔で言った。「おまえを寝室から閉めだすような女性はそうそういないだろう」

ガブリエルが険しい顔をした。「タリアから閉めだされたんじゃない。召使いたちに追いだされたんだ」

「召使いたちに？」

「夜が明けたとたん、次々にやってきた」

「そうか」ヒューゴーは肩をすくめた。「しかし驚くことはない。危険な旅から戻ったおまえが無事かどうか心配で、確かめに来たんだろう」

「連中はぼくの身など心配していないさ。大好きなタリアのことが心配で来たんだ」ガブリエルは顔をしかめながら言った。「まったくまいったよ。ミセス・ドナルドソンが喜びのあまり泣きだしたものだから、たまらず逃げてきた」

あの恐ろしく厳格なミセス・ドナルドソンが泣いているところを想像し、ヒューゴーは目を丸くした。

「驚いたな」

「しかもタリアは今日、一日中領民の家を訪ねてまわると言うんだ」

ヒューゴーは屋敷の横手に広がる緑地庭園に視線を移し、美しい池をながめた。池の向こうになだらかな丘陵が続き、ところどころにわら葺き屋根の小屋が見えている。

「いい考えじゃないか」ヒューゴーは友人の顔に視線を戻した。ガブリエルと自分がキャリック・パークに着いたとき、領民たちが血まなこになってレディ・アッシュコームを捜してくれたこと、なんとしてでもフランスのスパイから彼女をとり戻してほしいと必死に訴えてきたときのことが鮮やかによみがえった。「レディ・アッシュコームが出向かなければ、領民たちのほうから屋敷に押しよせてくるぞ。おまえが約束どおり伯爵夫人を無事に連れ帰ったかどうか、自分の目で確かめるためにな」

ガブリエルがうんざりしたように手を振る。

「彼女はまだ旅の疲れが残っている。田舎道を出歩いたりせずにゆっくり静養すべきだ」

ヒューゴーはくすりと笑った。「ふむ」

「なんだ？」

「おまえが不機嫌なのは、奥方がゆっくり休むことも許されないからか、彼女がおまえだけでなく領民のことも気にかけているのがおもしろくないからか、どちらだろうと思ったのさ」

ガブリエルは眉をつりあげ、横柄にあごを上げて言い放った。「ぼくはアッシュコーム伯爵だぞ。妻にもっと気にかけてくれと泣きついたりするものか」

「その言葉が本当なら、そんな虫の居所の悪そうな顔で朝食室をうろついたりするな、アッシュコーム。見ているとバルコニーから突き落としてやりたくなる」

ガブリエルが深いため息をつく。「たしかにおまえの言うとおりだ」

「あたり前さ」ヒューゴーは気どって言った。「おれはいつだって正しい」

「調子に乗るなよ」ガブリエルが低い声で言った。「ぼくは今も虫の居所が悪いんだからな」

まだからかいたい気持ちを抑えつつ、ヒューゴーは微笑んだ。

「いつロンドンに戻るつもりだ？」

「なるべく早いうちにと思っている」ガブリエルはバルコニーを行ったり来たりした。こぼれる朝日や、金髪をなびかせるそよ風が薔薇の香りを含んでいるのにも気づかないようだ。

「国王と評議会に反逆者たちの件を早急に伝えないと」

ヒューゴーもまったく同感だった。こうしているあいだにも、反逆者たちは英国軍を危険にさらす計画を画策しているかもしれない。

「なにを迷っているんだ？」

ガブリエルが顔をしかめた。「キャリック・パークに残れと言ったら、タリアは機嫌を悪くするだろう」

「なぜだ？　彼女はロンドンより田舎のほうが好きなようだが」

「そうだな。しかしぼくがひとりでロンドンに戻るつもりだとほのめかしたとき、タリアはみっともない隠し事のように扱われるのはいやだと言った」

「どういう意味だ？」

「わからないよ。だが、どうもぼくと一緒にロンドンに行くと言いだすような気がする」

ヒューゴーは、ガブリエルが暗い顔でバルコニーの端から端まで行き来するのを見つめた。

「なら一緒に連れていけばいいじゃないか。それで万事解決だ」

ガブリエルが振り返ってヒューゴーをにらみつける。「無理だ」

親友が強いいら立ちを隠しているのを察し、ヒューゴーは驚いた。

力を合わせて伯爵夫人を救出し、フランス人のスパイを出し抜いたうえにハリーの反逆行為が公になるのも避けられるのだ。

ガブリエルはもっと喜んでいいはずだ。それなのに、近くにあるものを手あたり次第に殴りたいような顔をしているのはどういうわけだ？

「なぜ無理なんだ？　レディ・アッシュコームを連れていくのが危険だと思っているわけじ

ゃないだろう？」

「キャリック・パークに行かせたときも、危険だとは思っていなかったさ。それでも彼女は大変なことにわざわざ首を突っこんだ」

まったく。ガブリエルはこの先も、みずからを鞭打つようにしてあらゆる責任を引き受けるつもりなのか。

「まさか、近くにフランスのスパイがいるとは思っていなかったんだろう」

「ぼくは彼女に責任がある」ガブリエルは不運な偶然だったことを認めまいとした。

「わかった」ヒューゴーが降参したように両手を上げた。「しかし、彼女の身の安全が心配なら、なおさらそばに置くべきじゃないのか？」

ガブリエルは銀色の瞳をかげらせ、拳を握り締めて前に進みでた。

「いいか、ヒューゴー。ぼくの妻のことはぼくが決める」

「いいとも。おまえにまともな判断ができるなら」ヒューゴーは低い声で言い返した。友人のことに首を突っこむつもりはないが、かといってガブリエルが自分の結婚を世間から隠そうとするのを黙って見ている気にもなれない。「おまえが妻のためにと思ってしたことがどんな結果を招いたか覚えていないのか？」

ガブリエルはぶつぶつつぶやきながらバルコニーを横切って朝食室に戻った。ヒューゴーの言わんとすることをそれ以上聞きたくないようだ。

「それとこれとは話がべつだ」

ヒューゴーが友のあとを追う。「どうべつなんだ?」

「彼女が傷つくのは耐えられない」

「傷つく?」ヒューゴーはガブリエルの険しい表情を不思議そうに見つめた。「どういう意味だ?」

ガブリエルが答える前に年老いた執事が朝食室に入ってきた。ブルーと銀の制服がやせ細った体には重すぎるかのように背中を丸めている。髪も白髪まじりだが、きびきびとした身のこなしは今も威厳に満ち、淡い色の瞳に鋭い光を宿していた。

「失礼いたします、旦那様」

ガブリエルは意外そうに執事を見つめた。

「なんだ、マクゴーディー?」

「レディ・アッシュコームにお客様がお見えです」

「こんな時間に?」

「さようです」

ガブリエルは腹立たしげに顔をしかめた。「もし領民なら、タリアと話せる順番をおとなしく待てと伝えるがいい」

風格のあるマクゴーディーはあるじの辛辣な言葉に瞬きひとつしなかった。

「領民ではありません、旦那様。ミス・ランシングです」

「誰だって?」ガブリエルはわけがわからずきき返した。

ヒューゴーもぴんとこなかった。準男爵のランシングのことはおぼろげに知ってはいるが、彼はサイラス・ドブソンとも娘のレディ・アッシュコームともなんのつながりもないはずだ。

マクゴーディーは静かに咳払いをした。「なんでも、奥様のご友人だそうです」

「ああ」ガブリエルはふいに思いだしたように声をあげたが、ますます渋い顔になった。「彼女のことは覚えている」

どんな記憶であれ、どのみち喜ばしいものではないようだ。

「奥様にお伝えしましょうか？」執事がたずねる。

ガブリエルはきっぱりと首を振った。「いや、その必要はない。ミス・ランシングの相手はぼくがする」

「かしこまりました」

「彼女が来たことはタリアの耳に入れるな」

執事は一瞬とまどう顔をしたが、ぎこちなく頭をさげた。

「仰せのままに」

ふたたびガブリエルとふたりになるのを待ってヒューゴーが険しい目を向けた。

「いったいどういうつもりだ？」

ガブリエルは硬い表情を浮かべて腕組みをした。

「わざわざタリアをわずらわせたくない」

ヒューゴーは鼻を鳴らした。自分も女性の気持ちに敏感なほうではないし、なにをすれば女性が喜ぶのかもよく知らない。けれども母や妹たちは、どんな時間帯であれ客を迎えるのが大好きだった。

「レディ・アッシュコームが友人の訪問をわずらわしく感じるとは思えないが」

ガブリエルは怒りに顔をこわばらせて頭を振った。

「タリアはやさしすぎて客を追い返せないだけだ」冷ややかに言い放つ。「彼女がハリーに捨てられたとわかったとき、大勢の女性たちが彼女の友達のように振る舞っていたのをぼくは見ているんだ」彼は思いつめたような暗い銀色の瞳でヒューゴーの目を見つめた。「彼女たちはタリアの庭に集い、タリアのシャンパンを飲みながら、タリアをばかにして笑っていた」

ヒューゴーの胸に怒りがこみあげた。

レディ・アッシュコームを侮辱する人間は絶対に許さない。心のなかでそう誓いながらも、親友を望まぬ結婚に陥れた、引っこみ思案で口下手なミス・ドブソンに対して抱いていた自分自身の気持ちがよみがえった。だが以前の気持ちはどうあれ、今は彼女を崇拝している。彼女を相変わらずばかにしている連中だって、じきにまちがいに気づくだろう。

「ミス・ランシングもレディ・アッシュコームをばかにしていたのか？」ヒューゴーは低い声でたずねた。

ガブリエルが肩をすくめた。「ぼくの知るかぎりではそういうことはなかった。しかし、タリアを動揺させたくはない」

ヒューゴーもまったく同感だった。伯爵夫人は危険な旅から戻ったばかりで疲れている。陰険な女にいじめさせるわけにはいかない。

「おれに任せてくれ」

ガブリエルが驚いたようにヒューゴーを見つめた。「おまえに？」

「ああ。おまえの家庭に害虫が入らないよう退治してやるよ」ヒューゴーは裏階段に通じる扉を示した。「おまえは奥方のところへ行って、一緒に領民たちを訪ねてやればいい」

「わかった」ガブリエルはヒューゴーの申し出を素直に受け、彼に近づいて広い肩に手を置いた。「恩に着るよ」

ヒューゴーは微笑んだ。「この貸しはいつか返してもらう」

ガブリエルは苦笑しながらも、相変わらず悩ましい顔つきで出ていった。その背中を見送ると、ヒューゴーは朝食室をあとにして正面玄関のサロンに向かった。

袖口のカフスを整え、のんびりした足どりで細長いサロンに入る。ずらりと並ぶ背の高いアーチ窓の向こうに車まわしが見えた。社交界でくり広げられるゲームには心底うんざりしているものの、その気にさえなれば駆け引きは得意とするところだ。

白と黒のタイル張りの床を何気ないふりで歩き、クルミの寄せ木細工の書き物机やそれによく合う凝った装飾の飾り戸棚、象眼細工の書斎テーブルを通り過ぎる。視界のすみに、真っ黒なドレスとベール付きのボンネットに埋もれそうになっている年老いた婦人の姿が見えた。小さなビロード張りのソファのすみでうつらうつら眠っているようだ。代々のアッシュコーム伯爵の胸像が並ぶ炉棚にもたれると、ヒューゴーは床のうえをいらいらと行ったり来たりしている若い女性に初めて目を向けた。

最初に感じたのは驚きだった。

彼が予想していたのは、上品なドレスに身を包み、淡い金髪を美しく整え、はにかんだ微笑みを浮かべる若い娘だった。これまで数えきれないほど、そういう娘ばかりを紹介されてきた。違うのは名前だけで、どの娘もまったく区別がつかないような。

しかしこの女性は……。

ヒューゴーは目を細めて彼女をながめた。地味な琥珀色のドレスには皺が寄り、ぽっちゃりした顔が怒ったように赤くなっている。長旅をしてきたはずだが、ここへ着くまで休憩も着替えもしなかったようだ。頭の後ろでまとめたブラウンの髪はほつれてからまり、黒い瞳の下には隈ができていた。待たされて腹を立てているのも明白だ。

なんと奇妙な。

彼女はどう見ても、わざわざレディ・アッシュコームを傷つけるためにやってきた陰険女には見えない。不機嫌そうにこちらをにらみつける表情からして、心の底からとり乱しているのがうかがえる。

煮えたぎっていた怒りがいくぶんやわらぎ、ヒューゴーは前に進みでて優雅にお辞儀をした。

「ミス・ランシングですか？」

彼女は申し訳程度にひざを曲げてお辞儀をした。ロンドンでもっとも望ましい花婿候補のひとりとされている男性に会えたことを、特にうれしく思っているわけでもなさそうだ。

「ロスウェル卿ね」ミス・ランシングが小さく言った。

ヒューゴーは身を起こして眉をつりあげた。「これまでお互いに紹介されたことがあったかな？」

「ええ、あったわ。ほんのわずかな時間だったから覚えていないだけでしょう」彼女はそっけなく言った。

ヒューゴーが身を固くする。この恐れを知らない娘は、ひょっとして今こちらを叱りつけたのか？

考えられないことだった。大抵の女性は、男性に気に入られようとしてこびたり気どったり、うるさくつきまとったりするものなのに。

「これは申し訳ない。どうも物覚えが悪くて……」

「あら、気になさらないで。わたしが誰かわからないのはあなただけじゃないわ」ミス・ランシングはヒューゴーのそつのない謝罪を制するようにふくよかな手を振った。「わたしはレディ・アッシュコームに会いに来たの」

「どこだっただろう？」

今度は彼女がきょとんとする番だった。「なんですって？」

ミス・ランシングに会っている理由をすっかり忘れ、ヒューゴーは前に進みでて彼女の色白の顔をじっと見つめた。近づいてよく見ると印象的な顔だ。濃いまつげに縁どられた黒い瞳は利発そうだし、キスしたくなるようなふっくらした唇の脇にえくぼができる。

「紹介されたのはどこだっただろうか?」

「今さらそんなことどうでもいいでしょう」

「なぜ覚えていないのか、われながら腑に落ちないんだ。きみはとても……」ヒューゴーは適当な言葉を探した。この娘は美人とは言えない。少なくとも伝統的な美人の基準にはあてはまらない。男性に魅力的に見せようとする努力も感じられない。だがなにかしら心惹かれる、目が離せないものがある。「……個性的だ」

「去年のレディ・ジャージーの舞踏会よ」ミス・ランシングが苦々しく答えた。

ヒューゴーは頭を振った。「きみをダンスフロアに連れださなかったとは、相当酔っていたんだろうな」

ミス・ランシングが豊かな胸の下で腕を組んだ。白い肌がレースの襟元に押しつけられて盛りあがるのを見たとたん、ヒューゴーのものが硬くなった。

なんということだ。

幸い彼の困った状況に気づかないらしく、彼女は怖い目でにらんだ。

「わたしの記憶では、あなたはレディ・スタンフォードを寝室に連れこむことに一生懸命だったわ。それから、お世辞で用件をごまかそうとしてもだまされないわよ」

「なぜだ?　きみにはお世辞が通じないのか?」

「もうたくさん」ミス・ランシングは腰に手をあてた。「わたしが来たことをレディ・アッシュコームに伝えてちょうだい。さもないと――」

「さもないと？」

「彼女が出てくるまで金切り声をあげるわよ」

本気なのか？　この女性が騒ぎを起こすかどうか予想できない状況に、ますます心がかき立てられる。

「なぜそれほど伯爵夫人に会いたいんだ？」

ミス・ランシングはふくよかなあごを突きだした。「心配だからよ」

彼女の顔をよく見ると、怒った表情の下にたしかに不安と恐れが見えた。ガブリエルの見立てがどうであれ、ミス・ランシングは伯爵夫人を傷つけるためにキャリック・パークに来たのではないらしい。

「レディ・アッシュコームが心配？」

「そうよ」

「心配するだけ無駄だ」

「そうかしら」ミス・ランシングは足を踏ん張り、瞳に怒りを浮かべた。「レディ・アッシュコームは伯爵と秘密の結婚式を挙げて、その数時間後にはロンドンからいなくなったわ。この一カ月のあいだ何度も手紙を書いたのに、返事が一通も来なかったのよ」

ヒューゴーは部屋のすみで眠っている老婦人をちらりと見てからミス・ランシングに近づ

き、彼女のあごをそっと持ちあげた。

「きみはなにを恐れているんだい?」低い声でたずねる。「アッシュコーム卿が無力な花嫁を地下牢に閉じこめたとでも思っているのか? あるいは、崖から突き落としたとでも?」

彼女の肌がさらに赤くなった。これは怒りからくるものか、それともこちらが感じているのと同じ情熱からくるものなのか、確かめてみたいという思いがこみあげる。

「真相が誰にわかるというの?」ミス・ランシングは言い返した。「レディ・アッシュコームの部屋にいたわたしに、押しかけてきた伯爵が出ていけと言ったのよ。彼はひどく怒っていたわ。あの人がレディ・アッシュコームをひどい目に遭わせても不思議はないと思うけど」

ヒューゴーは首を振った。ガブリエルが女性に暴力を振るうなどと彼女が一瞬でも考えたことに憤りを感じると同時に、その思いきった発言が愉快でもあった。

長旅で皺くちゃになったドレス姿のまま目の前に立ちはだかり、平気で辛辣な言葉を浴びせる女性といえば、ほかにはレディ・アッシュコームしか考えられない。

このふたりが互いに気が合うのは当然だろう。

「どんな紳士でもときには怒るものだ」ヒューゴーは言いながらミス・ランシングのふっくらした唇を撫でた。「だからといって、皆が凶悪な犯罪に手を染めるわけじゃない。なんといっても、われわれは文明化された社会に生きている」

ミス・ランシングが軽蔑したように鼻を鳴らして身を引く。「いくら社会が文明化されても、男性は野蛮人のように振る舞うわ」

たしかにそのとおりだ。高貴な人間とされる者が反逆者になったり、未開人にも劣らぬほどの残虐行為に手を染めたりした例はいくらでもある。

しかし、男性をあからさまに見下す彼女の態度には腹が立った。これは男性全般に向けられたものなのか、それとも貴族の男にだけ向けられたものなのか。

「ひとつたずねるが、きみは小説を読むか？」ヒューゴーは穏やかにからかった。

ミス・ランシングがわざとらしく首をかしげる。さては〝芝居もの〟が好きなのか。

「なぜ？」

「すべての男が今どきの女流作家の小説に描かれているような悪人ではないからさ」

皮肉を言われ、彼女は腹立たしそうに唇を曲げた。「笑えないわね」

「いや、笑えるね」ヒューゴーが言い返す。「アッシュコームが奥方を殺したと疑うなんて、まったくお笑い草というものだよ」

「もうばかにされるのはたくさんだわ」腹に据えかねたように言い放つと、ミス・ランシングが急に扉のほうへ歩きだした。

ヒューゴーは急いで追いかけ、彼女が敷居を通り抜ける手前で立ちふさがった。

行く手をはばまれ、ミス・ランシングは相手の横っ面を殴ろうかどうしようか迷うような顔で彼をにらみつけた。

「どいてちょうだい」ミス・ランシングがぴしゃりと言った。

ヒューゴーはどく代わりに扉の柱に広い肩をもたせかけ、出口を完全にふさいだ。少しでもよそに気をとられたら、するりと脇をすり抜けられてしまいそうだった。

実際のところ彼は、ミス・ランシングのふっくらした魅力的な唇に目を奪われていた。

「いったいどこへ行くつもりだ？」強い調子でたずねた。

「レディ・アッシュコームを連れてきてくれないなら、こちらから捜しに行くわ」

ヒューゴーは彼女の怒りに燃えた瞳を見つめた。「なぜそこまで心配する？」

「なぜですって？」ミス・ランシングが一瞬あっけにとられたような顔をした。「レディ・アッシュコームはわたしの友達なのよ」

「勘ちがいなら許してほしいが、その〝友達〟とかいう連中が、ロンドンでの彼女の生活を惨めなものにしていたはずだが」

伯爵夫人をいじめていた女性陣のひとりに数えられたことに明らかに腹を立てたらしく、ミス・ランシングは身をこわばらせた。

「男性に人気のない女性をいじめて喜んでいるとんでもない人たちのことを言っているの？あの人たちはレディ・アッシュコームの友達でもなんでもないし、彼女だってそんなふうには思っていないわ」ミス・ランシングは鋭く言った。「父親に強いられて一緒にいただけよ」

「それならきみは？」

「彼女と同じ壁の花よ。そんなことくらい知っているでしょう」ミス・ランシングがなんら恥じることなく言った。「社交界からつまはじきにされるつらさをわかりあえる友達だったの」

　今まで感じたことのないような奇妙な感情がヒューゴーの胸に広がった。英国中の反逆者とフランスのスパイを合わせたよりもはるかに危険な感情だ。

　その思いを無視しようとして、彼はミス・ランシングの首に巻かれた琥珀色のリボンにとめられているカメオのアクセサリーをまっすぐに直そうとした。指先に彼女のサテンのような肌が触れる。

「申し訳ない」ヒューゴーはささやいた。「意地悪をして悪かった」

　軽く触れられて鼓動が乱れたのが指先に感じられたものの、彼女は気をそらされまいとして彼の手を払いのけようとした。

「同情はけっこうよ」鋭く言い放つ。「レディ・アッシュコームに会わせて」

　ヒューゴーは肩をすくめた。ミス・ランシングが友達思いであるのはまちがいない。伯爵夫人が夫からひどい扱いを受けていないか心配して、デヴォンシャーまでやってきたのだ。しかし、ガブリエルには、彼女を追い払うと約束してしまった。

　約束は守るつもりだが、この女性が安心できるよう、アッシュコーム伯爵夫人が元気にしていることくらいは教えてもいいだろう。

「残念ながら今は無理だ。だが必ず――」

　ヒューゴーはそこで言葉を切った。ミス・ランシングが険悪なまなざしで唇を開く。しまった。本気で金切り声をあげるつもりだ。

考える間もなく、ヒューゴーは悲鳴をあげようとした彼女の半開きの唇に自分の唇を押しつけた。

とにかく、召使いたちや伯爵夫人を驚かせないようにすることしか頭になかった。少なくとも自分にそう言い聞かせながら、ミス・ランシングの温かい口のなかに舌をすべりこませる。

それはいかにももっともらしい理由に思えたが、なぜ彼女のウエストに両腕をまわし、硬くなった自分の分身にしっかり押しつけているのかは不明だ。彼女のふんわりしたくせっ毛から漂うさわやかなレモンの香りを、目を閉じてうっとりと吸いこんでいるのはなぜだろう。小柄であるにもかかわらず、ミス・ランシングは大柄なヒューゴーの腕のなかにしっくりとおさまった。社交界の多くの女性たちとはちがうふくよかな抱き心地が好ましい。自分のような大男は、折れそうに華奢な恋人が苦手なのだ。

恋人……。

その言葉が高ぶった体に衝撃を与えた。いったい自分はなにをしているんだ？

まともな紳士は怒っている乙女を親友の屋敷の玄関サロンで誘惑したりはしない。少なくとも、昼食前は。

ヒューゴーは低くうめきながらミス・ランシングの甘い唇から顔を上げた。だが腕を離す間もなく、横っ面に歯の根が合わなくなるほど強烈な平手打ちを食らった。

「なにするの！」

ミス・ランシングの驚いた顔と怒りのこもった目を見て、ヒューゴーは唇を曲げて微笑んだ。ぶしつけな愛撫に腹を立てるのは当然だ。けれども彼女の瞳は熱く燃えていた。

　今のキスにまったくなにも感じなかったのではないようだ。

「ここで騒ぎを起こされると困るから口を封じたんだ」ヒューゴーはささやいた。「だけど、どうやらおれは自分で自分の首を絞めることになってしまったみたいだな」

　一瞬とまどったものの、ミス・ランシングはその告白を無視することにしたようだった。賢明だ。今はわが身を稲妻のようにつらぬいた彼女の魅力について云々しているときではない。

　もちろん、彼女が自分から逃れようともがいているのはうれしいことではないが。

「放して」

「大声を出さないと誓うか？」

「誓うもんですか」

　ヒューゴーは口を曲げた。気の強い娘だ。

「ミス・ランシング、伯爵夫人はこのうえなく元気で、アッシュコームに危害を加えられる心配はこれっぽっちもないと保証する」安心させるように話しかける。「実際の話、アッシュコーム卿は見ているほうが気恥ずかしくなるほど妻にぞっこんだ」

「それならなぜ、彼女はわたしの手紙に返事をくれなかったの？」

　ヒューゴーは肩をすくめた。自分たちが急にいなくなった件についてどう口裏を合わせるか、まだガブリエルと相談していなかった。

どうやってごまかせばいいんだ？

しかも胸にはミス・ランシングのふっくらとした手のひらが、太もものあいだにはすばらしい曲線を持つ腰が押しつけられている。

「レディ・アッシュコームはここ数週間、キャリック・パークを離れていた」

「本当に？」ミス・ランシングは疑り深そうに眉をひそめた。「どこへ行っていたの？」

「夫とヨットで航海に出ていたんだ」

「航海？」

「新婚夫婦はハネムーンを楽しむのが世の習いだろう」これほど筋の通った話はないはずだ。

「ふたりきりになるのに海の真ん中ほどいい場所はない」

ミス・ランシングは、すぐさま不可解な点を突いた。

「あなたはそのハネムーンについていったの？」

「もちろんさ」ヒューゴーは苦しげな笑みを浮かべた。「優秀な船乗りだからね」

彼女が呆れたようにうえを向く。「信じられないわ」

当然だ。ヒューゴーは歯ぎしりした。いつもならもっと機転がきくはずなのに、今日はいい説明が思い浮かばない。そのとき、あたかも神の計らいのように屋敷から厩に向かって歩いていくアッシュコーム夫妻の姿が見えた。

ついているぞ。

「これなら信じられるだろう」ヒューゴーはミス・ランシングの手をつかんで窓際に連れていった。「彼女は怖がっているように見えるか？　不幸そうに見えるか？」

ヒューゴーの手を振りほどき、手に手をとって歩く夫妻の姿を見ると、ミス・ランシングは険しい表情をやわらげて体の力を抜いた。

これでよし。ヒューゴーは思った。いくらミス・ランシングでも、妻を見おろすガブリエルの愛情に満ちた表情や、レディ・アッシュコームが背の高い夫に甘えるように身を寄せる仕草を見落とすはずがない。

夫妻が石のアーチをくぐって厩の庭に消えるのを、ふたりは黙って見守っていた。やがてミス・ランシングは拳を握り締め、納得がいかないというようにヒューゴーをにらみつけた。

「なぜ彼女と話をさせてくれないのかしら」

いろいろな言い訳を考えたものの、ヒューゴーはため息をついた。友達に対する誠意を示したミス・ランシングには、最低限の真実を知る権利がある。

「アッシュコーム伯爵はこれまで誰かを愛したことがなかった」ヒューゴーは言った。「そのせいで、花嫁を自分ひとりのものにしたいという欲求にとらわれているんだ」

「まあ……」口ごもったミス・ランシングの丸い顔に、明らかにうらやましそうな表情が浮かぶ。ヒューゴーとまったく同じ心境だ。「彼女は……満ち足りているの？」

「満ち足りているとも」ヒューゴーは即座に答えた。「強情な夫を上手に手なずけることができれば、彼女はこのうえなく幸せになれるだろう」

「よかった」ミス・ランシングが生き生きとした表情になる。「馬車を呼んでいただけるかしら？　ロンドンに帰らなきゃ」

ヒューゴーは眉をつりあげた。てっきり家族か友人と、この近くに滞在しているものと思っていた。こんな遠くまでシャペロンも連れずにやってきたのかと思うと背筋がこおりついた。

頭がどうかしているんじゃないのか？　道中では追いはぎや強盗や恐ろしい人殺しがうようよしているというのに。馬宿さえ安全とは言えない。世のなかには、非力な若い女性につけこもうとする男性が大勢いるのだ。

「ひとりで来たのか？」彼はミス・ランシングの前に立ちはだかった。

彼女はとまどったような顔で、ソファで眠りこけている老女のほうを示した。

「ちがうに決まっているでしょう。同伴者がいるわ」

「同伴者？　どんなに甘い保護者でもあんな……」ヒューゴーは言葉を探しあぐねた。あの老女は、ミス・ランシングとなんらかの縁があるのだろう。「年老いた婦人を同伴者とは見なさない」

彼女が小さく鼻を鳴らす。「あいにくだけど、あなたはわたしの保護者ではないし、わたしが誰を同伴者に選ぼうとあなたには関係ないわ」

「そうはいかないよ」ヒューゴーは考える間もなく口走った。「たった今から、きみの問題はおれの問題だ」

ミス・ランシングが驚いた顔をした。ヒューゴー自身も驚いていた。

「なんですって？」

彼は迷った。今の言葉をとり消すのは簡単だ。おかしそうに笑い、ただの冗談だと言ってしまうこともできる。

子どもをあやすようにミス・ランシングの頭を撫で、老いぼれの同伴者と一緒に馬車に乗せて見送り、さっきはどうかしていたと理性をとり戻すこともできる。

しかし、ヒューゴーはその考えを無視した。

ミス・ランシングが自分のつき添いなしでこの部屋の敷居をまたぐことはない。

「おれもちょうどロンドンに戻るところなんだ」ヒューゴーはきっぱり言った。「一緒に行こう」

ミス・ランシングが怯えた顔で一歩身を引く。

「そんなことはできないわ」

ヒューゴーは微笑んで彼女の頬に手をあてた。「子猫ちゃん。きみもそのうち、おれがいったん心を決めたらどんなことがあっても引かないのを、あきらめて受け入れるようになるだろう。そのほうが将来お互いに幸せになれる」

ミス・ランシングは信じられないような顔で首を振った。「頭がどうかしたんじゃないの？」

彼女の黒い瞳をじっとのぞきこんだとき、ヒューゴーは胸がいっぱいになって息ができないほどだった。

「どうやらそうらしい」

23

ガブリエルがごろりと仰向けになってタリアの体から離れ、まだ荒い息をついている彼女に腕をまわして強く抱き締めた。

ふたりはその日一日をかけて領民たちの家を訪ねてまわったのだが、行く先々でたいそう喜ばれた。まるでタリアが何年もいなくなっていたみたいな騒ぎようだ。

もちろんタリアはうれしかった。皆にこれほど温かく迎えられて、まるで故郷に戻ってきたような気分だ。ほんの数カ月前には考えられなかった。

タリアはこれまでのように遠慮せず、女性たちの手作りのケーキやリンゴ酒をごちそうになった。小さな子どもたちがひざにまとわりついて甘え、男性たちまでまわりをうろついて日焼けした顔をにこにこさせていた。

とうとうガブリエルが屋敷に引きあげる時間だと言い、タリアがいくら疲れていないと訴えても耳を貸さず、彼女を馬車に押しこんだ。

馬車のなかでも、帰ったらすぐに休むようしつこく夫は言った。屋敷に着くなり彼女を抱きあげ、磨き抜かれた階段をのぼって主寝室に向かうと、召使いたちが驚き呆れてひそひそ互いに耳打ちした。

だがふたりきりになったとたん、ガブリエルはしばらく昼寝をするべきだと言っていたことも忘れて、ピンクと銀色に彩られた部屋の中央に置かれた大きなベッドに妻を寝かせた。タリアはガブリエルを叱りつけようとしたものの情熱的に唇を押しつけられ、素早く服を脱がされるうちに、なぜ腹を立てるべきなのかも忘れてしまった。

それればかりか、彼と同じくらい熱くなっていた。

ばかげた考えかもしれないが、英国に帰ったとたん、夫が結婚したときのような冷たい男性に戻ってしまうのではないかという不安にタリアは苦しめられていたのだ。

しかし、彼が焼けつくように熱くキスをし、彼女のなかにゆっくりと入りながら低くうめくのを聞いて、つくづく安心感が広がった。

タリアはようやく呼吸を整えて炉棚の時計に目をやった。ため息をついてベッドに身を起こす。書斎にいるだろうロスウェル卿に会うのなら、急いで着替えなければならない。

「どこへ行くつもりだ？」ガブリエルがたずねた。

後ろを振り向いてシーツのうえに横たわる彼の裸を見たとき、タリアの胸の奥がざわめいた。暖炉の火に照らされた彼の髪は純金のように輝き、瞳が謎めいた陰影を帯びている。まるで、地上におりてきたギリシャ神話の神のようだ。この世の人間がこんなに美しいはずがない。

ガブリエルの広い胸に手を這わせつつ、本物であるのを確かめたい気持ちに逆らいながら、タリアは時計のほうに頭を振った。

「早く着替えないと夕食に遅れるわ」

ガブリエルはかまわず裸のタリアに手をのばし、ヒップから太ももを撫でた。

「このままでいいさ」彼がささやいた。「厨房から食事を届けさせよう」

「ガブリエル、あなたってひどいホストね」

たしなめながらも彼女は悦びに身を震わせた。「ロスウェル卿をひとりにしてはいけないわ。彼は夕食の席でわたしたちに会えると思っているはずよ」

ガブリエルは彼女の背中にゆっくりと指を這わせ、腰にキスをした。

「実を言うと、ヒューゴーは今朝早くにロンドンへ発った」

何気ない言葉にふいを突かれ、彼女は一瞬黙りこんだ。はじめは嫌われていたようだが、ロスウェル卿とは危険な旅のあいだに友達になれたと思っていたのに。彼が突然いなくなってしまったことに心が傷ついた。

「別れの言葉もなく行ってしまったの？」

「急に決めたことらしい」ガブリエルはタリアの傷ついたような瞳を見つめた。「ロンドンに大切な用事ができたと言づてがあった」

「わたしたちの帰りを待って直接言うことすらできないたぐいの用なのかしら」

ガブリエルは肩をすくめた。どこか警戒しているその表情を、タリアは見逃さなかった。

「ヒューゴーは頭の鈍い男じゃない。客より妻の相手をしたいとぼくが思っていることくらいちゃんとわかっているさ」彼はさらりと言った。「騒ぎにならないようこっそり出ていきたかったんだろう」

タリアの背筋に冷たい疑念が走った。ガブリエルの手を振りほどき、ベッドから立ちあがって薔薇色のサテンのローブをつかむ。

ガブリエルの嘘が見抜けるようになっていた。

ローブのベルトを締めると、彼女は眉をひそめて夫を見つめた。

「たしかにロスウェル卿はよく気のつく人よ。でも、彼はあなたがロンドンに行く準備ができるまでキャリック・パークに残ると、わたしにはっきり言ったわ」

ガブリエルは身を起こし、なにを考えているのかわからない表情でヘッドボードに背中をつけた。

「気が変わったらしい」

「彼の気が変わったの？　それとも、あなたがそう仕向けたの？」タリアがすごんだ。

ガブリエルはよしてくれというように両手を上げた。「ぼくは彼の急な出発には無関係だよ」

「そう」

疑り深げなタリアを見て、彼はじれったそうにため息をついた。

「なにをそんなに気にしているんだ？」

「腑に落ちないのよ」彼女は食いさがった。「わたしになにか隠し事をしていない？」

ガブリエルは引きつった笑い声をあげた。「きみに隠し事をしても無駄だというのはわかっている」

彼の言うとおりだ。しかし、だからこそ胸騒ぎがするのかもしれない。

「いいわ」彼女はウエストに両手をまわした。暖炉に赤々と火が燃えているにもかかわらず、なぜか寒気を覚える。「ロンドンに戻ったら直接ロスウェル卿にたずねるわ」

ガブリエルが肩をすくめ、タリアのローブの裾をつかもうと手をのばした。

「好きにすればいい。でも今は……」

タリアはさっと身を引いてローブの裾をたくしあげた。

「いつ戻るの？」

ガブリエルが顔をしかめた。「頼むよ、タリア。夫が誘惑しようとしているときに尋問しないでくれ」

「質問に答えてくれたらいくらでも誘惑されてあげるわ。ロンドンへはいつ発つの？」

しばらく黙りこんだあと、ガブリエルは胸の前で腕組みして深いため息をついた。

「明朝だ」

タリアは衝撃を受けたように唇を開いた。「まあ呆れた。いったいいつ言うつもりだったのかしら」長旅の準備にどれほど時間がかかるか、男性はわかっているのだろうか。「明日は、気管支の弱いミセス・グロースマンに湿布を持っていってあげる約束があるのよ。それに、ミスター・クラークの家にも行くつもりなの。五十年も会っていないヨークシャーの妹さん宛に手紙を代筆してほしいと頼まれているものだから。それから、もちろん旅の準備もしないといけないわね」

ガブリエルは頬を紅潮させた彼女をじっと見つめた。「そう興奮するな、タリア」

タリアは首を振った。彼は手近な馬にひらりと飛び乗ってロンドンに駆けていくつもりなのだろうが、女主人はそうはいかない。いろいろなことに気を配らなくてはならないのだから。

「今夜中にいくつか用事をすませておかないと、とても出発の準備などできないわ」タリアは頭の中であわただしく今日中にしなければならないことと明日の朝にすべきことを考えた。

「タリア、よく聞くんだ」

彼女が手を振って花柄の絨毯のうえを歩きまわる。「悪いけど時間がないの、ガブリエル」

「きみは一緒に行かない」

その言葉の意味がわかるまでしばらく時間がかかった。タリアはゆっくりと顔を上げ、硬い表情のガブリエルを見た。

「なんですって?」

「今回のロンドン行きは極秘で、短い日程にするつもりだ」ガブリエルは感情を出さないよう慎重に言った。「ぼくが国王や首相に会おうとしているのを知る人間は少ないほうがいい。反逆者たちに怪しまれる可能性も低くなる」

もっともな理屈だが、タリアは納得しなかった。

ガブリエルが自分をロンドンに同行させるのを避けようとしているのだと思うのは、厄介な不安のせいだろうか。

しかし、それはどうでもいい。

みっともない隠し事のように扱われるのは二度とごめんだ。

「どんなに気をつけたところで、あなたがロンドンに着いたらすぐに皆に知れわたるわ」

ガブリエルは肩をすくめた。「そうだとしても、うわさが広まる前にいなくなっているさ」

タリアは言葉を探した。自分をキャリック・パークに残していこうとしていることについて、彼を直接責めても仕方がない。巧妙に誘導しなければ。

タリアはベッドに手をついてほんの少し胸元をのぞかせた。思ったとおり、ガブリエルの視線がやわらかな胸のふくらみに吸いよせられる。彼女はかすかに勝利の笑みを浮かべた。

数少ない武器を使わない手はない。

「こそこそしているところを見つかったら余計に怪しまれるわよ」

「というと？」

「アッシュコーム伯爵夫妻としてロンドン入りすることは少しも妙じゃないわ」

ガブリエルは相変わらずローブの胸元を見ながら鼻を鳴らした。

「そんなわけないだろう」

「社交界の誰もが、あなたは新妻を国王に紹介するつもりだと思うでしょうよ」彼女は首をかしげ、黒髪が片方の肩に落ちかかるようにした。「小さな夜会を開いて、あなたが話したいと思う相手だけを招待すればいいじゃない。それなら少しも怪しまれないわ」

ガブリエルが険しい目をしてタリアをにらみつける。

「タリア、ふたりでロンドンに行ったりしたらどんな騒ぎになると思っているんだ？」ぴしゃりと言った。「うわさ好きな連中が騒ぎ立てるに決まっているだろう」

彼女は肩をすくめた。「ちょうどいいじゃない」

ガブリエルはヘッドボードから身を起こし、怒りに歯を食いしばった。

「頭がどうかしたのか？」

タリアはガブリエルの目をまともに見つめ返した。なんのうわさを恐れているの？　ふたりのあわただしい結婚について？　それとも、急に姿を消したこと？

あるいは、花嫁が卑しむべきサイラス・ドブソンの娘で、アッシュコーム家を辱める存在だということについて？

過去にいやというほど味わった失望感がよみがえり、タリアは自分でも気づかないうちに懇願するような表情で夫の腕に手をのばした。

「考えてもみて、ガブリエル。皆わたしたちのロンドン入りに気をとられて、あなたが誰を招待するかなんて気にしないと思うわ」言いながら硬い表情を浮かべる。「それなら、うわさに耐える意味があるでしょう？」

彼の銀色の瞳に思いがけないほど強いいら立ちが浮かんだ。妻を置き去りにしようとする夫よりも、夫のそばにいたいと願う妻に非があると思っているかのように。

「社交界の餌食になりたいのか？」ガブリエルが声を絞りだした。

「もちろんそうはなりたくないわ。でも、仕方がないでしょう」

「きみがここにいればすむことだ」

タリアの胸が締めつけられた。力を合わせて困難を乗り越え、情熱的に愛を交わしても、結局ガブリエルは妻を社交界から遠ざけたいのだ。

「ロンドンから永久に逃げつづけるわけにはいかないわ」彼女はつばをのみこんだ。

タリアのつらい気持ちに気づかないかのように、ガブリエルが彼女の黒髪に指をからませた。

「わかっている。しかし、来シーズンまでは身を引いていたほうがいいだろう」

「それじゃ、まだ何カ月も先だわ」

タリアがおとなしく引きさがろうとしないので、ガブリエルは眉をひそめた。

「キャリック・パークの暮らしが気に入っていたんじゃないのか？」

「ここは好きよ。でも……」

「領地はほかにもある」彼女に答える間も与えずに言う。「召使いも領民たちも新しいアッシュコーム伯爵夫人に会える日を楽しみに待っているんだ」

タリアはガブリエルの暗い表情から目をそむけた。どんなに訴えても彼の決心はゆるがない。

「ガブリエル、なぜわたしをロンドンから遠ざけたいの？」彼女はささやくように言った。

気まずい沈黙が流れたあと、ガブリエルが咳払いをする。

「さっきも言ったように、今回は短い訪問になるからだ」彼はタリアのうなじを両手で包み、こわばったあごを親指で撫でた。「できるだけ早くデヴォンシャーに戻ってくる。たった数日のことだ。わざわざきみの予定を中断させる必要はない」

タリアは目を伏せたまま言った。「わかったわ」

「きみはここにいたほうが楽しいだろう。できるだけ早く戻ってくるよ」

「ええ」

まったく望みをかなえてもらえないことにタリアが怒っているのを察し、ガブリエルは彼女のあごに親指をあてて上向かせた。

「すねるつもりじゃないだろうな」

タリアはできることなら寝室から飛びだし、どこかでひとりきりになりたかった。愛とまではいかなくとも、ガブリエルとの関係が、互いの尊敬のうえに成り立つものであってほしかった。彼がこの期に及んでも自分を妻にしたことを恥じていると思うと、身が引き裂かれる思いがする。

部屋を飛びだしたい思いを必死に抑えた。いけない。そんなことをするべきではない。

自分はもう他人の都合に振りまわされて生きるか弱い娘ではない。自分を傷つける相手から逃げまわるような人間でもない。

この数週間で、自分の望みをかなえるために闘うことを学んだのだ。

これからもそうするつもりだった。

「タリア?」ガブリエルが心配そうな顔で彼女の白い顔を見つめた。

タリアはこみあげる涙をのみこみ、無理に笑みを浮かべた。この結婚を危機から救う方法は明日考えることにしよう。

今夜は……。

身を乗りだしてガブリエルの唇にキスをした。

「すねたりしないわ」

「よかった」彼はほっとしたように言い、タリアの顔を両手ではさんだ。「一緒にいられる最後の夜にけんかなどしたくないからね」

タリアは彼の唇を甘く噛み、夫がうめき声をあげるのを楽しんだ。

「どんなことをしたいのかわかるわ」

「きみはぼくをよくわかっている」ガブリエルはむさぼるようにキスをすると、身を離して情熱にかげる瞳で彼女を見つめた。「しかし、まずはきみに熱い風呂に入る時間をあげよう。それからベッドで食事を楽しむんだ」

「そのあとは？」

ガブリエルがいたずらっぽく笑った。「そのあとは、ぼくを好きにしてかまわないよ」

ロンドンの気候はいつも以上に不快だった。

一週間も降りつづいた雨で街中が泥だらけになり、重く垂れこめた雲間から太陽がのぞくと、今度は猛烈な暑さが襲った。そのうえ、弱い風が港の悪臭を運んできた。長く窓を開けていられないほどのひどいにおいだ。

ほとんどの貴族たちが田舎の領地に避難してしまうのも不思議はない——厩から直接自分の書斎に通じる裏口にヒューゴーを招き入れながら、ガブリエルは苦々しく思った。

それにしても、これほど長く足どめを食わされるとは誤算だ。

夏の終わりのロンドンが不快だということもあるが、少しでも早くデヴォンシャーのタリアのもとに帰りたかった。

背の高い本棚が並ぶ細長い部屋に入ると、ガブリエルは大きなクルミ材の書斎机とブランデーのデカンターにまっすぐ向かった。

タリアのことがいつも頭から離れない。

目を閉じれば、すぐに彼女の白い顔と魅力的な体がまぶたに浮かんだ。けれども、苦しいのは彼女の体が恋しいからではない。キャリック・パークを出たときからずっと、なにかがまちがっているという思いにとらわれているからだ。

幸い、ロンドンでの用はすべて片づいた。

二個のグラスにブランデーを注ぐと、そのうちのひとつを一気にあおり、もうひとつをヒューゴーに手わたした。

まったく。そうそうたる英国紳士の名前が連なるあのリストが、フランス側のでっちあげではないと国王と首相にわかってもらうのに丸二日かかった。そのうえ、内務省のなかから選び抜いた数人に反逆者の存在を告げ、逆手をとって有利な状況に持ちこむよう説得するのにさらに三日もかかった。

ヒューゴーもガブリエル同様に憂鬱そうな顔で差しだされたブランデーを受けとり、寄せ木細工の床のうえを歩いている。

「おれはときどき不思議に思うことがある。これほど大勢の愚か者を乗せたブリテン島が、なぜ海の底に沈んでしまわないのか」ヒューゴーが低い声で言いながら、丸石を敷きつめた通りを見おろす出窓に近づいた。

ガブリエルは、窓辺のベンチの端に身じろぎもせずに座った友人に弱々しく微笑みかけた。ぴったりした上着と黒いブリーチズ姿の大柄なヒューゴーがいると、ただでさえ狭い書斎がいっそう窮屈に感じられる。

この書斎はもともとガブリエルの父親の大切な部屋だった。ガブリエル自身は、長いガラスケースにおさめられたローマ時代のコインや骨董に興味はないものの、それらを屋根裏部屋に片づける勇気はなかった。少なくとも、母親がこの屋敷を自分の持ち物だと考えているあいだは。

もう一杯ブランデーを注ぐと、ガブリエルは机の縁にもたれた。

「その愚か者というのは、貴族の指導的立場にいる人間だぞ」

「ここ三日間というもの、誰も彼もが子供じみた言い争いに始終していた」ヒューゴーは軽蔑したようにつぶやいた。「反逆者たちとはいっさいかかわっていないと周囲にわからせることに気をとられて、英国軍に対する脅威の件など誰も真剣に考えちゃいなかった。しかも、皆こぞって、反逆者たちの名前をなんとか極秘扱いにしようと懸命だった」

ガブリエルは顔をしかめた。彼らの言い争いにつきあわされるのはほとほといやだった。人に命令を下して従わせることに慣れた身にとっては、同じ権力を持つ相手と折りあわなければいけない状況を難しいと感じるのは仕方がない。だが、貴族たちのあいだに入って根まわしをする役をこなすのは並大抵ではなかった。

「少なくともこれで、ろくでもない連中が闇に紛れて反逆行為を続けることのないよう手は打てたじゃないか」やれるだけのことはやったという気持ちで言う。「たとえ彼らに公正な裁きが下されないとしても」

「ああ」ヒューゴーはブランデーを飲み干し、真鍮の象眼細工が施された紫檀のテーブルに空になったグラスを置いた。「あの愚か者たちが、本当に反逆者を利用してフランス側に偽の情報を流せると思うか？」

「それをやってのける腕と頭のある人間が内務省にひとりかふたりはいる。問題は彼らが周囲の妨害をうまく避けられるかどうかだ」

まるで納得していないようだったが、ヒューゴーは気をとりなおしてより大切な話に移った。

「ともかく、おまえは自分のやるべきことをすべて果たした」

「ああ」ガブリエルは暗い笑みを浮かべた。ことの是非はともかく、弟の罪はほかの反逆者たちの名前と一緒に永久に封印される。「これでハリーは大丈夫だ」

「今度こそ改心してくれるのを願おう」

「同感だ」ハリーを思い、ガブリエルの胸に悲しみがこみあげた。いざこざはあったものの、ハリーは今でもかけがえのない家族だ。彼が英国に戻ってくるまでずっと思いつづけるだろう。

命懸けの冒険を思いだし、ふたりはしばらく黙りこんだ。やがてヒューゴーが小さく頭を振って窓の敷居にもたれた。疲れた横顔と憂鬱そうな金茶色の瞳が、かげりはじめた日射しのなかに浮かびあがっている。

この親友はなにか悩み事があって眠れなかったようだ。悩みの種がフランスのスパイや頑迷な英国紳士たちだとは到底思えない。

「いつキャリック・パークに戻るつもりだ？」ヒューゴーがつっけんどんにたずねた。

「夕食後すぐに」

ヒューゴーが驚いたように眉をつりあげる。「夜に移動するのか？」

ガブリエルは微笑んだ。タリアのもとへ帰るためなら、地獄の業火でもくぐり抜けていくつもりだった。

「おまえといるのも楽しいよ。しかし、妻にはどうやってもかなわない」

ヒューゴーが笑いながら胸に手をあてた。「傷ついたぞ」

ガブリエルは目を細めた。「おまえはどうなんだ？」

「おれか？」

「いつ領地に戻るんだ？」

ヒューゴーはびくっと震え、表情を曇らせて遠い壁に目をやった。

「まだはっきりとは決めていない」

「そうなのか？」ガブリエルは驚いたふりをした。

「やらなければならないことがある」

「どんな？」

「おまえには関係ない」

「そっちも一刻も早くロンドンを出たがっていると思っていたよ」ガブリエルはわざととまどったように言った。「もちろん、大切な用があるというのならべつだが」

ヒューゴーはいらいらしたように鼻を鳴らし、探るように見つめるガブリエルをにらみつけた。

「なぜおれの予定をそこまで気にするんだ？」

「このあいだは、やけに唐突にミス・ランシングとデヴォンシャーを出ていったじゃないか」

ヒューゴーは顔をこわばらせたが、頬のあたりがみるみる赤くなった。

「彼女にいなくなってもらいたかったんだろう？」

「そうだ」ガブリエルは言った。「しかし、わざわざ彼女につき添ってロンドンへ行ってほしいとは言わなかったぞ」

ヒューゴーが急に立ちあがり、ガラスケースのあいだの狭い空間を行ったり来たりしはじめた。

「ずいぶん強情な娘だった。ただ追い払ったぐらいじゃ戻ってきたにちがいない」低くうめく。「ミス・ランシングはどうしても伯爵夫人に会うと決心していた。確実に出ていかせるにはああするのがいちばんだったんだ」

もっともらしい説明だが、ガブリエルはだまされなかった。ここ一週間のヒューゴーの奇妙な振る舞いを見ていたからだ。

ぼんやりしているかと思えば急に怒りだしたり、うつろな目をして何時間も物思いにふけったりしている。

ガブリエルは笑いを噛み殺した。「ずいぶん心が広いんだな。キャリック・パークでの貴重な時間を無駄にして、退屈な壁の花のおともをするとは……」

とたんにヒューゴーが突進してきて、ガブリエルの両肩をつかんで激しくゆさぶる。

「ミス・ランシングのことを二度とそんなふうに言うな」彼はわめいた。「わかったか？」

ガブリエルは頭をのけぞらせて愉快そうに笑った。社交界のほとんどの貴族たちを震えあがらせるこわもてのヒューゴー・ロスウェルが、自分の半分ほどの大きさしかない女性に恋をするなどといったい誰が想像しただろう。

「よくわかった」

ヒューゴーははっとわれに返り、ガブリエルを放した手で自分の顔をごしごしこすった。

「悪かった。おれは……」

「悩み、混乱し、どうしていいかわからないんだろう？」ガブリエルは皮肉っぽく言った。

「そうなんだ」重いため息をつくと、ヒューゴーが両手をおろして肩をすくめた。「なにか助言でもあるか？」

ガブリエルはヒューゴーを見つめながらまじめな顔になった。

タリアに対する自分の思いを認められずに悪あがきしたことはよく覚えている。つまらない自尊心を守るため、最高の敬意を持って接するべき女性を深く傷つけてしまったことも。自分の犯した過ちをヒューゴーがくり返さないよう手助けしなければ、親友の名がすたる。

「おまえがとるべき道はどうやらふたつある」

「どんな道だ？」

「ひとつは、領地に戻ってミス・ランシングのことはきれいさっぱり忘れてしまうという道」この理性的な提案に対し、ヒューゴーは無意識に拒絶するようにびくりと体を震わせた。

ガブリエルは一向に驚かなかった。ヒューゴーは、もはやそんな冷静な行動などとれないところまで思いつめている。「もうひとつは……」

「もうひとつは？」

ガブリエルはグラスを置くと、友人の肩を両手でがっしりつかんで気の毒そうに言った。

「品位と誇りを持って運命を受け入れるという道だ。ぼくのようにみっともない悪あがきをせずにな」

ヒューゴーが首を振った。「アッシュコーム、余計に自信がなくなったよ」

それが自分の運命だと認めたかどうかはともかく、ヒューゴーはすでに心を決めたらしい。ガブリエルは友の心をとらえた女性に興味をかき立てられた。社交界のどこにでもいる娘と決めてかかっていたが、どうやらミス・ランシングの人柄を見誤っていたらしい。

「ヒューゴー、彼女のどこに惹かれたのか教えてくれ」

「はっきりとはわからないが」ヒューゴーは金茶色の瞳をやわらげた。「ミス・ランシングを美しいと思うし、丸みのある体つきも好みだ。だが彼女は、決して今どきの女性のようには見えない」彼はミス・ランシングの姿を思い浮かべるように言葉を切った。どうやらそれは容易らしい。「髪もブロンドではなくブラウンだし、まったく言うことを聞かないくせっ毛だ。黒い瞳はじゅうぶん美しいが、男を誘いかけるどころか容赦なく責め立てるような目つきをしている」

ガブリエルはため息をついた。決して好きになってはいけない相手を好きになってしまった気持ちは、彼自身よくわかっている。

男は情熱と愛を簡単にとりちがえる生き物だ。つかのまの淡い夢なら、訪れたときと同じようにあっというまに消えてくれる。損害といってもせいぜい高価なドレスの二着か三着だ。しかし、男を猟犬のごとく思いどおりにしようとする女に心を奪われてしまったら……それこそただではすまされない。

「性格はどうなんだ？」

「自分の考えをやたらとよくしゃべる。だがおれは、意味のないお世辞を並べる女よりも、彼女のようにはっきりものを言うタイプのほうがいい」ヒューゴーは反論されるのをわかっているかのように身がまえた。「これだけははっきりしている。ミス・ランシングは、あとで家族に罰せられるのを覚悟のうえでデヴォンシャーまでやってきた。おまえの奥方が無事かどうか確かめるために。彼女はうわべだけの友人ではない」

ガブリエルはうなずいた。「それを聞いて安心した。タリアにそんな誠実な友達がいたとわかってうれしいよ」

ヒューゴーは表情をやわらげ、急にいたずらっぽい笑みを浮かべた。「もちろんおれは、おまえが妻をこの世から消そうとしているという、ミス・ランシングの疑惑をまだ完全にぬぐいきれてはいないがな」

ガブリエルがかっとなった。「なんだって？　ミス・ランシングは頭がどうかしているのか？　なぜぼくがタリアをこの世から消そうとしているなんて思う？」

ヒューゴーはどうでもいいことのように肩をすくめた。

「おそらく小説の読みすぎだろう」

ガブリエルが言い返そうとしたときに書斎の扉が開き、執事が入ってきて堅苦しく頭をさげた。小太りで背が低く、銀髪は禿げかかり、いつも渋い顔をしている男だ。

邪魔をされたガブリエルは不機嫌そうに執事を見た。

「ヴェイルか。なんだ？」

「旦那様の外出中にレディ・アッシュコームが到着なさいました。お知らせしておこうと思いまして」

「まったく」ガブリエルはふたたびブランデーのデカンターに手をのばした。ますます悪くなる一方だ。「母上はすっかりケントに落ち着いたんじゃなかったのか？　ロンドンに戻ってきた理由はなんだ？」

執事は咳払いをし、どこかもったいぶった態度で反論した。

「大奥様のことではございません、旦那様。現レディ・アッシュコームです」

ガブリエルはデカンターを乱暴に机に戻し、グラスが音をたてた。

「タリアか？」

「さようです、旦那様」

ヒューゴーが身じろぎしたのにも気づかず、ガブリエルは怒りを爆発させそうになった。なんてことだ。キャリック・パークで待つようあれだけはっきり言っておいたのに。

驚いたのは、タリアが真っ向から命令にそむいたからではない。彼女はもう怯えた小娘などではなく、自分の考えを持ち、自分でものごとを決める大人の女性になった。

それは尊敬に値する点だ。大抵の場合は。

しかし、こちらに協力してくれないとなると、どうやって彼女を守れるというのだ？

「いつ到着した？」

「昼食後まもなくでした」執事は非難がましい顔で言った。「荷物を主寝室に運ぶようしつこく言われまして」

女主人に対して思いあがった執事の顔に拳を叩きつけてやりたい衝動に駆られて、ガブリエルは前に進みでた。けれども、タリアに対する召使いたちのこうした態度は自分の母親をならったものだと考え、必死に思いとどまった。

「いいかヴェイル、よく聞け」ガブリエルは押し殺した声で命じた。「タリアはこの館の女主人であり、私の最愛の妻だ。ここの使用人で彼女に無礼な態度をとる者がひとりでもいたら、おまえたち全員を叩きだすぞ」ヴェイルの顔がみるみる青ざめ、二重あごが恐怖に震えだすのを見ながらガブリエルは念を押した。「わかったか？」

「はい、それはもう」執事が深々と頭をさげた。「大変申し訳ありませんでした」

「以上だ」

ガブリエルは手を振り、執事が逃げるように出ていくのを見守った。

タリアに対して絶対的な服従が求められているというのをひとたびわからせれば、召使いたちの扱いはそれほど難しくない。いずれ彼らもキャリック・パークの使用人のようにタリアの人柄に惹かれ、彼女を心から敬愛するようになるだろう。

しかし、母親と社交界のほかの貴族たちにその手は使えない。

だからこそ、タリアにデヴォンシャーで待つよう頼んだのだ。

ガブリエルはヒューゴーに顔を向け、まるでなにもかも彼が悪いかのように険しい目で見つめた。

「タリアはいったいなにを考えているんだ？」

「買い物がしたいんじゃないのか？」ヒューゴーが言った。「女性は美しいドレスに目がないからな」

ガブリエルが鼻を鳴らす。「まさか。タリアはドレスになど興味はない」

「それなら、父親に会いたいと思ったんじゃないか？」ヒューゴーが顔をしかめた。「いくら人でなしでも、彼女にとっては唯一の家族だ」

「タリアの家族はぼくだ。万一あの男がこの屋敷の敷居をまたいだら、すぐにでも植民地送りにしてやる」

「わたしのことも植民地送りにするつもりなの、ガブリエル？」

冷ややかな声が聞こえ、ふたりの男は揃って扉を振り向いた。

美しい小枝模様のモスリンのドレスをまとったタリアを見て、ガブリエルの胸が高鳴った。黒い髪は頭のうえでまとめられ、額に幾筋かおくれ毛がかかっている。首には上品な一連の真珠のネックレスがさがっていた。

まるで春の日のようにみずみずしくさわやかな装いだ。

だがその瞳が怒りに燃えているのを見て、ガブリエルの喜びは一瞬でしぼんだ。キャリック・パークにとどまれという命令にそむいただけでなく、今のこちらの軽はずみな言葉を立ち聞きしていたようだ。

まったく。

今日はどこまでついていないんだ。

ガブリエルは前に進みでて手を差しのべた。「ばかなことを言うんじゃない、タリア」

「あら、どうして？」彼女のエメラルドグリーンの瞳は氷のように冷ややかだった。「望まない妻を厄介払いするにはうってつけでしょう」

24

タリアは自分の胸に手をあて、血が出ていないことに驚いた。

たった今、ガブリエルの鋭い言葉で心臓をつらぬかれたはずなのに。

ばかだった。

ロンドンに向けて出発したときは、ガブリエルもしばらく離れているうちに気づいてくれたのではないかと期待していた。妻は暖かいベッドで抱き締められるためだけにいるわけではない。過去がどうあれ、ふたり一緒に新たな関係を築くべきなのだ。

けれども、そんな淡い望みも、今の彼のあしざまな言葉で見事に打ち砕かれた。

ガブリエルは、望まない結婚を強いた父を今も許していないのだ。父がガブリエルの輝かしいタウンハウスの敷居をまたげないのなら、その娘である自分が歓迎されるはずがない。

差しだされた手を無視し、タリアは夫をまじまじと見つめた。ほっそりした体に金色の上着とセージグリーンのベストをまとったガブリエルは、ひどく疲れているようだった。自分と同じように眠れぬ夜を過ごしたのだろう。

ということは、彼もこちらのことを思ってくれていたのでは？　愚かな想像にすぎないかもしれないが。

ふたたび胸が痛み、タリアは小さくうめきながらロスウェル卿に目を向けた。彼は前に進みでると、彼女の手をとって唇にあてた。

「またきみに会えてうれしいよ、レディ・アッシュコーム」低い声でささやいたロスウェル卿の心配そうな金茶色の瞳を見て、タリアは思わず泣きたくなった。

「わたしに会えてうれしくない人もいるみたいよ」

ロスウェル卿が口を開きかけると同時にガブリエルがやってきて彼の腕をつかみ、タリアから引き離した。

「ヒューゴー、悪いが席を外してくれ」

「ばかなことをするんじゃないぞ、アッシュコーム」言いながら、ロスウェル卿はもう一度タリアに微笑みかけた。「またあとで」

ロスウェル卿はゆうゆうとした足どりで書斎を出ていき、扉を固く閉ざした。

夫とふたりきりになると、タリアはウエストに両腕をまわして彼の目を見つめた。旅の終わりは思いどおりにいかなかったが、ここで心の弱さを見せてはいけない。

「なぜロンドンにやってきた？」ガブリエルがたずねた。

「わたしはどんなときでもあなたのものだというのをわかってもらいたくてきたの。愚かよね」タリアは自分の声が震えなかったことに安堵した。どんなに傷ついたか気づかれるのは惨めすぎる。「どうやら無駄足だったわ」

ガブリエルがなぜかむっとした顔をした。「どういう意味だ？　もちろんきみはどんなときもぼくのものだ」

「フランスで追いまわされているときと、田舎に引っこんでいるときだけじゃない」

ガブリエルは眉をひそめた。まるでタリアが外国語をしゃべっているかのように、いぶかしげに見つめている。

「きみをロンドンに連れてこなかったことを怒っているのか？」

ひどい。頬を引っぱたいてやりたいほどだ。わざとしらばくれているのだろうか。

「なにか恥ずかしいもののようにわたしを隠しておきたがることを怒っているのよ」

ガブリエルが彼女の両肩をつかみ、怖い目でにらむ。

「気でもふれたのか？」

「ごまかさないで。わたしがアッシュコーム伯爵夫人であるのが恥ずかしいんでしょう？」

まるで衝撃を受けたかのように、ガブリエルは喉から鋭い音を出した。

「タリア、ぼくはきみを妻にしたことをこれ以上ないほど誇らしく思っている」彼の指先が肩に強く食いこんだ。

その青ざめた顔と、心から訴えているような瞳を見て、タリアは眉をひそめた。

「それならなぜ、一緒にロンドンに連れてきてくれなかったの？」

「不愉快なうわさ話をきみの耳に入れたくなかったからだ」

デヴォンシャーを発つ前に言ったことのくり返しだ。タリアは激しく首を振った。

「わたしは子どもじゃないのよ、ガブリエル。くだらない中傷なんてまったく気にしないわ」

ロンドンの舞踏室で過ごしたつらい月日を思いだし、彼女は肩をすくめた。「これまでも、ずっとそうやって生きてきたんだもの。忘れたの？」

ガブリエルはつらそうな顔をし、彼女の両肩に置いた手をやさしく撫でおろした。

「しかし、きみが心ない連中に悪く言われるのを聞くのは耐えられない」

「だからといって、わたしを社交界から遠ざけるの？」

彼があいまいに肩をすくめる。「当面のところは」

「どうして？」タリアはガブリエルのやさしい愛撫にごまかされまいと身を振りほどいた。「いくら時間稼ぎをしたところで、誰もわたしをアッシュコーム伯爵夫人として受け入れてなんかくれないわ。何カ月たとうと何年たとうと、わたしは貴族を脅迫して縁組した成りあがりの商人の娘よ」

「しいっ」

ガブリエルが手を差しのべるとタリアは素早く身を引き、そのはずみで書斎を埋めつくすガラスケースのひとつにぶつかった。

「いやよ。さわらないで」彼女は鋭く言った。「わたしは怒っているの」

ガブリエルは表情を曇らせたものの、仕方なく両手をおろして呼吸を整えた。

「ああ、そのようだね」慎重に言葉を選ぶ。「だが、きみは誤解している」

「どう誤解しているというの？」

「まずなにより、きみがアッシュコーム伯爵夫人であることをぼくがどれほどうれしく思っているか、きみはまったくわかっていない」

その静かな声に、タリアは思わず身を震わせた。信じたいけれど、また失望させられるのではないかと思うと怖い。

「でも聞こえたわ。あなたはサイラス・ドブソンが屋敷の敷居をまたぐなど耐えられないと言った」彼女は声を張りあげた。「わたしはその娘なのよ」

ガブリエルが小さくうめき、髪に手を突っこんだ。

「タリア、ぼくは彼がきみにしたことが許せないんだ」

「わたしに?」

「驚くまでもないだろう」とまどうタリアを見てガブリエルが眉をひそめた。「きみは彼のたったひとりの娘だ。宝物のように大切にされて当然なんだぞ。それなのに、彼はきみを無理やり社交界に送りこんだ。きみはひどい中傷を受けて明らかに傷ついていたのに」

同じ思いはこれまで幾度となくタリアの胸にこみあげていた。しかし、サイラスは父親だ。たとえどんなに自分勝手な父でも、やはり愛している。

「父はわたしのためにいちばんいいと思うことをしただけよ」

「きみのためじゃない。自分自身のためだ」

「ガブリエル……」タリアは反論しようとした。

「いや」彼がきっぱりと言う。「今日だけは言わせてもらう。同じ話は二度としない」

タリアは肩をすくめた。「わかったわ」

「サイラス・ドブソンは貧しい家庭から身を立てて必死に生きてきた。それ自体は立派なことだ。ただ、彼はどうしても自分が社交界に受け入れられない事実に気づいた。残された道は、娘を貴族に嫁がせて高い身分を得ることだったんだ」

今さら言われなくてもわかると言おうとしたタリアを、ガブリエルは手を上げて制した。タリアがあきらめたようにため息をついて口を閉じると、彼はふたたび話しつづけた。

「ハリーのようなやつを夫にしたら大変だということくらい誰の目にも明らかだったのに、ドブソンは弟を花婿に選んだ。きみやきみの将来の幸せなどなにも考えていなかったのさ。身代わりにぼくに結婚するよう要求してきたときも同じだ。彼は唯一の家族であるきみを自分の所有物のように扱った。ぼくにはそれが断じて許せないんだ」

「かばうつもりはないわ」タリアはそっと言った。「でも、父を変えるのは無理よ」

ガブリエルが鼻に皺を寄せた。「ああ、無理だろう」

「それでも父は、わたしのたったひとりの家族なのよ」

「わかっている」彼は表情をやわらげた。「それに、正直に言えば、ぼくはドブソンに返しきれないほどの恩がある」

「恩？」

けげんそうなタリアの顔を見て、ガブリエルは苦い笑みを浮かべた。

「同じ部屋にいるとき、きみはぼくに何度も見つめられていると気づかなかったのか？」

「やめて」わざとらしい冗談に腹が立ち、タリアは顔をしかめた。

「嘘じゃない。ぼくはきみが初めて社交の場に姿を見せたときから目をとめていた。そうせずにはいられなかったんだ。だってそうだろう? きみは周囲から完全に浮いていた。ほかの女性たちがうっとうしい蝶々みたいにくすくす笑ったり、思わせぶりに甘えたりして相手の気を引こうとするとき、きみはいつも離れたところにぽつんと座っていたんだ」

タリアは喉にこみあげるものをのみこんだ。傷ついた心をもてあそばれているだけではないだろうか。

「それはあなたもよくわかっているように、皆からつまはじきにされていたからよ」

「それだけじゃない」ガブリエルは注意深く一歩前に踏みだした。ただし、幸い彼女に手をのばすことはなかった。今のように無防備な状態では、少しでも触れられたが最後、タリアの体は粉々に砕けてしまいそうだ。「きみは、ダンスやうわさ話にしか興味のない頭の空っぽな娘を演じて満たされるような女性じゃない」彼はタリアの瞳の奥をじっと見つめた。「きみはぼくと同じように、社交界の宴にうんざりしていた」

タリアの体に震えが走った。たとえガブリエルが自分の存在にまったく気づいていないとしても、自分たちのあいだにはなにか共通したものがあると感じたときのことがよみがえる。あれは自分勝手な思いこみではなかったというのだろうか。

タリアは首を振った。「もしわたしのほうを見ていたのだとしたら、よほどうまく盗み見していたのね」さばさばした調子で言う。「あなたはわたしの名前はおろか、存在にすら気づいていないようだったわよ。父の全財産を賭けたっていいわ」

「自分の気持ちを誰にも気づかれたくなかった。自分自身にさえ認めたくなかったんだ」ガブリエルはなめらかに言った。

「なぜ？　わたしが商人の娘だから？」

「それもある」彼は居心地悪そうに首の後ろに手をやった。「高慢だと言われても仕方がない。しかし、そういう面もあったことはたしかだ」

彼女は一瞬傷ついたが、嘘をつかれるよりはましだった。「ほかには？」

「ぼくは自分の妻を選ぶときは、自分が妻にしたいと思うかどうかより、アッシュコーム伯爵夫人としてふさわしいかどうかを基準に決めようと思っていた」ガブリエルはタリアの驚いたような目をまっすぐに見つめた。「もっと言うなら、結婚しても妻のことなどまったく気にかけまいと思っていた」

タリアは信じられないというように驚きの声をもらした。貴族の多くが家同士の縁組で結ばれているのは知っている。しかし、それでも夫婦間に多少の愛情は期待するものと思っていた。

そうでなければ、まったく心の通わない冷たい政略結婚でしかない。

「自分の妻に無関心でいたいと思っていたの？」

「そのとおりだ」

「でも……」望みさえすればどんな女性でも妻にできるはずの男性が、なぜそんな結婚を考えるのか、いくら考えてもわからない。「いったいどうして？」

「説明するのは難しい」ガブリエルは小声で言い、かすかにため息をついた。タリアの硬い表情を見るかぎり、納得していないのは明白だと思ったのだろう。「ぼくがまだ大人になりきらないうちに父が亡くなって、爵位を継いだことは知っているだろう」

「ええ」ゆっくりと答えながら、タリアは彼の用心深げな表情を見つめた。なぜ今そんな話が出てくるのだろう。「ずいぶん苦労したんでしょう?」

「ああ」ガブリエルは瞳をかげらせた。「伯爵としての責務を果たすために全身全霊を懸けてとり組んだ。だが、それでも押しつぶされてしまいそうだった。使用人や領民たちに対する責任が、ある日突然自分の肩にのしかかってきたんだ」彼は身震いした。「しかも、家族もいた」

「よく逃げださなかったわね」

ガブリエルは笑いだした。「逃げだそうと思ったことが何度もあったさ。でも、執事に襟首をつかまれて引き戻されるのはわかっていた。だから家出のために荷物をまとめはしなかったんだ」

決して怒りを解くまいと思っていたタリアだが、突然父を亡くして呆然としている若者の姿を思い浮かべないわけにはいかなかった。

「たとえ自信はなくても、あなたは自分の務めを果たすために現実を受け入れたのね」

ガブリエルはその言葉を聞いてうれしそうに微笑んだ。「やがてぼくは、自分の立場を問題なく受け入れられるようになった。亡くなった父も喜んでくれたと思う」

タリアは瞬きした。ガブリエルが自分の能力に自信を持てなかったときがあったなどとはとても信じられない。

「もちろん喜んでくれているわよ」勇気づけるように言い、思わず手をのばして彼のほつれた金髪を直してやりたくなった。「使用人も領民も、あなたのことを心から敬っているだけでなく、その庇護を受けて栄えているわ」

「ぼくだけでなく、きみの庇護も受けている」ガブリエルは静かに言いなおした。「彼らはぼくの指導力に敬意を示しているが、きみのことは心から愛している。きみはほんの数週間のうちに彼らの忠誠心をつかんだだけでなく、きみを守るためなら命さえ投げだそうと考えるような深い関係を築いた。きみがジャック・ジェラールに連れ去られたと知ったとき、彼らはフランスに攻めこむとさえ言いだしたんだ。なんとか暴動にならずにすんだのは、ぼくが必ずきみを無事にキャリック・パークに連れて帰ると約束したからだよ」

タリアはぽっと頬を染めた。「皆の暮らしが少しでもよくなるよう、できるかぎりのことをしたいわ」

彼女のあごを手のひらで包んで上向かせると、ガブリエルはまじめな表情でじっと見つめた。

「タリア、きみはアッシュコーム家で歴代最高の伯爵夫人になる」

一瞬、ガブリエルの美しい銀色の瞳に吸いこまれそうになりながらも、タリアは必死に踏みとどまった。

彼の魅力にいともたやすく流されそうになってしまう。そんな自分をひそかに叱りつけると、タリアは身を引いて用心深そうに顔をこわばらせた。

「なぜ愛のない結婚を望んだのか、まだ理由を聞いていないわ」

話の腰を折られたガブリエルが、憮然とした顔で深いため息をついた。

「さっきも言ったように、伯爵としての立場は受け入れられるようになったものの、家長としての責任を果たすのは容易ではなかった」

タリアは気づいた。自分は今、彼の触れられたくない傷に触れているのだと。

「ハリーが問題を起こしてばかりだったのを言っているの？」

「弟のことだけを言っているんじゃない。ハリーには心配ばかりかけさせられたが、母ほど重荷ではなかった」

「どういうこと？」

ガブリエルは肩をすくめた。「母は父に依存しきっていたから、父が亡くなったあとはぼくにいろいろな要求をすることで慰めを見いだそうとした」

「まあ」タリアの胸に、ふたたび夫に対するいとおしさがこみあげた。「それじゃ、あなたは誰に慰めてもらったわけ？」

静かな問いかけにガブリエルはびくりと身を震わせた。長いあいだこらえてきた悲しみが瞳に浮かんでいる。

「慰めてくれる人間などいなかった」彼は拳を握り締めて書斎を見わたした。父親が机の向こう側に座って、集めた骨董品をながめていたときの光景を思い浮かべているのだろうか。

「ぼくには父の死を悼むための時間さえ与えられなかった」

タリアは唇を噛み、ふいにこみあげた涙を必死にこらえた。「つらかったでしょう」

「ああ」悲しげに首を振ると、ガブリエルはタリアに視線を戻した。「要求ばかりしてくる家族にどれほど怒りを感じていたか、ぼくはよくわかっていなかった。少なくとも、自分では意識していなかったんだ。ただ、このうえさらに要求ばかりしてくる女性を妻にするというのは、正直言って我慢ならなかった」

「ガブリエル……」タリアは、彼がみずからの感情を恐れる理由をようやく理解した。つまるところガブリエルは、愛は面倒な責任がともなうばかりで見返りのないものだと思いこまされて大人になったのだ。「愛は決して重荷になるようなものではないわ」

「ぼくもそう気づきはじめたところだ」彼は言い、なんの前ぶれもなくタリアを抱き締めた。

「なにを……」

「ぼくは自分の気持ちに従うだけの勇気がなかった」タリアの言葉をさえぎると、ガブリエルは決意に満ちたまなざしで彼女の顔を見おろした。「しかし、きみの父親がぼくに花婿になれと要求してきたとき、ぼくは迷わずその話に乗った」

タリアは顔をしかめた。「父があなたに結婚を強要したんでしょう？」

「きみは本気で、ぼくが他人になにかを強要されるとでも思っているのか？」

「どういうこと？」

ガブリエルは彼女を抱き締める腕に力をこめた。薄いモスリンのドレスを通して彼の手のひらの熱が伝わってくる。

「ぼくがきみの父親の話に同意したのは、ぼく自身がそうしたかったからだ」

タリアは鋭く息をのみ、胸が喜びに高鳴るのを必死に無視した。

「あなたはわたしに、結婚するのはスキャンダルを避けるためだと言ったわ」

「それはぼくが自分自身に言い聞かせた理屈だ。だが、ぼくが本気できみを妻にしたくなければ、ドブソンを破滅させることもできた。ぼくにそれだけの力があることくらいきみにもわかるだろう」ガブリエルはタリアの目をのぞきこんだ。「きみと結婚したのは、ぼくがそう望んだからだ。自分でも認めようとしなかったが、それが真実なんだよ」

「でも……あなたはとても冷たくて、よそよそしかったわ」

「意地を張っていただけさ」ガブリエルがタリアの背中を撫でおろすと、焼けつくような快感が彼女の身をつらぬいた。「きみとの結婚が決まったとき、ぼくはきみを求める気持ちに振りまわされて頭がどうにかなりそうだった」彼が細かく身を震わせているのがタリアに伝わった。「きみを求める気持ちが強すぎて、心が耐えきれなかった。だからきみを遠ざけなければならないと思ったんだ」

「それでわたしを田舎へ送ったの？」

「そうだ」ガブリエルの瞳が後悔にかげった。「結婚式のあとに屋敷を出て、きみがキャリック・パークに発つまで戻らないつもりだった。しかし、戻ってきてしまった」思いつめたような告白に、タリアは激しい動悸で息ができないほどだった。「きみをこの腕に抱きたくてたまらなかったんだ」

「でも、結局あなたはわたしを遠ざけたわ」

「きみと距離を置けば自分の思いも静まるだろうと思ったんだ。しかし、余計にひどくなるばかりだった」彼は自分自身に呆れたように首を振った。「きみがいなくなってからというもの、ぼくは本当に惨めだった」

いなくなって惨めだったですって？　タリアは顔をしかめた。田舎に送ると言ったときのガブリエルの冷たい表情がよみがえる。キャリック・パークに着いてからの孤独な日々、あのまま死ぬまであそこで放っておかれるのだろうと思っていた。

「あなたに憎まれているとばかり思っていたわ」

自分の気持ちを隠していたという彼の言葉は本当なのだろうか。

「とんでもない」ガブリエルは顔をさげ、タリアのこめかみにやさしくキスをした。「ああ、タリア。ぼくは本当にばかだった」

「本当ね」

彼は笑い、タリアの額に唇を這わせた。

「きみが誘拐されたとき、ぼくは打ちのめされた。それを聞いたら少しはせいせいするかい？」ガブリエルは身を引き、まじめな顔になった。「きみの身にもしものことがあったら、ぼくは一生自分を許せなかっただろう」

「あなたはいつもそうやって、誰かを守ることを自分の責任にしてしまうのね」

ガブリエルは驚いたように息をのんだ。「タリア、もしぼくが感じていたのが責任だけなら、国王に頼んで軍を派遣してもらっただろう。自分でフランスへ行くようなことはなかった。もちろん、ヒューゴーを危険にさらすようなこともなかった」彼は熱いまなざしでタリアの顔を見つめ、やがて彼女の唇に視線を落とした。「きみはすでにぼくの心の奥まで入りこんでいた。きみがぼくを救うためにジャックの屋敷にやってきたとき、ぼくはもうきみなしでは生きていけないと確信したんだ」

タリアは自分の耳を疑った。

「あなたの心の奥まで？」彼女はつぶやいた。

「そうだ」ガブリエルが彼女の手をとって自分の胸に押しあてた。手のひらに激しい鼓動が伝わってきて、彼女は息をのんだ。「きみは信じられないほど勇敢だった。ひとりで逃げることもできたのに、命の危険を冒してぼくを助けに来てくれた」

タリアはなすすべもなくガブリエルの美しい顔を見あげた。「あなたを見捨てるなんてできなかったの」

「ああ、そうだね」ガブリエルはタリアの手を唇に押しつけ、やわらかな素肌を愛撫した。そして、彼女が夢にも思わなかったようなやさしさに満ちたまなざしで言った。「だからこそ、ぼくはきみを愛しているんだ」

25

思いなおす間もなく、その言葉はガブリエルの唇からこぼれた。心臓がとまるようなひときが過ぎる。言った自分と言われたタリアのどちらが驚いているのかわからないほどだ。彼女への思いがたんなる肉体の欲求ばかりでないのはわかっていた。多くの男性が妻に抱くやさしい愛情だけでもない。タリアに対するあふれるような感情を、言葉で言いつくすことなどできない。

口にするとは思わなかった。

しかし実際に言ってしまうと、撤回する気持ちはまったく起こらなかった。

なぜそんな必要がある？

今の気持ちを恥じる気はない。むしろ世のなかに向かって大声で叫びたいほどだ。

唯一気になるのは、面食らったようなタリアの反応だった。

いくらなんでも、もう少しうれしそうにしてくれてもいいんじゃないか？

それとも、こちらと同じ気持ちではないということなのか？

ひょっとして自分は、彼女から同じように愛されているはずだという望みをみずから打ち砕いてしまったのだろうか。

いや、そうじゃない。ガブリエルは頭を振った。

どれだけ時間がかかろうと、犠牲を払おうと、必ず彼女の愛を勝ちとってみせる。

やがて、タリアが小さく咳払いをし、かすれた声でたずねた。「今、わたしを愛していると言ったの？」

ガブリエルは彼女の背中に置いた手をうえに這わせ、首の後ろをやさしく包んだ。まさか逃げられるとは思わないが、用心するに越したことはない。

「ああ」

彼女はまだ不安そうな顔をしていた。ガブリエルの言葉が真実であるのがまだ受け入れられないかのように。

「もうわたしを厄介な荷物のように思ってはいないの？」

「ぼくはきみを……」胸がいっぱいになり、ガブリエルは言葉につまった。

なにを言おうとしているんだ？　詩人でもないくせに。

タリアはガブリエルの胸にあてていた手で彼の頰を包み、すがるような目をした。

「お願い、言って」

ガブリエルは拒みきれずにため息をついた。「今までは、愛なんて自分自身を弱くするだけだと思っていた。でも実際には、愛ほどぼくを強くしてくれたものはなかった」彼は静かに言った。「きみがそばにいてくれなければ、ぼくはひとりではなにひとつできなかっただろう」

タリアがかすかに口を開け、小さな叫び声とともに彼の首に両腕をまわしてまぶしい笑み

を浮かべた

「ガブリエル」

彼はタリアを力いっぱい抱き締めた。彼女が急に抱きついてきたのも、足の爪先まで温かくなるようなすてきな笑みを浮かべてくれたのも、なぜそうしてくれるのかはよくわからない。だが、今はそんなことはどうでもよかった。

自分の体に押しつけられたやわらかな肢体に心が乱される。最後にベッドをともにしてから、もうずいぶんとときがたっているのがいやでも思いだされた。

「ぼくのすばらしい妻」彼はささやきながらむさぼるようなキスをした。

彼女の唇が歓迎するように開いてガブリエルの舌を甘く迎え入れると、彼は体の奥が燃えるように熱くなった。

タリアの震えが伝わってくる。ガブリエルは彼女の腰を抱きよせて自分の高まりに押しつけた。彼女が息をのむのを聞きながら、召使いに出会うことなく寝室まで行く最短の道順を頭のなかで思案する。ところが、タリアが彼の胸を両手で押してキスを遠ざけた。

「待って」

ガブリエルは悲痛なうめき声をあげた。早く妻を裸にしたくてたまらない。

「タリア、ずっと寂しかったんだ」

「なぜわたしにロンドンに来てほしくなかったのか理由を聞かせて」

ガブリエルは眉をひそめた。デヴォンシャーで待っていてほしかったというまっとうな理由でなぜ満足してくれないのか、一向にわからない。

「言っただろう。きみを傷つけたくなかったんだ」

「でも……」

ガブリエルは指でタリアの唇に触れた。彼女は明らかに、胸のつかえをすべてとりのぞかないかぎり誘惑されたくないらしい。仕方なく、秘密にしていた計画を打ち明けることにした。

「言い終わるまで口をはさむんじゃないよ」

タリアは眉をつりあげたものの、愉快そうに口元をほころばせるのが彼の指先に伝わってきた。

「いいわ」

ガブリエルは彼女のふっくらとした唇の輪郭をなぞった。「これまでのことは変えられないが、これから先、きみの社交界での居心地をすばらしいものにしてやることはできると思っているんだ」

タリアはいぶかしげに目を細めた。「たしかにあなたの力を使えば、わたしを受け入れるよう人々に強制することはできるでしょうね。でも、そんなことをするくらいなら侮辱されたほうがましだわ」

ガブリエルはくすくす笑った。タリアがどれほど無邪気かを忘れていたのだ。

「きみはぼくの力をわかっていないな。強制する必要なんかどこにもない」まったくそのとおりだとも言いきれないのに気づきつつ、彼は言った。「少なくとも、ぼくがする必要はない」

タリアが首をかしげた。「じゃあ誰がするの？　ロスウェル卿？」

「あいつがきみを手放しでほめているのを考えれば、たしかに彼の存在は大きな助けになるだろう。しかし、きみにとっての最大の武器は、ぼくの母親さ」

「あなたのお母様ですって？」彼女はつぶやいた。「嘘でしょう」

信じられないのも無理はない。

伯爵未亡人がタリアを次期伯爵夫人にするのに怖気を振るっているのは、社交界でも周知の事実だった。母は、自分の人生にサイラス・ドブソンがかかわってきた不幸をことあるごとに嘆いていた。もちろん、ハリーに責任があるとは露ほども認めずに。

結婚式当日にロンドンを出ていってしまったことからも、社交界では母が結婚に反対しているのを疑う者はいなかった。

けれども、息子であるガブリエルにはよくわかっていた。母の大げさな怒りは、タリアに対する気持ちというより、常に世間の注目を浴びていた自分自身の立場が危うくなることへの焦りから生じているのだ。

「数多くの欠点があるものの、母は上流社会の女性たちのリーダー的存在だ」ガブリエルは断定するように言った。

「ええ。だけど、わたしを嫌っているわ」

彼は肩をすくめた。「きみを知らないだけさ」

タリアはいやな記憶を思いだし、暗い表情で肩をすくめた。

「それでも、わたしたちの結婚式に出席せずにロンドンからいなくなったわ」

ガブリエルは慰めるように彼女の首筋に手を這わせた。まったく。こうなるとわかっていたからこそ、この話をしたくなかったのだ。社交界で過ごした長くつらい日々や、苦い記憶となった結婚式のことをタリアに思いださせたくなかったのに。

「よそ者に息子と女主人の座と社交界での地位を奪われ、屋敷を追いだされたように見せることで、友人たちの同情を買おうとしたのさ。母上にとっては皆の関心を集める格好の機会だった。それはきみにもわかるだろう」彼はからかうように言った。

タリアがエメラルドグリーンの瞳を怒りに光らせた。「少しも愉快じゃないわ」

「芝居がかった振る舞いをするのが母の癖なんだ。きみもじきに慣れるよ」言いながら、ガブリエルは本当にそうであってほしいと思った。母の感情の浮き沈みの激しさについて、自分自身はとうにあきらめている。タリアも同じように辛抱してくれるのを願うしかない。

「特に悲劇のヒロインを演じるのが好きでね」

タリアの不安そうな表情が少しだけやわらいだ。

「お母様は怒ったふりをしているだけだというの？」

「母がどこまで本気でどこから芝居かなんて誰にわかる？」ガブリエルは顔をしかめた。

「しかし、母上もみずから進んで引っこんだケントが退屈になるに決まっている。そうなったら、なんとかうまい口実を作ってロンドンに戻ろうとするはずだ」彼は身をかがめ、タリアから素早くキスを奪った。満たされない情熱にまだ下腹部がこわばっている。「ぼくは母にその口実を与えてやろうと思っている」

タリアはガブリエルの首にまわした手を後頭部にやさしく這わせ、自分の顔とまっすぐに向きあわせた。

「なにを企んでいるの?」

「母上をキャリック・パークに招待し、きみのことを知ってもらうのさ」

「そんな」彼女は動揺を隠しきれないように唇を噛み締めた。「本当にそんなことをして大丈夫なのかしら」

「もちろん大丈夫だ。母は必ずきみを大好きになる。約束するよ」

タリアは顔をしかめた。「あなたはなんでも好きに約束すればいいわ。でも、お母様がサイラス・ドブソンの娘を大好きになるはずないでしょう」

ガブリエルは慎重に言葉を探した。タリアに二度と嘘をつく気はない。かといって、夫の家族に受け入れてもらえるかどうか不安に思わせてもいけない。母はなんというか……とても単純な性格なのだ。

伯爵未亡人はなにかと激しい感情を露わにすることが多いが、どれも気まぐれでたいした意味もないものばかりだった。まるでドレスを着替えるようにいとも簡単に気分をころころ変えられる女性のことなど、タリアにはとても理解できまい。

今の段階では、母はやさしい花嫁のことを好きになると言っておけばいい。

「母上はきみの辛抱強さや、やさしく誠実なところを気に入るだろう」

タリアはたいしてうれしくなさそうだった。「なんだか扱いやすい猟犬みたいね」

「わかった」胸いっぱいの愛情をこめたまなざしで彼女を見つめると、ガブリエルは言いなおした。「では、母上はきみがぼくのすべてであり、きみがいなければぼくの人生から幸せがなくなってしまうことを理解して、きみを心から大切にするだろうとでも言えばわかるかな？」

期待したとおり、彼の静かな言葉にタリアの体から力が抜けた。彼女はなにかを約束するように彼のあごをやさしく撫でた。

「本当にそう思ってくれるかしら」

ガブリエルはうめきたくなるのをこらえた。タリアを言葉で慰めるのはそろそろ終わりにしたいと体が訴えている。彼女を愛していることを、必ず幸せにするという決意を、もっと根源的な方法で示したい。

幸い、タリアを肩にかつぎあげて寝室への階段をのぼっていくのはもう少しあとだと判断する力は残っていた。少なくとも、彼女をロンドンから遠ざけようとしたのは、決して悪気があったからではないと納得してもらうまで待たなければならない。

「もちろんさ」ガブリエルはわが身の欲求に抗いつつささやいた。

「そのあとは？」

彼はタリアを社交界へスムーズに復帰させる計画に懸命に意識を向けた。とっておきの妙案があるのだ。

「そのあと母は、ロンドンに戻って驚くべき発表をする。義理の娘が実にすばらしい女性だというのがわかったので、来シーズンは自分が大々的に面倒を見ることにしたと世間に知らせるのさ」ガブリエルは得意気に微笑んだ。「そうなると、誰もが先を争うようにきみを招待するだろう」

タリアは眉をひそめてしばらく彼の言ったことを考えていた。「ずいぶん簡単に言うのね」

ガブリエルは愉快そうに眉をつりあげた。「タリア、ぼくたちはハリーの裏切りやきみの父親の理不尽な要求、それにフランスのスパイによる拉致監禁までもを生きのびたんだ。ほかのことなどすべて簡単なものだと思わないか？」

タリアが首を振った。「社交界のほうがよほど恐ろしいわ」

「ぼくを信じてくれ。シーズンが終わるころには、上流階級の高慢ちきな連中がこぞってきみの美しい足元にひざまずいているだろう。見ていてごらん」

ふたたび沈黙が流れる。ガブリエルはため息をつきたいのを我慢した。タリアが不安をぬぐいきれないことになんの不思議がある？　自分を公然と見下した女性を頼りにしろと言われているのだから当然だ。しかも社交界は、彼女をこれまで何年にもわたって侮辱しつづけてきたのだから。

「いいわ」タリアが思いがけないほどきっぱりと言った。

「タリア?」

「あなたを信じる」

彼女の言葉が胸に染み入ると同時に、ガブリエルは震えを覚えた。ああ、二度と信じてもらえないのではないかとどれほど恐れてきただろう。タリアの耳元に唇をつけると、ほっとすると同時に、まだ彼女が口にしていない言葉を聞きたくて胸が締めつけられた。

「それから?」ガブリエルは息を乱しながらささやいた。

「それからって?」

彼は身を引き、責めるような目でタリアを見た。「ほかに言うことはないのか?」

「ええっと——」彼女は考えるふりをした。「ミセス・ドナルドソンが、あなたにグーズベリージャムとミートパイを持っていくよう何度も言うので持ってきてあげたわ。彼女ったら、ロンドンのコックに任せていたらあなたが飢え死にすると思っているみたい」

ガブリエルは彼女の唇をそっと噛んだ。「ぼくが聞きたいのはそんなことじゃない」

「それじゃ、ミスター・プライスのラバのこと——」

「ぼくがずっと聞きたかった言葉がなにか、わかっているんだろう」彼は低い声でつぶやいた。「これ以上苦しめないでくれ」

からかうような口調で言ったものの、胸の奥には不安が渦巻いていた。これまで何度も自分に言い聞かせてきた。タリアは愛しているからこそ、何度も危険を冒して自分を助けに来てくれたのだと。愛しているからこそ、自分の愛撫に敏感に反応してくれるのだと。だが、それで不安がおさまったわけではなかった。

まるで未熟な若者のように心細くなっている。彼女の愛情がほしくてたまらない。たとえ言葉で表現してもらえないとしても。

「いいわ」ガブリエルの顔を両手ではさんでじっと見つめながら、タリアはゆっくりと美しい笑顔になった。「愛しているわ、ガブリエル。心の底から」

ガブリエルの心臓が高鳴る。「本当に？」

彼女が爪先立ちになって彼の唇にそっとキスをする。

「あなたを初めて舞踏室で見た瞬間から夢中だったのよ」タリアはそっと打ち明けた。「だって、とてもハンサムだったんですもの」

うれしさがこみあげ、ガブリエルはにやりと微笑んだ。「それは否定しない」

タリアが鼻を鳴らす。「それにもちろん、冷ややかでお高くとまっていて、信じられないほど傲慢そうだったわ。わたしのほうなんてちらりとも見なかったけれど、逆にそれでほっとしたくらいよ。すごく怖い人に見えたもの」

「ぼくは怖い人間じゃない」彼はささやいた。「ただ、ぼくにとってはそれが他人を遠ざける唯一の方法だったんだ」

「たしかに効果はあったようね」タリアは力なく言った。「あなたはわたしにとって、遠くから憧れる夢のような存在だったの。それなのに、その夢の存在が突然わたしの部屋にやってきて、結婚すると言いだしたのよ」

「頼む、やめてくれ」ガブリエルはうめきながら彼女と額を合わせた。あのときの自分の心ない言葉がよみがえる。「あの日の話をされるのは耐えられない」

タリアが彼の頬をそっと撫でた。「あなたの冷たい言葉に傷ついたし、ロンドンから去るように言われたときはもっと傷ついたわ。でも、四六時中わたしを責めてばかりの父や、威圧的なあなたから離れられて、それまで知らなかった自分の強さに気づくことができたの」

ガブリエルは彼女の鼻の頭にキスをした。「きみは、ぼくがこれまで出会ったなかでもっとも強く、勇敢な女性だ」

「そして、ジャックがわたしをさらった……」

「あのげす野郎」

タリアが彼の小さな罵り言葉に噴きだした。「でも、あなたは助けに来てくれた」

ガブリエルは顔を上げて渋い表情を作った。「そのつもりだったが、あべこべにきみが助けに来てくれた。しかも、二度も」

タリアは指先で彼のあごをそっと撫で、愛情のこもった瞳でじっと見つめた。ガブリエルの爪先から全身に幸福感が広がる。

「あなたはわたしのために命の危険を冒してくれたのよ。たとえわたしの思いに応えてもらえなくても、永遠にあなたを愛するつもりでいたわ」

その言葉がガブリエルの体を熱くつらぬく。タリアへの思いを目に見えるかたちで示そうと、彼は彼女の体を両手ですくいあげた。自分の胸にタリアのやわらかな体が、腕にスカートのふくらみが、あごに豊かな巻き毛が触れる。彼は思わず低くうめいた。

しかし扉に向かって一歩踏みだしたとたん、タリアが頬に触れて注意を引いた。

「待って」

ガブリエルは天井を仰いだ。「勘弁してくれ」

「最後にひとつだけ答えて」

「ぼくをわざと罰しているだろう」彼が小さくうめいた。

「わたしをキャリック・パークに残しておきたかった理由を、なぜもっと早くに教えてくれなかったの？」タリアはかまわず問いかけた。「そのせいで、あなたはわたしを妻にしたのを恥ずかしく思っているんだと誤解してしまったのよ」

ガブリエルはため息をつき、耐えられない思いで彼女の顔をにらんだ。「きみがそこまでばかだとは思わなかったんだ」

タリアが警告するように口を固く結んだ。「ガブリエル？」

「きみの社交界での評判をぼくが気にしていると思わせたくなかったんだ。なぜなら、ぼくは実際にそんなことはまったく気にしていないから」彼はきっぱり言った。「むしろ社交界なんてものは、丸ごと地獄に落ちてしまえばいいと思っているくらいだ。だが、きみがいつかロンドンに戻りたいと考えるのはわかっていた。だからこそ、二度ときみを口さがない連中の餌食にするわけにはいかないと思ったんだ。ひとえにきみを思ってのことだよ。ぼく自身が気にしていたからじゃない」

「ああ、ガブリエル」タリアは指先を彼の唇に這わせた。「愛しているわ」

「光栄だよ」彼は切なそうな目をした。「これで晴れて寝室に行かせてくれるかい？」

部屋にタリアの笑いが響く。「いやね。なにをそんなに行儀よく待っているの？」

八カ月後

アッシュコーム家のロンドンのタウンハウスの最上階にある舞踏室は、奥行きがあってクリーム色に彩られており、寄せ木細工の床は光を反射するほど磨きこまれていた。半ダースもの半柱のあいだに無数の両開きの扉があり、その向こうは晩餐のための食堂や、混雑する舞踏室が苦手な人のためのカード室になっていた。頭上のアーチ形天井には三つの大きなシャンデリアがさがり、部屋の四方にとりつけられた鏡に映しだされている。

タリアは高座に立っていた。頭上のバルコニーではオーケストラがカントリー音楽を演奏し、周囲では鮮やかなサテンやきらめく宝石で着飾った人々が舞い踊っている。彼女は満ち足りた笑みを浮かべた。

ガブリエルの母にほうぼうの社交場に連れていってもらううち、タリアは少しずつ義母を信頼するようになっていた。けれども、ガブリエルとタリア自身で舞踏会を催してはどうかと提案されたときは、不安を感じずにはいられなかった。

タリアはすでに、ロンドンでもっとも格式の高い貴族たちの邸宅に何度も招かれていた。はじめのうちは氷のように冷ややかだった人々も、やがて心からの歓迎を示してくれ、タリアも言葉をつかえさせることなく自然に会話を交わせるようになった。そうはいっても、初めて主催する舞踏会に誰も来てくれないのではないかという不安は、どうしてもぬぐいきれなかった。

しかし今、その心配はまったく無用だったことがわかった。

タウンハウスは大勢の客の重みに耐えかねて悲鳴をあげそうな状態だった。先ほども執事のヴェイルが現れ、招待されていないのにやってきた客を何人か追い返したと彼女に耳打ちしたほどだ。

もちろん、心が満ち足りているのは舞踏会を成功させられたからではない。

少なくとも、そのことだけではなかった。

社交界の人々が自分たちの屋敷にやってきてくれたことはもちろん誇らしい。タリアは着ている銀糸の縁どりが入った青いサテンのドレスを満足そうに見おろした。大きく開いた胸元には真珠が何列も縫いとられ、黒い髪にも同じ真珠の装飾がちりばめられている。

喜びで胸がいっぱいになっているわけは、もっとべつのところにあった。

今朝方ハリーからの手紙を受けとったガブリエルの深い安堵の表情を思いだし、タリアは思わず微笑んだ。ハリーは元気だった。今はインドを旅していて、英国から来た貴族の旅行者たちにも出会ったという。

ハリーがすっかり回復し、ジャック・ジェラールやフランスから遠く離れていると知ったおかげで、ガブリエルはカレーを発って以来ずっと感じていた心の痛みから解放された。

そして、実を言うと、今タリアの体内では小さな驚きが大きな喜びを育みながら、成長しているのだ。

「よかったわね」ハンナ・ランシングが隣に立ち、ぽっちゃりした手で踊っている男女を示した。「舞踏会は大成功だもの」

タリアはうなずいて友人を見た。ハンナはラベンダー色のペチコートに白いチュールドレスを合わせていた。髪形もドレスによく合っている。たとえ美人でなくとも、ハンナの丸い顔と賢そうな黒い瞳が、さわやかではつらつとした魅力を放っていた。

もちろん、新たに加わった自信もハンナの自然な魅力をいっそう引き立てている。

ロンドン中の憧れである独身男性から熱烈に求められているという自信だ。

「ええ。お客の数はじゅうぶんね」

「じゅうぶんですって？」ハンナの笑い声が、舞踏室に響きわたるオーケストラにかき消されそうになる。「皆が招待してもらおうとあんなに大騒ぎするなんて前代未聞よ。聞いた話では、王子までが、あなたたちの舞踏会の招待客リストにたしかに載っていると確認できるまで、決してカールトン・ハウスを出ないと言ったそうよ」

「本当にびっくりしたわ」王子が恋人をともなって到着したときの驚きが、タリアの胸によみがえった。王子はタリアの手に接吻し、ガブリエルと短い挨拶を交わすと、ふたたびじゅうゆうと屋敷を去っていったのだった。「一年前には考えられなかったことよ」

「本当ね」ハンナは部屋の反対側にあるアルコーブを指さした。「わたしたち、あそこのすみで縮こまっていたわ」

「ええ」タリアは小さく頭を振り、年配の女性たちにとり巻かれているガブリエルの母に目を向けた。義母は豊かな体を薔薇色のサテンのドレスに包み、年齢を感じさせないつややかな金髪を頭の後ろの低い位置で結っていた。「義母はつくづくたいした女性だわ。ガブリエルは義母がわたしを必ず社交界に受け入れさせるだろうと太鼓判を押したけれど、まるで奇跡のようにそのとおりになったわ」

ハンナは象牙色の扇子でタリアの腕を軽く叩いた。「あなたがアッシュコーム伯爵夫人として相応の待遇を受けられるようになったのは、もちろん伯爵未亡人の力添えもあるわ。でも、人々の心をつかんだのはあなた自身なのよ」言いながらハンナは、かつて自分たちに惨めな思いを味わわせた大勢の人々に物思いに沈んだ目を向けた。「うぬぼれた浅はかな人たちは、まさか商人の娘がこれほど魅力的で機知に富んでいるとは思わなかったのよ」

タリアは肩をすくめた。ガブリエルのゆるぎない愛のおかげで、今では苦しかった日々の記憶をほとんど思いだすことはない。

「わたしたちをひどい目に遭わせた人々をかばうつもりはもちろんないけれど……」そう言いつつ、タリアは背の高い金髪の男性に目を向けた。今も胸にときめきを感じずにはいられない。上等の黒い上着に金色のベストと白いブリーチズを身につけたガブリエルは、一段と魅力的だ。タリアは後ろ髪を引かれる思いでハンナに視線を戻した。「わたしはあまりにも引っこみ思案でおどおどしていたせいで、自分の魅力を振りまく余裕なんてなかったの。ましてや機知に富んだところを見せるなんてとても無理だったわ」

ハンナがよくわかるというふうにうなずいた。

「今はどう？」

「今は、人からどう思われるかなんて少しも気にならない。のびのびと、自分らしく振る舞うことができるわ」

「でしょうね」ハンナはうなずき、タリアをじっと見つめた。「あなたは輝いているわ」

タリアは迷った。例のニュースは今のところガブリエルにしか言っていない。人々の好奇心を無用に刺激したくないし、ガブリエルの母はもちろん、サイラスの反応も気になる。身ごもっていることが世間に知れたら、すぐさまロンドンを離れるつもりでいた。

しかしハンナは、決して他人の秘密を明かしたりしない、心から信頼できる数少ない友人だ。

「輝いている理由は、社交界とはべつのことよ」タリアはゆっくりと腹部に手をあてた。

その言葉の意味をたちまち理解したかと思うと、ハンナは興奮して小さく叫んでタリアを強く抱き締めた。周囲の人々の興味を引かないようすぐに元の表情に戻る。

「伯爵未亡人は、あなたをロンドン社交界の新たなリーダーにしようと熱心に活動中よ。それがあえなく終わりになりそうだと言ってあげたの？」ハンナが皮肉る。

「まだよ。ガブリエルがショックから立ちなおるのを待っているところなの。かわいそうに、彼ったら先週いっぱいはまるで夢のなかを歩いているみたいだったわ。ひょっとしたら悪夢かもしれないけれど」

「喜んでくれていないの?」ハンナが心配そうな顔をした。

タリアは呆れたように目をまわした。「それはもう大変な喜びようで、どうかしているんじゃないかと思うくらいわたしを過保護にするのよ」うんざりしたように首を振る。このぶんだと出産まで闘いが続きそうだ。ガブリエルは、妻が病人でもあるかのように、一日のほとんどをベッドで休むべきだと考えている。実際には、彼女はまったくの健康体で、母親になることに備えてあふれんばかりの活力をみなぎらせているというのに。「身ごもっているかもしれないと彼に打ち明けたとたん、すぐに荷物をまとめてキャリック・パークへ帰るべきだと言われたの。初めて自分たちで催す舞踏会をとりやめになんかしたら一生許さないと言わなかったら、その場で馬車に押しこまれて連れていかれるところだったのよ」

ハンナは笑った。「それで、実際にはいつ行くの?」

「明日の朝よ」タリアは肩をすくめた。「ロンドンにいるのも楽しいけれど、キャリック・パークに帰るのもとても楽しみなの」

「寂しくなるわ」

タリアは手をのばしてハンナの手を握った。「あなたはいつだって大歓迎よ。過去に誰がなんと言ったとしても」言いながら、以前ハンナを強引にロンドンに連れて帰ったロスウェル卿のほうに目を向ける。彼は大きな体にぴったりの黒い上着と白いブリーチズというい でたちだった。金箔張りの円柱にもたれ、タリアの隣にいる若い女性を人目もはばからず熱心に見つめている。「でも、あなたにロンドンを離れる気はないでしょうね」

「あら、わからないわよ」ハンナが快活そうに言った。「何週間か騒がしい都会を離れるのも悪くないわ」

「ねえ、ハンナ。いったいいつまで彼を苦しめるつもりなの？」ハンナを一途に追い求めているロスウェル卿が心から気の毒になってきて、タリアは言った。

ハンナは笑顔を引っこめ、まじめな表情で友人を見つめた。

「苦しめてなんかいないわ」その瞳には切ない光が宿っていた。「ヒューゴーにしっかり見極めてもらいたいの。わたしにプロポーズしたことを決して後悔していないと」

「彼があなたを妻にするのを後悔するはずがないわ」

ハンナが首を振った。「あなたの友情はうれしいけど、わたしはヒューゴーのような男性にあげられるものをなにひとつ持っていないわ」

「そんなこと――」

「だってそうよ、タリア」ハンナがさえぎった。「わたしには土地もなく、持参金もなく、美しささえないのよ。愛想を尽かされたらどうすればいいの？」

タリアは彼女の手を強く握った。ロスウェル卿は自分の身をなげうってでもハンナを幸せにするだろう。心の底からそう確信できる。

「土地や持参金や美しさに惑わされて結婚するような男性なら、じきに愛想を尽かすと思うわ。でも、あなたのことを愛して結婚する男性は、いつまでも誠実でいてくれるはずよ」タリアはハンナの手をそっと引っ張って高座からおろし、彼女を待つ相手のほうに向かってやさしく押した。「ロスウェル卿のところへ行ってあげて。彼がいつまでもあそこであんなふうにしかめっ面をしていたら、せっかくのすてきな舞踏会が台無しだもの」

ハンナは立ちどまり、からかうような笑みを浮かべた。「あなたはどうするの？」

タリアは自分の心をとらえ、希望を与えてくれた男性のほうに視線を向けた。彼に切望するようなかげりのある微笑みを投げかけられ、思わず心臓がとまりそうになる。

「わたしは夫と最後のワルツを踊るわ。そして、今ならこの会場をこっそり抜けだしても誰にも気づかれないと誘うつもりよ」

「お幸せに」ハンナはそう呼びかけると向きを変え、舞い踊る人々のあいだを縫うように進んでいった。彼女を待つロスウェル卿の腕のなかに身を任せるために。

「ええ。いつまでも」ハンナの背中を見送りながら、タリアはそっとつぶやいた。

本作は、時代的背景から、現在では差別用語とも受け取れる言葉をそのまま使用しております。ご了承ください。

訳者あとがき

本作品を訳す機会をいただいたとき、作家名を見て非常に驚きました。なんと、あのローズマリー・ロジャーズではないですか。キャスリーン・E・ウッディウィスと並ぶ現代ヒストリカル・ロマンスの祖とされる大御所です。

一九七四年の衝撃のデビュー作〈Sweet Savage Love〉（邦訳『甘く野性的な恋』サンリオ出版）で一躍有名になったロジャーズは、そのあとも次々に話題作を世に送りだし、『ニューヨーク・タイムズ』に〝ヒストリカル・ロマンスの女王〟と名づけられました。初期作品はレイプや暴力といった要素が多く、ドレスを裂くという意味の〈ボディス・リッパー〉という俗語を生むほど話題となりましたが、過激な作風にたがわずロジャーズ自身も三度結婚するなど、波乱に満ちた半生を送ったようです。

日本では、一九八三年から八六年にサンリオ・モダン・ロマンス・シリーズよりロジャーズ作品が立てつづけに十一作出ています。ロジャーズは八八年からしばらく沈黙した時期があり、九五年に執筆を再開していますが、日本ではまったく紹介されなくなりました。彼女はわたしたちにとって長らく忘れられた作家となっていたのです。

そんなロジャーズの作品がふたたび日本で紹介されることになり、古くからのロマンス愛好家にとっては特に期待が高まるところではないでしょうか。

気になるのは古い作品に色濃くあった悲劇性・暴力性ですが、今回はどうなっているのでしょう？　結論から言うと、そうした要素はすっかりかげをひそめています。ヒロインが無法者たちに陵辱されることはありませんのでご安心を。ただし、男性キャラクターには危険でセクシーな魅力が健在です。

嫌われ者の富裕な商人サイラス・ドブソンの娘タリアは、無理やり社交界デビューさせられてもずっと壁の花。業を煮やした父に放蕩貴族との縁談を押しつけられますが、式当日に教会で待ちぼうけを食わされるという憂き目を見ます。怒ったサイラスは、逃げた花婿の兄であるアッシュコーム伯爵ことガブリエルに責任をとるよう脅迫。ガブリエルは仕方なくタリアと結婚するのですが、このヒーローが絶世の美男子であると同時にとんでもなく傲慢な人でなしで、タリアに惹かれているくせにひどい言葉を浴びせ、結婚初夜の翌日には田舎の領地へ追いやってしまうという非道ぶりなのです。ところが、そのタリアがハンサムなフランス人スパイに連れ去られたと知るや、クールなガブリエルは豹変し、命懸けで彼女を助けに向かいます。

つらい目に遭わされても健気でまっすぐなヒロインと、ひねくれ者の美貌のヒーローのロマンスが、個性あふれる脇役たちに支えられて華麗に花開きます。それにしても、ガブリエルのこの世のものとも思えぬ美しさ、剃刀のような鋭さはたまりません。女性にとって〝ハンサムな人でなし〟はやはり永遠の憧れなのでしょうか。

この作品をきっかけに、ローズマリー・ロジャーズの作品が今後も日本で紹介され、多くの方々に読んでいただけるようになれば、訳者としてこれほどうれしいことはありません。それでは、日本によみがえった元祖ヒストリカル・ロマンスの女王がお届けする華麗なリージェンシー・ロマンスをたっぷりとお楽しみください。

マグノリアロマンス／既刊本のお知らせ

誘惑はバニラの香りとともに

ミランダ・ネヴィル 著／岡田末知子 訳

定価／930円(税込)

きみは淫らなかわいい宝物だ。

貴族の令嬢のジャコバンは、両親の死後、男爵である伯父の家でメイドのような扱いを受けたうえに、賭けのかたとしてストリントン伯爵に差し出されそうになる。伯爵の慰み者になるのを恐れた彼女は伯父のもとから逃げ出し、摂政皇太子の厨房に男性の菓子職人として潜りこむ。だが、酔っ払いにからまれたところを当の伯爵に助けられ、彼が想像していたような道楽者ではないと知って——。

スキャンダルは伯爵と

クリスティ・ケリー 著／芦原夕貴 訳

定価／900円(税込)

これまで、結婚したいと思った人はいなかったわ。

完璧な花嫁の条件を満たしているのに、作家志望のエイヴィスには結婚に対する興味がない。しかし、男と女のあいだになにが起きるのかを知りたくてたまらず、作品に深みを与えるためという口実で愛人をつくることにした。彼女が選んだ相手は売れない作家のエモリーだ。エモリーが過去に起こしたいまわしい事件を知っている伯爵のバニングは、彼のかわりに自分を愛人にするようエイヴィスに提案するが……。

悪魔に嫁いだ乙女

ローリー・マクベイン 著／草鹿佐恵子 訳

定価／930円(税込)

きみに対して悪魔のような欲望を抱いている。

伯母の家に引き取られることになったエリシアを待っていたのは、使用人以下の生活だ。伯母はエリシアの両親に不当な恨みを抱きつづけ、復讐の機会をうかがっていたのだ。復讐のために好色で年老いた地主と結婚させられそうになり、エリシアは伯母の屋敷から逃げてロンドンに行くことにした。しかし、ロンドンへの道中に、悪魔と呼ばれる金色の瞳を持つ侯爵への復讐の道具として、またもや冷酷に利用されてしまい……。

マグノリアロマンス／既刊本のお知らせ

身分違いの恋は公爵と

マヤ・ローデイル 著／草鹿佐恵子 訳
定価／960円(税込)

彼を見た瞬間、わかったの。
運命の人だって！

花婿から捨てられてしまったソフィーは、ロンドンで暮らすことに決めた。収入が必要な彼女が選んだ職業は、新聞記者だ。そして皮肉なことに、結婚式を紹介するコラムの担当になった。とある取材中に気分が悪くなって教会から逃げ出したソフィーは、紳士に出会う。長身でハンサム、それにとてもチャーミングな彼は、まさに運命の人！　けれど、彼は、自分とは身分違いの公爵で、婚約者がいることも知ってしまい……。

愛のあやまちは舞踏会の夜に

マヤ・ローデイル 著／美島　幸 訳
定価／870円(税込)

最初に出会ったとき、まさにその瞬間に恋に落ちてしまったのよ。

結婚相手を探すために、アメリカからロンドンにやってきたエミリアは、舞踏会の夜、ハンサムな男性から目を離せなくなり、階段を踏み外してしまう。彼は公爵の跡継ぎであるハントリー侯爵で、最悪の放蕩者だと聞かされる。図書室で侯爵にキスされた彼女は、彼を忘れられなくなる。なのに、別の舞踏会で侯爵に再会したとき、触れられても心がときめかないうえに、彼はエミリアを忘れてしまったみたいで……。

聖人を誘惑して

ケイト・ムーア 著／草鹿佐恵子 訳
定価／800円(税込)

わたしに求婚してもいいのよ。

男爵家の娘のクレオは、父親の死後、管財人である伯父からの手当をほとんど受けられず、貧しい暮らしを強いられていた。このままでは、大切な弟を学校に行かせてやれないどころか、伯父に取りあげられてしまう。困りきったあげく、銀行の頭取室で出会った侯爵の庶子でナイトの称号を持つザンダーに、彼女は結婚を持ちかける。結婚すれば、自分の金を自由に使えるようになるからで——。

マグノリアロマンス／既刊本のお知らせ

伯爵の求婚

グレース・バローズ 著／芦原夕貴 訳

定価／1050円（税込）

きみに公爵夫人に
なってもらいたいと思っている。

公爵の跡継ぎでもあるウエストヘイヴン伯爵は、掃除係のメイドに手を出していると勘違いされて、メイド頭のアンナに火かき棒で殴られてしまう。彼は傷がよくなるまでアンナに世話をしてもらっているうちに、貴族階級の出身で、学があり美しいアンナなら、自分の花嫁としてぴったりだと思うようになる。しかし、アンナはなにか秘密を抱えているのか、どうしても求婚にうなずこうとはせず……。

伯爵の告白

グレース・バローズ 著／芦原夕貴 訳

定価／990円（税込）

ひと晩をわたしにくれ。
きみとひと晩一緒にすごしたい。

セントジャストは、国王から伯爵位を授かった。与えられた領地は荒れ果てているうえに、敷地内には以前そこをおさめていた伯爵の庶子である女児――ウィニーがうろついていた。ウィニーの父親が死んだのは、セントジャストのせいだった。そんな彼女の面倒を見ているのは、屋敷の近くに住むパン職人のエミーだ。不格好なドレスに冴えない髪形なものの笑顔が美しいエミーに、住みこみの家庭教師になってほしいと頼み……。

かなわぬ夢を抱いて

ローラ・ランドン 著／田中リア 訳

定価／870円（税込）

ずっとそばにいたい。
この先死ぬまで。

妹の完璧なエスコート役をつとめてほしいという公爵の息子の頼みを承諾した伯爵のブレントは、相手の評判を傷つけない、相手が自分に恋しないよう気をつける約束とともに公爵家の領地を訪ねた。公爵令嬢のエリーがどんなに不器量で退屈でも我慢できると思っていたブレントだったが、そこで理想の女性と出会ってしまい、エリーに求愛するふりなどできないと気づく。しかし、その理想の相手こそが、エリーで――。

マグノリアロマンス／既刊本のお知らせ

すり替えられた花嫁

シャーナ・ガレン 著／芦原夕貴 訳

定価／900円（税込）

結婚に興味がないんです。
殿方に支配されたくなくて。

幼いころから父親に虐げられてきたキャサリンは、男性を恐れるあまり結婚しないと心に決め、仲のよいいとこたちと〈独身クラブ〉を結成した。それから十年の月日が流れ、意地悪な妹のキャサリンに公爵の跡継ぎとの結婚話が持ち上がった。父親は妹よりも先に姉のキャサリンが結婚すべきだと考え、舞踏会で男を見つけてこいと命令する。自力で相手を見つけられなければ、恐ろしいならず者と結婚させられてしまう！

誘惑された伯爵

シャーナ・ガレン 著／芦原夕貴 訳

定価／900円（税込）

わたし、あなたの情婦に
なるために来たんです。

海賊だった祖父が残した宝の地図を発見したジョゼフィンだが、地図は半分に切られていて、その片割れを持つのは燐家に住む家族の敵、祖父の海賊仲間だった男の孫であるウエストマン伯爵だと確信する。残りの地図を手に入れるために、ジョゼフィンは伯爵のタウンハウスに忍びこむ。しかし、彼に見つかり、とっさに「愛人になるために来た」と言ってしまう。伯爵に気づかれずに地図を手に入れるには、いい手だと考えたが……。

伯爵令嬢の駆け落ち

シャーナ・ガレン 著／芦原夕貴 訳

定価／900円（税込）

本当に彼を愛している。
でも、愛したくないの。

裕福な伯爵のひとり娘であるマデリンは、持参金目当ての求婚者たちにうんざりする毎日を送っている。気持ちを偽る彼らのせいで、自分は真実の恋に落ちないだろうと思った彼女は、慈善活動をする自分をほうっておいてくれる人と結婚して父の庇護下から出ようと考え、退屈な子持ち男性と駆け落ちすることに決めた。しかし、彼女の駆け落ち計画には障害が待ち受けていて――？

秘密の花嫁

2012年11月09日　初版発行

著　者　ローズマリー・ロジャーズ
訳　者　卯月陶子
装　丁　杉本欣右
発行人　長嶋正博
発　行　株式会社オークラ出版
〒153-0051　東京都目黒区上目黒1-18-6　NMビル
営　業　TEL:03-3792-2411　FAX:03-3793-7048
編　集　TEL:03-3793-4939　FAX:03-5722-7626
郵便振替　00170-7-581612(加入者名:オークランド)
印　刷　図書印刷株式会社

定価はカバーに表示してあります。
乱丁・落丁はお取り替えいたします。当社営業部までお送りください。

ISBN978-4-7755-1937-0